Christoph Peters

Dorfroman

Roman

btb

Penguin Random House Verlagsgruppe FSC® N001967

1. Auflage
Taschenbuchausgabe November 2021
btb Verlag in der Penguin Random House Verlagsgruppe GmbH,
Neumarkter Str. 28, 81673 München
© Luchterhand Literaturverlag in der Penguin Random House
Verlagsgruppe GmbH, Neumarkter Str. 28, 81673 München
Covergestaltung: Semper Smile, München,
nach einem Entwurf von buxdesign, München
Covermotiv: Peter von Felbert; Plainpicture/BY
Druck und Einband: GGP Media GmbH, Pößneck
cb · Herstellung: sc
Printed in Germany
ISBN 978-3-442-77178-3

www.btb-verlag.de
www.facebook.com/btbverlag

Meinen Eltern gewidmet,
in Liebe und Dankbarkeit.

... und für Charlie:
Ungefähr so war es vielleicht.

I.

Schwarzweiß. Alles, was wichtig ist, ist schwarzweiß. Es ist auf unangenehm riechendes Zeitungspapier gedruckt und wird vor Sonnenaufgang in unseren Briefkasten gestopft, oder es flimmert hinter einer leicht gewölbten Scheibe in einem großen Holzkasten. Ein schwarzweißer Mann mit Brille, einer kräftigen Stimme und ernsthaftem Gesichtsausdruck sitzt dort in Anzug und Krawatte vor einer grauen Fläche mit fettem Schriftzug, der in eine Weltkarte übergeht. Er liest klare, manchmal auch umständliche Sätze von einem akkurat zurechtgestoßenen Stapel Papier ab, wobei er sich Mühe gibt, so selten wie möglich auf seine Blätter zu schauen. Dazwischen erscheinen kurze Filme, in denen der Bundeskanzler oder Menschen aus anderen Weltgegenden gezeigt werden – zum Beispiel aus Amerika, Afrika oder Vietnam. Wer nach Amerika, Afrika oder Vietnam reisen will, muss ein Flugzeug nehmen, so weit sind diese Länder von uns entfernt, weshalb es meistens Präsidenten, Generäle oder Könige sind, die man dort sieht. Häufig liegen sie miteinander im Krieg, dann steigen Rauchwolken über Städten und Landschaften auf, Menschen mit vor Angst verzerrten Gesichtern rennen weg, die Kinder haben keine Kleider am Leib, stattdessen tragen sie verbrannte Lumpen oder sind von einer Schicht schwarzer Fliegen bedeckt und sogar zu schwach zum Weinen. Der schlimmste Krieg ist zur Zeit in Vietnam, davor war er in

Biafra. Meine Mutter sagt jedes Mal, wenn darüber berichtet wird, dass sie gar nicht hinschauen kann, und oft bittet sie meinen Vater umzuschalten. Ihre Stimme klingt dann bedrückt, als müsste sie weinen. Das hängt damit zusammen, dass sie selbst, als bei uns Krieg war, ausgebombt wurde – in Essen – und auch gehungert hat.

Wenn die Präsidenten, Könige und Generäle nicht miteinander im Krieg sind, besuchen sie sich gern gegenseitig. Sie weihen neue Wolkenkratzer ein oder moderne Fabriken, taufen Ozeanriesen oder zeigen sich gegenseitig ihre Paläste. Dabei führen sie lange Gespräche darüber, wem dieses oder jenes Gebiet gehört oder wie sie gemeinsam Feinde erschrecken können, um zu verhindern, dass ein neuer Krieg ausbricht. Nachdem der Gastpräsident, -general oder -könig, meist in Begleitung seiner Frau, die hinter ihm aus der Luke tritt, gemessenen Schrittes die breite Treppe aus dem Flugzeug hinuntergestiegen ist, schüttelt er dem Gastgeber, der neben dem Rollfeld mit einer großen Zahl seiner Minister, Untergebenen und Fotografen wartet, ausgiebig die Hand. Anschließend gehen sie gemeinsam durch ein Spalier von Soldaten, die in schmucken Uniformen, wie mit dem Lineal gezogen, dastehen, ihre Gewehre auf Kommando vorstrecken, in die Luft stoßen oder auf den Boden stampfen. Manche der Präsidenten, Generäle und Könige haben eine schwarze Hautfarbe, hauptsächlich in Afrika. Auch in Amerika gibt es viele Schwarze, dort sind sie aber meist Sportler. Sie laufen in großen Stadien um die Wette, spielen Korbball oder tragen Boxkämpfe aus. Der berühmteste von ihnen heißt Cassius Clay. Mein Vater hat mich einmal nachts aus dem Bett geholt und auf den Schoß genommen, damit ich Cassius Clay nicht verpasse, denn er ist der beste von allen Boxern. Ich glaube schon, dass Schwarze gut boxen können, sie haben größere Muskeln als wir, obwohl auch mein Vater einen sehr dicken Bizeps hat, den er mich manchmal fühlen lässt, damit ich weiß, wie stark er ist, und dass ich keine Angst haben muss, weder vor Einbrechern noch vor den Leuten von der Baader-Meinhof-Bande und auch nicht vor dem Krieg.

Ich bin erst ein Mal echten Schwarzen begegnet. Das war in Calcar, wo mein Vater und ich Werkzeug kaufen wollten – er einen Fuchsschwanz, ich eine Laubsäge –, da kamen uns zwei schwarze Soldaten auf der Straße entgegen. Sie sprachen in einer Sprache, die wir nicht verstanden, und spazierten durch die Stadt, als wäre es das Normalste der Welt. »Kick ou dat aan: Da he chey twey ganze Schwatte«, sagte mein Vater, und wir staunten beide. Allerdings waren sie von der Farbe her viel weniger schwarz, als die Fernsehbilder einem vorgaukeln wollen. Sie hatten sich die Haare auf dem Kopf abrasiert, und ihre Haut glänzte wie weiche Bronze.

Neben den Präsidenten, Generälen und Königen werden auch häufig Ölscheichs gezeigt, wenn sie aus Flugzeugen steigen, Hände schütteln und Soldatenreihen abschreiten. Sie herrschen im Nahen Osten. Diese Gegend wird zwar »nah« genannt, ist in Wirklichkeit aber doch auch so weit entfernt, dass man ein Flugzeug nehmen muss, wenn man ihre Länder besuchen will. Die Ölscheichs tragen lange weiße Kaftane und auf dem Kopf karierte Tücher, die mit einer Kordel befestigt sind. »Ölscheich« ist bei den Rosenmontagszügen eine beliebte Verkleidung. Es scheint, dass sie viele Probleme haben, die sich direkt auf uns auswirken, weil unsere Autos mit Benzin oder Diesel fahren, die aus Öl gemacht werden. Wir haben außerdem eine Ölheizung im Keller. Das Öl der Scheichs wird in riesigen Schiffen über verschiedene Meere zu uns gebracht. Wenn die Ölscheichs unzufrieden sind, stoppen sie die Lieferungen oder nehmen Wucherpreise, so dass wir es uns nicht mehr leisten können. Mein Vater studiert immer die Anzeigen in der Zeitung, wann das Öl am billigsten ist, um den besten Zeitpunkt für den Kauf abzupassen. Ein- oder zweimal im Jahr kommt dann der Tankwagen und pumpt eine große Menge davon in unseren Heizungskeller.

Ganz gleich, wohin die wichtigen Leute reisen, nachdem sie das Flugzeug verlassen, Hände geschüttelt und Soldaten begutachtet haben, steigen sie immer in prächtige Limousinen und fahren in Begleitung blinkender Polizei- oder Militärfahrzeuge davon. Manchmal winken ihnen Leute am Straßenrand zu oder schwenken Fähnchen. Die größte und beste Limousine, die es auf der Welt gibt, ist der 600er Mercedes, weshalb sie nahezu allen Staatsführern zur Verfügung steht. Natürlich hat auch der Bundeskanzler einen 600er. Er heißt Willy Brandt und meine Mutter nennt ihn »Whisky-Willy«, weil er so viel trinkt, dass er eigentlich kein guter Bundeskanzler sein kann. Auch sonst gefällt er meinen Eltern nicht, denn er hat sich scheiden lassen und danach eine andere Frau geheiratet, was an sich schon von fragwürdigem Charakter zeugt, doch damit nicht genug: Obwohl er bereits einmal die Frau gewechselt hat, soll er zusätzlich noch »Freundinnen« haben. Meinen Eltern wäre es deshalb lieber, wenn Rainer Barzel Bundeskanzler würde, aber so einfach, wie sie es gern hätten, lässt sich ein Bundeskanzler nicht auswechseln.

Ganz gleich, wer in den 600er Mercedes steigt – mein Vater ist jedes Mal stolz, wenn er eine solche Limousine sieht, nicht nur, weil sie in Deutschland gebaut wird, sondern weil auch wir einen Mercedes fahren, einen 200er D. Das »D« steht für »Diesel«. Mein Vater sagt, dass ihm kein anderes Auto in die Garage kommt als ein Mercedes.

Das, was in den Nachrichten gezeigt wird, ist eigentlich nichts für uns Kinder, deshalb werden wir abends schon um sieben ins Bett gebracht. Wenn ich aber nicht einschlafen kann, weil sehr viel passiert auf der Welt, worüber ich mir Gedanken mache, schleiche ich die Treppe wieder hinunter, verstecke mich hinter der halb geöffneten Tür zwischen Küche und Esszimmer und schaue durch den Spalt, um in Erfahrung zu bringen, was meine Eltern vor uns verheimlichen. Es kann nämlich sein, dass auch bei uns bald wieder ein Krieg ausbricht, da die Russen unser Land erobern wollen, oder dass die Terroristen von der Baader-Meinhof-Bande auf dem Weg in unsere Gegend sind, um uns zu ermorden.

Sonntags, nach dem Internationalen Frühschoppen mit Journalisten aus verschiedenen Ländern und Werner Höfer als Gastgeber, läuft über Mittag die Tagesschau mit dem Wochenspiegel, so dass ich doch ungefähr Bescheid weiß, was gerade vor sich geht. Wenn meine Großeltern zu Besuch sind, schauen mein Vater und mein Großvater den Frühschoppen gemeinsam an. Obwohl sie einander nicht besonders gut leiden können, prosten sie sich mit Bier und Cognac zu, während meine Mutter und meine Großmutter ein Glas Wein trinken. Sobald das Essen auf dem Tisch steht, sagt meine Mutter, dass mein Vater den Apparat ausschalten soll, aber mein Großvater und er wollen nichts verpassen, weshalb der Fernseher meistens weiterläuft. Ich bleibe lieber still, denn wenn ich meinen Vater und meinen Großvater unterstützen würde, wüsste meine Mutter, dass ich genau hinschaue, und würde sich wieder Sorgen machen, dass ich schlecht träume.

Manchmal verwackelt das Bild mitten in der Übertragung oder es reißt ganz ab und man sieht nur Schnee: ein Flimmern aus winzigen schwarzen und weißen Punkten, das einen regelrecht wütend macht, wenn man länger hinschaut. Selbst meine Mutter, die sonst immer behauptet, dass es sie sowieso nicht interessiert, was im Fernsehen kommt, schimpft dann: »Ich sag doch, dass etwas nicht stimmt mit dem Apparat: Du musst den Schmitz anrufen.«

Der Schmitz ist unser Radio- und Fernsehhändler. Bevor mein Vater zum Telefonhörer greift, öffnet er erst einmal das kleine Schubfach mit den nummerierten Rädchen rechts unten neben dem Bildschirm. Es kann sein, dass das Bild sich fängt, wenn er das entsprechende Rädchen ganz vorsichtig in die richtige Position dreht – das ist Millimeterarbeit. Oft verschwindet es aber auch ganz. Mein Vater versucht dann herauszufinden, ob es eine allgemeine Übertragungsstörung ist oder an unserem Apparat liegt, indem er auf die beiden anderen Programme und *den Holländer* umschaltet. *Der Holländer* ist sowieso immer verschneit, weil er von jenseits der Grenze, aus der Stadt Hilversum gesendet wird, aber man kann trotzdem erkennen, was gerade läuft. Mein Vater versteht sogar, was sie dort sagen. Die Wettervorhersage beim *Holländer* soll sehr viel zuverlässiger sein als bei uns, allerdings findet meine Mutter die holländische Sprache so hässlich, dass sie lieber unsere eigene Wettervorhersage schaut. Wenn die anderen Programme und auch *der Holländer* ordnungsgemäß zu sehen sind, liegt der Fehler wahrscheinlich an unserer Antenne, die vom Wind verdreht oder verbogen wurde oder sich aus anderen Gründen nicht mehr in der richtigen Position befindet. Das will mein Vater lieber erst einmal selbst überprüfen, bevor er den Schmitz kommen lässt, zumal der Schmitz Geld kostet. Er geht in die Garage, holt die lange Leiter, die dort an der Wand hängt, und steigt aufs

Dach, während meine Mutter neben dem Fernseher steht und das Fenster öffnet, damit sie hören kann, was er von oben ruft. Meine Mutter hat immer Angst, dass mein Vater herunterfällt und sich den Hals bricht, wenn er auf dem Dach ist. Sich den Hals zu brechen ist eine der Gefahren, die überall drohen, ganz gleich, ob man auf Bäume klettert, zu wild Fahrrad fährt oder auf dem Dach herumspaziert. Meistens gehe ich mit meinem Vater nach draußen und schaue vom Rasen aus zu, wie er die Antenne zurechtrückt. Außer dem Schmitz und dem Schornsteinfeger traut sich niemand dort oben hin, weshalb ich stolz bin, dass mein Vater sich so sicher auf den Ziegeln bewegt und sogar die Antenne reparieren kann, wofür man eigentlich einen Fachmann braucht.

Für uns Kinder gibt es eigene Sendungen mit »Skippy«, dem Buschkänguru, »Lassie«, dem Collie, und »Flipper«, dem klugen Delfin. Diese Tiere sind echte Freunde, wie man sie selbst unter Menschen selten findet – eigentlich gar nicht. Sie helfen bei der Aufklärung von Diebstählen, Schmuggel oder sonstigen Verbrechen, so dass man sich keine Sorgen mehr machen muss, wenn man eines von ihnen an seiner Seite hat. Leider gibt es solche Tiere bei uns nicht, obwohl sehr viele Tiere im Dorf leben: Kühe, Schweine, Pferde, der Esel von Bauer Seesing, Katzen, Hühner, Enten und Gänse, ganz zu schweigen von Wildtieren wie Füchsen, Mardern, Rehen, Hasen, Fasanen und Rebhühnern, die nach der Treibjagd auf dem Platz vor der Gaststätte Pooth ausgebreitet sind. Hunde gibt es natürlich auch, aber keinen wie Lassie. Die hiesigen Hunde sind angekettet oder in Zwingern eingesperrt. Die meisten beißen, und man soll sich ihnen nicht nähern. Da meine Mutter keinen Hund im Haus will und mein Vater eine Abneigung gegen Katzen hat, haben wir lediglich Kaninchen und das Meerschweinchen Mary. Sie wohnen in Ställen draußen unter dem Küchenfenster. Manchmal bekommen die Kaninchen Junge, die ganz nackt sind und geschlossene Augen haben. Wenn es zu viele geworden sind, schlachtet mein Vater eins von ihnen und es wird am darauffolgenden Sonntag gegessen. Das Meerschweinchen Mary ist weiß und hat rote Augen. Es scheint klüger zu sein als die Kaninchen, die, ganz egal, wie viel ich mich mit ihnen beschäftige, nicht den Eindruck machen, als verstünden sie irgendetwas von dem, was ich ihnen sage, so dass wir weit entfernt von einer Freundschaft sind, wie Sonny sie mit Skippy oder Jeff mit Lassie hat.

Verglichen mit den anderen Kindern in der Nachbarschaft, dürfen mein Bruder und ich nur wenig fernsehen. Uwe Fonck, Wilfried Fischer, Werner Terhorst und auch meine Vettern schauen regelmäßig Sendungen, die bis in die Nacht dauern und eigentlich für Erwachsene gedacht sind, zum Beispiel »Der Kommissar«, »Tatort«, »Raumpatrouille« oder auch die »Winnetou«-Filme. Meine Mutter ist trotzdem nicht bereit, ihre Meinung zu ändern, als ich ihr davon erzähle: »Was die anderen tun, interessiert uns nicht«, sagt sie.

Wenn der Fernsehapparat aus ist, glänzt die Scheibe anthrazitfarben und spiegelt das ganze Esszimmer auf merkwürdig verkrümmte Art: der Tisch mit der weißen Stickdecke, die Frau Heinen für uns gemacht hat, davor die Eckbank, in der die Spiele, die dicken Versandhauskataloge und das Stopfzeug aufbewahrt werden, dazu drei Stühle, der Fernsehsessel, in dem normalerweise mein Vater sitzt – oder eben mein Großvater, wenn er zu Besuch ist, denn er ist der Ältere. Man sieht sogar den kleinen Wandteppich mit der Begegnung von Maria und der Base Elisabeth, den meine Mutter während ihres Studiums selbst gewebt hat, und den »Sämann« von van Gogh mit der riesigen dunklen Sonne und dem knorrigen Weidenstamm in der Scheibe schimmern.

Tritt man ganz nah heran, so dass man das Glas fast mit der Nasenspitze berührt, ist man selber verzerrt wie in einem Kirmesbudenspiegel. Wenn man dagegenbläst, beschlägt es vom Atem. In das runde Feld, das dann entsteht, kann man mit dem Finger ein Punkt-Punkt-Komma-Strich-Gesicht zeichnen, das sich schnell wieder in Luft auflöst, aber nur fast: Der Umriss bleibt ganz schwach erhalten, weshalb meine Mutter sagt, wir sollen das lassen, wenn sie uns dabei erwischt, da sie sonst den Ärger damit hat – wobei es eigentlich Tante Rieke ist, die die Scheibe blankwischt.

Bislang ist in unserer Gegend nie etwas passiert, das wichtig genug gewesen wäre, um im Fernsehen gezeigt zu werden. Der bedeutendste Mann, der je unser Dorf besucht hat, war Weihbischof Kerventropp, um den Jugendlichen, unter anderem auch meiner Cousine Gerda, die Firmung zu spenden. Vorher sind alle zwei Wochen lang mit Vorbereitungen beschäftigt gewesen. Als der Weihbischof kam, auch in einer Mercedes-Limousine, aber doch nur in einem 280er, haben die Leute ihm der Reihe nach den Ring geküsst, meine Mutter jedoch nicht, weil sie nie irgendwo gehört hat, dass Jesus sich einen Ring hat küssen lassen – er hatte wahrscheinlich gar keinen Ring.

Als meine Mutter nach dem Frühstück die Samstagszeitung liest, sagt sie: »Wir dürfen nachher nicht vergessen *Hier und Heute* zu gucken: Da sind wir nämlich drin.«

Mein Vater sagt: »Die waren bei Fritz Opgenrhein auf dem Hof und haben mit Ernst Winkels gesprochen. – Wie sie an den gekommen sind, weiß ich auch nicht.«

Ich glaube erst, dass sie Witze machen, weil mir die ganze Woche über nirgends etwas Besonderes aufgefallen ist, aber dann sprechen sie beim Mittagessen wieder darüber, mein Vater hört anderthalb Stunden früher als sonst mit der Gartenarbeit auf, wir fahren auch nicht in die Vorabendmesse, sondern gehen morgen ins Hochamt.

Das Dritte Programm ist schon zehn Minuten vor Beginn der Sendung eingeschaltet, damit wir auf keinen Fall etwas verpassen und mein Vater noch reagieren kann, falls Schnee kommt. Heute ist das Bild aber zum Glück klar. »Jetzt bin ich mal gespannt, was sie daraus gemacht haben«, sagt meine Mutter, als endlich der *Hier-und-Heute*-Vorspann mit der Elektroorgelmelodie und dem kreisenden Würfel anfängt, auf dem sich ein Kohleberg, grasende Schweine, Schwäne im Park, Fachwerkhäuser, der Hafen von Duisburg, der Kölner Dom und Berge aus dem Sauerland drehen.

Tatsächlich erscheint jetzt der Rhein im Bild, wie er bei uns hinter dem Haus fließt, genauso schwarzweiß wie Tom Sawyers Mississippi oder der Nil in Ägypten. »Der Verbrauch von elektrischem Strom wird auch in Zukunft aufgrund seiner besonders umwelt- und anwendungsfreundlichen Eigenschaften ständig zunehmen ...«, sagt eine Männerstimme, während ein Schubschiff und ein Kohlefrachter unter der Schanzer Brücke hindurchfahren. »Wissenschaftler und Techniker in der ganzen Welt arbeiten zur Zeit an der Entwicklung schneller Brutreaktoren. Es sind Kernkraftwerke der zweiten Generation, die nach einer längeren Erprobungsphase in einigen Jahren zum kommerziellen Einsatz kommen sollen.«

In den Rheinwiesen steht noch ein Rest vom letzten Hochwasser und spiegelt den weißen Himmel als weiße Fläche, darin die Kopfweiden, die wir oft als Baumhäuser nutzen – auch die, in der ich neulich das Käuzchen gesehen habe. Sie zeigen die Wiesen mit den schwarzweißen Milchkühen von Bauer Seesing gleich vor dem Deich, die ich genau kenne, weil ich ihm nachmittags manchmal helfe, sie von dort in den Stall zu treiben. Es sind nicht Wiesen, die so ähnlich aussehen, sondern genau diese Wiesen, daran besteht kein Zweifel. Sie enden an Haus Hülkendonck, dem Hof von Bauer Seesing, der früher die Burg des Raubritters Hilbert war. Daneben steht unsere Kirche, Sankt Verafredis, mit dem Friedhof und der alten Schule, wo wir bis vor drei Jahren gewohnt haben, daran angrenzend die Höfe der Bauern Praats, Seesing und van Elst. Mit Frau Seesing, Frau Praats und Frau van Elst fährt meine Mutter einmal im Monat zum Kaffeeklatsch nach Schloich. Dort essen sie Schwarzwälder Kirschtorte, während ich mit meinem Großvater im Stadtpark die Enten füttere oder in die Zoohandlung Bruns gehe, wo es Aquarienfische, Papageien und sogar Affen zu kaufen gibt, die genauso aussehen wie Herr Nilsson von Pippi Langstrumpf. Leider hat mir meine Mutter verboten, so einen Affen zu halten. – Man erkennt die Küsterei mit der riesigen alten Kastanie, dann die Gaststätte Pooth, keine zweihundert Meter von unserem Haus entfernt, und mein Vater sagt zu meiner Mutter: »Wenn sie die Kamera ein bisschen weiter rechts aufgestellt hätten, wäre dein Haus drauf gewesen.«

Auch wenn wir schon gewusst haben, dass Hülkendonck im Fernsehen sein würde, staunen meine Eltern jetzt doch und sagen bei jedem Gebäude, das auf dem Bildschirm erscheint, wem es gehört oder wer dort wohnt. Ein Professor tritt ins Bild und erklärt: »Brutreaktoren sind ein wichtiger Schritt hin zu einer langfristigen und preisgünstigen Stromversorgung. Mithilfe der Brutreaktoren kann die Energieerzeugung aus den vorhandenen Uranvorkommen vervielfacht werden, da diese Reaktoren den in den bisherigen Kernreaktoren nicht spaltbaren Teil des Urans in spaltbares Plutonium umwandeln. Um dieses ungeheure Energiepotential wirtschaftlich nutzen zu können, arbeiten derzeit alle führenden Industrienationen an der Brüter-Technologie.«

Danach spricht ein Minister und sagt, dass der Standort Calcar in jeder Hinsicht ideal für das Projekt ist und dass es keinen vernünftigen Grund gibt, an der Sicherheit der Anlage zu zweifeln. Sie wird sogar gegen Erdbeben und Flugzeugabstürze gewappnet sein. Es folgen Bilder vom Calcarer Marktplatz, dann aus der Nikolai-Kirche, wo wir zur Messe gehen, wenn meine Mutter unseren Pastor und sein Gequassel nicht mehr hören kann. Vor dem Rathaus ist gerade Wochenmarkt. Man sieht den Käsewagen, den Fischwagen und Blumenstände. Etwas abseits davon haben sich einige Leute versammelt und treten jetzt näher. Ein Mann, der so alt ist wie mein Vater, wird gefragt, was er darüber denkt, dass hier ein Kernkraftwerk gebaut werden soll, ob er es begrüßt oder sich doch eher Sorgen macht? Er sagt: »Ich finde das eine gute Sache, man muss ja dem Neuen gegenüber aufgeschlossen sein, und die Ingenieure wissen schon, was sie tun, das sind ja auch Leute mit Verantwortungsgefühl.« Ein anderer sagt: »Es wird höchste Zeit, dass hier in der Gegend mal investiert wird, es gibt doch kaum Arbeitsplätze für die Leute, und Strom wird immer mehr gebraucht.«

Der Mann, der als Letzter gefragt wird, sieht es allerdings anders: »Das ist viel zu gefährlich mit der Atomspaltung, deswegen wollen sie das ja bei uns in der Gegend bauen, weil es hier so dünn besiedelt ist, und wenn dann was passiert, gibt es halt weniger Opfer unter der Bevölkerung ... Daraus wird nicht einmal ein Geheimnis gemacht von den Politikern in Bonn und Düsseldorf.«

Während er noch redet, sagt mein Vater zu meiner Mutter: »Kennst du den? – Eigentlich müsstest du den kennen.«

Meine Mutter schüttelt den Kopf.

»Das ist Hein Thissen, der die Samenhandlung in der Monrestraße hat. Es heißt ja, dass er so gut wie pleite ist, aber reden konnte der immer gut, ganz egal, ob er was davon versteht oder nicht. Enen rechtigen Schwätzbüll is dat.«

2.

Bei Schanz verlasse ich die Autobahn, fahre über die Bundesstraße durch das weite Grasland Richtung Rheinbrücke. Gestaffelte Wolkenbänder vor blauem Himmel, Frühsommerwetter. –

Fast sechshundert Kilometer Fahrt liegen hinter mir. Auf dem Weg durch Brandenburg habe ich mich zum wiederholten Mal gefragt, ob ich die dortige Landschaft von der hiesigen unterscheiden könnte, wenn ich nicht wüsste, wo ich bin. Beim Überqueren der Elbe ein fehlgeleitetes Gefühl von Vertrautheit, gefolgt von Irritation. Verlassene Wachtürme, die mich noch immer nichts angehen. Entlang der A2, hinter der ehemaligen Zonengrenze, dann eine Reihe von Städten, die jahrzehntelang lediglich Fußballmannschaften waren: Eintracht Braunschweig, Hannover 96, Arminia Bielefeld, Borussia Dortmund, Schalke 04, Rot-Weiß Oberhausen. Dort der Wechsel auf die A3, die durch Holland an die Nordsee, in entgegengesetzter Richtung gen Süden führt.

Rechts der Straße zerfällt eine ehemalige Ziegelbrennerei. Das Dach ist eingestürzt, die Scheiben zerschlagen, zwei Schornsteine stehen noch, notdürftig von Eisenmanschetten zusammengehalten; links das dunkle Klinkergebäude der *Raiffeisen Futter- und Düngemittelhandlung*, um 1900 aus den Backsteinen der Brennerei gegenüber errichtet. Die unteren Fenster sind mit Sperrholzplatten vernagelt. Ein alter Passat vor der Rampe zum Eingang zeigt, dass jemand dort wohnt. Oben halb geschlossene Gardinen, eine kümmerliche Yucca-Palme.

Hülkendonck, das Dorf, aus dem ich stamme, befindet sich auf der anderen Seite des Flusses: linksrheinisch.

Es folgt der große Kreisverkehr mit der geometrischen Skulptur aus dünnen, ineinandergesteckten Edelstahlrohren. Sie stellt ein Symbol für irgendetwas dar, wahrscheinlich Wissenschaft und Technik, Fortschritt und Transparenz. Kurz darauf Flachbauten aus Betonplatten: das vorgelagerte Einkaufszentrum samt Tankstelle, Waschstraße.

Das Einkaufszentrum gab es schon Anfang der 70er Jahre. Damals hieß es *Selbego* und man brauchte eine spezielle Karte, um dort einzukaufen, die meine Mutter sich manchmal von einer Nachbarin – vielleicht Frau van Elst – auslieh. Außerdem stand in Schanz das einzige Schwimmbad weit und breit, so dass mein Vater und ich regelmäßig abends, nachdem er von der Arbeit gekommen war, auf *die andere Rheinseite* fuhren. Im Gefolge dieses Begriffs zum ersten Mal die Unterscheidung zwischen *uns* und *den anderen*.

Der Pegelstand ist niedrig; breite Sandstrände zwischen tief in die Strömung reichenden Basaltaufschüttungen zum Schutz des Ufers. Als Kind habe ich dort Vögel aus gelbem Lehm geformt und auf Wunder gewartet, Flaschen mit Briefen ins Wasser geworfen: erfundene Hilferufe aus Piratenkerkern, Freundschaftsanfragen an die ganze Welt. Es hat nie jemand geantwortet. Der Fluss roch nach verklapptem Öl, tote Fische trieben bauchoben zwischen den Steinblöcken. Eigentlich hätten wir nicht einmal mit nackten Füßen darin waten dürfen, aber da nie Erwachsene mit uns am Fluss waren, sind wir bis zu den Knien hineingegangen, hatten einen schmierigen, stinkenden Film auf den Beinen und die heimliche Angst überwunden, von der Strömung fortgerissen zu werden.

Das Wasser fließt ruhig und stahlgrau dem Meer zu. Von Holland kommend fährt ein Frachter stromaufwärts, auf dem Container aus China oder Korea gestapelt sind. Ich sehe den Kühlturm des Schnellen Brüters, der jetzt »Kernwasserwunderland« heißt und ein Freizeitpark ist, mit Kirmesattraktionen für die Kinder, dazu Spielcasinos und All-you-can-eat-Angebote für die Erwachsenen. Sie kommen in Reisebussen, angeblich hauptsächlich aus Holland. Im Dorf lässt sich nie einer von ihnen blicken – wozu auch?

Tatsächlich ändert sich etwas, sobald ich die Brücke überquert habe – schwer zu fassen, nicht vernünftig begründbar.

Unmittelbar nach der Abfahrt von der Schnellstraße folgt die Gärtnerei Rath, in der die meisten wichtigen Blumengebinde meines Lebens gefertigt wurden: Kränze für die Beerdigungen der Großeltern, zweier Onkel; Geburtstagssträuße, Hochzeitsschmuck. Rechterhand grast ein Dutzend Milchkühe der alten Rasse »Schwarzbuntes Niederungsrind«. Früher waren sie fester Bestandteil der Landschaft, seit fünfzehn Jahren nimmt ihre Zahl kontinuierlich ab. Stattdessen sieht man »Charolais«-Herden, in denen die Kälber und der Bulle mitlaufen, und riesige schmucklose Hallen mit Wellblechdächern. Darin befinden sich die vom Besamer per Hand gezeugten Nachfolgerinnen der Kühe, die ich als Kind in den Melkstall getrieben habe. Die Tiere in den Hallen kennen weder Sonne noch frisches Gras, lassen sich ihre Milch von computergesteuerten Melkrobotern entnehmen, wenn ihnen danach zumute ist. Unmittelbar im Anschluss werden, ebenfalls automatisiert, biochemische

Analysen der frischen Milch durchgeführt. Bei ersten Anzeichen einer Krankheit erfolgt mit der nächsten Fütterung chipgesteuert die entsprechende Medikamentengabe. Auf diese Weise werden Entzündungen des Euters frühzeitig erkannt und können schonender behandelt werden, so dass sich weniger Antibiotikarückstände in der Milch befinden.

Links der Golfplatz: Wo früher Ackerland war, ziehen sich jetzt Rasenflächen, künstliche Teiche, Sandkuhlen und kleine Hügel hin, dazwischen neu angepflanzte Büsche, Hecken, Baumgruppen. Sie imitieren eine Landschaft, die es nirgends gibt. Man muss weder besonders reich noch Mitglied eines Clubs sein, wenn man dort spielen will, sondern lediglich einem Trainer vorführen, dass man keine Löcher ins Grün schlägt.

Dann, unmittelbar neben der Straße auf einem hohen Mast: das Hülkendoncker Storchennest. Seit einigen Jahren brüten wieder Störche im Dorf. Ich müsste mich ganz nach vorn über das Steuer beugen, den Kopf scharf zur Seite drehen, um festzustellen, ob sie gerade da sind oder irgendwo über die Äcker stolzieren auf der Suche nach Mäusen, Fröschen, Heuschrecken. Ab den zwanziger Jahren, noch vor der Geburt meines Vaters, waren sie weggeblieben, ich weiß nicht, warum: Die Flurbereinigung lag noch in weiter Ferne, der Rhein überschwemmte regelmäßig das Land, viele Wiesen waren wochenlang sumpfig.

»Wenn die Störche zurückkehren, ziehe ich auch wieder an den Niederrhein«, habe ich zu meinem Vater gesagt, als die Möglichkeit noch völlig ausgeschlossen war. Bislang hat er mich nicht daran erinnert.

Das Ortsschild »Hülkendonck, Stadt Calcar, Kreis Cleve«.

Kurz vor dem Deich liegt der Gebäudekomplex, der einmal der Hof meines Onkels, meiner Großeltern gewesen ist. Der

Vater meines Vaters ist sechs Jahre vor meiner Geburt gestorben – ich kenne ihn nur aus Geschichten und von einem verschwommenen Foto: einem vergrößerten Passbild, das gerahmt im Esszimmer meiner Eltern hängt. Auch dort, wo wir herkommen, keine Tiere, keine Landwirtschaft mehr. Schon zu Lebzeiten meines Onkels zeichnete sich ab, dass von den Cousinen niemand Bäuerin werden wollte. Abgesehen davon wäre der Betrieb zu klein für die agrarindustrielle Zukunft gewesen. Es fehlte das Kapital, ihn durch Landkäufe, die Anschaffung moderner Maschinen wieder markttauglich zu machen. Das Leben dort war so, wie ich mir vorstellen möchte, dass das Landleben in früheren Zeiten gewesen ist: ruhige, wenn auch schwere körperliche Arbeit jahrein jahraus, kein Gedanke an Urlaub; Nachbarn, die einander helfen; achtungsvoller aber unsentimentaler Umgang mit den Tieren: Sie ziehen den Pflug, geben Milch, legen Eier, werden geschlachtet; im Gegenzug erhalten sie sichere Versorgung, Schutz vor Kälte und Raubtieren, werden vom Tierarzt behandelt, wenn sie krank sind. Verglichen mit dem Verhungern, Erfrieren, dem Krepieren an Verletzungen, Krankheiten und mit dem lebendig Zerrissenwerden durch Bären oder ein Wolfsrudel ist der Schuss mit der Bolzenpistole ein gnädiger Tod.

Mag sein, dass das Verklärungen sind.

Die jüngste meiner Cousinen hat an die Stelle des alten Schweinestalls, der – obwohl erst in den fünfziger Jahren errichtet – für mich das Urbild aller Ställe gewesen ist, ihr Wohnhaus gesetzt. Ich ärgere mich jedes Mal, wenn ich daran vorbeifahre, aber als sie den Stall hat abreißen lassen, hat niemand auch nur darüber nachgedacht, sie davon abzuhalten. Nicht einmal mein Vater hatte etwas daran auszusetzen: Man baut an und um, erweitert, modernisiert, immer den aktuellen Erfordernissen entsprechend. Wozu soll man einen Schweinestall stehen lassen, wenn keiner Schweine hält und sich damit ohnehin kein Geld mehr verdienen lässt. Zu diesem Zeitpunkt, fünfzehn Jahre nach dem Tod seines Bruders, meines Onkels Koeb, der eigentlich Jakob hieß, hatte die Auflösung des Dorfes längst alle Bereiche erfasst: Architektur, Landmaschinentechnologie, Tierhaltungsstandards, Nachbarschaftsverhältnisse, den Glauben an Gott. Denen, die geblieben waren, erschienen die Veränderungen ohnehin nicht wie Auflösung, sondern als Fortschritt: Stahlbeton, PVC, Plastik, leistungsstärkere Traktoren, optimiertes Saatgut, leichtere Arbeit, verbesserte Hygiene, Urlaubsreisen, Fernsehunterhaltung; die Freiheit, selbst zu entscheiden, mit wem man schläft, ob man heiratet oder nicht.

Ich biege rechts in den Feldweg ein, fahre vorbei am Hof von Onkel Erwin und Tante Mia, der auch schon lange stillgelegt ist. Sie sind nicht direkt mit uns verwandt. Onkel Erwin ist der Bruder von Onkel Herm gewesen, der Tante Leni, die ältere Schwester meines Vaters, geheiratet hat.

Es folgt das vergitterte Heiligenhäuschen, das bei der Fronleichnamsprozession als einer der vier Stationsaltäre dient. Weiter vorn, unmittelbar vor dem Deich, die Kläranlage, deren Gestank manchmal zu uns herüberweht; daneben zwei Windräder, die mit ihren Flügeln die Luft zerhacken.

Obwohl ich seit dreißig Jahren nicht mehr hier wohne, scheint mir alles vertraut, als wären es meine Besitzungen. In Wirklichkeit ist fast nichts mehr so wie zu der Zeit, als ich hier gelebt habe.

Ich erreiche die Straße, in der unser Haus steht. Meine Eltern hatten es in Rufweite der Neuen Schule geplant, weil meine

Mutter dort Lehrerin war. Doch noch ehe wir in das Haus einzogen, anderthalb Jahre nach der feierlichen Einweihung, wurde die Schule geschlossen, denn Hülkendonck war Teil der Stadt Calcar geworden und hatte seine jahrhundertelange Selbständigkeit eingebüßt. Neue Verwaltungseinheiten wurden gebildet, um Abläufe zu verbessern, Kosten zu reduzieren. In der Folge mussten die meisten Kinder eine Dreiviertelstunde mit dem Bus fahren, um in den Nachbardörfern zur Schule zu gehen. Die überflüssigen Gebäude wurden im Lauf der Jahre für Näh-, Koch- und Töpferkurse, Gemeindefeste, als öffentliche Bücherei, Antiquitätengeschäft und Sitz verschiedener Unternehmen genutzt, die sich allesamt nicht lange hielten. Daneben weideten Rinder, die häufig ausbrachen und unseren Garten verwüsteten. In den Dornenhecken zwischen Kopfweiden brüteten Neuntöter, Wachteln, im Frühling hatten unzählige Raupen die Äste eingesponnen. Links von unserem Haus war eine Wiese, auf der Sauen und ein Eber liefen, hinten reichten die Getreidefelder bis an den Deich. Das ist lange her. Inzwischen liegt das Haus inmitten einer dichten Siedlung. Das Land war bereits ab Ende der 1960er zum Bebauungsgebiet erklärt worden, doch solange es noch so aussah, als ob der Schnelle Brüter bald als richtiges Atomkraftwerk Strom erzeugen sollte, wollte sich niemand hier niederlassen. Erst nachdem feststand, dass es nicht in Betrieb gehen würde, kauften und bebauten Leute die Grundstücke. Die meisten von ihnen stammten von irgendwoher, aus dem Ruhrgebiet, Düsseldorf, später auch vermehrt Holländer, da die Grundstückspreise hier günstiger waren als jenseits der Grenze, außerdem Spätaussiedler aus Russland und Polen. Sie wussten nichts über das Leben im Dorf Hülkendonck, und wenn sie etwas darüber gewusst hätten, wären sie kaum bereit gewesen, sich all den ungeschriebenen Gesetzen, Nachbarschaftsregeln und katholischen Ritualverpflichtungen zu unterwerfen. Sie setzten ihre Einfamilienhäuser in mittelgroße Gärten, als würden sie irgendwo im Niemandsland die Heimstatt für einen Lebenstraum errichten, der ihnen ganz alleine gehört. Jetzt stehen dort kanadische und schwedische Modelle in Holzbauweise, ein postmodern avantgardistischer Reihenhausversuch, ebenfalls mit hohem Holzanteil, dazu rostfreier Stahl und großzügige Glasfronten. Es gibt eine Katalogvilla mit weißem Klinker, blauglasierten Schindeln und Betongusssäulen in pseudo-antikem Stil, diverse Einzelgebäude ohne Eigenart, Mehrfamilienhäuser in rotem Backstein, wie er in der Gegend von alters her verbaut wird. Der Spielplatz wurde aufwendig neu gestaltet, doch man sieht nie Kinder dort spielen. Sie rasen auch nicht mehr mit ihren Tretrollern, Fahrrädern oder Kettcars die Straße rauf und runter. Wahrscheinlich ist es den Eltern zu gefährlich oder die Kinder verbringen sowieso den ganzen Tag in Kindergärten und Schulen mit angeschlossener Hortbetreuung, wo sie pädagogisch wertvollen Beschäftigungen ausgesetzt sind, statt am Rhein oder bei den letzten Bauern, die auf ihren produktionsoptimierten Höfen ohnehin keine Verwendung für Kinder mehr hätten, ihre Zeit zu vertrödeln. Die alte Schmiede samt Aloys, dem Schmied, wurde ebenso überflüssig wie der Schreiner, die Schneiderei und der Bäcker Gerritsen mit angeschlossenem Laden. Dort gab es alles, was man brauchte, aber es war teurer als im Supermarkt, und beim Bezahlen musste man sich Frau Gerritsens niemals endenden Monolog über die Weltlage im Kleinen und Großen anhören, was nicht jeder mochte.

Ein knatterndes Mofa kommt mir entgegen. Ich weiche auf den Grünstreifen aus. Der Mann ist zwischen siebzig und neunzig, trägt eine Prinz-Heinrich-Mütze und grüßt, indem er kurz die Hand vom Lenker hebt. Vermutlich kenne ich ihn seit Kindertagen: Zugezogene grüßen nicht auf diese Weise, und vor allem fahren sie nicht Mofa. Sie strampeln sich unter aerodynamischen Helmen in neonfarbenen Radlerhosen auf individuell zusammenmontierten Rennrädern oder Mountainbikes ab; die Älteren leisten sich Pedelecs.

Ich setze den Blinker, biege in die Einfahrt, halte vor unserem Haus. Mein Vater ist vierundachtzig geworden im vergangenen Jahr, meine Mutter wird ihm diesen Winter folgen – »so Gott will«, wie sie sagt. Noch können sie hier zu zweit ohne Hilfe leben. Niemand weiß, wie lange noch – niemand hat eine Idee, was zu tun ist, wenn es nicht mehr geht.

Ich stelle den Motor ab, betrachte die sorgsam gepflegten Blumenbeete und Rasenflächen, um die sich jetzt nicht mehr mein Vater kümmert, sondern ein Gärtner, den er bezahlt. Er hat damit auch nicht seinen Neffen Rolf, den jüngsten Sohn seiner vor zwanzig Jahren verstorbenen Schwester Leni beauftragt, der ausgebildeter Gärtner ist, sondern einen Kosovo-Albaner, Herrn Gjokaj, den ihm eine ehemalige Kollegin meiner Mutter empfohlen hat.

Ich öffne die Wagentür, zögere.

Es gab diesen Moment, als ich vor dem frisch gebauten Haus, auf dem mit grauen Natursteinplatten gedeckten Weg zur Tür stand. Wir waren vom Einkaufen gekommen und gerade aus dem Wagen gestiegen. Der Rasen war noch nicht einmal ausgesät, die serbische Fichte noch nicht in die Mitte der Fläche gepflanzt, die der Rasen werden sollte, umgeben von Blumenbeeten. Ich weiß nicht, ob es gewesen ist, bevor oder nachdem die Lupinen geblüht hatten, weiß aber, dass irgendwann zu dieser Zeit die Fläche ein Lupinenfeld war, weil Lupinen den Boden mit Stickstoff anreichern – dann wächst das Gras später besser. Demnach muss es 1969 oder '70 gewesen sein. Ich war drei, höchstens vier Jahre alt, und strenggenommen dürfte ich an diese Zeit keine Erinnerung haben. Hinter mir meine Mutter, mein Vater, die unsere Körbe oder Plastiktüten aus dem Kofferraum ins Haus tragen. Vielleicht habe auch ich eine Tüte, weil ich mich nützlich machen und nicht mit den Händen in den Hosentaschen herumstehen soll. Ich weiß, dass das Licht hell aber nicht sonnig war, unter einer dünnen gleichförmigen Wolkendecke, die keinen Regen ankündigte, sondern einfach den Himmel verhängte. Es war warm, nicht heiß. Ich hätte mich wohl fühlen müssen in meiner Haut. Vielleicht habe ich mich auch wohl gefühlt, das ist durchaus möglich. Vielleicht ist das Wohlfühlen, die Sicherheit – meine Eltern sind da, wir haben genug zu essen, leckere Sachen, auf die ich mich freue – sogar der Auslöser gewesen. Aus irgendeinem Grund bin ich, mit oder ohne Einkaufstasche, auf die geharkte Erde getreten, obwohl ich es eigentlich nicht sollte, weil ich dann den ganzen Dreck ins Haus tragen, frische Keime zertreten würde. Möglicherweise bin ich einem bunten Vogel gefolgt, einem Rotschwänzchen, das während der ersten zwei oder drei Jahre unter dem Dach genistet hat, bevor der Giebel von dünnen Schieferplatten verschlossen wurde, danach nie wieder, so dass meine Mutter regelmäßig im Frühling sagte: »Ich hab das Rotschwänzchen noch gar nicht gesehen.«

Ich habe mich gedreht, ganz langsam um mich selbst, während mein Vater mit meiner Mutter über irgendetwas gesprochen hat, das mit dem Haus oder den Einkäufen in Zusammenhang stand, sicherlich freundlich, denn sie haben immer freundlich miteinander gesprochen in all den Jahren, die ich sie kenne. Ich habe sie dort stehen sehen, beide mit ihren großen, fast recht-eckigen Hornsonnenbrillen vor den Augen, obwohl die Sonne verdeckt war, und auf einmal senkte sich eine Glocke über mich oder die Luft dickte ein, so dass ich ganz abgeschottet von allem war, und auch den Vogel, den ich vielleicht gesucht hatte, gab es nicht mehr. In diesem Moment wusste ich, dass sie mich nicht schützen konnten, mein Vater nicht und meine Mutter nicht – dass ich allein war.

III.

Unser nächster Nachbar ist Herr Hampel mit seiner Familie. Herr Hampel ist der Melker von Bauer Seesing. Zwischen ihrem Haus und unserem liegt eine Rinderweide. Hampels haben vier Kinder: Frank, Hubert, Britta und Christel. Frank ist schon siebzehn. Er macht eine Lehre und fährt Mokick, aber man sieht ihn selten auf der Straße. Sein Mokick ist viel schneller als die frisierten Mofas der anderen, so dass es für ihn langweilig wäre, Rennen gegen sie zu fahren. Hubert ist vier Jahre älter als ich, Britta zwei, Christel eins. Hubert und ich spielen oft zusammen Fußball auf der Wiese vor der Neuen Schule. Sie wird regelmäßig gemäht und gegen Unkraut gespritzt, weshalb weder Disteln noch Brennnesseln dort wachsen. Anders als auf den Weiden rund um unser Haus, wo man auch spielen könnte, solange die Tiere anderswo stehen, ist sie nicht voller Löcher und Kuhfladen. Längs der Wiese, zur Straße hin, sind dichte Büsche, dahinter verläuft eine flache Mauer, so dass wir nicht ständig dem Ball hinterherrennen müssen, sobald einer danebenschießt. Manchmal spielen Werner Terhorst, Wilfried Fischer oder Uwe Fonck mit, aber oft sind es nur Hubert und ich. Jeder von uns ist dann die ganze Mannschaft in einer Person, hauptsächlich aber der Torwart, und Hubert ist immer Wolfgang Kleff. Ich wäre auch gern Wolfgang Kleff, denn Borussia Mönchengladbach ist genauso meine Lieblingsmannschaft wie seine. Die Gladbacher sind nicht so überkandidelt wie die Bayern, sagt meine Mutter. Nur Günter Netzer mag sie nicht, weil er langhaarig ist, mit seinem protzigen Ferrari durch die Gegend rast und sowieso nur gut spielt, wenn er gerade Lust dazu hat. Ansonsten steht er herum wie eine trübe Tasse, was eine Frechheit ist, bei dem, was er verdient. Wolfgang Kleff hat zwar ebenfalls längere Haare, und meine Mutter findet, dass er sehr ungepflegt aussieht, aber doch nicht so schlimm wie Günter Netzer. Außerdem ist er weniger arrogant. Arroganter als Günter Netzer ist nur Franz Beckenbauer, wobei meine Mutter Franz Beckenbauer außerdem für strohdumm hält. Deshalb kann sie ihn von allen Fußballern am wenigsten leiden.

Hubert hat festgelegt, dass der, der als Erster »Ich bin Kleff« sagt, auch Kleff ist. Im Prinzip mag das gerecht sein, aber es gefällt mir trotzdem nicht. Ich nehme mir immer vor, beim nächsten Mal selbst zuerst »Ich bin Kleff« zu sagen, aber wenn Hubert bei uns an der Tür klingelt, seinen Lederball unterm Arm, und fragt, ob ich mit ihm Fußball spiele, vergesse ich es doch wieder. Mir bleibt dann nichts anderes übrig, als Sepp Maier zu sein. Eigentlich wäre das in Ordnung. Sepp Maier ist immerhin Torwart der Nationalmannschaft und Kleff nur sein Ersatzmann, auch wenn Hubert und ich es lieber andersherum hätten. Obwohl Sepp Maier bei den Bayern spielt, mögen ihn alle, denn er ist sehr lustig.

Bevor wir anfangen, schreitet Hubert erst auf meiner, dann auf seiner Seite mit fünf großen Schritten das Tor ab. Anstelle von Pfosten nehmen wir unsere Jacken, leere Flaschen oder einen dicken Ast. Ein Spiel dauert, bis einer von uns zehn Tore hat. Hubert schießt härter als ich, weshalb er meistens gewinnt. Erst sucht er sich eine gute Position für den Abschlag, der zugleich auch eine Ecke, ein Freistoß, ein Elfmeter sein kann – manchmal auch eine passgenaue Flanke, die diagonal über das Feld geschlagen wurde und sich langsam in den Strafraum senkt. Er legt sich den Ball zurecht, wie es auch die Spieler im Fernsehen tun: am besten auf einem dicken Grasbüschel oder auf einem plattgetretenen Maulwurfshügel. Während er sich vorbereitet oder einfach nur seinen Schuss hinauszögert, um mich zu verunsichern, ist er zugleich der Sportreporter und kommentiert, was gerade passiert: »Bonhof hat sich den Ball geschnappt und marschiert Richtung Eckfahne. Er ist gefürchtet für seine gefühlvollen Hereingaben. Am Elfmeterpunkt lauert Allan Simonsen, der Däne.« Erst jetzt nimmt Hubert Anlauf. »Der Ball kommt scharf angeschnitten, mit viel Effet, Simonsen erwischt ihn mit dem Vollspann ...«

Hubert schießt, ich grätsche nach rechts, doch der Ball fliegt neben meiner Jacke ins Aus und rollt auf den Schulhof, so dass ich ihm doch hinterherrennen muss.

Hubert kennt alle, die in der Gladbacher Mannschaft spielen, wohingegen ich von den Bayern nur die wichtigsten Namen weiß: Neben Sepp Maier und dem dummen Beckenbauer gibt es Paul Breitner, der Kommunist ist, Uli Hoeneß und Gerd Müller. Außer Sepp Maier und Gerd Müller gönne ich eigentlich keinem von ihnen einen Treffer, weshalb ich nur eine geringe Auswahl an Spielern zur Verfügung habe. Meist schießt Sepp Maier seinen Abschlag bis weit in die gegnerische Hälfte, wo Gerd Müller ihn gekonnt aus der Luft fischt. Mit einer Körpertäuschung versetzt er Berti Vogts, der eigentlich zu meinen Lieblingsspielern zählt, und zieht aus der Drehung ab. »Kleff macht sich ganz lang und lenkt den Ball gerade noch um den Pfosten – eine Glanzparade, die seine ganze Klasse zeigt«, ruft

Hubert, während er sich ins Gras wirft, was gar nicht nötig wäre, da mein Schuss nicht besonders platziert war.

Obwohl Hampels unsere direkten Nachbarn sind und schon dort gewohnt haben, bevor wir in unser neues Haus gezogen sind, sind sie doch nicht unsere Nachbarn im eigentlichen Sinn. Genaugenommen ist ihr Haus auch kein Haus, sondern eine *Katstelle*, also Teil des Hofs von Bauer Seesing, der zu weit von uns entfernt liegt, als dass wir Nachbarn sein könnten. Nur Leute mit eigenen Häusern auf einem Grundstück, das ihnen selbst gehört, können richtige Nachbarn sein. Die meisten in Hülkendonck sind immer schon Nachbarn gewesen, das heißt, sie haben es von ihren Eltern und Großeltern übernommen, und normalerweise ändert sich nichts daran, außer jemand zieht weg und das Haus wird an Fremde verkauft. Wenn man gebaut hat und neu in einer Straße ist, muss man sich bei denen, die man gern als Nachbarn hätte, zu einem Besuch anmelden und offiziell um die Nachbarschaft bitten. In dem Fall, dass man akzeptiert wird, kommen bestimmte Rechte und Pflichten auf einen zu. So schmücken sich die Nachbarn bei Silber- oder Goldhochzeiten gegenseitig mit Kränzen und Papierröschen die Tür und bei Beerdigungen tragen sie den Sarg von der Friedhofskapelle zum Grab, es sei denn, der Tote ist in der Schützenbruderschaft oder bei der Feuerwehr gewesen, dann müssen sie sich mit den Schützen beziehungsweise den Feuerwehrleuten einigen, wer welche Aufgaben übernimmt. Einer von den Nachbarn ist der *erste Nachbar*. Das hat nichts mit der Reihenfolge oder dem Abstand der Häuser zu tun, sondern es bedeutet, dass er für all diese Aufgaben die Hauptverantwortung trägt. Die Nachbarn werden außerdem zusammen mit den Verwandten und den Kollegen an runden Geburtstagen in eine Gaststätte eingeladen und bewirtet. Meist treffen sie sich vorher und studieren ein Lied oder ein Gedicht ein, das bei der Feier vorgetragen wird. An normalen Geburtstagen klingeln sie abends nach der Arbeit, ohne dass man sie eigens einlädt, und bekommen Schnaps, Bier und Zigaretten angeboten, obwohl meine Eltern nicht rauchen.

Hampels sind bei nichts von alledem dabei, weshalb man sie kaum einschätzen kann. Auch bei der Fronleichnamsprozession, wenn sich alle in der Straße zusammen um den Aufbau des Altars und die Gestaltung der Blumenbilder auf dem Boden kümmern, machen sie nicht mit. Tante Rieke sagt, dass sie von der anderen Rheinseite stammen, wogegen an sich nichts zu sagen wäre. Aber wenn einen niemand kennt und keiner weiß, von welcher Art Charakter jemandes Eltern oder Großeltern waren, ist es schwer, bei den anderen Vertrauen zu finden, da doch viele Eigenschaften, und gerade die schlechten, von Generation zu Generation weitervererbt werden.

Es ist nicht so, dass meine Eltern persönlich etwas gegen Hampels hätten, obwohl meine Mutter sie von ihrem Erscheinungsbild her schmuddelig findet und kritisiert, dass man von der Familie nie jemanden in der Kirche sieht. Herr Hampel geht auch nicht zu den Versammlungen wegen des Schnellen Brüters, die jetzt überall stattfinden, was nicht verwunderlich ist, denn die Meinung eines Melkers zählt nirgends viel. Da Hampels zugezogen sind, wissen sie sowieso nicht, was gut für das Dorf ist und was nicht. Unabhängig davon käme meine Mutter nicht auf die Idee, Frau Hampel auf einen Kaffee hereinzubitten, wenn diese bei uns klingeln würde, weil ihr beispielsweise die Margarine ausgegangen ist – was Frau Hampel im Übrigen noch nie getan hat. Meine Mutter möchte auch nicht, dass Hubert mit mir in mein Zimmer geht oder bei uns fernsieht, weil wir keine Lust auf Fußball mehr haben oder der Regen zu stark ist. »Ich habe nicht gern fremde Leute im Haus«, sagt sie.

Wenn Herr Hampel nach der Arbeit mit seinem Moped von Bauer Seesing kommt, kümmert er sich um das Gemüse und die Kartoffeln in dem kleinen Garten, der zur Katstelle gehört. Anders als wir zieht er weder Schnittblumen noch Rosensträucher, sondern ausschließlich Gemüse und Kartoffeln, die er für sich und seine Familie behalten darf, obwohl der Grund und Boden, auf dem sie wachsen, natürlich Bauer Seesing gehört. Sie haben außerdem ein paar Hühner und einen Hahn, die dort herumspazieren und nachts in einen Stall aus Draht gesperrt werden, wegen der Füchse und Marder. Einmal im Jahr bekommt Herr Hampel, genau wie wir, eine halbe Karre Mist, den er dann untergräbt, wobei sein Mist von Bauer Seesing stammt, unserer hingegen von Onkel Koeb. Vor einigen Monaten wollte mein Vater, dass ich diese Arbeit bei uns im Garten mache, aber der Mist hat so gestunken, dass mir schlecht wurde, und weil ich nicht besonders geschickt mit dem Spaten war, hat mein Vater ihn mir schließlich aus der Hand genommen und gesagt: »Wenn ich sehe, wie du dich anstellst, mach ich es lieber selber.«

Außer mit Hubert spiele ich manchmal mit Britta und mit Christel. Britta ist ziemlich dick und hat glatte dunkle Haare, die immer fettig auf ihre Schultern herunterhängen. Von allen Hampels findet meine Mutter sie am unsympathischsten. Das war von Anfang an so. Trotzdem hat sie mir nicht verboten, mit ihr zu spielen. Britta darf schon auch bei uns auf dem Grundstück sein, wenn wir die Kaninchen laufen lassen oder Sandburgen bauen, die dann unter Wasser gesetzt werden, dass es aussieht, als stünden sie auf richtigen Pirateninseln im Ozean.

Das geht nur bei uns, weil wir einen eigenen Brunnen haben und deshalb so viel Wasser laufen lassen können, wie wir wollen, ohne dass wir Geld an die Stadt bezahlen müssen.

»Britta ist nicht hinten wie vorne«, sagt meine Mutter.

Ich kann nichts Schlechtes über sie sagen, außer vielleicht, dass sie schnell beleidigt ist und immer gleich wütend wegrennt, wenn ihr etwas nicht gefällt. Meine Mutter fand ihre negative Meinung über Britta dann bestätigt, als sie durchs Küchenfenster gehört hat, wie Britta abfällig über sie gesprochen hat. Der Grund war, dass ich keine Eisschnitten für uns aus dem Gefrierschrank holen durfte, obwohl es ein sehr heißer Nachmittag war und unser ganzer Schrank sowieso immer voll mit Eis ist, da wir regelmäßig vom Eiswagen der Firma Boqoui beliefert werden. In dem Fall war es so, dass das Verbot meiner Mutter mich in eine sehr peinliche Situation brachte, denn Britta gegenüber hatte ich es so dargestellt, als könne ich uns jederzeit Eis besorgen. Als meine Mutter dann »Nein« sagte, stand ich wie ein Trottel da. Deshalb habe ich Britta teilweise zugestimmt in ihrer Kritik und selbst etwas wie »Meine Mutter ist manchmal ziemlich blöd« und »Ich mag sie eigentlich auch nicht besonders« gesagt. Unglücklicherweise hat meine Mutter es gehört, weil sie gerade in der Küche Gurken zum Einkochen geschnitten hat und das Fenster gekippt war. Als ich später hereinkam, stand sie am Herd und rührte den Würzsud und ihr liefen Tränen übers Gesicht. Meine Mutter ist sehr empfindlich, was Streit in unserer Familie anlangt. Sie will immer, dass alles harmonisch zugeht. Als sie noch ein Kind war, wurde bei ihr zu Hause von Seiten meines Großvaters viel geschrien und geschlagen, seitdem erträgt sie es nicht mehr. Sie drehte mir demonstrativ den Rücken zu und sprach kein Wort, was sonst nicht ihre Art ist. Normalerweise sagt sie immer direkt, wenn sie findet, dass ich etwas falsch gemacht oder mich schlecht benommen habe. Da sie auf meine Frage, was denn los sei, nicht antwortete, sondern nur mit zusammengekniffenem Mund den Kopf schüttelte, hatte ich Sorge, dass vielleicht jemand, den wir kennen, womöglich sogar mein Vater, verunglückt oder krank geworden wäre. Mein Gespräch mit Britta hatte ich da längst vergessen. Man sagt leicht schon mal dies und das, wenn die Situation für einen selbst anders nicht zu retten ist, und denkt sich nicht groß etwas dabei. Irgendwann räusperte meine Mutter sich und sagte, ich solle mir mal überlegen, was ich von mir gegeben hätte und weshalb sie so enttäuscht sei, vielleicht falle mir der Grund ja wieder ein. Dann schnäuzte sie sich, und ich sah, dass schon eine ganze Reihe zerknüllter Papiertaschentücher auf dem Tisch lagen. Mir schoss mein Gespräch mit Britta durch den Kopf, aber weil ich mir beim besten Willen nicht vorstellen konnte, dass meine Mutter es mitgehört hatte, fragte ich sicherheitshalber nach, was sie meine, denn es wäre eine sehr blöde Situation gewesen, wenn ich etwas zugegeben hätte, das bis dahin gar kein Problem gewesen wäre. Sie wollte es mir aber nicht sagen, sondern wiederholte nur mit gepresster Stimme: »Wenn du es nicht weißt, musst du vielleicht noch ein bisschen länger nachdenken.«

Ich versetzte mich in ihre Lage und stellte mir vor, wie ich mich fühlen würde, wenn ich gehört hätte, wie meine Mutter zu jemand anderem sagt, dass sie mich eigentlich nicht mag. Im selben Moment erinnerte ich mich an die Geschichte von Judas Iskariot, der Jesus für dreißig Silberlinge verraten hatte. Dann fiel mir Petrus ein, wie er Jesus nach dessen Festnahme im Hof des Hohepriesters drei Mal verleugnete, nachdem er vorher lauthals verkündet hatte, er würde alles für ihn tun, sogar sein Leben für ihn hingeben. Die Tränen meiner Mutter waren jetzt wie meine eigenen, nur schlimmer, und ich wusste nicht, was ich sagen sollte. Schließlich fragte ich, ob es wegen der Eisschnitten sei? »Um das Eis geht es zuallerletzt, und das weißt du genau«, sagte meine Mutter.

Seitdem ist Britta für sie gestorben.

Gegen Christel hat meine Mutter eigentlich nichts. Manchmal macht sie Christels Sprachfehler nach. Christel hat schiefe, vorstehende Zähne und kann kein »s« sprechen, sondern sagt stattdessen ein »t«, so dass alle sie »Krittel« nennen. Das ist aber nicht böse gemeint. Christel ist lieb, allerdings insgesamt keine Leuchte, wie meine Mutter es ausdrückt. Sie bekommt immer schlechte Noten und wahrscheinlich bleibt sie sitzen. Vielleicht muss sie auch auf die Sonderschule. Wegen ihres Sprachfehlers klingt alles, was sie sagt, irgendwie komisch, und es ist schwierig, sich normal mit ihr zu unterhalten. Vermutlich denken deshalb auch die Lehrer, dass sie dumm ist. Sie guckt am liebsten »Lassie« und will immer mit mir darüber reden, wie ich die Folge verstanden habe, wen ich gut finde und wen nicht und was ich glaube, wie es weitergeht. Manchmal gucken wir zusammen bei ihr zu Hause, weil es bei uns nicht geht, obwohl Hampels Fernseher kleiner und schlechter ist als unserer, so dass das Bild sich oft mit Schnee mischt. In Hampels Wohnzimmer ist kaum Platz, und die Sessel sind alt und abgewetzt, einer hat sogar Löcher, aber Christel guckt gern mit mir zusammen, und mir ist es auch recht, weil ich mich dann weniger fürchte, wenn die Gefahr für Lassie zu groß wird.

Wir gehen immer von hinten durch die Tenne ins Haus. Auf der Tenne ist es dunkel, es gibt nur ein winziges Fenster, das eher an eine Dachluke erinnert. Der Boden besteht aus welligem, gestampftem Lehm, wie bei Tante Rieke und ihrer Schwester, Tante Ada, die auch eine Tenne haben. Im Dämmerlicht sieht man, dass neben Harken, Hacken, Schippen, Spaten, Heckenscheren, Gießkannen allerhand Gerümpel in den Ecken herumliegt, das teilweise Bauer Seesing gehört, jedenfalls holt er manchmal eine Zange oder einen Hammer von Hampels Tenne, wenn er mit seinem Trecker auf den Feldern hinter der Katstelle zu tun hat. Die Schubkarre steht da, wo der Vorgänger von Herrn Hampel sein Schwein gehalten hat. Man erkennt es am Trog. Hampels haben allerdings kein eigenes Schwein. Neben dem Koben befindet sich das Plumpsklo. Einmal habe ich die grüne Tür mit dem Herzloch aufgemacht und das Licht eingeschaltet, aber es hat so gestunken, dass ich zu uns nach Hause gelaufen und auf unser richtiges Klo gegangen bin. Ich glaube, solche unpraktischen Dinge wie Plumpsklos sind normal bei Katstellen, auch wenn ich nur die, in der Hampels wohnen, von innen kenne. Auch die von den Bauern Praats, Otten, Geerck und van Elst sind ziemlich heruntergekommen und uralt, so dass der Klinker sich schon schwarz verfärbt hat. Die Mauern haben Risse, die Aloys, der Schmied, notdürftig mit Eisenklammern flickt, damit die Häuser nicht einstürzen. Bei manchen sind Dachziegel zerbrochen oder sogar Löcher über der Tenne. Wegen der kleinen Fenster herrscht in den Zimmern auch tagsüber Dunkelheit, so dass man sich nicht wundern muss, wenn die Melkerkinder, wie bei Hampels, immer auf der Straße herumlungern.

Melker ist ja kein Beruf wie Schlosser, Schmied, Bäcker oder auch Lehrer. Wobei der Lehrerberuf wiederum eine andere Stellung hat, weil man dafür in der Stadt studieren muss. Wie genau man Melker wird, weiß ich nicht. Ich glaube, man braucht dazu nicht einmal einen Hauptschulabschluss. Melken kann eigentlich jeder Bauer, aber wenn ihm der Betrieb gehört, hat er noch eine Menge andere Dinge zu tun, deshalb nehmen sich Großbauern, die ungefähr zwanzig bis dreißig Kühe besitzen, dafür Leute, die sonst keine Arbeit finden. Seit es Melkmaschinen gibt, ist das Melken selbst nicht mehr so schwierig wie früher mit der Hand und es geht auch viel schneller. Tante Friede hat es mich einmal versuchen lassen und es kam nicht ein Tropfen Milch heraus. Hauptsächlich muss der Melker jetzt darauf achten, dass die Zylinder gut sitzen und sie wieder herunterziehen, sobald das Euter leer ist. Der Melker füttert auch und mistet die Ställe aus, das heißt, er schiebt das mit Kuhscheiße und -pisse vermischte Stroh, das unter und zwischen den Kühen liegt, auf das Fließband dahinter, mit dem der Mist auf den Misthaufen transportiert wird. Bei Ställen, die kein Fließband haben, muss er es in die Schubkarre schaufeln und selbst dort hinbringen. Ich kann mir nicht vorstellen, dass das besonderen Spaß macht, aber wenn man sonst nichts gelernt hat, ist es immerhin eine Beschäftigung, von der man Essen, Kleider und sogar ein Moped kaufen kann. Zum Wohnen hat man ja die Katstelle, auch wenn sie natürlich nicht gerade eine Luxusvilla ist. Früher haben hauptsächlich Knechte diese Arbeit gemacht. Knechte gab es schon zur Zeit Jesu, der sie oft in seinen Gleichnissen erwähnt. Manche waren ein gutes, andere ein schlechtes Beispiel dafür, wie man sich seinem Herrn – also eigentlich Gott – gegenüber verhielt. Der Herr ist in den Gleichnissen immer streng und gerecht, was sich dann wohl auf die Bauern übertragen hat. Mein Großvater war auch zuerst Knecht, aber dann hatte er Glück und konnte meine Großmutter heiraten, die den Hof in Hülkendonck geerbt hat. Allerdings ist dieser Hof, den jetzt Onkel Koeb und Tante Friede haben, immer so klein gewesen, dass unsere Familie nicht zu den Bauern zählte. Wir waren nur »Landwirte«, weshalb wir auch keine Knechte hatten. Ein Knecht gehörte in früherer Zeit mehr oder weniger dem Bauern, der ihn beschäftigt hat. Er schlief über den Tieren im Stroh und musste sich jede Laune des Bauern gefallen lassen. Diese Stellung wurde dann abgeschafft, so wie es auch keine Mägde mehr gibt. Wobei die Mägde es in gewisser Weise noch schwerer hatten als die Knechte. Da sie unverheiratet und arm waren, konnten sie nicht einfach weggehen, wenn der Bauer ein Auge auf sie geworfen hatte, was ziemlich oft vorkam, wie mein Vater sagt. Die alten Bauern Opgenrhein und Geerck waren dafür bekannt, dass sie sich an alle Mägde herangeschmissen haben. Sobald die Bäuerinnen davon Wind bekamen und ein Geschrei veranstalteten, mussten die Mägde in Schimpf und Schande den Hof verlassen, und ihr Ruf war ruiniert, denn so etwas sprach sich schnell in der ganzen Gegend herum. Das ist einer der Gründe, weshalb mein Vater den Bauern gegenüber Vorbehalte hat. Auch meine Mutter hat sich, als es die Schule in Hülkendonck noch gab, oft mit den Bauern gestritten und deren Söhnen die Grenzen aufgezeigt, da sie sich benahmen, als wäre das Dorf ihr Eigentum. Um ihren guten Willen zu zeigen, haben die von den Bauern, die auch Jäger sind, ihr dann nach der Treibjagd manchmal Hasen oder Fasane geschickt, wobei meine Mutter immer, wenn sie so ein Tier im Topf hatte, erklärte, dass sich niemand einbilden solle, davon irgendwelche Vorteile zu haben.

Viel besser als früher den Knechten geht es den Melkern heute auch nicht, sagt mein Vater. Die einzige Ausnahme ist Bauer van Elst: Dort werden die Melker wie Menschen behandelt.

Vielleicht liegt es daran, dass Bauer van Elst im Krieg einen Arm verloren hat und besonders auf seinen Melker angewiesen ist, vielleicht hat er auch einfach ein gutes Herz. Ihr jetziger Melker, Eeg Müskens, hat die Stellung von seinem Vater übernommen, dessen Vater ebenfalls schon dort Melker war, woran man ja sieht, dass es ihnen nicht schlecht ergangen ist, sonst hätten zumindest die Söhne versucht, anderswo Fuß zu fassen. Aber die meisten Bauern behandeln ihre Melker schlechter als ihr Vieh, sagt mein Vater.

4.

Die Rasenfläche auf dem Flachbildschirm leuchtet in synthetischem Grün und so grell, dass man denkt, es ist gar kein echtes Gras, sondern Polyethylen oder Polyamid. Die Spieler bewegen sich zügig, ganz rot und ganz schwarz, zwischen ihnen der Schiedsrichter in seinem taubenblauen Poloshirt. Der gelbe Torwart hat schon vier Treffer kassiert und beugt sich gespannt nach vorn, in Erwartung des nächsten Angriffs.

Irgendwann in den 1970er Jahren hatte mein Vater die Idee, den Fernseher im Sommer abends auf die Terrasse zu tragen, damit wir beim Grillen wichtige Fußballspiele und die Sportschau sehen konnten. Es muss nach der Weltmeisterschaft 1974 gewesen sein, denn Deutschland gegen die DDR, Deutschland gegen Schweden, gegen Polen und das Finale gegen Holland haben wir im Esszimmer angeschaut. Damals war der Apparat genauso hoch wie tief, ein schwerer, massiver Block, dabei sehr empfindlich: Eine unachtsame Bewegung, ein Stoß gegen den Türrahmen, schon hatte sich irgendwo ein Drähtchen gelöst und das Bild baute sich nicht mehr auf.

»Heute Morgen haben sie Frau van Ackeren ins Krankenhaus gebracht«, sagt meine Mutter. »Sie muss schon mindestens einen Tag in ihrer Wohnung gelegen haben, weiß aber von nichts. Am Telefon klang sie ziemlich durcheinander.«

Frau van Ackeren ist ein Jahr jünger als meine Mutter und

war meine Lehrerin in der ersten Klasse. Ich habe sie sehr geliebt. Ihr Mann ist vor gut zehn Jahren gestorben. Seit er tot ist, hat sie sich meinen Eltern gelegentlich auf Busreisen nach Frankreich oder an die Mosel angeschlossen. Sie ruft auch oft an, um mit jemandem zu reden, der in der Nähe lebt. Ihr Sohn arbeitet als Finanzbeamter in der Gegend von Hannover, ihre Tochter betreibt einen ökologischen Gemüsehof in Mecklenburg. Sehr große Entfernungen, selbst für Telefonstimmen.

»Das wird nichts mehr«, sage ich mit Blick auf den Bildschirm.

»Wir werden alle nicht jünger«, sagt mein Vater.

»Das ist wahr«, sage ich.

»Willst du was trinken? Bier? Wein?«

»Danke, ich hab ja schon Kaffee.«

Der Kommentator wird lauter: »Joshua Kimmich, sie lassen ihn einfach laufen, offenbar fühlt sich niemand zuständig, ein klasse Zuspiel auf Lewandowski, der steht völlig frei, fackelt nicht lange, und da ist der Ball im Netz.«

Es steht fünf zu null.

Ich schaue zu meinem Vater herüber, der nicht reagiert, sich stattdessen die Zeitung vom Tisch genommen hat und überlegt, welcher Artikel ihn interessieren könnte, dann aber doch aufblickt, der routinierten Erregung des Kommentators nachhorcht, fragt: »Wer spielt denn eigentlich?«

»Gladbach gegen Bayern«, sage ich.

Am oberen Bildrand steht neben der verrinnenden Zeit und dem Spielstand: »Bayern – M'gladbach.«

»Das sieht schlecht aus.«

Er zieht einen bunten Supermarktprospekt aus dem hinteren Teil der Zeitung und sichtet die Sonderangebote.

»Forelle blau«, sagt er zu meiner Mutter. »Was hältst du denn davon? Früher hast du das immer mal gemacht – war an sich lecker.«

»Ja, früher …«, sagt meine Mutter und lacht: »Früher war alles besser.«

»Schweinekotelett haben sie. Apfelkompott. Pflaumenmus – Pflaumenmus gab es bei uns zu Hause immer … Griebenschmalz.«

»Darf ich sowieso nicht essen«, sagt meine Mutter.

»Butter und Schmalz: Gott erhalt's.«

»Esse ich aber trotzdem.«

»Wenn keiner hinschaut, können wir den Fernseher eigentlich ausmachen«, sagt meine Mutter.

»Wer spielt denn überhaupt?«, fragt mein Vater.

»Gladbach gegen Bayern«, sage ich.

»Sieht aber verdammt schlecht aus.«

»Das stimmt.«

»Willst du noch gucken«, fragt mein Vater.

»Muss nicht unbedingt.«

Er greift nach der Fernbedienung und drückt auf den Ausschaltknopf.

Aus Richtung des Rheins wehen Wellen von Kreischen und Schlagermusik herüber. Das, was einmal der Schnelle Brüter hätte werden sollen, befindet sich keine fünfhundert Meter von unserem Haus entfernt. Aus dem Fenster meines früheren Zimmers im ersten Stock kann ich die Gebäude sehen, davor die Hülkendoncker Kirche, St. Verafredis, daneben die großen Höfe, von denen nur noch Seesing bewirtschaftet wird, von Norbert, der acht Jahre älter ist als ich, nie geheiratet hat, die alte Burg allein bewohnt und sich die Arbeit mit den jeweils neuesten Maschinen teilt.

Die Mauern des Kühlturms sind mit einer Art monumentaler Alpenlandschaft unter blauem Himmel bemalt. In seinem Inneren befindet sich ein Kettenkarussell, das in regelmäßigen Abständen fünfzig, sechzig Meter ausgefahren wird, weit über den Rand des Turms hinaus, sich dann langsam in Bewegung setzt, schneller und schneller wird, bis die Leute fast waagerecht in ihren Sitzschalen kleben und so laut schreien, dass wir es auf der Terrasse hören.

Zuletzt bin ich im Januar hier gewesen, jetzt ist es Ende Mai: Pfingstsamstag.

»Willst du was trinken? Bier, Wein?«, fragt mein Vater.

»Danke, ich hab noch.«

Seit Längerem denke ich jedes Mal, wenn ich von hier wegfahre, dass ich sie nicht alleine lassen sollte: Sie selbst haben sich bis zu deren Tod um meine Großeltern – die Eltern meiner Mutter – gekümmert. Die Eltern meines Vaters sind mit fünfzehn Jahren Abstand bei Onkel Koeb auf dem Hof gestorben. Als meine Großeltern zu verwirrt waren, um in ihrer eigenen Wohnung zu leben, hat mein Vater ihnen die Räume im ersten Stock, die vorher unser Speicher waren, zu einem eigenen Schlafzimmer und einem kleinen Bad ausgebaut. Den Hauptteil des Tages haben sie mit uns in der Küche und im Esszimmer verbracht. Mein Großvater schlief unter der Zeitung, meine Großmutter suchte Sachen, die sie verlegt oder versteckt hatte, aus Angst, jemand würde sie bestehlen: ihre goldene Uhr, die Perlen, meistens das Portemonnaie. Je älter sie wurde, desto öfter hatte sie auch uns im Verdacht, die Täter zu sein. Sie sagte das nicht direkt, aber man sah es in ihrem Blick, wie sie uns einen nach dem anderen musterte, um herauszufinden, aus wessen Gesicht das schlechte Gewissen des Diebes sprach. Mein Großvater stank nach Pisse, da er statt der Kloschüssel seine Hose traf und sich weigerte, unter die Dusche zu gehen. Meine Großmutter verlor die Kontrolle über ihren Schließmuskel. Da sie bis zum Schluss keine Strumpfhosen, sondern Strümpfe mit Haltern trug, fielen die Kotbrocken einfach aus ihren viel zu weiten Schlüpfern und lagen auf den Teppichen und im Flur. Wenn meine Mutter sie darauf hinwies, kicherte sie. Es stand nie zur Debatte, sie aus dem Haus zu schaffen. Die eigenen Eltern in einem Altenheim unterzubringen, war, als würde man sie an Menschenhändler verkaufen.

»Was macht eigentlich Juliane?«, fragt mein Vater.

Ich brauche eine Sekunde, bis ich weiß, wen er meint, und bin dann doch nicht ganz sicher, ob er wirklich von *der* Juliane spricht, aber mir fällt sonst niemand dieses Namens ein.

Ich habe seit Monaten nicht an sie gedacht, und er hat seit dreißig Jahren nicht nach ihr gefragt. Überhaupt denke ich schon lange nur noch selten an Juliane. Jetzt, wo mein Vater ohne jeden Anlass nach ihr fragt, wundere ich mich ebenso sehr darüber, wie wenig ich an sie denke, wie darüber, dass er nach ihr fragt. Offenbar ist sie in seinem Kopf so anwesend wie eine Lebendige, während ich Mühe habe, mir beim Klang des Namens ihr Gesicht zu vergegenwärtigen.

»Welche Juliane meinst du?«, frage ich, um sicher zu sein, dass er sie nicht mit jemandem verwechselt.

Zwischen sechzehn und einundzwanzig habe ich eine Reihe Frauen und Mädchen mit nach Hause gebracht. Juliane war weder die Erste – zumindest nicht aus Sicht meiner Eltern – und auch nicht die Letzte, obwohl ich nach ihr einige Monate lang überzeugt war, dass es mit der Liebe in meinem Leben ein für alle Mal vorbei sei.

»Wie sie mit Nachnamen heißt, weiß ich doch nicht«, sagt mein Vater. »Ich meine die, die bei Praats in der Kommune mit den Brütergegnern gewesen ist und die dich gegen uns aufgehetzt hat, dass man jahrelang kein vernünftiges Wort mehr mit dir reden konnte – die hieß doch Juliane.«

Sie hat mich nicht aufgehetzt, denke ich, sage es aber nicht, sondern nur: »Juliane Scholten.«

»Scholten. Genau. So hieß die.«

»Die ist schon lange tot«, sage ich.

»Sag bloß«, sagt mein Vater. »So alt kann sie doch noch gar nicht gewesen sein.«

»Zweiundzwanzig.«

»Und war sie krank oder hatte sie einen Unfall?«

Meine Mutter ist ins Fernsehprogramm vertieft und tut so, als bekäme sie von dem Gespräch nichts mit.

»Ein Unfall«, sage ich und hoffe, dass er sich damit zufriedengibt.

Wenn er nicht mehr weiß, dass sie tot ist, obwohl die Geschichte über Monate in der Zeitung ausgebreitet wurde, wochenlang Thema im Dorf war und wir uns darüber derart gestritten haben, dass ich bestimmt ausgezogen oder abgehauen wäre, hätte Julianes Tod mir nicht allen Mut für irgendetwas genommen, wird er sich auch nicht an die Umstände erinnern.

»Ein Autounfall oder was?«

»So was in der Art«, sage ich.

Es scheint, als wäre das ausreichend als Erklärung, obwohl *eine Art Autounfall* natürlich Unsinn ist.

»Das muss für die Eltern ja auch schlimm sein, wenn das eigene Kind so jung stirbt. Wohnen die noch in Cleve?«

»Die sind auch tot«, sage ich und: »Ja, das war schlimm für die Eltern, aber die Eltern …«

Ich breche ab, weil es sinnlos ist, mit ihm über Julianes Eltern zu diskutieren, die alles dafür getan haben, sie zu verlieren, Julianes ganze Kindheit und ihr kurzes Erwachsenenleben lang, bis sie dann wirklich nicht mehr da war. Dass es sie selber aus der Bahn werfen würde, Juliane endgültig, ohne Abschied und ohne ein Wort der Versöhnung zu verlieren, haben sie erst gemerkt, als es zu spät – als Juliane zunächst verschwunden und dann tot war, als die Polizei klingelte und dämliche Fragen stellte, ob sie wüssten, wo ihre Tochter sei, sie werde vermisst, und ob sie als Eltern das Verschwinden bestätigen könnten oder anderslautende Informationen über ihren Verbleib hätten … Was Polizisten halt fragen, wenn sie keine Lust haben, sich mit der Suche nach einer Vermissten zu beschäftigen, da die, die sie von Amts wegen suchen müssen, zu denen gehört, die sich aktenkundig auf Baustellenzufahrten an Absperrungen ketten, ihnen bei Demonstrationen Wackersteine entgegenschleudern und genau diese Polizisten als »Bullenschweine« beschimpfen.

»Der Vater war doch Richter in Cleve, Dr. Scholten. So einer mit Kinnbart und runder Nickelbrille.«

»Genau.«

Dr. Scholten trug eine kreisrunde Brille wie John Lennon. Vermutlich hat er sich maßlos geärgert, als er die Bilder von John und Yoko in diesem Amsterdamer Hotelbett sah, doch konnte er sich wohl nicht dazu durchringen, sein Äußeres mit Ende fünfzig noch einmal neu zu erfinden, denn diese Brille war sein Markenzeichen gewesen – Symbol seiner bedingungslosen Rückwärtsgewandtheit –, und auf einmal hatten linksradikale Revoluzzer es usurpiert.

»Wir hatten von der Firma aus ofter mit dem zu tun. Wenn einer von den Bauern nicht zahlen wollte. Oder wegen Urban, wenn der wieder etwas ausgefressen hatte – wer Urban ist, weißt du doch, oder?«

»Urban Slaack.«

»Genau. Der lebt aber noch. Zumindest hab ich nicht gehört, dass er gestorben ist. Das hätte sicher in der Zeitung gestanden.«

Urban, der Sohn seines Chefs, hat damals sämtliche Drogen genommen, die es gab. Seine Aussetzer und Unfälle wurden regelmäßig bei uns besprochen, wenn mein Vater abends von der Arbeit kam, weil Frau Slaack, Urbans Mutter, ihm immer alles erzählt hat, was ihr auf der Seele lag, denn mit ihrem eigenen Mann konnte sie darüber nicht reden. Slaack war, selbst wenn er gerade weder in der Firma zu tun hatte noch auf Geschäftsreisen, Geschäftsessen, Geschäftstrinken war, nicht an seinem Sohn interessiert, es sei denn, Urbans Ausfälle betrafen die Firma, was öfter passierte. Einmal hat er im Rausch ein halbes Dutzend nagelneuer Traktoren auf dem Betriebsgelände zu Schrott gefahren, ein anderes Mal für Tausende von Mark Werkzeug geklaut und versucht, es in Holland zu verkaufen. Er ist ins Firmenbüro eingebrochen, um den Tresor zu knacken, wo die Lohntüten der Monteure aufbewahrt wurden, aber dann mit dem Stemmeisen in der Hand vor dem Schreibtisch von Frau Kunert, Slaacks Sekretärin, eingeschlafen. Dort hat mein Vater ihn morgens gefunden, weil er immer der Erste im Betrieb war. Er hat Frau Slaack angerufen, dass sie ihn abholt, bevor ihr Mann ihn findet, weil der ihn grün und blau geschlagen hätte – auch als Erwachsenen noch. Nach einer Hausdurchsuchung, bei der Heroin gefunden wurde, saß Urban eine Weile im Gefängnis. Von dort ist er in den Entzug gegangen, rückfällig geworden, wieder in den Entzug, wieder rückfällig, bis Slaack ihn schließlich vor die Tür gesetzt hat. Zu der Zeit ist Urban eine Zeitlang in dem Hülkendoncker Protestcamp untergekommen, wo Juliane eine der führenden Aktivistinnen war, Kampagnen und Aktionen plante und auch mitbestimmte, wer länger bleiben durfte und wer nicht.

Damals kannte ich sie noch gar nicht. Sie war ja sieben Jahre älter. Später, als ihr plötzlich klar wurde, dass mein Vater bei Slaack arbeitete, hat sie mir erzählt, dass sie durch Urban schon viel von ihm gehört habe und auch, dass Urban meinen Vater eigentlich mochte – was ich zu der Zeit ebenso überraschend wie verwirrend fand.

Juliane und Urban waren schon zusammen in der Grundschule gewesen und auch nachher auf dem Gymnasium in derselben Klasse. Mit vierzehn oder fünfzehn haben sie gemeinsam angefangen, die Schule zu schwänzen, Haschisch zu rauchen und gegen ihre Eltern zu rebellieren, die in dieser »Scheißspießerstadt«, wie sie es nannte, zur oberen Oberschicht gehörten. Mit achtzehn hing Urban an der Nadel und interessierte sich nur noch für den nächsten Schuss, was Juliane zum Kotzen fand. Trotzdem hat sie dafür gesorgt, dass er einige Wochen in Praats' Melkstall bleiben konnte, bis seine Mutter ihm heimlich eine kleine Wohnung in der Clever Unterstadt gemietet hatte.

Kann sein, dass sie auch eine Zeitlang ein Paar waren, mit fünfzehn oder sechzehn vielleicht. Ich habe sie einmal danach gefragt, da hat sie gelacht und ist nicht weiter darauf eingegangen. Ihr Lachen hat seltsam geklungen, was ich mir damit erklärt habe, dass sie mir signalisieren wollte, wie absurd sie die Idee fand. Dann, als ich immer öfter Angst hatte, dass sie auch mit anderen Leuten schlief, wenn sie gerade Lust dazu hatte, obwohl sie doch meine Freundin war, nahm ich an, dass sie sich einfach über meine Eifersucht amüsierte.

Ich habe Urban erst viel später kennengelernt, auf der Feier zum vierzigjährigen Betriebsjubiläum meines Vaters – da war Juliane schon zehn oder zwölf Jahre tot. Nach dem Essen standen wir zufällig an der Theke nebeneinander und wussten beide nicht, mit wem wir sonst reden sollten, weil wir als Einzige nichts mit der Firma, nichts mit dieser ganzen Landmaschinen-Welt zu tun hatten und außerdem beide von den anwesenden Monteuren, Verkäufern und Vertretern gleichermaßen skeptisch beäugt wurden: Urban, weil die Leute wissen wollten, in welchem Zustand er sich gerade befand, damit sie ihren schadenfrohen Ehefrauen zu Hause erzählen konnten, wie kaputt der Sohn ihres Chefs war, und ich, weil die meisten der Kollegen meines Vaters mich überhaupt noch nie gesehen, wahrscheinlich aber gehört hatten, dass ich ebenfalls ein Problemsohn sei, der sich noch dazu für etwas Besseres hielt. Urban war damals Ende dreißig, wirkte aber zehn Jahre älter: ein verschreckter, schüchterner Mann, der am liebsten gar nicht sprach, und wenn, dann nur sehr leise und langsam, als würde es ihm schon Mühe bereiten, seine Lippen zu bewegen. Vielleicht hätten wir uns sogar einiges zu erzählen gehabt, aber er kannte meinen Vater als strengen Meister, der länger im Betrieb war als er selbst auf der Welt, und vermutlich fürchtete er, dass ich über alles im Bilde war, was er im Rausch angestellt hatte. Ich wiederum wusste weder, was zwischen ihm und Juliane gewesen war, noch, was er von mir und Juliane mitbekommen hatte, war aber sicher, dass ich auf keinen Fall mit ihm über Juliane reden wollte, ganz gleich, ob er vor mir mit ihr zusammen gewesen war oder nicht.

Wir stellten uns so hin, dass die anderen dachten, wir wären in ein wichtiges Gespräch vertieft, das sie nicht stören sollten, während wir in Wirklichkeit hauptsächlich damit beschäftigt waren, das, was hätte wichtig sein können, zu umschiffen. Er wohnte damals wieder im Haus seiner Eltern, die er genauso gehasst hat wie Juliane die ihren, aber irgendwie schien es zu diesem Zeitpunkt keine Rolle mehr zu spielen. Er wirkte wie jemand, für den im Grunde überhaupt nichts mehr eine Rolle spielte. Jetzt, mit fast vierzig, machte er eine Ausbildung zum Bürokaufmann in der Firma seines Vaters, vor der er sein halbes Leben davongelaufen war, vereinbarte Termine, schrieb Rechnungen, kümmerte sich um die Buchführung.

Immerhin lebte er noch.

»Hast du von Slaack eigentlich noch mal was gehört?«, frage ich, damit er nicht wieder auf Juliane zurückkommt.

»Dem soll es sehr schlecht gehen. Es hieß, man hätte ihm beide Beine abgenommen – vom Zucker her. Ich weiß gar nicht, wer mir das erzählt hat – Wim Heesters vielleicht.«

Meine Mutter hebt den Kopf und sagt: »Wim kann das nicht gewesen sein, der ist längst unter der Erde.«

V.

Morgen ist Pfingsten, der Tag, an dem der Heilige Geist auf die Apostel und die Gottesmutter Maria herabkommt. Wir fahren zu Onkel Koeb, um ein Huhn zu fangen. Am Telefon hat er zu meinem Vater gesagt, dass die Hühner gerade richtig sind für eine leckere Suppe mit großem gelbem Fettauge. Ich esse gern Hühnersuppe, aber noch lieber mag ich das gekochte Fleisch mit Spargel in Pastetchen – das sind kleine Dosen aus Blätterteig, in die das Ragout gefüllt wird und die meine Mutter bei Gerritsen vorbestellt. Man muss aufpassen, dass sie beim Transport nicht zerbrechen, sonst fließt die Soße zu früh auf den Teller, der Teig wird matschig und sie sinken in sich zusammen, bevor man angefangen hat zu essen. Meine Mutter entschuldigt sich zwar, wenn sie einem ein beschädigtes Pastetchen hinstellt, aber es bleibt doch eine Enttäuschung.

Pastor Würmeling sagt, dass Pfingsten als Fest genauso wichtig ist wie Weihnachten und Ostern. Eigentlich ist es sogar noch wichtiger, denn an Pfingsten wurde die Kirche gegründet und hat die Kraft des Heiligen Geistes übertragen bekommen, so dass sie bis zum JüngstenTag fest in der Wahrheit bleibt. Die Pfingstferien sind allerdings kürzer als die Weihnachts- und die Osterferien, und es gibt auch keinen *Urbi-et-Orbi*-Segen des Papstes.

Ich finde Pfingsten schwer zu verstehen, weil man sich den Heiligen Geist – anders als Gottvater und Gottsohn – so schlecht vorstellen kann. Auf den Bildern ist er eine Taube, aber eine Taube kann ja keine Person sein und erst recht nicht Gott. Auch das Verhalten der Jünger ist wenig vorbildhaft. Viele von ihnen sind dem auferstandenen Herrn leibhaftig begegnet, die Apostel haben sogar bei seiner Himmelfahrt zugeschaut und die Stimme Gottes gehört. Trotzdem waren sie anschließend ganz mutlos und haben sich zusammen mit der Gottesmutter Maria in einem Geheimzimmer in Jerusalem versteckt. Sie wussten nicht, wie es weitergehen sollte, jetzt, wo der Herr fort war. Vor allem aber hatten sie Angst vor den Juden und den Römern, denen es nicht reichte, dass sie Jesus gekreuzigt hatten, sondern die erst Ruhe geben würden, wenn sie seine Lehre ausgerottet hätten. Ich frage mich trotzdem, wie es passieren konnte, dass sie so verzagt waren nach all den Wundern, die sie mit eigenen Augen gesehen hatten, und wo doch der Apostel Thomas seine Finger in die geöffnete Seite des Auferstandenen hatte legen dürfen. Ich weiß nicht, wie man noch zweifeln kann, wenn man all das erlebt hat.

Bevor der Heilige Geist an Pfingsten in Gestalt von Feuerzungen durch die geschlossenen Türen und Fenster hereindringt, braust ein gewaltiger Sturm über Jerusalem hinweg, so dass die Juden und die Römer nun ihrerseits große Angst haben. Von der Kraft des Heiligen Geistes verwandelt, treten Petrus und die Apostel auf den Marktplatz und verkünden den staunenden Leuten in allen Sprachen die Botschaft von der Auferstehung des Herrn und dass der Tod ein für alle Mal besiegt wurde. Das ist ein machtvolles Zeichen, denn die Apostel waren einfache Leute – Fischer hauptsächlich –, die sicher keine Fremdsprachen konnten.

In den Sommerferien habe ich Fischer an der Nordsee gesehen, als sie mit ihren Booten in den Hafen eingelaufen sind, und mich gefragt, ob sie wohl stolz sind, einem Beruf nachzugehen, den schon die Apostel ausgeübt haben. Die meisten von ihnen trugen blaue oder schwarze Mützen und hatten Zigaretten im Mundwinkel, während sie ihr Boot am Kai vertäuten. Ich kann mir vorstellen, dass es eine schöne Arbeit ist, morgens mit dem Kutter aufs Meer zu fahren, seine Netze auszuwerfen und später einen stattlichen Fang Schollen, Makrelen und Kabeljau an Land zu bringen.

Früher hat es am Rhein auch Fischer gegeben, sagt mein Vater, einen sogar in Hülkendonck, Hens Wackmann. Wenn Hens' Netz morgens voll war, hat er die Fische auf eine Karre geladen und an der Straße verkauft. In Kraeth, das von uns aus flussabwärts das nächste Dorf ist, hatten fast alle mit der Fischerei zu tun. Es gab gar keine Bauern dort, weshalb die Kraether im Lauf der Zeit zu einem schwierigen Menschenschlag geworden sind. An Kirmes fangen sie, ganz gleich, wo sie auftauchen, regelmäßig Streit an, der dann meist mit einer Schlägerei endet. Dem Schreiner Olfen haben sie letztes Jahr das Schlüsselbein und den Arm gebrochen. Jetzt ist der Rhein allerdings so schmutzig, dass kaum mehr Fische darin schwimmen, und die wenigen, die es noch gibt, kann man nicht essen, da sie verseucht sind.

Der Hof von Onkel Koeb steht in dem Teil von Hülkendonck, der Geiteneck genannt wird und am weitesten vom Zentrum mit der Kirche, der alten Schule und den vier großen Höfen entfernt liegt. Zu Fuß geht man fast eine halbe Stunde dorthin, weshalb wir immer das Auto nehmen.

Da mein Vater fährt, darf ich vorne sitzen, obwohl das eigentlich erst ab zwölf erlaubt ist.

Das Geiteneck ist fast ein Dorf für sich. Alle, die dort leben, haben schon immer dort gelebt, genauso wie ihre Eltern und Großeltern, so dass sie sich untereinander sehr gut kennen. Es gibt weder Zugezogene noch Neubauten. Die meisten Häuser sind alt und klein wie Katstellen, mit einer Tenne und tief heruntergezogenen Dächern. Aber im Geiteneck ist jeder sein eigener Herr. Darauf sind sie sehr stolz. Sie treffen sich in ihrer eigenen Gaststätte, Verhülsdonck, wo mein Vater immer noch sonntags zum Stammtisch geht, obwohl wir eigentlich näher zum Hauptdorf wohnen. Sie haben sogar ihren eigenen Bäcker: Helmut Brahkes. Brot und Kuchen von Brahkes sollen – mit Ausnahme des Rosinenbrots und der Grillagetorte – nicht so gut sein wie von Gerritsen, und meine Mutter meint, dass sie es dort in der Backstube mit der Sauberkeit nicht so genau nehmen. Doch die Leute im Geiteneck halten zusammen und kaufen trotzdem alles bei Brahkes.

Onkel Koebs Hof ist der einzige richtige Hof im Geiteneck. Die anderen Häuser haben höchstens einen Gemüsegarten, eine Obstwiese, Kaninchen oder einen Hühnerstall. Einige ziehen auf der Tenne ein Schwein groß, das geschlachtet wird, sobald es genug Speck angesetzt hat. Früher gab es dort mehrere Ein-Kuh-Bauern, das waren Leute, die zwar eine Kuh, aber kein eigenes Land besaßen, so dass ihre Kinder nach der Schule mit der Kuh am Strick die Straßen und Wege entlanggegangen sind, wo die Kuh das Gras fressen konnte, das sonst niemandem gehörte. Wenn sie zu weit Richtung Hauptdorf liefen, hatten sie allerdings oft Ärger, da die Großbauern sogar das Gras, das außerhalb ihrer eingezäunten Wiesen wuchs, als ihr Eigentum betrachteten. Der alte Opgenrhein stand manchmal mit seiner Schrotflinte am Zaun, um die Kinder mit ihren Kühen zu verjagen. Ihn mochte sowieso niemand.

Weil im Geiteneck keiner reich ist oder derart viel Land besitzt, dass er meint, er könnte alles bestimmen, und weil es insgesamt nicht leicht ist, durchzukommen, unterstützen sie sich dort gegenseitig, so gut es geht. Hueb Leukers mauert, wenn es etwas zu mauern gibt; sein Bruder Jupp, der Schlosser ist, guckt nach den Autos und schmiedet Geländer; Heinz Janssen kümmert sich um alles, was mit Strom zu tun hat. Nach getaner Arbeit sitzen sie zusammen in der Küche, trinken Kaffee oder Schnaps und essen das leckere Rosinenbrot von Brahkes mit Schinken und Mettwurst ihrer selbstgeschlachteten Schweine, holländischem Käse und Rübenkraut.

Fast alle aus der Nachbarschaft kommen regelmäßig zu Onkel Koeb, um zu helfen. Manche, wie Mia Dönges, sind jeden Tag dort. Ab fünf Uhr morgens trägt sie erst drei Stunden lang die Zeitung aus, dann geht sie auf den Hof, um mit Tante Friede die Tiere zu füttern und die Ställe auszumisten. Während dieser Zeit ist Onkel Koeb mit seinem Milchwagen unterwegs. Er holt die Milch von mindestens hundert Höfen in den Dörfern bis kurz vor Cleve und bringt sie nach Onderkerk zur Molkerei. Je nachdem was sonst zu tun ist, fährt auch Henk Groot eine oder zwei Touren. Henk Groot ist gebürtiger Holländer und hat sechs oder sieben Kinder, die alle gleich aussehen – wie typische Holländer eben, sagt meine Mutter. Sie tragen sogar die gleiche Frisur, egal ob es Mädchen oder Jungen sind, und man kann sie nur an der Größe unterscheiden.

Bei Onkel Koeb sprechen alle immer Platt, aber mit mir versuchen sie Hochdeutsch zu reden. Weil meine Mutter Lehrerin ist und nicht will, dass unsere Sprache durch das Platt verdorben wird, darf mein Vater auch zu Hause kein Platt mit uns sprechen, so dass ich oft nicht verstehe, was gesagt wird. Da sie auf dem Hof das Hochdeutsche nicht gewöhnt sind, machen sie viele Fehler, was komisch klingt, denn als erwachsene

Leute müssten sie sich eigentlich korrekt ausdrücken können. An der Art und Weise, wie sie mich fragen, wie es in der Schule geht und was ich einmal werden möchte, merke ich, dass ich bei ihnen nicht besonders beliebt bin. Ich sage dann »gut« und »Tierforscher«. Es kann sich aber niemand richtig vorstellen, was das für ein Beruf sein soll. Einmal hat Tante Friede zu mir gesagt, »dann geh mal in den Stall, da hast du bestimmt genug Tiere zum Erforschen«.

Alle haben gelacht. Ich wollte ihnen erklären, dass ich natürlich wilde Tiere meine, dass Heinz Sielmann mein Vorbild ist, aber da waren sie schon bei einem anderen Thema.

Vor der Bäckerei Brahkes fahren wir von der Hauptstraße links ab in den Mössenpett, der am Deich, bei der Gaststätte Verhülsdonck, endet. Der Mössenpett ist nicht asphaltiert und eher ein Feldweg als eine Straße. Hinter dem Haus von Mia Dönges biegen wir in die lange Zufahrt zu Onkel Koebs Hof, die noch größere Hubbel und Kuhlen hat als der Mössenpett, so dass unser Mercedes springt wie ein bockiges Pferd.

Links auf der Weide trotten Rinder, rechts wühlen die Sauen und der Eber mit ihren Rüsseln die Erde auf. In der Mitte haben sie eine Suhle, in der sie sich den halben Tag wälzen, wodurch sie immer ganz mit Erde überkrustet sind. Zwischen ihnen picken Hühner nach Käfern und Würmern. Manchmal rennt einem plötzlich eins vors Auto, obwohl es eben noch in entgegengesetzter Richtung unterwegs war. Ein plattgefahrenes Huhn ist weder für Suppe noch für Ragout zu gebrauchen, weshalb mein Vater langsamer als Schritttempo fährt. Ich habe auch schon erlebt, dass so ein Huhn uns in allerletzter Sekunde auf die Motorhaube geflattert und auf der anderen Seite wieder heruntergeflogen ist. Vögel interessieren mich eigentlich sehr.

Wenn ich einmal Tierforscher bin, würde ich sie gern zu meinem Spezialgebiet machen. Aber an Hühnern kann ich beim besten Willen nichts Interessantes finden. Sie sind einfach nur dumm und langweilig und wenn sie nicht so gut schmecken würden, würde sich niemand mit ihnen beschäftigen.

Der silberne Tank des Milchwagens spiegelt die Sonne, als wäre er mit riesigen Fischschuppen bedeckt. Henk Groot ist dabei, den Wagen mit einem Schrubber, an dem er einen Wasserschlauch befestigt hat, abzuspritzen, damit er zum Hochfest glänzt wie neu.

Wir parken vor der Halle neben dem Mercedes von Onkel Koeb, der ebenfalls einen 200er D fährt. Fast alle Bauern in Hülkendonck haben einen Mercedes – die großen, wie van Elst und Seesing, allerdings 240er. Onkel Nöpp, der älteste Bruder meines Vaters, hat sich gerade einen silbernen 280er gekauft. Weihbischof Kerventropp hatte das gleiche Modell in Dunkelblau. Aber natürlich lässt sich Onkel Nöpp nicht von einem Chauffeur durch die Gegend kutschieren, sondern sitzt selbst am Steuer. Er ist Bauunternehmer und verdient mit seinen Lastern, Baggern, Planierraupen und Teermaschinen eine Menge Geld, weshalb er sich das größte Auto in Hülkendonck leisten kann. Vor kurzem hat er angefangen, sich eine Villa zu bauen, mit eigenem Schwimmbad und einem Kühlraum im Keller, den wir später auch benutzen dürfen, wenn wir bei Onkel Koeb geschlachtet haben. Das hilft sicherlich sehr, denn beim letzten Mal waren die ganzen schönen Schinken und Würste, für die mein Vater extra große Haken in unsere Kellerdecke geschraubt hatte, über Nacht voller Würmer, und wir mussten sie wegschmeißen.

Der Schäferhund bellt in seinem Zwinger und fletscht die Zähne, als wir aussteigen. Meine Mutter sagt, wir sollen

Abstand zu ihm halten, weil er bissig ist. Zwar sind alle großen Tiere an ihrem Platz angebunden oder eingezäunt, aber ich habe trotzdem ein mulmiges Gefühl. Manchmal bricht doch eine Sau oder ein Bulle aus, und dann weiß man nicht, in welcher Stimmung sie gerade sind. Bis vor kurzem gab es auch noch den alten Ackergaul, mit dem Onkel Koeb und mein Großvater, der ebenfalls Koeb hieß, früher die Feldarbeit gemacht haben. Er war 28 Jahre alt und bekam sein Gnadenbrot, bis er eines Morgens tot vor dem Gatter lag. All diese Tiere haben eine große Kraft, und obwohl sie gezähmt und an den Menschen gewöhnt sind, kann ihnen doch plötzlich einfallen, dass wir ihnen nichts entgegenzusetzen hätten, wenn sie beschließen würden, sich zu befreien. They Ottens Melker ist neulich vom Bullen gegen die Stallwand gedrückt worden, dabei wurden ihm mehrere Rippen gebrochen und haben sich in die Lunge gebohrt. Er hatte Glück im Unglück – fast wäre er gestorben. Bei einem Bauern in Keppeln ist ein Melker, nachdem er sich an einer vorstehenden Schraube den Arm aufgeratscht hatte, von den Sauen bis auf die Knochen aufgefressen worden. Schweine werden von frischem Blut wild, sagt mein Vater, und man soll auf keinen Fall mit einer Verletzung zu ihnen in die Boxen steigen. Auch mit den Pferden passieren regelmäßig Unfälle, weil sie ohne Grund austreten, und wenn der Huf einen mit voller Wucht an der Schläfe trifft, ist man tot.

Natürlich gibt es in freier Wildbahn viel gefährlichere Tiere als Schweine und Rinder, aber sie leben ihr eigenes Leben und interessieren sich nicht für uns Menschen. Als Tierforscher pirscht man sich gut getarnt heran oder wartet in seinem Versteck, bis sie sich aus der Deckung wagen und man ihr Verhalten beobachten kann. Das Wichtigste ist, dass sie einen nicht bemerken, ganz gleich, ob es sich um Löwen, Giraffen oder einfach nur um Rehe handelt, denn sobald sie einen gewittert haben, laufen sie weg oder gehen zum Angriff über. Für solche Situationen hat man ein Gewehr dabei, mit dem man sie notfalls außer Gefecht setzt.

Vor dem Kuhstall steht der Hanomag, dessen Motor den ganzen Tag läuft. Es gibt immer etwas zu tun, für das man einen Trecker gebrauchen kann.

Mein Vater ruft meiner Cousine Cornelia, die einen Puppenwagen vor sich herschiebt, zu: »Hat das Baby denn schon sein Fläschchen bekommen?«, und Cornelia erwidert: »Das bekommt doch längst Brei, Onkel Jupp.«

Onkel Koeb steht mit der Zigarette in der Hand neben dem Trecker und sagt: »Woar hechey ou Frou gelote? Ek heb gedocht, dey krecht en Hunn van min.«

Er hat einen abgewetzten Cordhut auf, und seine grüne Hose ist fleckig von Öl, Farbe, Erde und Mist.

Mein Vater sagt: »Oma en Opa sin all bey ons t'hüs, en vanne medach kömmt ok Tante Cosy – gey wet ja we dat is.«

»We chey all hier sit, köchey bey min ma efkes nar den Trecker kieke.«

Henk Groot kommt herüber und sagt ebenfalls etwas über den Trecker.

Onkel Koeb schaut mich an und sagt: »Geh mal nach Tante Friede in die Küche, die hat bestimmt Fanta.«

»Danke, ich hab keinen Durst«, sage ich – weniger, weil ich nicht gerne ein Glas Fanta hätte, sondern weil ich dort dann mit Tante Friede und Mia Dönges reden müsste und nicht weiß, worüber.

»Dann versuch mal, ob du ein Huhn geschnappt krist.«

Onkel Koeb steigt auf den Hanomag und gibt im Leerlauf Gas, so dass eine blaue Rauchwolke aus dem Auspuff steigt. Ich bin nicht sicher, ob er es ernst gemeint hat, dass ich ein Huhn fangen soll, will aber nicht noch einmal fragen. Normalerweise dürfen wir die Hühner nicht jagen, weil das schlecht für die Eier ist, und es sind auch schon welche vor Schreck tot umgefallen.

»Dann fange ich jetzt ein Huhn«, sage ich, aber niemand hört es, weil der Hanomag solchen Lärm macht.

Es sind mindestens zehn Hühner auf dem Platz. Die meisten picken bei der Futterstelle Maiskörner. Einige stolzieren auf dem Misthaufen herum, andere laufen auf den Weiden zwischen Rindern und Schweinen.

Ich versuche mich anzuschleichen, wie ich es bei Heinz Sielmann gesehen habe, der es sich von Tigern auf der Jagd abgeschaut hat, nur dass es hier keine Deckung gibt.

Plötzlich wird es still, weil Onkel Koeb den Hanomag ausgeschaltet hat, damit mein Vater den Motor genauer unter die Lupe nehmen kann.

Obwohl ich mich vorsichtig bewege und so tue, als käme ich zufällig in ihre Richtung, weichen die Hühner immer gerade so viel zurück, wie ich mich nähere. Die seltsamen Laute, die sie die ganze Zeit von sich geben, werden länger und klingen ein wenig verärgert. Ein Hahn flattert auf den Benzintank vor der Halle und biegt seinen langen Hals durch, als wollte er krähen, kräht dann aber doch nicht. Ich schleiche mich an, wie ein Gepard oder ein Jaguar sich an eine Herde Impalas oder an einen Tapir heranschleicht. Noch ahnt die Beute nicht, dass es um Leben und Tod geht. Ich bin bloß ein lästiger Mensch – wie Menschen eben lästig sind aus Sicht der Tiere. Ich entscheide mich für ein weißes Huhn, das mir sein Hinterteil zugewandt hat. Vorsichtig schleiche ich mich noch ein Stück näher heran, baue Spannung in jedem Muskel auf und renne los. Das Huhn hört die Schritte, dreht den Kopf zur Seite, merkt, dass es keine Chance zur Flucht hat, aber statt sich zu wehren oder wenigstens zu zetern, setzt es sich auf den Boden, macht sich flach und breit, so dass ich es mit beiden Händen greifen kann. Auch als ich es hochhebe, bleibt es bewegungslos, als hätte es eine Art Schockstarre. Einen Moment lang fürchte ich, dass es vielleicht vor Schreck gestorben ist. Ich weiß nicht, ob man ein einfach von selbst gestorbenes Huhn noch essen kann oder ob es vielleicht Aas ist. Aas ist sehr giftig und man darf es auf keinen Fall anfassen. Wenn man doch einmal zum Beispiel eine tote Amsel berührt hat, muss man sich extra gründlich die Hände waschen, am besten mit Desinfektionsmittel. Doch das Huhn zwischen meinen Fingern atmet. Unter dem dichten Federkleid, das gleichermaßen weich und stachelig ist, schlägt ein aufgeregtes Herz. Ich bin trotzdem sehr vorsichtig, als ich es zu den Erwachsenen trage.

Mein Vater klopft mit einer Zange auf den Motor und hat gar nicht gesehen, wie ich das Huhn erwischt habe.

»Ich hab eins«, rufe ich, weil es ja einer von den Erwachsenen schlachten muss.

Onkel Koeb schaut nur kurz und sagt: »Lass das mal wieder laufen, da ist noch nicht viel dran.«

Er hat seit vierzig Jahren mit Hühnern zu tun und sieht natürlich sofort, welche für Suppe taugen und welche nicht.

Behutsam setze ich das Huhn auf den Boden, wo es einen Moment hocken bleibt, um dann zeternd und flügelschlagend fortzurennen. Die anderen sind jetzt alarmiert und stieben in alle Richtungen auseinander. Einige flattern auf die Mauer beim

Kuhstall, dann auf den Misthaufen, als wüssten sie, dass ich ihnen dorthin nicht folgen kann. Ich versuche, eins im vollen Lauf zu erwischen, obwohl ich schon bei Geparden, die von allen Tieren die schnellsten sind, gesehen habe, dass sie ohne den Überraschungseffekt kaum je eine Gazelle erwischen. Ich will eine scharfe Kurve nehmen, rutsche aus und falle aufs Knie. Es blutet. Sandkörner und kleine Steinchen stecken in der Wunde. Obwohl es sehr weh tut, darf ich auf keinen Fall weinen, weil Männer nicht weinen.

Ich hole tief Luft, schlucke den Kloß im Hals hinunter, warte, bis die Hühner sich ein wenig beruhigt haben. Während das Blut mein Schienbein hinunterrinnt, schaue ich mich nach einer neuen Beute um.

Das nächste Huhn entdeckt mich zu früh, schafft es auf die Sämaschine und von dort auf den Schweinestall. Zwei weitere entwischen durch den Stacheldrahtzaun zu den Rindern. Aber dann hat eins die falsche Richtung eingeschlagen und kommt mir entgegen. Als es mich sieht, wie ich schnell und schnurgerade heranstürme, setzt es sich genauso flach und breit auf den Boden wie das erste und lässt sich widerstandslos fangen. Ich hätte lieber ein braunes gehabt, weil die braunen Wildtieren ähneln, aber jetzt ist es nun einmal weiß, und ich werde es deswegen nicht wieder laufen lassen.

Onkel Koeb nickt, als ich es ihm zeige, zieht an seiner Zigarette und sagt: »Das ist richtig schön fett.«

Mein Vater lacht. Ich glaube, er ist zufrieden mit mir, und nimmt mir das Huhn aus den Händen. Auch er kennt sich mit Hühnern aus und natürlich hat er keine Angst, dass es ihn in die Hand picken könnte. Erst greift er einen Flügel, dann packt er es bei den Füßen und schüttelt es kräftig durch, was wie eine

Betäubung wirkt. Während er das Huhn kopfüber zu dem Holzklotz trägt, auf dem sonst die Scheite für den Ofen gespalten werden, flattert es immer wieder kurz auf, dann sieht es aus, als wollte es in den Erdboden hineinfliegen. Mein Vater schüttelt es noch einmal, wie man ein Staubtuch ausschlägt, bis die Flügel ganz schlaff vom Rumpf herunterhängen. Mit einem kräftigen Ruck zieht er das Beil aus dem Klotz und legt sich Hals und Kopf des Huhns an der Stelle zurecht, wo vorher das Blatt gesteckt hat. Das Huhn zuckt noch einmal. Mein Vater, der sehr große Hände hat, weil er früher Schmied gewesen ist, drückt den Körper mit der Linken auf das Holz. Das Beil saust herab, und im nächsten Moment fliegt der Kopf zur Seite in den Sand. Er ruft mir etwas auf Platt zu, das ich nicht verstehe, dann lässt er das Huhn los, woraufhin es kopflos über den Platz rennt. Das weiße Federkleid ist rot gesprenkelt.

Ich muss an den Seeräuber Klaus Störtebeker denken, der, bevor er enthauptet wurde, mit dem Richter vereinbart hatte, dass diejenigen von seinen Männern begnadigt werden, an denen er nach seiner Enthauptung noch vorbeilaufen würde. Die Piraten standen in einer Reihe, und Klaus Störtebeker war schon am elften vorbei, als ihm jemand von den Wachsoldaten ein Bein stellte, damit er nicht seine ganze Mannschaft befreite. Sowieso hat der Richter dann sein Wort gebrochen und sie alle köpfen lassen, auch die, an denen Störtebeker vorbeigerannt war, was sich meiner Meinung nach nicht gehört für einen Mann, der ein solches Amt bekleidet.

6.

»Soll ich euch nachher zur Kirche fahren«, frage ich, als die Turmuhr sechs schlägt.

»Sollen wir in die Kirche gehen?«, fragt meine Mutter meinen Vater, vielleicht auch sich selbst.

»Tja ...«, sagt mein Vater.

»Auf mich müsst ihr keine Rücksicht nehmen.«

»Das weiß ich«, sagt meine Mutter.

Weder sagt sie, »es würde dir auch nicht schaden«, noch will sie wissen, ob ich überhaupt noch zur Kirche gehe.

»Wir können sonst aber auch selbst fahren«, sagt mein Vater.

»Hermine hat bis jetzt nicht angerufen, ob wir sie mitnehmen, insofern müssen wir nicht unbedingt.«

Hermine van Elst wohnt auf halber Strecke, jeweils drei Fußminuten von meinen Eltern und der Kirche entfernt, gleich neben dem Gasthaus Pooth – in dem Haus, das einmal die Katstelle van Elst gewesen ist. Selbst mit dem Rollator schafft sie den Weg nicht mehr. Vor zwanzig Jahren, nachdem ihr Sohn Alfred den Hof übernommen hatte, der Melker Eeg Müskens zum landwirtschaftlichen Angestellten aufgestiegen und in sein eigenes Haus gezogen war, wurde es von einem aufstrebenden Architekten grundlegend saniert und umgebaut. Seitdem sieht es aus, wie Städter sich ein gemütliches Heim auf dem Land vorstellen: dunkelroter Klinker mit weißen Fensterläden, die

Tür von hellem Sandstein gerahmt. Das, was einmal die Tenne war, ist ein geräumiges Wohnzimmer geworden, mit Standuhr, Eichenschränken, voluminöser Polstergarnitur und einem Bild des Clever Malers Manes Peters in Spachteltechnik: *Bauer mit Pferd*.

»Wie alt ist Hermine inzwischen?«

»Wie alt wird sie sein? – 93. Oder 94. So genau weiß ich das gar nicht«, sagt meine Mutter.

Immerhin gehört das Haus ihr noch. Den Hof hatte sie Alfred irgendwann überschrieben, der zwanzig Jahre lang jeweils das produziert hat, was gerade subventioniert wurde: Milch, Schweine, Zuckerrüben, sogar an der Champignonzucht hat er sich versucht. Er investierte in neue Anlagen und Maschinen, um die Produktionskosten zu senken und die Erträge zu vergrößern. Längst bestimmte die Bank seine Entscheidungen mit, Betriebswirte berechneten Kreditlinien aus hypothetischen Kalkulationen, Marktprognosen, schüttelten immer öfter den Kopf. Am Ende musste er verkaufen, wann genau, weiß niemand, weder Hermine noch Alfred sprechen darüber – nicht an einen anderen Bauern, sondern an einen Lohnunternehmer, der einige der alten Ställe in Wohnraum verwandelt, bei anderen die Außenmauern aufgebrochen hat, um seine riesigen Schlepper, Mähdrescher und Maishäcksler unterzustellen.

»Wo du schon hier bist, bleiben wir heute mal zu Hause«, sagt mein Vater.

»Ihr könnt ja morgen gehen«, sage ich.

»Das sehen wir dann«, sagt meine Mutter. »Ich will auch in Ruhe frühstücken. Es kommt sowieso kaum jemand. Meistens sind wir nur eine Handvoll.«

»An Pfingsten auch?«

»Da werden es ein paar mehr sein. Aber bestimmt nicht viele.«

»Sollen wir eine Flasche Wein aufmachen?«, fragt mein Vater, »trinkst du ein Glas mit?«

»Danke, ich trinke doch nicht mehr.«

»Gar nicht mehr?«

»Schon über zehn Jahre.«

»Sag bloß!«

»Als ob du das nicht wüsstest«, sagt meine Mutter.

Sie sind immer in die Kirche gegangen, ganz gleich, was sonst anstand. Mein Vater erklärte, »Das ist Christenpflicht« – ein Wort, das er sonst nie benutzte, und meine Mutter sagte, »Mir bedeutet das persönlich etwas, da könnt ihr ruhig lachen«.

Es lachte nie jemand, aber beide Begründungen klangen befremdlich, vielleicht, weil es so selbstverständlich war, zur Kirche zu gehen, wie in die Schule oder zur Arbeit. Hinter den Gründen schimmerten auf einmal andere Möglichkeiten auf, die es eigentlich gar nicht gab.

Wenn wir im Sommer an der Nordsee Urlaub gemacht haben, wo die Evangelischen in der Mehrheit waren, sind wir sonntags eine Stunde mit dem Auto gefahren, um eine Messe zu finden. »Diaspora« hießen solche von Gott verlassenen Gegenden. Einmal im Jahr fand eine Sonderkollekte für die bedauernswerten Menschen statt, die unter solchen Umständen leben mussten. Pastor Würmeling sprach in seiner Predigt von den Entbehrungen, die sie dort auf sich nahmen, um dem wahren Glauben treu zu bleiben.

Wer evangelisch war, hatte einerseits Pech gehabt, da er nun einmal dort hineingeboren worden war, andererseits hätte er ja auch konvertieren können. Wobei einem Konvertiten mindestens ebenso große Vorbehalte entgegenschlugen wie einem

Protestanten. Konvertiten wollten in der neuen Religion immer alles besonders richtig machen und neigten dementsprechend zu Übertreibungen. Es dauerte mindestens zwei Generationen, bis ein solcher Wechsel sich normalisiert hatte. 1974 oder 75 mietete sich eine evangelische Familie mit drei Söhnen einen Neubau im Geiteneck, der schon länger leer gestanden hatte. Der jüngste von ihnen, Sven, kam in meine Klasse. Gerade weil er eigentlich nett war, tat er mir leid – erstens, weil er vermutlich nicht in den Himmel kommen, und zweitens, weil er niemals richtig zu uns gehören würde, ganz gleich, wie sehr er sich anstrengte. Nach drei Jahren zogen sie wieder weg. Über die Gründe weiß ich nichts. Außerdem gab es in Hülkendonck zwei Ehepaare, die in *Mischehe* lebten. Das eine blieb kinderlos, bei dem anderen verlor der Mann mit Anfang vierzig seine Arbeit. Fortan saß er zu Hause und trank. Meine Mutter wunderte sich nicht darüber – zwei verschiedene Religionen unter einem Dach: Das konnte nichts werden.

Ich will fragen: »Wie kommt es, dass ihr nicht mehr regelmäßig in die Kirche geht? Liegt es am Papst, hat es mit den Missbrauchsskandalen zu tun oder gibt es einen anderen Grund?« – Frage dann aber doch nicht, um sie nicht in Verlegenheit zu bringen. Vielleicht auch, weil ich es gar nicht genau wissen will.

Unser Nachbar Wim Heesters, der über zwanzig Jahre zusammen mit meinem Vater im Kirchenvorstand saß, brach mit Gott, als bei ihm Lungenkrebs diagnostiziert wurde. Er weigerte sich, Krankenkommunion und Sterbesakramente zu empfangen, und schrieb in sein Testament, dass er weder eine Totenmesse noch eine Beisetzung auf dem Friedhof wolle. Man solle ihn verbrennen und seine Asche ins Meer streuen.

Meine Mutter schüttelt jedes Mal den Kopf, wenn sie davon erzählt: »Keine Ahnung, wie Wim auf diese Schnapsidee gekommen ist. Ich stelle mir das ganz schlimm vor. Da hat man als Witwe nicht einmal mehr einen Ort, wo man hingehen kann. Aber was willst du machen, wenn es sein letzter Wille ist?«

Ich frage mich, ob es wohl besser ist, den letzten Willen eines Verstorbenen zu ignorieren, wenn er etwas Falsches gewollt hat, oder ihn trotzdem zu erfüllen – ob ich heimlich Angst vor einem zornigen Totengeist hätte?

Tante Rieke, die immer Vorbeterin in der Kirche war, in jedem Frühling die Hülkendoncker Wallfahrt zur Heiligen Jungfrau nach Banneux organisierte und einigen als frommste Frau des Dorfes galt, verkündete im Alter von einundneunzig Jahren von einem Tag auf den anderen, sie habe in ihrem Leben genug gebetet, jetzt sei Schluss damit. Am Telefon erklärte sie Pastor Reintjes, dem Nachfolger von Pastor Würmeling, der sie besuchen wollte, um sich nach ihrem Befinden zu erkundigen, dass er sich den Weg sparen könne, sie werde ihn nicht ins Haus lassen. Anschließend teilte sie jedem, der ihr über den Weg lief, ihren Entschluss mit und fügte hinzu: »Ich habe mein Leben lang gebetet, und was ist dabei herausgekommen? – Nichts. Die ganze Beterei hat nichts gebracht.«

Sie wurde dann immer misstrauischer, verdächtigte erst ihren Stiefschwiegersohn, dann die engsten Nachbarn, mit denen sie seit über neunzig Jahren in Frieden gelebt hatte, und am Ende sogar meinen Vater, heimlich in ihr Haus einzudringen und sie zu bestehlen.

»Den Kaplan, der hier jetzt meistens die Messe liest, versteht man sowieso nicht«, sagt meine Mutter.

»Das stimmt, den versteht man nicht«, bestätigt mein Vater. »Aber an sich ist das ein netter Mann. Wo kommt er noch her?«

»Wenn ich das wüsste. Irgendwas in Afrika, Uganda, meine ich. – Spricht aber sehr schlecht Deutsch.«

Der Gedanke, ›Wahrscheinlich haben wir seine Ausbildung finanziert‹, schießt mir durch den Kopf, dazu ein verschwommenes Bild meiner eigenen Verstrickung in den europäischen Kolonialismus als Kind: Im Eingangsbereich der Kirche stand die Figur eines schwarzen Jungen mit wulstigen Lippen und großen Augen aus Kunstharzguss, in dessen Schultern man eine Münze werfen konnte, dann nickte er wie ein Wackeldackel. Im Sockel befand sich ein Messingtäfelchen mit der Aufschrift: »Für die Mission.« Vor Ostern wurden Plakate aufgehängt und Broschüren für die *Misereor*-Kollekte verteilt, deren Erlös den Missionaren in Afrika bei ihrem Kampf gegen Armut und Hunger, vor allem aber bei der Verbreitung des Evangeliums helfen sollte. Als Kind dachte ich jedes Jahr darüber nach, meine gesamten Ersparnisse zu opfern. Es war ein hartes Ringen. Meine Mutter fand die Idee, über fünfhundert Mark wegzugeben, dann doch reichlich übertrieben. Ich weiß nicht, was sie getan hätte, wenn ich tatsächlich zu dieser Entscheidung gelangt wäre. Am Ende gab ich zehn oder zwanzig Mark, behielt den Rest für mich und fühlte mich schuldig. Zum Dank für unsere Spenden bekamen wir einen Kalender mit Bildern von schwarzen Frauen in bunten Gewändern, die sich ihre Säuglinge auf den Rücken gebunden hatten, von Mädchen, die Ziegen zum Brunnen führten – Gesichter mit strahlend weißen Zähnen in Großaufnahme, glücklich und dankbar für die Unterstützung und den Glauben, die wir ihnen geschickt hatten.

»Die jungen Leute hier haben mit Kirche ja gar nichts mehr

am Hut«, sagt meine Mutter. »Sie lassen wohl noch ihre Kinder zur Kommunion gehen, weil es dann Geschenke gibt. Aber danach sieht man keinen mehr. Naja: Müssen sie selber wissen. Ich bin pensioniert und kann mich da nun wirklich nicht mehr drum kümmern.«

Mitte der 1950er Jahre hatte sie, parallel zur Lehrerausbildung, ein zusätzliches Seminar belegt, um die *Missio* zu bekommen – eine Art Entsendungsurkunde des Bischofs von Münster, die es ihr erlaubte, Kommunion- und Religionsunterricht zu geben. An ihrer Schule war sie damit die Einzige. Später, nachdem ich zur Kommunion gegangen war und erzählte, was Pastor Würmeling uns beigebracht hatte, gelang es ihr, ihn davon zu überzeugen, die Vorbereitung der Kinder auf den Empfang der Heiligen Eucharistie künftig ihr zu überlassen.

Wenn sie darüber spricht, liegt bis heute eine Art von trotzigem Stolz in ihrer Stimme, als hätte sie erst einen blutrünstigen Heidenfürsten bekehrt, der ihr die Gedärme aus dem Leib reißen wollte, und anschließend dem Papst selbst, um der Wahrheit willen, ins Angesicht widerstanden.

Was mein Vater glaubt – früher geglaubt hat –, weiß ich nicht. Wenn er am Wochenende das Tischgebet sprach – »Im Namen des Vaters, des Sohnes und des Heiligen Geistes./ Komm Herr Jesus, sei unser Gast/ und segne, was du uns bescheret hast./ Amen« –, fiel er in den gleichen Leierton wie die alten Frauen beim Rosenkranz, verschliff die Silben zu einer einzigen monotonen Lautfolge, die mit dem leicht abgesetzten »Amen« endete. Er wäre nie auf die Idee gekommen, das, was mit Religion oder Kirche zu tun hatte, seinen »Glauben« zu nennen. »Glauben« hieß Nicht-Wissen, aber mein Vater wusste: Er wusste, dass es richtig war, sonntags zur Messe zu gehen, mit niemandem zu schlafen, den man nicht geheiratet hatte, sich um die Organisation von Fronleichnamsprozession, Martinszug, Pfarrfest zu kümmern, Regeln und Gebote einzuhalten, wie es die Vorfahren seit Menschengedenken getan oder zumindest versucht hatten. Ohne diese Regeln brach Chaos aus, im Dorf und auf der Welt, und das konnte niemand wollen, der seinen Verstand beisammenhatte.

Jahrelang diskutierte er mit Will Terhorst, der als erster Mann in Hülkendonck öffentlich erklärte, dass er mit der Kirche fertig sei. Seine Frau Grete war bei der Geburt des dritten Kindes an einer Embolie gestorben. Drei Jahre später zog eine geschiedene Frau bei ihm ein, so dass er sich als Quasi-Ehebrecher selbst exkommunizierte – ganz gleich, welche Schicksalsschläge er hinter sich hatte. Mein Vater versuchte bei jeder Gelegenheit, Will zu beweisen, dass dieser Entschluss falsch, ja dass es eigentlich gar kein Entschluss sei, den er für sich allein fällen könne, so wie er auch nicht über die Straßenverkehrsordnung bestimme.

An theologischen Fragen war mein Vater so wenig interessiert wie an frommer Erbauung. Trinität und Transsubstantiation überließ er denen, die dergleichen studiert hatten. Die Aufhebung des Zölibats oder das Frauenpriestertum hätte er, wenn sie von Rom beschlossen worden wären, wahrscheinlich ebenso hingenommen wie die Tatsache, dass es irgendwann nach dem Konzil am Altar Messdienerinnen gab. Wenn er die Kollekte einsammeln musste und ein Aushilfskaplan den Gottesdienst in Hülkendonck hielt, erklärte er ihm vorher: »Herr Pastor, sie können über alles predigen – nur nicht über zehn Minuten.«

1970 beschloss er, bei der Wahl zum Kirchenvorstand zu kandidieren. Er war zu diesem Zeitpunkt siebenunddreißig Jahre alt, hatte die Dorflehrerin geheiratet, zwei Söhne und eine Tochter mit ihr gezeugt, ein eigenes Haus gebaut. Er konnte gut reden und leitete als Meister die größte Werkstatt für Landmaschinen im Kreis Cleve. Offenbar trauten ihm die knapp vierhundert Wahlberechtigten des Dorfes etwas zu und wählten ihn mit dem zweitbesten Ergebnis. Von da an nahm er regelmäßig vor der Messe vorne im Chorgestühl Platz. Zur Gabenbereitung ging er mit dem Körbchen herum, nach dem Schlusssegen zählte er in der Sakristei das Geld und übergab es Pastor Würmeling – nach dessen Tod Pastor Reintjes, dann dem holländischen Pensionär, Pater Puyn, zum Schluss Pastor Rentacker. Er gehörte damit zu den wichtigen Leuten in Hülkendonck und stand dementsprechend unter einer gewissen Beobachtung. Während der Messe wurde genau hingeschaut, ob und wie er mitsang, die Gebete sprach, in welcher Haltung er neben den Bankreihen wartete, ob er aufrecht kniete, auf welche Weise er die Kommunion empfing. Wim Heesters zum Beispiel starrte immer ins Kirchenschiff, was meine Mutter absolut ungehörig fand; Henk de Leeuw sah aus, als käme er direkt aus dem Stall, während Fritz Opgenrhein sich mit jeder seiner Bewegungen als bedeutender Bauer präsentierte.

Das Geldsammeln stellte aber nur die sichtbare Seite der Kirchenvorstandsarbeit dar. Die eigentlich wichtigen Entscheidungen fanden bei den monatlichen Sitzungen hinter verschlossenen Türen statt.

Seit Hülkendonck seine Unabhängigkeit verloren hatte und zur Stadt Calcar gehörte, war der Kirchenvorstand das einzige Gremium im Dorf, das politische Verantwortung trug und so etwas wie Macht besaß. Diese Macht beruhte hauptsächlich auf beträchtlichem Landbesitz, bestehend aus einer Vielzahl von Äckern und Weiden, die der Gemeinde im Lauf der

Jahrhunderte von kinderlosen Bauern und frommen Witwen vererbt worden waren. Da die Kirche keinen eigenen Hof bewirtschaftete, wurden diese Ländereien verpachtet. Die Pacht war niedriger als am regulären Markt, weshalb nahezu alle, die Landwirtschaft betrieben, großes Interesse an Kirchenland hatten. Die Entscheidung, wer wie viele Hektar erhielt, fällte der Kirchenvorstand nach Ermessen und Mehrheitsverhältnissen, und er entschied damit nicht selten über Erfolg oder Niedergang eines Hofs. Vor den Sitzungen kamen oft Bauern zu uns und versuchten, meinen Vater davon zu überzeugen, ihnen den Zuschlag zu geben. Auch er bekam manchmal Fasane oder Hasen aus der Treibjagdstrecke gebracht, wobei ich mir sicher bin, dass er sich davon ebenso wenig beeinflussen ließ wie meine Mutter. Er war mit grundlegenden Vorbehalten den Großbauern gegenüber aufgewachsen. Mit wenigen Ausnahmen hielt er sie für verschlagen, geizig und stur. Da er in der Firma täglich mit ihnen zu tun hatte, wusste er, dass sie noch die kleinste Schwäche ausnutzten, um einen über den Tisch zu ziehen.

Im Kirchenvorstand von 1970 stellten die Großbauern vier der sechs gewählten Mitglieder: Ernst Praats, Jupp Geerck, Fritz Mehringhoff und Pit Eykhuis, der allerdings nicht Besitzer, sondern lediglich Pächter des Oestenhofs war. Obwohl sie durchweg eigenbrötlerische Querköpfe waren – sobald es um ihre Vormachtstellung ging, hielten sie zusammen. Außerdem gehörte Willi Verhülsdonck dazu, der die Wirtschaft im Geiteneck führte, in die mein Vater sonntags zum Frühschoppen ging. Neben den sechs gewählten Mitgliedern hatte der Pastor einen Sitz im Kirchenvorstand. Er war zwar ohne Vetorecht oder Entscheidungsbefugnis, doch im Falle von Pattsituationen gab seine Stimme den Ausschlag. –

»Es wird jetzt aber doch frisch«, sagt meine Mutter. »Außerdem bekomme ich langsam Hunger.«

»Wir können auch reingehen.«

Mein Vater hat Mühe aufzustehen, drückt sich an der Stuhllehne hoch. Irgendetwas ist mit seinen Beinen nicht in Ordnung. Er war in den letzten zwei Jahren deswegen bei einem halben Dutzend Ärzten. Die einen vermuteten, es käme vom Rücken, andere tippten auf Gefäßverengungen, verkümmerte Nervenenden. Sie haben ihm Tabletten, Salben und Physiotherapiesitzungen verschrieben, doch nichts davon hilft. Eine Zeitlang hat er einen Stock benutzt, allerdings gefiel er sich als Mann mit Stock nicht.

»Lass mich den Fernseher nehmen«, sage ich, auch wenn es nur ein mittelgroßer Samsung-Flachbildschirm ist, bei weitem nicht so schwer wie die Loewe-Kisten, die wir früher hatten.

»Musst du nicht«, sagt mein Vater.

»Kann ich aber.«

Er geht rechts zu den Blumenkübeln vor dem großen Plexiglasfenster, durch das man den Teich und das Wäldchen im hinteren Teil des Gartens sieht, fühlt nach, ob die Erde genug Wasser hat.

»Wo soll ich ihn hinstellen?«

Seit sie vor anderthalb Jahren ihr Schlafzimmer aus dem ersten Stock ins frühere Arbeitszimmer meiner Mutter, links der Haustür, verlegt haben, weiß ich bei vielen Dingen nicht mehr, wo sie hingehören. Ich weiß auch nicht, wie viele Fernseher sie aktuell in Benutzung haben. Mein Vater wirft ungern technische Geräte weg. Im Zweifel kann man ihnen noch Ersatzteile entnehmen, um etwas anderes zu reparieren.

Er sieht mich fragend an: »Was willst du wo hinstellen?«

»Den Fernseher – wo habt ihr den?«

Er schaut nach meiner Mutter, die ins Haus verschwunden ist.

»Lass mal stehen«, sagt er. »Vielleicht brauchen wir ihn hier noch.«

»Heute ja wahrscheinlich nicht mehr.«

»Das stimmt.«

»Ist er aus eurem Schlafzimmer oder aus dem Keller?«

»Du kannst ihn im Wohnzimmer auf den Tisch stellen, ich gieße noch eben die Blumen.«

Er schlurft über den Rasen, die kleine Treppe hinunter, hält sich an der Seitenmauer fest. Auf der Rückseite des Hauses befindet sich der Hahn für das Grundwasser, das mit einer urtümlichen Pumpe aus sieben Metern Tiefe zutage gefördert wird. Wir waren lange die Einzigen in der Straße, die so etwas besaßen. Die Pumpe spart nicht nur Kosten, sondern ist auch ein Garant unserer Versorgungsunabhängigkeit in Krisenzeiten.

1967, als meine Eltern begonnen haben, das Haus zu bauen, war der Krieg gerade seit 22 Jahren vorbei. Es konnte jederzeit ein neuer ausbrechen, weshalb mein Vater nicht nur die Wasserpumpe installieren, sondern in der Küche neben dem Elektroherd noch einen Kohleofen einbauen ließ. Soweit ich mich erinnere, wurde er nur ein einziges Mal angefeuert, als in der Straße die Stromleitungen von den Masten unter die Erde verlegt wurden. Dennoch lagerten im Keller für alle Fälle fünfzehn Jahre lang Briketts und Eierkohlen. Notfalls hätten sie gereicht, einen halben Winter zu überstehen. Irgendwann brachte mein Vater sie dann zu Tante Ricke und Tante Ada, die bis Ende der 80er Jahre ausschließlich mit Holz und Kohlen heizten.

Damit der Fernseher sich nicht verheddert, trete ich rückwärts durch den Fliegenvorhang aus dünnen Aluminiumketten ins Wohnzimmer. Meine Mutter kommt mir entgegen und fragt:

»Wo hast du deinen Vater gelassen.«

Es soll beiläufig klingen.

»Hinterm Haus.«

»Ich gucke mal, was er macht.« –

»Er wollte Blumen gießen.«

»Den Fernseher kannst du ins Schlafzimmer stellen.«

VII.

Wegen des Treckers und weil Onkel Koeb gekränkt gewesen wäre, wenn mein Vater nicht wenigstens ein Bier und einen Schnaps mit ihm getrunken hätte, ist es fast schon drei Uhr, als wir zum Mittagessen nach Hause kommen. Meine Mutter fragt, ob es wirklich so spät hat werden müssen? Woraufhin mein Vater das Huhn aus der Tüte holt und sagt: »Das hat dein Sohn gefangen.«

Sie macht ein Gesicht zwischen Ärger und Spott. Ich weiß nicht, was davon mir und was meinem Vater gilt. Dann sieht sie mein aufgerissenes Knie und erschrickt: »Wie ist das denn passiert?«

»Ich bin ausgerutscht«, sage ich. »Ist nicht schlimm.«

Sie besteht aber darauf, die Wunde zu desinfizieren, denn sonst bekomme ich vielleicht eine Blutvergiftung, und daran kann man leicht sterben. Meine Mutter hat immer Angst um uns.

Weil noch so viel zu tun ist vor dem Fest, gibt es *Serbische Bohnensuppe* aus der Dose mit Bockwürstchen und Toast. Mein Großvater spricht das Tischgebet. Dazu setzt er sich kerzengerade hin, betont jede Silbe einzeln und schlägt das Kreuzzeichen wie ein besonders frommer Pastor. Anschließend steckt er sich seine weiße Stoffserviette in den Hemdkragen, damit seine Krawatte und die Weste keine Suppenspritzer abbekommen. Er ist der Einzige in unserer Familie, der sich immer eine Serviette bindet, sogar beim Frühstück.

Nach dem Essen sagt er, »Ich werde etwas lesen, bis Cosy kommt«, und geht zu den Bücherregalen im Wohnzimmer. Ich folge ihm, wobei ich leicht hinke, denn mein Vater ist auf dem Weg in den Keller, um seine Arbeitssachen anzuziehen, und ruft von der Treppe: »Wer hilft mir im Garten?«

Das fragt er jeden Samstag, und normalerweise gehen mein Bruder und ich mit. Wir harken den ganzen Nachmittag Kies, zupfen Unkraut, schneiden die Rasenkanten mit der Schere und zum Schluss waschen wir zusammen unseren Mercedes, während im Radio die Fußballbundesliga läuft. All das ist langweilig und anstrengend zugleich. Da ich mit meinem Großvater in ein Gespräch vertieft bin und eine Knieverletzung habe, kann ich es heute vielleicht umgehen, ohne dass mein Vater sich zu sehr ärgert.

Mein Großvater zieht einen Band aus einer Reihe von alten Büchern mit matten, grauen Umschlägen aus dem Regal und sagt: »Johann Wolfgang von Goethe – den Namen musst du dir merken, meine Junge. Er ist der bedeutendste unserer deutschen Dichter.«

Er blättert ein wenig darin, nickt, nimmt das Buch mit zur Küche, bleibt aber in der Tür stehen, denn Bücher haben zwischen dem Essen nichts zu suchen, weil sie schnell Fettflecken bekommen.

»*Die Wahlverwandtschaften*« sagt er. »Es ist sehr lange her, dass ich sie gelesen habe – noch vor dem Krieg.«

Meine Großmutter hat das Huhn in eine Emailleschüssel gelegt und übergießt es mit kochendem Wasser, weil die Federn sich dann besser herausziehen lassen, während meine Mutter auf der Anrichte Schokolade für die Herrencreme raspelt, die es morgen zum Nachtisch gibt.

»Ein bedeutender Roman«, sagt mein Großvater.

Vor dem Krieg hatte er eine richtige holzvertäfelte Bibliothek mit vielen kostbaren Ausgaben, einem lederbezogenen Lesetisch und einem eigenen Schrank, in dem Liköre, Cognac und gute Zigarren lagerten. Als sie ausgebombt wurden, ist alles verbrannt.

»Ich habe nun auch begonnen, ein Buch zu schreiben«, sagt er. »Das wollte ich mein Leben lang tun, und jetzt habe ich endlich die Muße dazu.«

Da die Frauen nicht reagieren, sagt er, »Ihr entschuldigt mich«, und macht es sich im Fernsehsessel bequem. Er schlägt die erste Seite auf und liest vor: »*Eduard – so nennen wir einen reichen Baron im besten Mannesalter – Eduard hatte in seiner Baumschule die schönste Stunde eines Aprilnachmittags zugebracht, um frisch erhaltene Pfropfreiser auf junge Stämme zu bringen.*«

Beim Vorlesen bekommt seine Stimme einen warmen, sanften Ton wie auf unseren Märchenplatten, *Der Kalif Storch* und *Der kleine Muck*. Die Sätze des Dichters Goethe klingen genauso altmodisch wie in den Hörspielen.

»*Sein Geschäft war eben vollendet; er legte die Gerätschaften in das Futteral zusammen und betrachtete seine Arbeit mit Vergnügen, als der Gärtner hinzutrat und sich an dem teilnehmenden Fleiße seines Herrn ergötzte.* – Wunderbar!«

Ich staune, dass sie damals, als der Dichter Goethe gelebt hat, was bestimmt über hundert Jahre her ist, schon Baumschulen hatten und Bäume gepfropft haben. Ich hatte gedacht, es handelt sich dabei um eine moderne Methode, die erst vor kurzem von der Wissenschaft entwickelt wurde. Mein Vater hat letztes Jahr einen großen Artikel darüber aus der Zeitung ausgeschnitten und danach versucht, aus unseren Kirschbäumen, die von der Baumschule falsch geliefert worden sind und nur kleine blasse Sauerkirschen tragen, richtige Schattenmorellen zu machen. Die Pfropfe sind aber nicht angewachsen, obwohl mein Vater sich an alles gehalten hat, was in dem Artikel stand, und sogar Spezialwachs besorgt hat. Die Bäume sehen schlimm aus, so dass wir wohl demnächst neue pflanzen müssen, wenn wir eigene Kirschen haben wollen.

»*Der Gärtner entfernte sich eilig und Eduard folgte bald. Dieser stieg nun die Terrassen hinunter, musterte, im Vorbeigehen, Gewächshäuser und Treibbeete, bis er ans Wasser, dann über einen Steg an den Ort kam, wo sich der Pfad nach den neuen Anlagen in zwei Arme teilte.*«

Was mich am meisten wundert, ist, dass sich mein Großvater für ein Buch begeistert, in dem es um Gartenbau geht. Normalerweise interessiert er sich überhaupt nicht dafür. Er fragt meinen Vater nie, ob er ihm draußen helfen kann – er hat nicht einmal so etwas wie Arbeitskleidung. Manchmal bewundert er die Rosensträucher, die rechts von unserer Einfahrt wachsen, und fächelt sich ihren Duft in die Nase. »Welch eine Blütenpracht«, sagt er dann, und: »Hätte ich einen Garten, würde ich mich auch der Rosenzucht widmen.« Wenn er in gehobener Stimmung ist, legt er mir die Hand auf die Schulter und summt, »Sah ein Knab ein Röslein stehn, Röslein auf der Heiden ...«, dazu dirigiert er sich selbst mit weit ausgreifenden Bewegungen.

»Goethe ist eher etwas für Erwachsene, mein Junge«, sagt er. »Vielleicht willst du dir ein eigenes Buch holen und wir lesen beide.«

Ich glaube, er hat einfach keine Lust, den ganzen Nachmittag vorzulesen, aber wenn ich mit meinem Buch bei ihm sitze und mein verletztes Bein hochlege, wird mein Vater vielleicht nicht schimpfen, dass ich faul bin – zumindest nicht vor meinem Großvater.

Ich schleiche auf Strümpfen in den Flur, nehme auch nicht den Weg durch die Küche, sondern den weiteren durchs Wohnzimmer, laufe die Treppe hinauf, lautlos wie ein Leopard auf der Jagd, denn auch meine Mutter findet, dass ich meinem Vater im Garten zur Hand gehen soll, weil er sich die ganze Arbeit ja für uns macht, damit wir schöne Blumen und genug zu essen haben, und außerdem ist frische Luft sehr wichtig für Kinder.

Auf meinem Nachttisch liegt ein Buch von Heinz Sielmann, das ich zur Erstkommunion bekommen habe. Es heißt *Ins Reich der Drachen und Zaubervögel*. Darin erzählt er von seinen Expeditionen zu den Galapagosinseln, an den Amazonas und nach Papua-Neuguinea.

Noch interessanter als die Paradiesvögel und die ganzen anderen Tiere, die er beobachtet hat, sind allerdings die Menschen auf den Bildern, vor allem in Papua-Neuguinea: Die Frauen dort laufen immer mit nackten Brüsten herum, und auf ihren Köpfen tragen sie Federhüte, die noch größer sind als bei den Indianern im Wilden Westen. Während die Federhüte alle gleich aussehen, haben die Brüste der Papua-Frauen sehr verschiedene Formen. Manche sind prall und rund, mit großen fleischigen Warzen, andere stehen spitz vor und zeigen nach rechts und links, wieder andere sind nur dickliche Knubbel. Ich frage mich, ob die Brüste der Frauen bei uns auch so unterschiedlich sind? Wegen der Schamhaftigkeit und Keuschheit werden sie unter vielen Kleiderschichten verborgen, und man bekommt sie so gut wie nie zu sehen. Wahrscheinlich ist es nicht richtig, sich diese Bilder anzuschauen. Pastor Würmeling hat uns im Kommunionunterricht dringend vor allem »Unkeuschen« gewarnt und dabei ausdrücklich die »Unkeuschheit der Augen« erwähnt. Andererseits ist es ein Buch von Heinz Sielmann, den jeder als sehr guten Menschen aus dem Fernsehen kennt und der bestimmt nichts Anstößiges verbreitet. Vielleicht stellt es sich anders dar, wenn es wilde Heidenfrauen im Urwald sind, die noch gar nicht wissen, wie man sich richtig anzieht. Auch die Männer in Papua-Neuguinea tragen weder Hemden noch Hosen. Viele von ihnen haben sich lange Spieße durch die Nase gestochen, manche auch silberne Scheiben oder die runden Hauer von Keilern. Sie sehen sehr gefährlich aus. Ihre Gesichter sind mit leuchtend roten und gelben Farben bemalt, so dass man fast denken kann, sie sind gar keine Menschen, sondern Geister von Toten. In manchen, sehr weit abgelegenen Tälern, in die noch nie ein Weißer vorgedrungen ist, sollen sogar echte Menschenfresser leben. Allerdings schreibt Heinz Sielmann, dass die Missionare bei der Verkündigung des Evangeliums große Fortschritte gemacht haben in den letzten Jahren. Trotzdem wird es bestimmt noch viele Märtyrer geben, die für den Herrn ihr Leben lassen und dann vielleicht sogar aufgegessen werden, bevor sich dort alle bekehrt haben.

Als ich ins Esszimmer zurückkomme, schläft mein Großvater. Wenn er einatmet, sieht es aus, als würde sein Kopf von der hereinströmenden Luft angehoben, dabei verursacht sie ein rasselndes Geräusch. Am höchsten Punkt bricht das Rasseln ab, und beim Ausatmen fällt sein Kinn zurück auf die Brust. Das Buch mit den *Wahlverwandtschaften* liegt aufgeschlagen in seinem Schoß. Wahrscheinlich war ihm das Pfropfen von Bäumen und die Anlage von Blumenbeeten dann doch zu langweilig, selbst wenn all diese Dinge von dem Dichter Goethe besonders schön beschrieben wurden. In dieser Hinsicht sind mein Großvater und ich uns sehr ähnlich.

Ich zupfe leicht an seinem Sakko und flüstere »Opa«, worauf er jedoch nicht reagiert. Ich versuche es etwas lauter: »Opa, wir wollten doch zusammen lesen!« Er öffnet kurz die Augen und murmelt: »Ich komme gleich.«

Ich warte eine Weile, stupse ihn dann noch einmal an, diesmal ein wenig fester. Der Schnarcher bleibt ihm kurz im Hals stecken – es klingt wie ein Treckermotor, der ins Stocken geraten ist. Plötzlich fährt er hoch und faucht: »Herrgott nochmal!«

Für einen kurzen Moment habe ich Angst, denn ich weiß von meiner Mutter, dass er sehr wütend werden kann, wenn ein Kind ihn mit irgendetwas Dummem stört, selbst wenn es gar keine Absicht war, und dass er dann manchmal einen Ledergürtel nimmt, um einen windelweich zu prügeln. Wobei ich noch nie einen Gürtel in seiner Hose gesehen habe – er benutzt immer Hosenträger. Außerdem glaube ich nicht, dass er mir etwas tun würde. Mein Vater ist viel stärker als er und nimmt es ihm bis heute übel, dass er meine Mutter als Kind geschlagen hat. In der Familie meines Vaters wurde es abgelehnt, Kinder zu schlagen, sie wurden nicht einmal angeschrien, und so soll es auch bei uns sein, ganz gleich, welche Vorstellungen mein Großvater von Erziehung hat.

Ich lasse ihn schlafen. Solange ich leise bin und in meinem Buch lese, wird niemand bemerken, dass ich hier bin. Mein Vater kommt normalerweise erst wieder herein, wenn er mit dem Autowaschen fertig ist. Meine Mutter und meine Großmutter sind viel zu beschäftigt, um sich Gedanken über meinen Verbleib zu machen. Ich gebe der Küchentür einen leichten Stoß, dass sie fast geschlossen ist, obwohl es mich schon interessiert hätte, zu sehen, wie das Huhn gerupft wird.

»Die farbenbunte Vogelwelt Neuguineas hatte schon in den vorkolonialen Zeiten viele Forscher angelockt, aber bis zum heutigen Tag blieb noch manches Rätsel ungelöst …«

Die älteren Papuafrauen, die gerade ein großes Essen vorbereiten, haben ganz plattgedrückte Brüste, bei manchen von ihnen hängen sie bis zum Bauchnabel.

Als Heinz Sielmann im Urwald von Papua-Neuguinea war, haben die Eingeborenen mehrere Tage lang das Schweinefest gefeiert. Zum Abschluss wurden ganze Schweine in Erdgruben gebraten, die mit würzigen Blättern ausgelegt waren.

Ich stelle mir vor, wie es wäre, wenn meine Mutter und meine Großmutter auch so, mit nackten Brüsten, draußen vor dem Haus säßen und das Festmahl vorbereiten würden.

»Wann wollte Cosy denn hier sein?«, fragt meine Großmutter.

»Eigentlich zum Kaffee, aber sie verfährt sich doch jedes Mal, da würde ich mir jetzt noch keine Sorgen machen«, sagt meine Mutter.

»Freundschaft mit Steinzeitmenschen. Ich lasse mir den Gebrauch von Pfeil und Bogen erklären. Sehr viel Geschick und Erfahrung ist notwendig, um mit so primitiven Waffen auch kleine Vögel und durch ihre Schutzfarbe gut getarnte Warane zu erlegen.«

Auf dem dazugehörigen Bild sieht man Heinz Sielmann mit zwei Eingeborenen, wie er die Bogensehne spannt.

Die Jagd mit Pfeil und Bogen interessiert mich sehr. Ich habe schon öfter versucht, auf diese Weise ein Tier zu erlegen. Aus den Bambusstöcken, mit denen mein Vater Setzlinge und Tomaten aufbindet, damit sie gerade wachsen, lassen sich gute

Pfeile herstellen, indem man einen Nagel in das hohle Ende schiebt und mit Gaffaband befestigt. Für den Bogen habe ich einen Weidenzweig geschnitten und an den Enden eingekerbt. Weil das Holz aber doch nicht so biegsam ist, wie immer gesagt wird, und die Pfeile höchstens zwei oder drei Meter weit geflogen sind, habe ich einen Einmachgummi auseinandergeschnitten und als Sehne genommen. Damit pirsche ich durch die Wiesen und Felder, um einen Hasen oder einen Fasan zu schießen. Allerdings gibt es bis zum Rhein seit der Flurbereinigung keine Hecken oder Büsche mehr, so dass ich nirgends Deckung habe. Es ist unmöglich, sich unbemerkt zu nähern. Die Hasen wittern einen schon von Weitem und rennen los, lange bevor sie in Reichweite meiner Pfeile sind. Die Fasane sind perfekt getarnt und ducken sich auf den Boden – genau wie die Hühner bei Onkel Koeb, nur dass man die Fasane nicht sieht. Erst wenn man fast schon auf sie tritt, fliegen sie plötzlich wild zeternd auf und sind weg, bevor ich auch nur gezielt habe. Leider ist die Treffgenauigkeit der Bambuspfeile nicht besonders gut, so dass ich bis jetzt immer ohne Jagdbeute nach Hause gekommen bin. Mein Vater sagt, ich soll Salz mitnehmen und es den Hasen auf den Schwanz streuen, dann bleiben sie sitzen und ich kann sie fangen. Ich glaube, dass das als Witz gemeint ist und dass er mir sowieso nicht zutraut, ein Wildtier zu erlegen. Onkel Koeb hat mir allerdings neulich denselben Tipp gegeben, insofern bin ich nicht ganz sicher, ob nicht doch etwas dran ist.

Ich höre, wie ein Wagen in unsere Einfahrt biegt. Der Motor wird abgestellt, kurz darauf klingelt es.

Auch wenn er sich vielleicht im ersten Moment ärgert, rüttele ich meinen Großvater jetzt doch noch einmal am Arm und sage: »Opa, Tante Cosy ist da.«

Es wäre ihm sicher peinlich, wenn sie hereinkäme und ihn laut schnarchend antreffen würde.

Tatsächlich will er erst schimpfen, ist dann aber doch froh, dass ich ihn geweckt habe, und sagt: »Danke, mein Junge. Dann wollen wir mal.«

Er zieht seinen Kamm aus der Sakkotasche und kämmt sich die Haare, auch wenn es nicht mehr sehr viele sind. Vor Tante Cosy will er gut dastehen – das geht allen so, sogar meinem Vater, der sonst nicht viel darauf gibt, was die Leute aus der Stadt von ihm halten, selbst wenn es unsere Verwandten sind.

Tante Cosy ist eine der sechs jüngeren Schwestern meiner Großmutter und die Patentante meiner Mutter, weshalb meine Mutter Cosima mit Zweitnamen heißt. Obwohl Tante Cosy ihre Lieblingstante ist, hasst sie den Namen. Meine Großmutter hat außerdem drei ältere und fünf jüngere Schwestern und einen älteren Bruder, Onkel Meinhardt, der mit Tante Minna verheiratet ist. Tante Minna hat immer viele Dinge, die ihr nicht gefallen, ihre Beine sind dick wie Elefantenbeine und mit Binden umwickelt, weil sie einmal auf einer Rolltreppe nicht aufgepasst hat – so wurde es uns zumindest erklärt, aber genau weiß ich es nicht, denn dass man mit so dicken Beinen in die Ritzen der Rollstufen gerät, kann ich mir auch nicht vorstellen.

Ich höre Tante Cosys Stimme aus dem Flur. Sie spricht mit einem starken Kölschen Akzent, wie ich ihn aus den Karnevalssitzungen im Fernsehen kenne, so dass ich fast automatisch lachen muss, wenn sie redet. Mein Großvater streicht sich Sakko und Weste zurecht, fährt mit beiden Händen seine Hosenbeine entlang, dann nimmt er sich erneut das Buch, als hätte er gerade noch darin gelesen, und geht wie ein wichtiger Mann mit großen Schritten zur Wohnzimmertür.

»Isch han misch total verfranst«, sagt Tante Cosy.

Das sagt sie jedes Mal, wenn sie uns besuchen kommt. Mein Vater will dann immer wissen, welche Strecke sie genommen hat, und er erklärt ihr, wo sie eigentlich hätte abbiegen müssen, aber beim nächsten Mal verfährt sie sich trotzdem wieder.

Außerdem ist ihr Auto seit Mittwoch in der Werkstatt gewesen, weil der Keilriemen gerissen war, und als sie es heute Morgen abholen wollte, klemmte der Rückwärtsgang, so dass sie noch einmal zwei Stunden warten musste. Sie fährt einen DAF. Das ist ein holländisches Fabrikat. Insofern wundere ich mich nicht über ihre Probleme, denn dass die Holländer keine guten Autos bauen können, weiß eigentlich jeder.

»Nimmst du Kaffee und ein Stückchen Kuchen?«, fragt meine Mutter.

»Gerne einen Kaffee, aber keinen Kuchen, es gibt ja bestimmt nachher noch Abendessen, und ich muss auf meine Linie achten.«

Mein Großvater sagt, »Ich hatte dem Jungen gerade ein wenig aus den *Wahlverwandtschaften* vorgelesen«, und deutet auf das Buch in seiner Hand.

»Da hast du et ja juut vor«, sagt Tante Cosy.

Sie trägt ein elegantes, eng anliegendes Kleid mit einem Muster aus blauen Kreisen, grünen Dreiecken und beigefarbenen Quadraten auf weißem Untergrund, das ihre schlanke Figur betont. Ihre Haare sind rotbraun gefärbt und in Wellen zurückgelegt. Dazu hat sie leuchtenden Lippenstift aufgetragen, violetten Lidschatten, und in ihren Ohren stecken große Edelsteine in der Farbe des Lidschattens. Während sie redet, dreht sie sich auf spitzen, grünen Schuhen um die eigene Achse an meinem Großvater und mir vorbei Richtung Sofa. Jetzt erst bemerkt sie, dass ich auch hier stehe, streicht mir kurz über den Kopf, stellt fest, dass ich sehr gewachsen bin und meinem Vater immer ähnlicher werde, was meine Mutter lachend bestätigt. Kaum dass sie sitzt, holt sie ein Päckchen R6 aus ihrer Krokodillederhandtasche und zündet sich eine Zigarette an. Seit ich weiß, dass überall in Afrika Wilderer ihr Unwesen treiben, bin ich eigentlich ganz gegen Krokodilleder, aber Tante Cosy sieht man vieles nach.

In Hülkendonck gibt es keine alten oder älteren Frauen dieser Art. Selbst meine Mutter, die ja noch jung ist, verglichen mit ihr, und selbst aus der Stadt kommt, sagt, sie würde sich niemals so grell die Lippen schminken, geschweige denn ihre Haare färben. Sie findet auch, dass es Frauen nicht steht, wenn sie rauchen.

Tante Cosy arbeitet bei einer Kölner Bank als rechte Hand des Direktors. Sie hat nie geheiratet, obwohl es eine Reihe von Männern gab, die an ihr interessiert waren. Trotzdem ist sie keine alte Jungfer geworden, wie es zum Beispiel Tante Trohkes und Tante Sülken sind, die zwar immer in die Kirche gehen, aber vor Boshaftigkeit platzen. Tante Cosy trägt weder einen Hut noch ein Tuch auf dem Kopf und ist immer sehr bunt angezogen – nur einmal hatte sie eine kleine schwarze Kappe mit Spitzenschleier und Glitzerperlen auf dem Kopf, wie man sie manchmal bei reichen Frauen im Fernsehen sieht. An ihren sauber manikürten Fingernägeln mit dem glänzenden Nagellack merkt man, dass sie weder einen Garten hat noch kocht. Mittags isst sie immer gepflegt im Restaurant und im Urlaub unternimmt sie weite Reisen nach Italien, Spanien und Griechenland, wo sie sich berühmte Kunstwerke und Baudenkmäler anschaut. Sie war sogar schon bei den Pyramiden.

Da sie die Zigarette vor lauter Reden immer wieder vergisst, bildet sich an der Spitze eine lange Aschesäule, die dann abbricht und auf ihr Kleid fällt. Auf dem Filter ist ein Abdruck ihres Lippenstifts.

Während meine Mutter Kaffee kocht, unterhält Tante Cosy sich mit meinen Großeltern über die vielen Geschwister in Köln, Bremen und Münster. Eine ihrer Schwestern, Philomena, lebt sogar in Mailand, weil sie einen Italiener geheiratet hat. Im Zusammenhang mit Mailand spricht mein Großvater über Leonardo da Vinci und dessen Gemälde »Das Abendmahl«, das er leider noch nicht die Gelegenheit hatte, im Original zu sehen, nicht zu vergessen natürlich, die Scala, das berühmteste Opernhaus der Welt. »Beinahe hätte ich dort die Callas gehört«, sagt Tante Cosy, woraufhin mein Großvater eine sonderbare Melodie summt und einige Takte dirigiert. Meine Großmutter sagt wenig, fragt höchstens, wie es dieser oder jener Nichte oder Cousine geht, die ich alle nicht kenne.

Nach einer kurzen Pause, in der sie ihre Zigarette im Aschenbecher ausdrückt, ein Parfümfläschchen aus der Handtasche nimmt und sich ein wenig davon auf den Hals sprüht, wendet Tante Cosy sich mir zu und fragt: »Und weißt du schon, was du einmal werden willst?«

»Tierforscher wie Heinz Sielmann«, sage ich.

»Ausgezeichnet: Das ist wirklich ein sehr interessanter Beruf«, sagt sie und wendet sich wieder meinen Großeltern zu.

Ich würde mich gern mehr mit ihr unterhalten, denn auch wenn sie bis jetzt weder in Papua-Neuguinea noch am Amazonas gewesen ist, hat sie doch viel mehr von der Welt gesehen als alle Verwandten meines Vaters zusammen. Ich wüsste zum Beispiel gern mehr über die Italiener und ihre Art zu leben, wie es an den Pyramiden ist, ob die Leute dort tatsächlich alle Turbane tragen und lange Bärte haben, ob sie glaubt, dass es fliegende

Teppiche gibt, und wie es ist, auf einem Kamel durch die Wüste zu reiten. Leider interessiert sie sich nicht besonders für Kinder.

Mein Vater kommt mit seiner Schubkarre an der Terrasse vorbei. Auf dem Rücken trägt er seinen gelben Spritzmitteltank, der aussieht wie eine Taucherflasche. Plötzlich dreht er um, wahrscheinlich weil er Tante Cosys Auto in unserer Einfahrt gesehen hat. Vor der Terrasse lässt er die Schubkarre stehen und setzt den Tank ab, an der Tür zieht er seine schwarzen Gummischuhe aus, um nicht den ganzen Dreck ins Haus zu tragen. Er hat seinen grauen Kittel an und den abgewetzten Cordhut auf dem Kopf, der fast genauso dreckig ist wie der von Onkel Koeb. Sein rechter großer Zeh schaut aus der Socke heraus.

»Willkommen in Hülkendonck, Cosy«, sagt er. »Hast du eine gute Fahrt gehabt?« Dann schaut er auf seine Hände und sagt: »Die Hand geb' ich dir später. Ich hab noch ein bisschen im Garten zu tun, aber du wirst ja bestens versorgt.«

Tante Cosy erzählt, dass sie sich plötzlich an der holländischen Grenze wiedergefunden hat und sich beim besten Willen nicht erklären kann, wie das passiert ist.

Einen Moment lang bin ich erleichtert, weil ich denke, mein Vater findet es nicht nur nicht schlimm, sondern sogar gut, dass ich hier sitze und mich um Tante Cosy kümmere, doch dann fällt sein Blick auf mich, er macht eine Pause, wie er sie immer macht, wenn ihn etwas ärgert: »Ach hier hast du dich versteckt«, sagt er. »Kein Wunder, dass wir draußen nicht vorankommen.«

Er grinst, ich weiß aber, dass er es ernst meint. Dann geht er zur Tür, steigt in seine Gummischuhe und setzt sich den Spritzmitteltank wieder auf. Tante Cosy steckt sich die nächste Zigarette an. Ich überlege kurz, stehe dann doch lieber auf und folge ihm.

8.

Natürlich habe ich zu wenig gefragt und zu wenig zugehört. Jahrzehntelang wollte ich meiner Mutter, meinem Vater in erster Linie erklären, wer ich selber war, weil ich sie und ihre Vorstellungen von der Welt ja kannte, wohingegen ich dachte, dass meine eigenen Überlegungen und Entschlüsse für sie mindestens ebenso interessant und überraschend sein müssten wie für mich. Auch jetzt, wo es fast zu spät ist, frage ich nur selten, obwohl ich es mir oft vornehme und auf dem Weg hierher jedes Mal überlege, was ich unbedingt noch wissen will. Doch sobald wir zusammensitzen, herrscht nicht die richtige Atmosphäre oder es ist ein unpassender Zeitpunkt, und bei dem Gedanken, ohne Anlass und Zusammenhang mit stark verschwommenen Vergangenheiten anzufangen, komme ich mir vor wie ein Erbschleicher, der den Alten schnell noch das kostbare Gemälde, die antike Eichentruhe abschwatzen will: Wie ist es gewesen, bevor es mich gab – während des Kriegs, als die Bomben fielen, und danach im zerstörten Köln, und in Hülkendonck, als noch mit Pferden gepflügt wurde, der sabbernde Pastor Fennemann mit der bloßen Hand – die altjungferliche Lehrerin, Fräulein Reibacher, mit dem Rohrstock zugeschlagen hat, bis Blut geflossen ist, und dann, als der Schnelle Brüter gebaut wurde, das Dorf auseinanderbrach.

Jedes Mal, wenn ich ansetze, diese Art Fragen zu stellen, bin ich sicher, dass zumindest meine Mutter denken wird: Er fragt das jetzt nur, weil er meint, dass wir bald sterben oder dement werden. –

Wir haben zu Abend gegessen, Brötchen, Käse, Aufschnitt, außerdem Schwarzbrot, das sie selber backen, seit das Rezept in der Zeitung gestanden hat, und Rosinenbrot von Brahkes. Letzteres ist allerdings nicht mehr so gut wie früher, seit Helmut, der Jüngere, den Laden übernommen hat. Meine Mutter sagte: »Es sieht aus, als hätte er die Rosinen einzeln mit der Pistole reingeschossen.«

Während des Essens und danach liefen Quizshows im großen Esszimmerfernseher, manche mit Publikumskandidaten, andere mit festen Rateteams aus mehr oder weniger prominenten Leuten, die unterschiedliche Rollenmuster bedienten: der chaotische Kauz, die naive Hysterikerin, der pedantische Analytiker, die patente Alleskönnerin.

Meinem Vater ist es im Grunde egal, was über den Bildschirm flimmert, aber meine Mutter wird zunehmend empfindlich. Sobald ein bisschen geschossen wird, verfinstert sich ihre Stimmung. Dementsprechend ist die Auswahl samstagsabends nicht groß: Schlagersendungen, die wir beide nicht ertragen, romantische Frauenromanverfilmungen, die in Skandinavien oder Neuengland spielen und die sie wohl gucken würde, ich aber nicht – und eben Quizshows.

Meine Mutter und ich haben mitgeraten, während mein Vater Auftreten, Kleider, Frisuren der Kandidaten und Moderatoren kommentierte. Es gab Nüsse, Kartoffelchips, Toffifee, Mon Chéri, Moselwein und für mich Coca-Cola. Im Prinzip war alles wie vor vierzig Jahren, nur dass damals Hans-Joachim Kulenkampff mit seiner schmierigen Art oder Joachim Fuchsberger die Fragen gestellt haben. Im Wechsel mit ihnen moderierte Peter Frankenfeld *Musik ist Trumpf* und Rudi Carrell *Am laufenden Band*. Meine Mutter mochte Joachim Fuchsberger am liebsten. Sie nannte ihn mit seinem Spitznamen: »Blacky« – »Heute Abend kommt Blacky«, sagte sie, und in ihrer Stimme lag eine spezielle Art Vorfreude. Ich nehme an, sie hat schon als Studentin für ihn geschwärmt, spätestens seit er in den Edgar-Wallace-Verfilmungen ein Dutzend verschiedener Scotland-Yard-Ermittler auf die immer gleiche Weise spielen durfte. Mein Vater sagte regelmäßig: »Den hättest du auch genommen, wenn er dich gewollt hätte.«

Sie reagierte darauf mit gespielter Empörung, was dafür sprach, dass er recht hatte.

Beim Raten haben meine Mutter und ich unsere Stärken in unterschiedlichen Themenbereichen: Sie sagte, noch bevor der Moderator die Frage formuliert hatte, dass *Gustav Stresemann* und nicht Heinemann oder Lindemann oder Möllemann Namensgeber des berühmten Anzugtyps war. Den *Marquis von Posa* ordnete sie Schillers *Don Karlos* zu. Ich hingegen wusste, was eine *Harpyie* ist und dass *William Adams* – nicht Richard, nicht Douglas und auch nicht Ansel – der erste Weiße war, der in den Samurai-Stand erhoben wurde.

Nach wie vor ist sie fest davon überzeugt, dass wir bei diesen Shows eine Menge Geld gewinnen könnten, wenn wir uns nur bewerben würden.

Gegen halb elf sind sie schlafen gegangen. Ich habe noch eine Weile vor dem Fernseher gesessen und mir die Spätnachrichten angeschaut: Auf Mallorca gab es Schlägereien zwischen Urlaubern und Straßenhändlern; aus einem holländischen Tierpark sind zwei Tiger entlaufen; der FC Bayern ist wieder deutscher Fußballmeister geworden – was schon vergangenes

Wochenende festgestanden hat. Anschließend bin ich die Treppe in den ersten Stock hinaufgestiegen, der mehr oder weniger unbewohnt ist, wenn sie keinen Besuch haben.

Das Zimmer, in dem ich schlafe, ist noch immer das, das bis zu meinem Auszug mein Zimmer war, was nicht so selbstverständlich ist, wie es klingt. Die ersten zehn Jahre habe ich es mir mit meinem Bruder geteilt. Er wurde in dem Jahr geboren, als wir in das Haus eingezogen sind. Nach dem Tod meiner Großmutter, die meinen Großvater um ein Jahr und vier Tage überlebt hat, bekam meine Schwester deren Zimmer, mein Bruder übernahm ihres, so dass ich dieses hier bis zu meinem Auszug für mich allein hatte.

Es ist ein großer Raum – mindestens 25 Quadratmeter. Auf dem Boden liegt noch dieselbe bordeauxrote Auslegware, für die meine Eltern sich 1969 entschieden haben. Abgesehen davon, dass Farbe und Webweise derzeit nicht im Trend liegen, sieht sie wie neu aus. Die grau gefliеste Nische, rechts der Tür, mit Waschbecken, Spiegelschrank und Handtuchhaltern, wirkt, nachdem sie zwei Jahrzehnte lang völlig aus der Mode war, inzwischen geradezu klassisch. Auf der gegenüberliegenden Seite befinden sich zwei quadratische Fenster in der Gaube, rechts davon die Dachschräge, unter der mein Bett steht – abgesehen davon, dass niemand mehr weiß, welches Bett ursprünglich meins und welches das Bett meines Bruders war. Sowieso sind beide jetzt Gästebetten in einem Gästezimmer, in dem an Silvester Freunde der Eltern schlafen, oder Franzosen, die anlässlich des Namensfestes der heiligen Verafredis einige Tage in Hülkendonck verbringen, oder Tante Erika, eine Studienfreundin meiner Mutter, die allerdings unter zahlreichen Krankheiten leidet und schon lange nicht mehr hier gewesen ist.

Ich frage mich, ob ich wohl auch zu Besuch – ein Gast – bin? Wann verliert man das Heimrecht in seinem Elternhaus? Es ist nicht vollkommen ausgeschlossen, dass ich wieder hier einziehe und fortlebe, wie es über Jahrhunderte üblich gewesen ist: Eines der Kinder kümmert sich um die Pflege der Alten und übernimmt schließlich die Besitzungen.

Noch immer stehen hier die Schränke, Regale, Nachttische, die wir Mitte der 70er Jahre in einem Möbelgeschäft auf der anderen Rheinseite gekauft haben: einfache rechtwinklige Formen, fahlbraunes und hellbeiges Furnier auf Spanplatten geleimt. Damals fand ich sie von zeitloser Schönheit wie Schlaghosen und breite Hornbrillen. Dafür, dass es sich um maschinell verarbeitete Billigmaterialien handelt, haben sie sich erstaunlich gut gehalten: Die Türaufhängungen sind nirgends ausgerissen, das Furnier hält nach wie vor.

Einen halben Meter vor den Fenstern steht mein ehemaliger Schreibtisch, darauf eine kleine Lampe, eine grüne Gummiunterlage und eine Stiftschale aus afrikanischem Holz. Wer auch immer hier ist, soll sich ermutigt fühlen, Grüße an seine Lieben daheim zu schicken.

Rechts hat der Tisch zwei Schubladen, deren obere früher abschließbar war. Darin habe ich damals meine geheimen Aufzeichnungen versteckt, Briefe und Fotos von Mädchen, Frauen, in die ich verliebt war. Ich vermute allerdings, dass meine Mutter, als die Möbel geliefert wurden, den Zweitschlüssel einbehalten hat, damit ihr später auf keinen Fall die Alarmsignale entgingen, falls ich Rauschgift konsumieren oder selbstmordgefährdet sein würde. Manchmal erkundigte sie sich wie zufällig nach einem bestimmten Mädchen, von dem ich erst wenige Tage zuvor ein Foto in der Schublade eingeschlossen hatte. Auch ihr auffälliges Interesse an Juliane, Wochen bevor meine Mutter wusste, dass wir tatsächlich zusammen waren, legt nahe, dass sie meine Notizhefte kannte. Plötzlich stellte sie Fragen wie, ob sie nicht ein bisschen alt für mich sei? Oder: Was ihre Eltern eigentlich davon hielten, dass sie in so einer Kommune lebe, zusammen mit lauter wildfremden Männern – angeblich würden dort ja auch Drogen genommen.

Vor fünfzehn oder zwanzig Jahren, als meine früheren Geheimnisse außer mir längst niemanden mehr interessierten, habe ich einmal beiläufig gefragt, ob sie eventuell noch irgendwo einen Schlüssel für den Schreibtisch habe, da seien vielleicht alte Sachen von mir drin?

An ihrem halb misstrauischen, halb amüsierten Blick sah ich, dass sie die Falle hinter der Frage witterte, was ich wiederum als Indiz für die Richtigkeit meines Verdachts nahm.

»Wo sollte ich einen Schlüssel herhaben?«, sagte sie. »Du kannst höchstens deinen Bruder fragen, vielleicht hat der einen.«

Ich weiß beim besten Willen nicht, ob ich beim Auszug meinem Bruder den Schubladenschlüssel gegeben habe oder ob er damals schon verschollen gewesen ist. Schließlich haben wir die Schublade dann aber doch geöffnet. Wie es uns ohne Schüssel gelungen ist, ohne das Schloss aufzustemmen, weiß ich nicht mehr, nur, dass ich enttäuscht war, weil sich lediglich eines meiner Tagebücher aus dem Dritte-Welt-Laden mit orientalisch-ornamentalem Leinenrücken darin fand, bei dem die meisten Seiten herausgerissen waren, dazu zwei oder drei verwackelte Fotos von Annegret Büscher, quadratisch mit weißem Rand, die ich mit dreizehn oder vierzehn auf einem Wandertag ins Kröller-Müller-Museum gemacht hatte.

Nach wie vor sind die Schränke voller Dinge, die einmal mir gehört haben – eigentlich immer noch mir gehören. Ich müsste sie nur in den Kofferraum packen und mitnehmen: Spielzeugtraktoren, -mähdrescher und Matchbox-Autos, zwanzig bis dreißig Stofftiere, von der mausgrauen Maus aus echtem Fell bis hin zum zwergpudelgroßen Zwergpudel. Außerdem drei deckenhohe Regale mit Kinder-, Jugend- und Sportbüchern, veralteten Lexika, Comics, ein asiatisches und ein deutsches Teeservice. – Meine Eltern wären erleichtert über jedes Ding, das von hier verschwinden würde, ich hingegen bin froh, dass das ganze Zeug einstweilen hierbleiben kann: Zu Hause hätte ich beim besten Willen keinen Platz dafür, aber wegwerfen will ich es auch nicht.

Links von meinem Schreibtisch hängt ein Puzzle, das mein Vater auf Holz aufgezogen hat: drei Kronenkraniche vor afrikanischem Sonnenuntergang, vierhundert Teile, ein Weihnachtsgeschenk von Tante Cosy; gegenüber, an der spitzwinkligen Gaubenwand, das Habicht-Tondo, das ich zur Erstkommunion bekommen habe – von wem, weiß ich nicht mehr: tausend Teile. Darunter, auf dem flachen, rollbaren Nachttisch steht der Flakon aus rotschwarz glasierter Keramik, den man sich an Ostern in der Sakristei mit frischem Weihwasser füllen lassen konnte. Das dazugehörige Becken hängt noch immer neben der Tür, hat aber, soweit ich mich erinnere, nie Weihwasser enthalten. Ich nehme an, sie waren ein Geschenk zu meiner Taufe.

Ich schiebe mich am Schreibtisch vorbei ans Fenster, schaue hinaus: Hinter schwarzen Silhouetten von Pappeln, der Kirche, strahlt der hell erleuchtete Kühlturm des Schnellen Brüters in die Nacht wie ein Ufo, das gerade gelandet ist. Die Außerirdischen haben bereits mit den Vorbereitungen für die Versklavung der Erdlinge begonnen. Ich höre das Wummern der Bässe, ab und zu Fetzen einer Frauenstimme, die sehr laut »It's raining men, halleluja ...« singt, frage mich, was das für Leute sind, die an einem Pfingstsamstag bei klarem Sternenhimmel und mittleren Temperaturen auf dem Gelände eines ausgeweideten Atomkraftwerks an einer professionell organisierten Party mit Animation durch mittelmäßige Cover-Sängerinnen teilnehmen und zu uralten Nummer-1-Hits tanzen?

Der Schnelle Brüter war nie am Netz. Es ist überhaupt nie radioaktives Material dort eingelagert gewesen. Die gefährlichste Substanz, die sich je auf dem Gelände befand, war flüssiges Natrium, das als Kühlmittel dienen sollte. Irgendein Trottel hatte allerdings übersehen, vergessen oder einfach nicht gewusst, dass Natrium mit Wasser sehr heftig reagiert. Als es im Dezember 1984 in die Kühlsysteme geleitet wurde, regnete es stark, und es kam zu einer Reihe von Natriumbränden, die sich mit den herkömmlichen Methoden nicht löschen ließen. Um das Vertrauen in die Sicherheit der Anlage nicht weiter zu beschädigen, wurde die Panne der Öffentlichkeit lange Zeit verheimlicht. In den Zeitungen hieß es, bei Schweißarbeiten habe Dachpappe Feuer gefangen.

Ich lasse die Rollläden herunter, drehe mich um, sehe aus den Augenwinkeln im Halbdunkel auf den Regalböden an der Rückseite des Schreibtischs meine alten Spannbretter liegen – fünf Stück in zwei Stapeln. Offenbar hat meine Mutter, seit ich das letzte Mal hier gewesen bin, wieder Schränke im Keller oder Kisten auf dem Speicher gesichtet und auf- bzw. umgeräumt, die Bretter anschließend hier deponiert, weil sie ja mir gehören, dann aber vergessen mich zu fragen, was damit passieren soll. Ich weiß nicht, wann ich sie das letzte Mal in der Hand hatte.

Es ist eher Jahrzehnte als Jahre her. Wenn mich jemand nach ihrem Verbleib gefragt hätte, wäre meine erste Vermutung gewesen, dass sie längst weggeworfen oder verfeuert worden sind. Auch die alte Plastikbox, in der sich mehrere Rollen Transparentpapierstreifen in unterschiedlicher Breite, Präpariernadeln, Pinzetten und sogar ein kleiner Packen Spezialtütchen befinden, ist noch da. Daneben, doppelt zusammengelegt und grau eingefärbt von altem Staub: mein Schmetterlingsnetz.

Ich ziehe es heraus, klappe es vorsichtig auf.

Damals, als ich es bekommen habe – zu meinem dreizehnten oder vierzehnten Geburtstag –, war es das beste und teuerste, das es gab. Unser Biologielehrer, Herr Dr. Spanke, der es besorgt hatte, sagte, es sei das gleiche, mit dem auch Universitätsbiologen auf Forschungsreisen rund um die Welt Falter fingen, um sie zu bestimmen, ihr Vorkommen zu dokumentieren, neue Varietäten oder unbekannte Arten zu entdecken. Ich war sehr stolz, als ich damit loszog, und stellte mir vor, dass jetzt, wo ich mit diesem Supernetz unterwegs war, sämtliche Schmetterlinge, die ich je gesehen hatte, herbeigeflogen kämen, um von mir gefangen zu werden. Allerdings fanden sich schon damals hauptsächlich Kohlweißlinge, Zitronenfalter und Kleine Füchse, so dass ich meinen Vater schließlich überredete, Schmetterlingsflieder an unserem Teich zu pflanzen – auch das ein Tipp von Dr. Spanke –, weil Pfauenaugen, Admirale, C-Falter und sogar Schwalbenschwänze von den langen lilafarbenen Blütenständen unwiderstehlich angezogen wurden. Dr. Spanke sagte, man könne durchaus ein paar Exemplare mehr fangen, als für die unmittelbare wissenschaftliche Erfassung nötig seien, schon damit man etwas zum Tauschen habe, wenn man auf eine Insektenbörse fahre. Wichtig sei, dass jedes Präparat ein Kärtchen bekomme, auf dem sowohl mein eigener Name als auch der wissenschaftliche Name des Falters stünden, außerdem die Fangstelle und das Fangdatum – sonst habe es keinerlei Wert, ganz egal, wie schön der Schmetterling sei.

Die Holzstange, auf die ich das Netz geschraubt hatte, fehlt – ohnehin war es lediglich ein abgesägter Besenstiel. Die Teleskopvorrichtung aus Leichtmetall, die eigentlich dafür vorgesehen war, hätte das Geburtstagsgeschenkbudget endgültig gesprengt.

Einmal haben Dr. Spanke und sein ältester Sohn Harald, der in Köln Biologie studierte, mich abends um zehn zu Hause abgeholt, und wir sind in die Binnener Dünen gefahren, um Nachtfalter zu fangen. Dr. Spanke stellte riesige Spezialleuchten auf, die ein besonderes Lichtspektrum erzeugten und die Tiere aus sehr weiter Ferne anlockten. Tatsächlich hat er über Jahrzehnte die Bestandsentwicklung vieler Arten in diesem einzigartigen Biotop erfasst und die fatalen Auswirkungen der zunehmend industrialisierten Landwirtschaft für die Insektenvielfalt dokumentiert. Ich weiß nicht, ob ich von dieser Expedition Exemplare für meine eigene Sammlung mit nach Hause gebracht habe – ein Totenkopfschwärmer, den ich so gern gehabt hätte, befand sich jedenfalls nie in meinem Nachtfalterkasten, obwohl ich sicher bin, dass bei dieser Aktion zwei oder drei in unsere Netze gegangen sind. Für die großen Schwärmer und Eulen verwendete Dr. Spanke Tötungsgläser mit Blausäure-Zyankali, und es wäre ihm sicher zu riskant gewesen, wenn ich damit herumhantiert hätte.

Ich habe Äther genommen, um die Schmetterlinge zu töten. Anfangs hat meine Mutter ihn in der Apotheke gekauft, später bekam ich ihn auch persönlich ausgehändigt – die Apothekerin kannte mich ja und wusste, wofür ich ihn benötigte. Den Äther träufelte man einfach in ein Wattekissen am Boden eines alten Gurkenglases und gab die Falter, sobald man sie gefangen hatte, vorsichtig dort hinein. Nachdem das Glas verschraubt war, wurden sie binnen Sekunden bewusstlos und kurz darauf starben sie. Wenn sie zu lange flatterten, musste Äther nachgefüllt werden, denn sonst rieben sie sich den schimmernden Pigmentstaub von den Flügeln.

Einige Male bin ich auch bei Dr. Spanke zu Hause gewesen, und er hat mir seine Sammlung gezeigt, die ein ganzes Zimmer füllte – nicht, wie man es sich vorstellen würde, mit ein paar dekorativen Schaukästen an den Wänden: Er hatte an drei Seiten des Raums deckenhohe, speziell für entomologische Sammlungen konstruierte Schränke einbauen lassen, mit Hunderten dieser Kästen, die man herausziehen konnte wie Schubladen. Jeder Kasten war ein Zauberbild, hatte seinen eigenen Rhythmus aus gleichen und ähnlichen Exemplaren, verwandten Arten, einen unverwechselbaren Farbklang, leuchtend, wie keine Malerei der Welt je sein würde. Schon sein Vater hatte begonnen, die Sammlung aufzubauen. Damals waren noch viel mehr Arten hier verbreitet gewesen, die inzwischen längst, wenn nicht ganz ausgestorben, so doch aus unserer Gegend verschwunden sind. Ihr Verschwinden war die Folge von Flurbereinigung, Monokulturen, von Unkrautvernichtungsmitteln, durch die alle Wildblumen ausgemerzt und den Faltern die Lebensgrundlagen genommen wurden, ganz abgesehen von den Insektiziden selbst, an denen sie zu Hunderttausenden starben. Wir hingegen entnahmen lediglich einzelne Exemplare zu Forschungszwecken – weniger als eine Amsel oder ein Neuntöter fingen, die sich von ihnen ernährten oder ihre Brut damit aufzogen.

Nachdem ich ungefähr dreißig Falter gefangen hatte, zeigte Dr. Spanke mir, wie man sie auf den Spannbrettern richtig präpariert. Da sie im Moment des Todes ihre Flügel zusammenklappen, sieht man zunächst nur die blassere Unterseite. Damit man sie exakt bestimmen und in ihrer ganzen Schönheit betrachten kann, müssen die Flügel sehr vorsichtig wieder geöffnet und in die richtige Position gebracht werden. Dazu schiebt man zunächst eine spezielle Präpariernadel durch das Brustsegment. Dann steckt man den Falter auf der Nadel in die mit Kork, Schaumstoff oder Styropor gefüllte Mittelfuge des Spannbretts. Anschließend drückt man die Flügel mit einer abgeknickten Sonde herunter und fixiert sie unter schmalen Streifen aus Transparentpapier, die mit Stecknadeln oberhalb, unterhalb und neben den Flügeln befestigt werden. Indem man die Streifen partiell wieder löst und die Sonde mit allergrößter Vorsicht an den vielleicht einen Viertelmillimeter aufragenden Hauptäderchen der Flügel ansetzt, ohne in diese hineinzustechen, verschiebt man zuerst die beiden oberen Flügelhälften, bis sich ihre Unterkanten jeweils rechtwinklig zum Rumpf befinden, danach positioniert man die unteren so, dass sie vom optischen Eindruck her ebenfalls rechtwinklig stehen und der Falter ein harmonisches Ganzes bildet.

Im Laufe von zweieinhalb Jahren habe ich auf diese Weise je einen Kasten für Nacht- und einen für Tagfalter gefüllt. Dr. Spanke schenkte mir einige Exemplare, damit die Kästen nicht ganz so leer aussahen, und überließ mir die Duplikate zweier Bücher, die damals schon lange vergriffen waren: *Wir bestimmen Schmetterlinge Band 1, »Eulen«* und *Band 2, »Schwärmer, Bären und Spinner«.* Außerdem legte er mir das Standardwerk *Die Tagfalter Europas und Nordwestafrikas* von Higgins und Riley ans Herz, das ich mir dann von meinen Großeltern zu Weihnachten wünschte.

Dr. Spanke fand, dass ich das Zeug zu einem ernsthaften Entomologen hätte, wobei ich selbst mir nicht ganz so sicher war, ob ich mein Leben tatsächlich Schmetterlingen und Käfern widmen wollte, zumal sich herausstellte, dass insbesondere die Mädchen an der Schule darauf mit Befremden, wenn nicht sogar Abscheu reagierten. Im Prinzip hatte in unserer Gegend kaum jemand ernsthafte Schwierigkeiten mit der Tatsache, dass man Tiere tötete – Rinder, Schweine, Karnickel, Hühner, um sie zu essen; Ratten, Mäuse, Fliegen, Mücken, Spinnen, weil sie lästig oder ekelhaft waren. Aber die Vorstellung, dass einer mit Netz und Giftglas durch die Gegend zog, um Falter zu ermorden, und sich anschließend stundenlang allein an seinem Schreibtisch über ein Stück Holz beugte, um mit angehaltenem Atem Schmetterlingsflügel in Position zu bringen, zeugte von einem wenn nicht latent perversen, so doch zumindest abseitigen Charakter, zumal ich ja nicht nur die schillernd bunten Bläulinge, Aurora- oder Perlmuttfalter sammelte, sondern auch graubraune, beigegraue, ockerbeige Nachtfalter, die für die meisten einfach »Motten« waren. Schließlich erzählte ich lieber niemandem mehr davon und schloss Präparationsutensilien und Kästen in den Schrank, wenn jemand mich hier, in meinem Zimmer, besuchen wollte.

IX.

Meine Eltern sind zu einer Versammlung nach Cleve gefahren. Es geht um den Schnellen Brüter, der bei uns gebaut werden soll. Seit einiger Zeit finden ständig solche Versammlungen statt – manchmal in der Clever Stadthalle, manchmal im Calcarer Schulzentrum oder auch hier bei Pooth, weil sie dort den großen Saal haben.

Ein Professor aus dem Kernforschungszentrum Jülich erklärt, wie ein solches Atomkraftwerk arbeitet. Außerdem sollen ein RWE-Direktor aus Essen und ein Mann vom Ministerium in Düsseldorf sprechen. Mein Vater hat sich extra eine Krawatte gebunden und ein Jackett angezogen, bevor sie ins Auto gestiegen sind.

»Es ist wichtig, sich anzuhören, was die Fachleute sagen, damit wir uns eine Meinung bilden können, die dann auch Hand und Fuß hat«, hat er zu meiner Mutter gesagt, die lieber zu Hause geblieben wäre.

»Wir können es doch nicht ändern«, sagte sie, worauf mein Vater entgegnete: »Das ist keine Einstellung.«

Meine Mutter hat gegenüber allem, was auf der Welt passiert, eine skeptische Haltung und sieht oft schwarz. Sie lässt sich nur schwer überzeugen, dass ihr Pessimismus unbegründet ist und dass eine Sache am Ende gut ausgehen wird. Selbst wenn sie dann gut ausgegangen ist und mein Vater feststellt: »Siehst du, es hat doch alles geklappt«, antwortet sie: »Na, warten wir erst mal ab – das dicke Ende kommt sicher noch.«

Ich glaube, sie findet – genau wie mein Vater –, dass es wohl Atomkraftwerke geben muss, damit wir genug Strom haben, aber im Unterschied zu ihm erfüllt sie die Vorstellung, dass so etwas bei uns vor der Haustür gebaut wird, nicht mit der Hoffnung auf eine bessere Zukunft für unser Dorf. Das kann aber auch daran liegen, dass sie zugezogen ist und als Lehrerin ohnehin eine Sonderstellung hat.

Eine Reihe von Leuten, hauptsächlich Bauern, auch solche, die schon immer hier leben, scheint allerdings ganz dagegen zu sein. Sie halten Kernkraft für gefährlich und glauben, dass dieser Schnelle Brüter eines Tages explodieren wird wie die Atombombe in Hiroshima. Dann werden bei uns Tausende von Menschen verbrennen, und die Gegend wird wegen der Verseuchung mit Radioaktivität mehrere hundert Jahre oder noch länger unbewohnbar sein.

Als ich das Wort »Radioaktivität« zum ersten Mal gehört habe, dachte ich, es hätte etwas mit Radios zu tun, die ja auch ziemlich komplizierte Apparate sind. Wenn man so ein Radiogerät aufschraubt und sich die Platine anschaut mit all den winzigen Drähten und Transistoren, die wie die bunten Pillen meiner Großeltern aussehen, staunt man nicht schlecht über das Wunder, dass sich unsichtbare Strahlen oder Wellen, die damit aus der Luft gefischt werden, am Ende in wirkliche Worte und Musik verwandeln. Was aus dem Lautsprecher kommt, klingt fast so echt wie eine Stimme, die einem direkt ins Ohr spricht, oder wie die Orgel in der Kirche – wobei die Organisten in den Radiomessen, die ich manchmal mit Tante Rieke und Tante Ada höre, viel schöner spielen als unser Organist, Herr van Meegeren.

Abgesehen davon, dass die Radioaktivität auch unsichtbar ist, hat sie aber nichts mit der Radiotechnik zu tun, sonst wären mein Vater und ich längst tot, denn wir haben unser Kofferradio schon mehrmals geöffnet und repariert.

Radioaktivität wirkt einerseits wie Gift – noch viel stärker als das, was die Indios aus den Fröschen kochen und auf ihre Pfeile streichen –, andererseits verursacht sie Verbrennungen wie Sonnenbrand, an denen man ebenfalls stirbt. Wie genau das alles funktioniert, konnten mir weder meine Mutter noch mein Vater erklären, »deshalb gehen wir ja da hin«, hat mein Vater gesagt. »Morgen wissen wir sicher mehr.«

Normalerweise fahren sie abends nicht beide zusammen weg. Mein Vater geht zu seinen Kirchenvorstandssitzungen und meine Mutter zu Elternabenden, entweder als Lehrerin, die vorne steht und den Leuten erklärt, welche Probleme es gibt und was im nächsten Halbjahr im Unterricht durchgenommen wird, oder eben als meine Mutter, die sich anhört, was meine Lehrerin für Pläne mit unserer Klasse hat. Nicht nur, dass Calcar und Hülkendonck jetzt öfter im Fernsehen gezeigt werden, sondern auch die Tatsache, dass meine Eltern zur Zeit ständig diese Versammlungen besuchen, zeigt, dass es sich bei dem Schnellen Brüter um eine wirklich wichtige Angelegenheit handelt. Eigentlich könnten wir stolz darauf sein, bald so eine Baustelle, die von Bedeutung für das ganze Land ist, bei uns im Dorf zu haben, aber wenn ich es richtig sehe, bringt sie auch eine Menge Probleme mit sich, die es vorher nicht gab.

Mir gefällt es nicht, wenn abends keiner von ihnen im Haus ist. Zwar habe ich Tante Rieke, die dann auf uns aufpasst, sehr gern, aber es ist doch etwas anderes, von ihr ins Bett gebracht zu werden und nicht von meiner Mutter. Tagsüber macht es mir nichts aus, wenn meine Eltern unterwegs sind. Da bin ich oft bei Tante Rieke und ihrer Schwester, Tante Ada. Meine Mutter fährt uns mit dem Auto hin, und dann spielen wir dort oder machen uns nützlich. Wobei mein Bruder nach dem Kindergarten auch oft bei Bauer Küppers in Binnen bleibt, dessen Hof direkt neben der Schule meiner Mutter liegt.

Tante Rieke und Tante Ada wohnen in einem alten Haus mit einer richtigen Tenne, Plumpsklo und einem Feuerherd in der Küche. Nach vorn, Richtung Hauptstraße, haben sie einen riesigen Gemüsegarten und hinten eine Obstwiese, auf der manchmal auch Kälber oder Rinder von Bauer Otten laufen. Ich helfe ihnen beim Äpfel-, Birnen-, Pflaumen- oder Kirschenpflücken, beim Kartoffellesen, oder ich trage das Holz, das Tante Ada draußen hackt, an seinen Platz. Wenn die Arbeit getan ist, lösen Tante Ada und ich zusammen Kreuzworträtsel oder sie erzählt mir, wie es im Krieg war. Hier in Hülkendonck war der Krieg zwar auch nicht schön, aber doch deutlich weniger schlimm als in Essen oder Köln.

Neulich habe ich einen Maulwurf mit Tante Ada gefangen. Nachdem sie ihn mit der Schüppe aus seinem Bau geschleudert hatte, ist er ihr entwischt, was normalerweise nie vorkommt, so dass Tante Ada ziemlich geschimpft hat. Obwohl der Maulwurf schon verletzt war, konnte er sich in einen Zwischenraum hinter dem Kellerfenstergitter flüchten und kam partout nicht heraus, so dass Tante Ada schließlich das lange Messer mit der schmal geschliffenen Klinge, mit dem sie sonst die Bratenstücke zurechtschneidet, aus der Küche geholt und immer wieder in den Spalt hineingestochen hat. Der Maulwurf hat so laut und schrill geschrien, dass ich erst gedacht habe, es muss noch ein anderes Tier dort versteckt sein, denn diese Laute können unmöglich von ihm stammen. Irgendwann ist er dann doch wieder herausgekommen. Das samtig schwarze Fell war da schon voll mit Blut, und von der rosafarbenen Nasenspitze hing ein Stück herunter. Als er dann durch den Kies weglaufen wollte, hat Tante Ada ihm mit dem Spaten den Kopf abgehackt. Bei Maulwürfen kennt sie ebenso wenig Erbarmen wie mein Vater.

In den Ferien mache ich manchmal sogar Urlaub bei ihnen. Dann backt Tante Rieke mir so viele Reibekuchen, wie ich essen kann, wir gucken das Ohnesorg-Theater mit Heidi Kabel und ihrer Tochter, die ebenfalls Heidi heißt und mir so gut gefällt, dass ich sie am liebsten heiraten würde. Manchmal zeigen sie auch Stücke mit Willi Millowitsch, der wie meine Kölner Verwandten spricht. Morgens kann ich so lange schlafen, wie ich will, und bekomme das Frühstück ans Bett gebracht.

Heidi Kabel und Tante Rieke sind sich ziemlich ähnlich: Nach außen hin wirken sie oft ein bisschen streng, aber sie haben doch ein großes Herz für alle. Trotzdem fühle ich mich, wenn ich in unserem eigenen Haus bin, nur richtig sicher, wenn einer von meinen Eltern da ist, obwohl ich auch bei ihnen nicht weiß, ob sie es unten, vor dem Fernseher, überhaupt hören würden, wenn zum Beispiel ein Einbrecher oder jemand von der Baader-Meinhof-Bande über das Dach geklettert käme, um uns zu ermorden.

Heute ist zum Glück Dienstag und gleich läuft *Ein Platz für Tiere* mit Professor Grzimek. Meine Mutter hat erlaubt, dass ich mich nach unten schleiche und die Sendung anschaue, sobald mein Bruder schläft. Das darf ich auch bei Heinz Sielmanns *Expeditionen ins Tierreich*, die ich noch lieber mag als Professor Grzimeks Sendung, und bei *Dalli-Dalli* mit Hans Rosenthal.

Ich robbe auf dem Boden am Bett meines Bruders vorbei zur Tür und schiebe mich vorsichtig hinaus. Heute klappt es gleich beim ersten Versuch, ohne dass er etwas merkt. Im Badezimmer ziehe ich meine Hüttenschuhe an, weil Tante Rieke schimpft, dass ich mich erkälte, wenn ich barfuß die Steintreppe hinuntergehe.

Sie hat die Küche aufgeräumt und in allen Zimmern die Jalousien heruntergelassen. Jetzt sitzt sie auf der Eckbank und hat die löchrigen Strümpfe sowie das Nähzeug aus dem Kasten unter der Eckbank vor sich und eine Socke über den Stopfpilz gezogen.

»Schläft dein Bruder?«, fragt sie.

»Ich glaube wohl.«

Ich habe schon meiner Mutter, meiner Großmutter und Tante Rieke beim Stopfen zugeschaut und glaube, dass Tante Rieke es von allen am besten kann. Sie ist eine richtige Hauswirtschafterin von Beruf. Bevor sie geheiratet hat, war sie bei einem Schuhfabrikanten in Stellung, dessen Fabrik aber während des Krieges abgebrannt ist. Sowieso hat sie sehr spät geheiratet, ungefähr mit vierzig. Ihr Mann, Wilhelm Lörcke, war noch älter und außerdem Witwer. Er brachte eine erwachsene Tochter mit in die Ehe, die jetzt mit ihrem Mann und zwei Kindern in Duisburg wohnt. Herr Lörcke hat ziemlich bald Krebs bekommen und ist gestorben. Nach seinem Tod ist Tante Rieke nach Hülkendonck zurückgekehrt und seitdem teilt sie sich ihr Elternhaus mit Tante Ada, die nie geheiratet und überhaupt nie woanders gelebt hat als hier, weil sie viele Jahre lang die schwerkranke Mutter pflegen musste. Als die Mutter gestorben war, hätte es ja erst recht keinen Sinn mehr gehabt wegzugehen. Einmal, mit vierzehn oder fünfzehn, sollte sie auch eine Stellung annehmen, bei einem Notar in Cleve, aber dort hat sie es vor lauter Heimweh nicht ausgehalten und war nach nicht einmal einer Woche wieder zurück in Hülkendonck. Im Wohnzimmer von Tante Rieke und Tante Ada hängen drei alte Fotos: Auf einem, über dem großen Sessel, ist der verstorbene Herr Lörcke zu sehen. Er scheint ein strenger Mann gewesen zu sein. Ich kann mir gar nicht vorstellen, dass eine Frau wie Tante Rieke, die immer alles so macht, wie sie es für richtig hält, sich von ihm etwas hat sagen lassen. Die anderen beiden Bilder hängen über dem Sofa. Das eine zeigt ihre Eltern, als sie jung waren: die Mutter in einem schwarz glänzenden Kleid, aus dem eine Bluse mit breiten weißen Rüschen herausschaut. Sie trägt eine lange Kette mit einer Goldmünze als Anhänger und eine Frisur, die aussieht wie ein Hut aus Haaren. Der Vater hat einen gezwirbelten Schnurrbart und einen geraden, mit Pomade an den Kopf geklebten Mittelscheitel, dazu einen Anzug mit Weste und breiter Krawatte. Er ist schon 1918 im Ersten Weltkrieg gefallen, als Tante Rieke erst fünf oder sechs Jahre alt war, so dass ihre Mutter die vier Kinder alleine durchbringen musste. Auf dem anderen Bild sieht man ihre beiden Brüder in Soldatenuniform. Sie sind in Russland gefallen, einer in Stalingrad, bei dem anderen weiß man es nicht: Er wird »vermisst«, aber das ist genauso endgültig wie »gefallen«. Lange wusste ich nicht, was es mit diesem »gefallen« auf sich hat und habe mir vorgestellt, dass ein abgekämpfter Soldat auf dem endlosen Kriegszug durch ferne Länder immer wackliger auf den Beinen wird, stolpert, hinfällt und dann einfach liegen bleibt in einer Art ewigem Schlaf. Mittlerweile weiß ich aus den Nachrichtensendungen, dass man es nur »gefallen« nennt, wenn ein Soldat im Krieg stirbt. In Wirklichkeit werden die meisten von Maschinengewehrkugeln, Handgranaten oder Bomben getötet.

Neulich habe ich die Namen auf dem Denkmal für die Gefallenen der Weltkriege vor unserer Kirche gezählt: Im Ersten Weltkrieg waren es 19, im Zweiten 42, was doch sehr viel ist, wenn man sich überlegt, dass Hülkendonck nur ungefähr vierhundert Einwohner hat, von denen ja die Hälfte Frauen sind. Ich kannte fast alle Nachnamen.

Die Tagesschau ist gleich vorbei, es läuft bereits die Wettervorhersage: »... von gelegentlichen Auflockerungen abgesehen, überwiegend stark bewölkt bis bedeckt und vor allem im Norden zeitweise etwas Regen oder Sprühregen. Tageshöchsttemperaturen im Norden um dreiundzwanzig, im Süden um fünfundzwanzig Grad ...«

Ich bin gespannt, welches Tier Professor Grzimek diesmal mitgebracht hat. Er hat immer ein Wildtier aus dem Frankfurter Zoo bei sich im Fernsehstudio, das dort meistens allerhand Unfug anstellt. Es kann ein Schimpanse sein oder ein Gorillababy mit Windel, ein Mungo oder einfach eine Horde kleiner Igel. Seine Gepardendame Cheetah mag ich besonders. Zum Glück kommt sie ziemlich oft mit. Professor Grzimek ist fast genauso vertraut mit ihr wie Jeff mit Lassie. Geparden gehören zu meinen Lieblingstieren, sie gefallen mir noch besser als Tiger, Löwen und Jaguare. Wenn ich mir ein Haustier aussuchen dürfte, wäre es auf jeden Fall ein Gepard. Manchmal liegt Cheetah wie eine normale Katze auf dem Tisch und lässt sich von Grzimek streicheln, als wäre nichts dabei. Oft tollt sie aber auch wild herum, stupst ihn ins Gesicht und will spielen, was mitten in der Sendung natürlich nicht geht.

»Guten Abend, meine lieben Freunde ...«

Auf Grzimeks Tisch sitzt tatsächlich Cheetah und leckt ihm die Hand. Er streichelt sie und redet mit ihr, bis sie sich umdreht und herunterspringt. Professor Grizmek wirft ihr Fleischstücke auf den Boden, auf die sie sich mit Heißhunger stürzt. In einer früheren Sendung hat er erzählt, dass Cheetah aus Äthiopien stammt und dort von Menschenhand großgezogen wurde, was man daran merkt, dass sie sich nicht für andere Geparden interessiert, dafür aber die Gesellschaft von Menschen liebt.

»Wenn die Sendung zu Ende ist, gehst du ohne Widerworte ins Bett, morgen ist Schule«, sagt Tante Rieke.

Cheetah schaut direkt in die Kamera. Der Kameramann zeigt ihre Augen in Großaufnahme, so dass man das Wilde darin sieht – als wäre sie auf der Suche nach einer Herde Gazellen irgendwo da draußen in der Savanne.

Wenn ich der Kameramann wäre, würde ich mich, glaube ich, trotz allem ein bisschen fürchten.

»Deine Eltern wollen ja stolz auf dich sein, dass du gute Noten mit nach Hause bringst.«

Ich nicke.

»Deshalb wird dann sofort das Licht ausgemacht und auch gleich geschlafen.«

Darüber will ich jetzt noch gar nicht nachdenken, denn die Sendung hat ja gerade erst begonnen.

Ich schlafe schlecht ein in letzter Zeit, weil ich mir oft Sorgen mache wegen all der schrecklichen Dinge, die auf der Welt passieren. Vor allem habe ich Angst, dass wieder ein Krieg ausbricht und dass dann auch mein Vater Soldat werden muss. Vor einigen Wochen war hier ein großes Manöver, wo die Soldaten geübt haben, wie man an der neuen Rampe eine Schwimmbrücke über den Rhein baut, über die sogar Panzer fahren können, um uns gegen die Russen zu verteidigen.

»Und es wird nicht mehr gelesen. Ich komme gucken.«

Ich nicke wieder.

»Damit man in der Schule gut folgen kann, muss man ausgeschlafen sein.«

Tante Rieke schaut kaum einmal von ihrer Stopfarbeit auf. Sie interessiert sich nicht für wilde Tiere, es sei denn, sie kommen in ihren Garten und richten dort Schaden an, wie zum Beispiel Kaninchen, Wühlmäuse, Kartoffelkäfer, Starenschwärme, die ihre Kirschbäume leer fressen, – oder eben Maulwürfe.

»Ich möchte heute ganz mit Ihnen in Deutschland bleiben, und zwar im Nationalpark Bayerischer Wald ...«, sagt Professor Grzimek, während der Kameramann noch immer der ausgelassenen Cheetah folgt, die darauf lauert, dass Grzimek ihr einen weiteren Brocken Fleisch hinwirft.

Ich hätte lieber etwas über Afrika oder Südamerika gesehen, denn die Tiere dort sind doch interessanter als bei uns, und die Hügel im Bayerischen Wald sehen kaum anders aus als im Sauerland oder in der Eifel, wo wir immer in den Weihnachtsferien zum Schneewandern hinfahren. Professor Grzimek gibt zu, dass der Bayerische Wald noch längst kein Nationalpark ist wie der Yellowstone, ganz zu schweigen von der Serengeti, sondern dass die bayerische Regierung gerade erst anfängt, etwas für den Schutz der wilden Tiere dort zu tun. Es wird Jahre, wenn nicht Jahrzehnte dauern, bis die ursprüngliche Artenvielfalt zurückgekehrt ist.

»Ich muss also leider mit dem beginnen, was man nicht sieht«, sagt er: »Nie mehr wird ein Deutscher die besonders stattlichen Tiere seiner Heimat sehen: den Auerochsen und den Tarpan, unser Wildpferd. Unbildung und Unverstand unserer Vorfahren haben sie schon vor Jahrhunderten endgültig vom Erdboden getilgt.«

»Guck, da hast du einen Storch«, sagt Tante Rieke, die jetzt doch einmal kurz von ihrer Stopfarbeit aufgeschaut hat. »Störche gab es bei uns in Hülkendonck früher auch. Oben bei Brahkes auf dem Dach hatten sie ein Nest in einem Wagenrad und hinten am Rhein, bei Verhülsdonck war eins auf der Wirtschaft. Irgendwann sind sie dann weggeblieben.«

Weltweit – aber auch bei uns in Deutschland – sind immer mehr Tiere vom Aussterben bedroht oder schon ausgestorben, weil der Mensch die gesamte Erde für sich allein beansprucht. Störche zum Beispiel brauchen Feuchtwiesen und sumpfiges Gelände mit Fröschen und Molchen, aber überall werden die Sümpfe trockengelegt, so dass sie kaum noch Beute finden. Große Raubtiere gibt es bei uns schon lange keine mehr, was vielleicht gut ist, wenn man gerne sonntags im Wald spazieren geht, aber den Wald doch auch sehr langweilig macht.

»Ein einziger Förster tötete im Gebiet des heutigen Nationalparks zwischen 1760 und 1802 noch 37 Bären. Sein Bruder beinahe ebenso viel ...«, sagt Professor Grzimek.

»Früher kamen bei uns die Zigeuner an die Tür – das weiß dein Vater sicher auch noch, die hatten immer einen Tanzbären bei sich. Einer von den Männern hat Geige gespielt und der Bär hat dazu getanzt, dafür bekamen sie dann ein Butterbrot ... – Aber wo die den herhatten?«

»Der letzte Bär starb auf bayerischer Seite 1833, im angrenzenden Böhmerwald erst 1856. 46 Treiber und 75 Jäger hatte man gegen diesen letzten Bären aufgeboten, und als man ihn hatte, hat man ein großes Jagdfest mit Waldhornklängen veranstaltet.«

»Die Zigeuner sind dann weggeblieben, als Hitler gekommen ist. Da hat man keine von denen mehr gesehen.«

Statt Bären, Wölfen und Luchsen, die eigentlich im Bayerischen

Wald leben sollten, hat man dort Rothirsche und Rehe in großer Zahl angesiedelt, damit die Jäger etwas zum Schießen haben. Professor Grzimek sagt, dass man als Besucher nicht einmal das Liebesspiel der Feldhasen zu Gesicht bekommen würde, was ich ja sogar schon bei uns hinterm Haus gesehen habe. Er hat einen Zaunkönig gefilmt, der seine Jungen füttert, einen Habichthorst, Steinmarder und einen Schwalbenschwanz – den schönsten Schmetterling, den es in Deutschland gibt. Allerdings sind das alles doch ziemlich normale Tiere, die zum Teil sogar bei uns im Garten leben – ein Habicht vielleicht nicht, aber dafür jagt manchmal ein Sperber hinterm Haus und versucht, sich einen Spatz oder eine Meise zu holen.

»Warum gehst du eigentlich nie auf diese Versammlungen, Tante Rieke?«

»Ich hab mit solchen Sachen nichts zu schaffen. Da sollen sich mal die drum kümmern, die was davon verstehen.«

»Aber bist du denn dafür, dass der Schnelle Brüter gebaut wird?«

»Wenn etwas gebaut werden muss, muss es gebaut werden, dafür haben wir Fachleute, damit das richtig entschieden wird. Und wenn die sagen, dass der Strom gebraucht wird, dann wird es schon stimmen. Ohne elektrischen Strom gäbe es zum Beispiel ja auch kein Fernsehen, und du könntest nichts von alledem sehen … Keine Waschmaschine, kein Bügeleisen. Da säßen wir jetzt bei Kerzenschein. So war das früher.«

Cheetah ist mitten im Beitrag über den Wildverbiss an Weißtannen durch Rehe und Hirsche wieder auf Grzimeks Tisch gelandet und schnuppert an dessen Krawatte: »Der springt mir hier immer dauernd auf dem Tisch herum«, sagt Grzimek. Dann geht es weiter mit dem Bayerischen Wald: »Es sind einfach zu viele Hirsche da, auch wenn der Besucher sie außerhalb der Schaugehege, in Freiheit, niemals sieht wie hier.«

Ich hätte mir lieber die ganze Sendung lang Cheetah im Studio angeschaut.

»Gerade wir Naturschützer und Tierschützer, wir müssen fordern, dass fast neun Zehntel der Hirsche schleunigst im Winter bei der künstlichen Fütterung weggefangen oder sicher und rasch abgeschossen werden.«

»Glaubst du nicht, dass das gefährlich ist, mit den Atomkraftwerken.«

»Jetzt sei mal still und guck deinen Film, sonst kannst du auch gleich ins Bett gehen.«

Jetzt schaut Tante Rieke wieder wie Heidi Kabel, wenn sie Henry Vahl zurechtweist, weil er zu viel Schnaps getrunken hat und zweideutige Bemerkungen macht. Auch wenn Tante Rieke nie richtig böse wird, sind wir bei ihr meistens gehorsam. Sie duldet keine Widerworte, sondern setzt durch, was sie sagt. Wobei sie dafür gar keine Strafen benötigt. Sie hat etwas in der Stimme, dass wir einfach tun, was sie verlangt.

Professor Grzimek hat nicht nur seine Gepardin, die ihm sozusagen gehört, er wandert auch mit dem berühmten Wolfsforscher Eric Ziemen und dessen Rudel durch den Bayerischen Wald. »Ich liebe nämlich Wölfe«, sagt er. »Anders als uns die ganzen Märchen glauben machen wollen, ist in den letzten dreihundert Jahren, als es noch Wölfe in Deutschland gab, kein einziger Mensch von ihnen getötet worden.«

Aber das Heulen der Wölfe, das Professor Grzimek uns jetzt hören lässt, finde ich doch ein bisschen gruselig. »Eigentlich müsste man das Wolfsgesang nennen und nicht Wolfsgeheul«, sagt er.

Wenn man sieht, was Professor Grzimek und Heinz Sielmann in ihren Sendungen zeigen, kann man schon sehr wütend auf uns Menschen sein. Wir machen alles kaputt auf der Erde. Ganz gleich, wo wir hinkommen, überall hinterlassen wir Zerstörung und Verschmutzung. Wenn ich später selbst Tierforscher bin, will ich auch dagegen kämpfen.

10.

Erst fragt mein Vater grundlos nach Juliane, dann finde ich diese Spannbretter, die ich wahrscheinlich übersehen hätte, wäre Juliane nicht schon in meinem Kopf gewesen. Ohne die Schmetterlinge hätte ich sie jedenfalls nicht kennengelernt, und kurz darauf habe ich ihretwegen mit dem Sammeln aufgehört, sehr zum Bedauern von Dr. Spanke, der weiterhin nach jeden Ferien fragte, ob ich eine interessante Gegend bereist und besondere Falter mitgebracht hätte.

Vor Juliane war ich drei oder vier Sommer lang auf der Jagd. Sobald es im März wärmer wurde und die ersten Kleinen Füchse, die in unserer Kaminholzwand überwintert hatten, durch den Garten torkelten – ziemlich zerrupft, so dass sie als Präparate unbrauchbar waren –, kaufte ich neuen Äther. Kurz darauf schlüpften die Aurorafalter mit ihren leuchtend orangen Vorderflügeln, damit begann die neue Schmetterlingssaison. Spätestens ab Mitte Mai war ich bei gutem Wetter mehrmals pro Woche unterwegs, Netz, Ätherflasche und die Tötungsgläser im Rucksack. Ich fuhr zu entlegenen Waldrändern, versteckten Tümpeln, überwucherten Bachläufen, kam mir vor wie ein Abenteurer, der sich durch die undurchdringlichen Urwälder Amazoniens schlägt, bedroht von den Giftpfeilen der Indianer, von Jaguaren, Schlangen, Vogelspinnen, Malariamücken, um unbekannte Pflanzen und Tiere zu entdecken. Sobald ich aufs

Fahrrad stieg, spürte ich ein Kribbeln aus Spannung und Vorfreude und war sicher, dass mir dieses Mal der eine, wirklich sensationell seltene Falter ins Netz ging, der sogar Dr. Spanke in Erstaunen versetzen würde.

Die Felder gegenüber der Baustelle des Schnellen Brüters hatte ich allerdings immer gemieden, obwohl es dort, soweit man es von der Hauptstraße aus beurteilen konnte, alte Entwässerungsgräben, urtümliche Kopfweiden und ungemähte Hecken gab, in denen sich ganz sicher seltene Tiere versteckten. Doch unmittelbar dahinter, im ehemaligen Melkstall von Bauer Praats, hatte sich diese Protestkommune eingenistet: langhaarige Gammler – Leute, die wie die Terroristen auf den Fahndungsplakaten aussahen.

Wenn meine Mutter mich nachmittags zu Gerritsen schickte, damit ich Brot, Käse oder ein Päckchen Butter kaufte, begegnete ich manchmal dem einen oder anderen von ihnen im Laden. Ich versuchte, mich unauffällig zu verhalten, behielt sie aber zugleich genau im Blick, ob irgendetwas an ihrem Verhalten nahelegte, dass sie ein Verbrechen planten – einen Mordanschlag oder eine Entführung. Sogar Frau Gerritsen, die sonst ununterbrochen redete, verstummte, sobald einer von ihnen vor ihr stand, und zählte das Wechselgeld schweigend ab. Alle in Hülkendonck hassten diese Leute, die aus fremden Großstädten kamen, manche angeblich sogar aus Holland, sich um kein Gesetz scherten, Drogen nahmen und wild zusammen schliefen – jeder mit jedem –, ohne verheiratet zu sein. Aus dem Fernsehen und der Zeitung wusste man, dass sie vor Gewalt nicht zurückschreckten. Wenn ihnen irgendetwas nicht in den Kram passte, bauten sie Barrikaden, zündeten Reifen an, warfen Steine und Molotow-Cocktails. *Macht kaputt, was Euch kaputt macht!,* stand auf ihren Transparenten. Früher oder später würden sie abtauchen und sich den richtigen Terroristen im Untergrund anschließen.

Durch die Geschichten, die mein Vater von Urban Slaack erzählte, hatte ich außerdem eine genaue Vorstellung, wie unberechenbar und gefährlich Drogensüchtige waren – entweder aufgrund der Wahnvorstellungen, die das Rauschgift in ihnen auslöste, oder wegen der Entzugserscheinungen, die so unerträglich waren, dass man jedes Verbrechen beging, um an frischen Stoff zu kommen.

Doch allmählich geriet etwas in Bewegung: Während einer Jugendmesse hielt ein junger Pater, den irgendein moderner Missionsorden durch die Provinzgemeinden schickte, um die Jugendlichen für die Kirche zu begeistern, eine flammende Predigt gegen die fortschreitende Umweltzerstörung. Wenn wir nicht sofort etwas unternähmen, werde die Erde – Gottes Schöpfung, die er uns zu treuen Händen anvertraut habe – durch die ausschließlich am schnellen Profit orientierten Machenschaften der Großindustrie und mit Billigung der Politik für künftige Generationen nicht mehr bewohnbar sein. Längst sei die Luft vergiftet, an den Stränden krepierten die Vögel im Ölschlamm, immer mehr Tierarten stürben aus. Wir bräuchten nur einmal an den Rhein zu gehen: Schon von Weitem rieche man, dass der Fluss keinerlei Leben mehr habe, dabei sei Wasser doch das Element des Lebens schlechthin! Im Sauerland könne man sich mit eigenen Augen davon überzeugen, dass das Waldsterben längst vor unserer Haustür stattfinde. Bald würden dort auf den Hügeln kahle Stämme wie Skelette in den Himmel ragen. Und hier, keine fünfhundert Meter von dieser beschaulichen, sechshundert Jahre alten Kirche entfernt, werde ein Atomkraftweik gebaut, noch dazu ein besonders riskanter Reaktor-Typ, der mit Plutonium arbeite – dem schlimmsten Stoff, der je in Menschenhand gewesen sei. Dabei könne jeder, der sich auch nur ein bisschen informiere, wissen, dass diese Technik so wenig beherrschbar sei wie das Feuer der Sonne. Selbst wenn es nicht zu einem schweren Unfall mit unabsehbaren Folgen komme, würden riesige Mengen von radioaktiv verseuchtem Müll übrig bleiben, der jahrtausendelang tödliche Strahlung absondern werde.

Es war das erste Mal, dass ich solche Sätze in der Kirche hörte. Bis dahin hatte ich immer gedacht, nicht nur der tatterige, zugleich seltsam kindliche Pastor Würmeling, sondern auch Pastor Bietighoff, Dechant Krebber, der Generalvikar Dr. Brabant und Bischof Terstappen hielten den Bau des Schnellen Brüters für richtig, da der technische Fortschritt doch einen Segen darstellte und dem Auftrag Gottes entsprach, demzufolge der Mensch sich die Erde untertan machen solle. Selbst der Papst hatte den Protest der Brütergegner im Kirchenvorstand als unberechtigt zurückgewiesen.

Natürlich waren an der Schule eine Reihe von Lehrern gegen den Schnellen Brüter. Sogar Dr. Spanke, der immer in Bundfaltenhose mit Jackett und Krawatte zum Unterricht erschien und ganz bestimmt nicht mit Terroristen sympathisierte, war bei den großen Demonstrationen mitgegangen. In meiner Klasse, vor allem aber in den Jahrgängen über mir, gab es Leute, die ihre Schultaschen mit *Atomkraft?-Nein-Danke!*-Stickern beklebt hatten, dazu Picasso-Tauben- und *Peace*-Zeichen, *Frieden schaffen ohne Waffen*. Die Jungs von der Schulband, NIXDA, zählten dazu, außerdem Lise, die Tochter von Dr. Erkner – dem zweiten Arzt in Calcar, zu dem wir aber nicht gingen –, sowie

Frauke, deren Mutter Künstlerin war, und Anneliese, die es angeblich schon mit jedem aus ihrer Stufe gemacht hatte. Sie trugen Jeans, die sie selbst gebleicht und dann lila oder grün gefärbt hatten, Holzfällerhemden über der Hose, graue Anzugwesten vom Flohmarkt in Amsterdam. Nachmittags hingen sie an der Marktlinde herum, rauchten selbst gedrehte Zigaretten aus Javaanse-Jongens- oder Van-Nelle-Halfzware-Tabak und überlegten sich Songtexte oder Aktionen. Roland, der NIXDA-Gitarrist und -Sänger, hatte schulterlange schwarze Haare mit Mittelscheitel und einen Drei-Tage-Bart, aber wenn man ihn wegen irgendetwas fragte, war er immer sehr hilfsbereit, auch Jüngeren gegenüber, genau wie Niko, der Schlagzeug spielte und ganz gleich, wo man ihn traf, auf irgendetwas herumtrommelte. Auf seiner Bass Drum klebte ein gelber Aufkleber mit einer Zeichnung langhaariger, vollbärtiger Leute, die an einer langen Tafel saßen und feierten. Darüber stand: »Wir sind die Leute, vor denen uns unsere Eltern immer gewarnt haben!«

Hingegen waren die, die so aussahen, wie meine Eltern fanden, dass ein junger Mann aussehen sollte – mit kurz geschnittenen, ordentlich gekämmten Haaren, Flanellhose, Hemd und Pullunder –, Popperschnösel oder arrogante Kotzbrocken.

Ich wollte schon lange richtig für Tier- und Umweltschutz kämpfen – für die Rettung der Welt –, und eigentlich war mir auch längst klar, dass ich Kernkraftwerke ablehnen musste. Gegen Atomraketen war ich sowieso – überhaupt gegen alles, was mit Militär und Aufrüstung zu tun hatte. Auch an der Liebe konnte ich nichts Schlimmes finden, egal ob man verheiratet war oder nicht. Die Tatsache, dass meine Eltern sich dafür aussprachen, eine Kindergärtnerin aus Onderkerk zu entlassen, bloß weil sie mit ihrem Freund zusammengezogen war, fand ich den Gipfel selbstgerechter Heuchelei: »Richtet nicht, damit ihr nicht gerichtet werdet – das ist einer der wichtigsten Sätze im Evangelium«, sagte ich zu meinem Vater.

»Ich richte gar nicht«, sagte er, »aber wenn jemand bei der Kirche arbeitet, muss er sich an deren Regeln halten oder gehen – so einfach ist das.«

Einfach fand ich schon lange nichts mehr, und es wurde höchste Zeit, auch sichtbar zu machen, dass ich nicht mehr dachte, was meine Eltern dachten, und nicht mehr so leben wollte, wie sie es für richtig hielten.

Anfangs lachte meine Mutter, als ich auf die Frage, »Willst du nicht mal zum Friseur gehen?«, einfach »Nein, ich lass mir jetzt die Haare wachsen« sagte.

Mein Vater erklärte: »Wenn er sich das Elend jeden Morgen im Spiegel angucken muss, wird er schnell wieder zur Vernunft kommen.«

Als für jeden, insbesondere für unsere Nachbarn und Verwandten, offenkundig war, dass ich nicht einfach vergessen hatte, mir die Haare schneiden zu lassen, sondern eine Haltung damit zum Ausdruck bringen wollte, wurde aus dem Geplänkel handfester Streit.

»So geh ich nicht mit dir über die Straße«, sagte mein Vater.

»Musst du ja nicht«, sagte ich.

»Du siehst aus wie ein Mädchen – pass auf, dass dir nachher nicht die Schwulis nachlaufen.«

»Männer mit langen Haaren sind völlig normal heutzutage.«

»Von mir aus können sie normal oder unnormal sein, aber deswegen brauchen wir das noch lange nicht bei uns in der Familie.«

»Sämtliche Darstellungen in allen Kirchen zeigen Jesus als Mann mit langen Haaren und Bart – er sah also auf jeden Fall eher wie ein Hippie aus als wie ein Anzug-Spießer.«

»Du bist aber ja nun bestimmt nicht Jesus.«

»In der Bibel steht, dass wir ihm nachfolgen sollen.«

»Dass es dabei um die Frisur geht, ist mir neu.«

Der Ton zwischen uns wurde zunehmend scharf, manchmal laut, und meine Mutter weinte immer öfter, weil sie früher so viel Krach in ihrer Familie gehabt hatte, dass sie es nicht aushielt, wenn das bei uns jetzt auch losging. Manchmal klang sie wirklich verzweifelt. Bis vor kurzem hätte ich mich davon umstimmen lassen, doch jetzt fand ich das Theater, das sie wegen etwas derart Äußerlichem wie meiner Haarlänge veranstalteten, übertrieben und peinlich.

»Was du deiner Mutter damit antust, ist dir anscheinend egal«, sagte mein Vater. »Da würde ich an deiner Stelle mal über Jesus als Vorbild nachdenken – wie man seine Mutter behandelt.«

»Der hat mit zwölf allein im Tempel gesessen und mit den Pharisäern gestritten und sich kein bisschen um die Sorgen seiner Eltern gekümmert.«

Irgendwann im Frühjahr stand auf dem Calcarer Marktplatz zwischen Gemüseständen, Fischhändler und Käsewagen ein Tapeziertisch, an dem zwei aus der Melkstall-Kommune saßen. Zumindest einen von ihnen hatte ich schon mal bei Gerritsen gesehen. Sie hingen ein bisschen unmotiviert auf ihren Klappstühlen vor einem selbst gemalten Transparent »Informationszentrum Schneller Brüter«, daneben Plakate »Strahlend in die Zukunft«, »No Atomstrom in my Wohnhome!«, während eine ziemlich schöne junge Frau Faltblätter verteilte und mit den

Leuten diskutierte. Einer älteren Dame, die gerade ein großes Stück Käse gekauft hatte, rief sie zu: »Wenn Sie möchten, dass man auch in Zukunft aus der Milch unserer Bauern leckeren Käse machen kann, müssen Sie mit uns kämpfen!«

»Das Ding wird doch sowieso gebaut, ganz egal, ob wir das wollen oder nicht.«

»Wer am Ende gewinnt, hängt eben auch von uns ab: von Ihnen, von mir, von jedem, der von seinen Bürgerrechten Gebrauch macht. Darf ich Ihnen mal erklären, was passiert, wenn es bei dem Schnellen Brüter zu einer Kernschmelze kommt?«

Auch als einige Passanten sie als »Kommunistenschlampe« und »Terroristenbraut« beschimpften, ließ sie sich nicht aus der Ruhe bringen, sondern redete einfach weiter, schlagfertig und lachend zugleich, während sie mit ausgestrecktem Arm auf den Wortführer zuging, eines ihrer Faltblätter zwischen den Fingern wie eine scharfe Klinge.

Ich weiß nicht, ob ich noch an sie gedacht habe, als ich mich mit meiner Schmetterlingsausrüstung auf den Weg Richtung Melkstall machte. Es war ein heißer Tag, die Luft flirrte über den frisch gemähten Getreidefeldern, hinter den Strohpressen wirbelte Staub auf. Ich fuhr an der Hülkendoncker Post vorbei, passierte die Baustelle des Brüters. Unmittelbar gegenüber lagen die großen Weiden von Bauer Praats, auf denen Rinder liefen, dahinter der Melkstall. Ich bog links in die Pappelallee, hielt nach gut zweihundert Metern bei dem überwucherten Feldweg, der parallel zur Hecke und dem sumpfigen Graben auf das Stallgebäude zuführte. Ich schloss mein Fahrrad ab und lehnte es gegen eine halb auseinandergebrochene Kopfweide, holte das Netz aus dem Rucksack, schraubte es auf den Stiel, klappte es auseinander. Dann träufelte ich frischen Äther auf die Wattekissen meiner Gläser, atmete kurz den scharfen Geruch ein, sah wieder das Bild der dunklen Maske, die sie mir mit vier im Schloicher Krankenhaus übers Gesicht gezogen hatten, als meine Polypen entfernt werden mussten. Schon nach wenigen Metern flatterten kleine Bläulinge um lilafarbene Distelblüten herum. Bläulinge hatte ich in Hülkendonck noch nie gesehen. Möglicherweise waren es mehrere Arten, oder Männchen und Weibchen unterschieden sich stark voneinander. Mit der flachen Hand scheuchte ich sie von den Disteln weg, da das Netz sonst leicht in den Stacheln hängen blieb und bei einer unglücklichen Bewegung zerriss. Mit kurzen Schwüngen fing ich vier Bläulinge hintereinander. Sie versuchten nicht einmal zu entkommen, und nachdem ich sie vorsichtig ins Glas befördert, den Deckel verschlossen hatte, schliefen sie schnell ein.

Das Gras stand hoch. Anders als auf den Getreidefeldern, wo inzwischen nicht einmal mehr Klatschmohn zwischen den Ähren wuchs, blühten hier die verschiedensten Wildblumen, von denen ich die meisten noch nie gesehen hatte. Auf einer Schafgarbendolde saßen Widderchen mit ihren dunkelgrün schimmernden Flügeln, in die blutrote Flecken getupft waren. Bislang kannte ich sie nur aus Dr. Spankes Kästen, der sie in der Eifel, im Schwarzwald und in den Schweizer Alpen gefangen hatte. Sie kippten beinahe von selbst ins Netz, starben allerdings nicht so schnell wie die Bläulinge, sondern flatterten im Glas hin und her, dass ich Sorge hatte, sie würden ihre ganze Farbe verlieren. Ich musste mehrmals Äther nachschütten, bis sie endlich ins Koma fielen.

Einen Admiral ließ ich ebenso fliegen wie mehrere Pfauenaugen, da ich von beiden schon genug Exemplare besaß und außer Dr. Spanke niemanden kannte, der Schmetterlinge sammelte. Es gab keinen, mit dem ich hätte tauschen können. Dann entdeckte ich, kaum zehn Meter entfernt, einen Schwalbenschwanz – meinen Lieblingsschmetterling, der wie ein geflügelter Tiger aussah. Ich hatte noch nie einen gefangen, wohl schon einige gesehen, die mir aber immer entwischt waren, zwei- oder dreimal sogar in unserem Garten, doch bis ich mein Netz aus dem Zimmer geholt hatte, waren sie wieder verschwunden gewesen. Sowieso ließen sie sich nicht so leicht überraschen wie die meisten anderen Falter. Schwalbenschwänze stiegen vier, fünf Meter hoch, sobald sie Gefahr spürten, flogen dann ein ganzes Stück weit fort oder ließen sich vom Wind tragen, bis sie sich wieder sicher fühlten, erst dann landeten sie erneut auf einer Blüte. Während ich, den Schwalbenschwanz fest im Blick, durch die tiefen, von der langen Hitze steinharten Reifenspuren der großen Deutz-Traktoren stolperte, die Bauer Praats fuhr, seit er seine Ackergeräte nicht mehr bei Slaack kaufte, sah ich im Augenwinkel Ochsenaugen und Perlmutter, Schachbrettfalter und sogar einen kleinen Schwärmer, wahrscheinlich ein Taubenschwänzchen, das mit unsichtbar schnellen Flügelschlägen vor einer Blüte stand wie ein Kolibri und mit seiner langen Schmetterlingszunge den Nektar heraussaugte. Ich ließ sie alle links liegen, weil ich den Schwalbenschwanz haben wollte, kam dabei dem Melkstall immer näher. Weiter vorn stand ein Windrad still. Zwar hatte ich keine Angst mehr, von Fixern im Rausch angegriffen oder als Geisel für einen Gefangenenaustausch gekidnappt zu werden, spürte aber trotzdem einen nervösen Druck im Magen, als überträte ich eine verbotene Grenze in unbekanntes Territorium, aus dem es kein Zurück gab. Ich war wegen der Schmetterlinge gekommen, aber schon als ich zu Hause meine Sachen zusammengepackt hatte, war da die unausgesprochene Hoffnung gewesen, endlich einen von diesen Leuten zu treffen, die bis vor kurzem die mörderischen Todfeinde in meinen Alpträumen gewesen waren. Ich wollte wissen, was es wirklich auf sich hatte mit diesem Schnellen Brüter, der hier in unserer unmittelbaren Nachbarschaft gebaut wurde, befestigt wie ein Hochsicherheitsgefängnis mit Wassergraben, stacheldrahtumwickelten Betonmauern, hinter denen Wasserwerfer in Position standen.

Der Schwalbenschwanz war jetzt ganz nah, nur noch zwei große Schritte entfernt, ich sprang auf ihn zu, doch bevor er tatsächlich in Reichweite des Netzes war, flog er auf und vollführte Fluglinien wie ein alter Doppeldecker, dessen Pilot verrückt geworden war.

Links vor dem Melkstall war eine Wäscheleine gespannt, auf der T-Shirts und Hemden in der Sonne trockneten. Offenbar war jemand zu Hause. Dazwischen liefen Hühner, braune und weiße. Der Schwalbenschwanz ließ sich auf einem Batikhemd nieder, das in den Violett- und Purpurtönen des Sommerflieders changierte. Vielleicht erkannte er die Farben, war aber doch nicht in der Lage, Blütenblätter von Textilien zu unterscheiden. Ich hörte das schrille Geräusch einer Kreissäge, die durch Holz fuhr, zögerte. Bis jetzt hatte mich noch niemand entdeckt. Vielleicht wollten die, die hier lebten, um ein Zeichen zu setzen, keine fremden Besucher. Vielleicht hatten sie mich schon auf der Straße oder bei Gerritsen gesehen. Bestimmt waren sie allen Bewohnern von Hülkendonck gegenüber misstrauisch, mit Ausnahme der wenigen, die seit Jahren mit ihnen kämpften. Mittlerweile waren meine Haare halblang und in meiner dunkelbraunen Levi's-Cordjeans, dem blau-grün-gelb gestreiften Hemd über der Hose, müssten sie mich – wenn nicht für einen der ihren, so doch zumindest für einen Sympathisanten halten. Dass jemand von ihnen wusste, wer mein Vater war, konnte ich mir nicht vorstellen. Wir waren schon lange nirgends mehr zusammen gewesen. Selbst in die Kirche ging ich inzwischen zu Fuß und allein, da ich es ablehnte, die fünf Minuten Weg mit dem Auto zu fahren, auch wenn meine Eltern Tante Ada mitnahmen, die beim besten Willen nicht mehr von ihrem Haus bis zur Kirche gehen konnte. Sowieso hatte ich von den Brütergegnern noch nie einen in der Messe gesehen, nicht einmal, wenn ein Jugendgottesdienst mit Rockmusik in der Zeitung angekündigt war. Bauer Praats, von dem alle sagten, er sei eigentlich ein frommer, stockkonservativer Katholik, ging zwar noch immer jeden Sonntag in die Messe, aber er fuhr dazu mit seiner Frau und den Kindern nach Schanz oder Emmendyck. Seit geraumer Zeit grüßte ich ihn wieder, wenn er mir mit seinem Trecker entgegenkam, und er grüßte zurück.

Der Schwalbenschwanz flog jetzt diagonal über das mit einer riesigen Sonnenblume bemalte Dach auf die andere Seite des Melkstalls, wo die Leute wohl gerade irgendetwas zusammenzimmerten. Die Kreissäge wurde ausgeschaltet, es folgten Hammerschläge und Musik, die bis eben vom Kreischen des Sägeblatts übertönt worden war. Es lief eine Band, die ich nicht kannte, nichts, das nach Radio-Pop klang, eher wie das, was die Popper als Kiffermusik bezeichneten, ein bisschen wie »The Doors«, aber dunkler und weniger wütend.

Ich konnte schlecht weitergehen, hatte also wohl den nächsten Schwalbenschwanz verpasst, zumal die Leute, die dort arbeiteten, mich sicherlich ansprechen würden, wenn sie mich mit meinem Netz sähen. Ich würde ihnen, selbst wenn sie nicht aggressiv waren, erklären müssen, was ich auf ihrem Gelände tat. Ich spürte den Reflex umzukehren, zurück Richtung Fahrrad zu gehen, unterwegs einige von den anderen Faltern zu fangen, die ich gesehen und für den Schwalbenschwanz vorläufig hatte entkommen lassen. Aber jetzt bemerkten mich die Hühner – ein Fremder, der womöglich eine Gefahr darstellte. Einige liefen gackernd davon. Im nächsten Moment kam die junge Frau, die ich vom Markt kannte, um nach der Wäsche zu schauen, und sah mich an. Sie trug eine flatternde, orientalisch gemusterte Pumphose, dazu ein weites, senfgelbes Feinrippunterhemd und keinen BH, so dass ich von der Seite ihre ganze linke Brust einschließlich der Warze sehen konnte.

»Hey – was machst du hier?«

Ich musste meinen Blick von der nackten Brust fortreißen. Mir fiel nichts ein.

»Ich hab dich was gefragt.«

Ich nickte, schüttelte gleichzeitig den Kopf: »Schon klar. Ich wollte einen bestimmten Falter …«

»Faltblatt?«

»Ja, das auch. Nein, ich meine, ich wollte einen Schmetterling – der gerade bei euch übers Dach geflogen ist.«

Sie musterte mich, um einzuschätzen, ob ich Freund oder Feind war, konnte sich nicht entscheiden, zumal ich diesen leuchtendgrünen Rucksack auf dem Rücken trug und ein ziemlich großes Netz in der Hand hielt.

»Du fängst Schmetterlinge?«

»Ja, genau.«

Sie machte eine Pause, zupfte lässig ihr Hemd zurecht, wahrscheinlich weil sie meinen Blick bemerkt hatte.

»Und dann? Was hast du damit vor?«

»Ich bestimme sie und trage sie in meine Liste ein. Wir machen so etwas wie eine Bestandsaufnahme der hiesigen Biotope, um zu dokumentieren …«

»Bist du Schmetterlingssammler? – Ich wusste gar nicht, dass es so was noch gibt.«

»Ja, nein. Eher wissenschaftlich. Also Entomologie.«

»Aber erst einmal bringst du sie um?«

»Es geht darum herauszufinden, wie die Bestandsentwicklung bei den verschiedenen Arten ist. Also welche hier überhaupt vorkommen. Das hat für diese Gegend noch nie jemand erfasst. Und dann wollen wir eben sehen, das ist ein mehrjähriges Projekt, wie sich die industrielle Landwirtschaft auf die Falterpopulationen auswirkt – Flurbereinigung, Pestizide, Monokultur …«

Ich staunte, wie flüssig mir all das über die Lippen ging, kam mir gleichzeitig vor wie ein Hochstapler, denn natürlich war das, was ich ihr erzählte, maßlos übertrieben.

»Aber du killst sie.«

»Das finde ich persönlich auch scheiße«, sagte ich, auch wenn es nur zur Hälfte der Wahrheit entsprach. Das Töten war natürlich manchmal ein unschöner Vorgang, wie vorhin bei den zähen Widderchen, aber wenn ich die Falter fertig präpariert hatte und in meine Kästen steckte, war da doch jedes Mal ein Glücksgefühl.

»Ich weiß nicht, ob du dich mal mit Schmetterlingen befasst hast«, sagte ich. »Zum Beispiel Bläulinge.« Wie durch ein Wunder fiel mir sogar der lateinische Name ein: »Lycaenidae. – Davon gibt es Hunderte verschiedener Arten, die sich oft nur durch zwei, drei Pünktchen auf der Flügelunterseite unterscheiden. Es werden auch immer noch neue entdeckt. Aber das geht eben nur, wenn man sie vorher präpariert, weil sonst fliegen sie einfach weg, sobald man sich nähert, und man erkennt nichts.«

»Gerrit, Albo – kommt ihr mal. Da ist ein Typ, der jagt Schmetterlinge.«

Ich lächelte, und die Frau lächelte trotz allem auch. Zwei Typen schlurften heran, einer mit braunen Locken wie Bob Dylan und ein anderer, älterer, der glatte, dunkelblonde Haare zu einem dünnen langen Zopf gebunden hatte. Der mit der Bob-Dylan-Frisur hatte in Calcar auf dem Markt gesessen und hob kurz die Hand, in der er eine selbstgedrehte Zigarette hielt.

»Hey, wie geht's?«

Er hatte einen starken holländischen Akzent.

»Gut«, sagte ich.

»Bist du aus diese Dorf da vorne?«

»Ja. Schon. Aber ich sehe vieles anders als die meisten hier, also die Sache mit dem Brüter auch. Klar.«

XI.

Bei uns ist die Stimmung zur Zeit etwas gedrückt, weil es wegen des Schnellen Brüters wohl größeren Krach im Kirchenvorstand gibt. Jedenfalls ist mein Vater seit der Sitzung gestern Abend sehr ärgerlich. Nachdem er heute von der Arbeit gekommen ist, hat er die ganze Zeit telefoniert. Wie wir auch erst jetzt erfahren haben, hatte Pastor Würmeling neulich schon die Zusage gegeben, dass das Kirchenland, auf dem der Brüter stehen soll, an die Firma verkauft werden kann, die ihn bauen will. Aber in der Sitzung, in der es offiziell beschlossen werden sollte, haben die Mitglieder sich plötzlich dagegen entschieden. Nur mein Vater war dafür. Die anderen verlangen, dass erst alle, die hier wohnen, über die Gefahren aufgeklärt werden, die mit so einem Atomkraftwerk verbunden sind, und dann soll es eine Volksabstimmung geben, nicht nur in Hülkendonck, sondern im ganzen Stadtgebiet von Calcar. Damit hatte keiner gerechnet. Jetzt sind alle ratlos. Niemand weiß, welche Schritte als Nächstes folgen und wer sie einleiten muss. Sicher ist nur, dass die weiteren Planungen stillstehen, bis der Hülkendoncker Kirchenvorstand in den Verkauf einwilligt.

Mein Vater hat nicht nur bei uns, wo es ja sonst niemand mitkriegt, sondern auch am Telefon ziemlich geschimpft. Ich habe nicht alles verstanden, weil er mit einigen Leuten Platt geredet hat, aber es waren auch Wörter wie »Seykert«, »Quassdriewer«

und »Hornochse« darunter. Er schreit ja so gut wie nie, aber sobald seine Stimme auf eine bestimmte Weise klar und deutlich wird, weiß ich, dass er wirklich wütend ist. Wenn ich schuld an seinem Ärger bin, passe ich dann lieber auf, was ich sage oder tue.

Während mein Vater im Flur neben dem Telefon kniete, stand meine Mutter in der Küchentür und hörte zu. Einmal ist sie ins Arbeitszimmer gegangen, um ihm Papier und Kugelschreiber zu holen, weil er sich eine Telefonnummer notieren wollte. Er hat sich auch Stichpunkte gemacht, damit er in den nächsten Gesprächen nichts Wichtiges vergisst.

Eigentlich dürfen wir gar nicht wissen, worüber im Kirchenvorstand geredet wird, denn es handelt sich dabei um Kirchengeheimnisse. Darüber müssen die Kirchenvorstandsmitglieder ebenso Stillschweigen bewahren, wie meine Mutter nicht weitererzählen darf, worum es in den Lehrerkonferenzen geht. Diese Verschwiegenheitspflichten sind jedoch längst nicht so heilig wie das Beichtgeheimnis. Ein Priester, der das Beichtgeheimnis verletzt, kann für diese Sünde nicht einmal mehr die Absolution von einem anderen Priester bekommen, dermaßen schwer wiegt sie. Es ist schlimmer als Mord. Meine Eltern besprechen allerdings alles miteinander, und das ist auch normal bei Eheleuten, denn sie sind ja ein Fleisch.

Seit der Sitzung gestern macht meine Mutter sich große Sorgen. Sie fürchtet, dass dem ganzen Dorf schreckliche Streitigkeiten ins Haus stehen und dass mein Vater mittendrin steckt. Ich habe es schon gestern Abend gemerkt, an der Art, wie sie die Lippen gespitzt und dann links zur Seite gezogen hat, als wollte sie um die Ecke küssen. Heute beim Mittagessen hat sie es zugegeben, nachdem ich gefragt hatte, ob etwas Schlimmes passiert ist oder ob wir etwas falsch gemacht haben, weil sie so schweigsam war und ein finsteres Gesicht gezogen hat, statt sich zu erkundigen, wie es in der Schule gewesen ist, ob wir eine Arbeit geschrieben oder zurückbekommen haben, was sie sonst immer wissen will. Ich glaube, sie hat regelrecht Angst, dass mein Vater sich zu tief in diese ganze Sache hineinziehen lässt und dass er davon wieder krank wird, denn sein Bauch ist sehr empfindlich und reagiert sofort auf Stress, weshalb er immer Tütchen mit Magenpaste nehmen muss und sich in der Nacht oft übergibt. Er schläft sowieso schlecht wegen der vielen Probleme in der Firma, nicht nur mit den Bauern, die nie zufrieden sind, sondern auch mit den Monteuren, die pünktlich ihren Feierabend haben wollen, obwohl noch eine Menge zu tun ist, und mit den Lehrlingen, für die er als Meister die Verantwortung trägt. Manche von ihnen sind richtige Tranfunzeln und noch dazu stinkfaul. Aber wenn sie nachher die Prüfungen nicht bestehen, fällt es auf meinen Vater zurück, weil er eben der Meister ist. Außerdem liegt mindestens einmal pro Woche Herr Küntzel, der Bürovorsteher, sternhagelvoll in der Ecke, so dass mein Vater dessen Frau benachrichtigen muss, damit sie ihn abholt. Dazu Urban mit seinen Drogen, und die Laune von Herrn Slaack kann überhaupt nie jemand vorhersagen.

Meine Mutter ahnte schon, als mein Vater sich für die Wahlliste des Kirchenvorstands gemeldet hat, dass uns Ärger ins Haus stehen würde, weil man es bei diesen Sachen mit den Ländereien nie allen recht machen kann. Deshalb war sie eigentlich dagegen, dass er sich aufstellen lässt, aber mein Vater meinte: »Es müssen jetzt mal jüngere Leute ran und auch welche, die den Buren nicht nach der Pfeife tanzen, wenn sich alle drücken, passiert nie etwas.«

Das hat meine Mutter eingesehen. Sie war ja schließlich selbst jahrelang damit beschäftigt, die Hülkendoncker Bauernsöhne zur Raison zu bringen, weil sie sich auf dem Schulhof und teilweise auch im Unterricht benommen haben, als wären sie in ihrem Stall und könnten die anderen herumkommandieren wie Kühe.

Wenn ich es richtig verstanden habe, lehnen jetzt bis auf meinen Vater alle Kirchenvorstandsmitglieder den Schnellen Brüter ab. Die Wortführer sind Ernst Praats, Jupp Geerck und Frau Dr. Mehringhoff, deren Ländereien hinter der Kirche Richtung Kraeth direkt aneinander und auch an das Gebiet grenzen, wo später der Brüter stehen soll. Frau Dr. Mehringhoff, die mit Fritz Mehringhoff verheiratet ist, aber in der Familie das Sagen hat, und Jupp Geerck kenne ich nur vom Sehen, doch bei Ernst Praats war ich schon oft auf dem Hof, weil seine beiden Söhne, Uwe und Martin, bei mir in der Klasse sind. Uwe ist einmal sitzengeblieben, hat allerdings immer noch schlechte Noten, so dass er vielleicht auf die Sonderschule muss. Martin schreibt auch meistens Fünfen oder sogar Sechsen und wird wahrscheinlich ebenfalls sitzenbleiben. Immerhin stimmt der Klassenabstand zwischen ihnen dann wieder mit dem Altersunterschied überein. Beim Fußballspielen rennen beide ohne jeden Sinn und Verstand kreuz und quer über den Platz, dabei schlackern sie mit Armen und Beinen wie besoffene Giraffen und ihre Schüsse gehen immer daneben. Ansonsten sind sie eigentlich nett. Ihre Mutter, Ulla Praats, mag ich auch. Wenn wir nachmittags bei ihr in die Küche kommen, gibt es immer frisch gebackenen Kuchen oder Stuten, manchmal Rosinenkrapfen oder Berliner, und man hat nie das Gefühl, ihr wäre es am liebsten, wir würden so schnell wie möglich wieder verschwinden.

Der Bauer Ernst Praats ist ein Riese, wahrscheinlich der größte Mann in Hülkendonck, und er hat die kahlste Glatze, die man sich überhaupt vorstellen kann: Sie glänzt wie unser Wohnzimmerparkett, wenn Tante Rieke es gewienert hat, was man aber nur sonntags in der Kirche sieht, da Ernst Praats sonst immer einen Hut trägt – sogar in der Wohnung und beim Autofahren. Außer während der Messe ist er von Kopf bis Fuß grün angezogen. Er hat grüne Gummistiefel, grüne Hosen, ein grünes Hemd und eine grüne Strickweste an, darüber meistens noch eine grüne Stoffjacke. Als es mir zum ersten Mal aufgefallen ist, habe ich gedacht, es hätte damit zu tun, dass er, genau wie der Bauer Opgenrhein, der ebenfalls immer Grün trägt, zu den Hülkendoncker Jägern gehört – wie es in dem Lied heißt, das mein Großvater oft mit mir gesungen hat: »Grün, grün, grün sind alle meine Kleider/ grün, grün, grün ist alles, was ich hab/ darum mag ich alles, was so grün ist/ weil mein Schatz ein Jäger, Jäger ist.« Aber der Bauer Seesing zum Beispiel, der ebenfalls jagt, hat bei der Arbeit meistens graue und braune Sachen an, es kann also nicht damit zusammenhängen. Sowieso tragen die Bauern zum Jagen eher dunkles Tannengrün oder bräunliches Moosgrün, das Arbeitsgrün von Ernst Praats hingegen ist blass und hell wie Schimmel auf Weißbrot.

Der Praats-Hof liegt direkt im Zentrum von Hülkendonck, gegenüber dem van-Elst-Hof und der alten Schule, in der wir früher gewohnt haben. Über der Tür des Haupthauses aus altem Klinker steht in geschmiedeten Buchstaben das Jahr, in dem es gebaut wurde: 1736. Es ist wirklich ein sehr ehrwürdiger Hof, wie man ihn aus Filmen über frühere Zeiten kennt, als die Bauern so etwas wie Gutsherren waren und Kutschen mit prächtigen Hengsten fuhren. Ernst Praats hat sich seine Koteletten tief die Wangen herunter wachsen lassen, wie es damals modern war. Neben dreißig oder vierzig Milchkühen besitzen sie auch fünf oder sechs richtige Reitpferde – nicht nur ein mickriges Kutschenpony, wie Onkel Koeb es hat. Frau Praats und Uwe reiten sogar bei Springturnieren mit, und in ihrem Wohnzimmer stehen die Pokale, die sie gewonnen haben, zwischen einem ausgestopften Steinkauz, einem Eichhörnchen und einem Raben. Wahrscheinlich hat Herr Praats sie selbst geschossen. Es kann auch sein Vater gewesen sein. Eigentlich mag ich es nicht, wenn solche Tiere, die man nicht einmal essen kann, einfach abgeknallt werden. Wobei ich zugeben muss, dass ich auch sehr gern einen ausgestopften Greifvogel hätte – am liebsten einen Bussard oder einen Turmfalken.

Manchmal, wenn ich nachmittags allein mit dem Fahrrad unterwegs bin, um Tiere zu beobachten, steige ich an der Pferdeweide von Praats ab. Pferdeweiden haben, statt Stacheldraht oder Elektrozaun, weiße Latten, denn die Pferde können den Draht nicht erkennen und würden sich an den Stacheln die Brust oder den Hals aufreißen oder von den Stromschlägen verrückt werden. Ich rupfe dann ein paar Büschel Gras vom Randstreifen und halte es ihnen über das Gatter hin, in der Hoffnung, dass eins von ihnen kommt und mir aus der Hand frisst. Ich würde auch gern reiten – nicht Springen oder Dressur, einfach über die Felder oder am Rhein entlang, wie ein Indianer, der die Sprache seines Mustangs versteht und ihm die richtigen Worte ins Ohr flüstert, so dass er dahinprescht, als würde er fliegen.

Seit letztem Sommer wachsen echte Champignons auf den Pferdeweiden von Praats. Ich wusste erst gar nicht, was diese ganzen weißen Knubbel sein sollten. Bis dahin kannte ich Champignons nur aus den Dosen von Aldi, die es bei uns neben

Rosenkohl oder Speckbohnen sonntags zum Rinderbraten gibt. Da sehen sie aber eher beigebraun aus. Martin hat es mir dann erklärt, und ich durfte sogar selbst welche sammeln. Erst hatte ich ein bisschen Angst, weil wir Pilze eigentlich nicht berühren sollen, denn die meisten sind so giftig wie Aas. Selbst wenn man sie nicht isst, aber vielleicht später einen Finger, mit dem man sie angefasst hat, in den Mund nimmt, können sie einen immer noch krank machen oder sogar töten. Martin Praats hat mir allerdings versichert, dass sie schon sehr oft diese Champignons gepflückt und gegessen haben und dass sie sehr gut schmecken. Meine Mutter war trotzdem nicht begeistert, als ich damit nach Hause kam. Erst nachdem sie Frau Praats angerufen hatte, bekamen mein Vater und ich zum Abendessen Pilzpfannkuchen mit geschmolzenem Käse, was sehr gut geschmeckt hat. Aber trotz aller Beteuerungen von Frau Praats war meiner Mutter am nächsten Morgen die Erleichterung anzumerken, dass keiner von uns über Nacht Vergiftungserscheinungen gezeigt hat.

Bislang war sie immer der Meinung, dass der Bauer Praats eigentlich keiner von den ganz fürchterlichen Bauern ist, obwohl er in vielen Dingen altmodische Ansichten hat, die meine Mutter nicht teilt. Man sieht es zum Beispiel daran, dass seine Frau – anders als die Frauen Seesing und van Elst – nicht selbst Auto fährt, weshalb wir sie mitnehmen müssen, wenn der monatliche Kaffeeklatsch in Schloich ansteht. Bei der Messe macht Herr Praats immer Mundkommunion, das heißt, er lässt sich den Leib Christi von Pastor Würmeling direkt auf die leicht vorgestreckte Zunge legen und nicht – wie die meisten – auf die geöffnete Handfläche. So umgeht er die Gefahr, dass ein winziger Krümel des Allerheiligsten auf den Boden fällt, was leichter passieren kann, wenn man die Hostie selbst zum Mund führt.

Mundkommunion machen nur besonders fromme Leute. Wir finden es ein bisschen übertrieben. Außerdem ist Herr Praats dagegen, dass sich in der Kirche Männer und Frauen in den Bänken mischen, wie meine Mutter es für richtig hält. Deshalb sitzen wir als Familie, wenn mein Vater nicht sammeln muss, immer alle nebeneinander in einer Reihe. Mein Vater wollte es anfangs auch nicht, weil er von Kindesbeinen an gewohnt war, dass die Männer hinten, die Frauen in der Mitte und die Kinder vorne sitzen – rechts die Jungen, links die Mädchen. Jetzt muss er mit uns in den Frauenteil, was ihm ein bisschen peinlich ist, aber inzwischen hat er sich daran gewöhnt. Einige der Männer, die weiterhin hinten unter sich sitzen wollen, machen sich bestimmt über ihn lustig – das vermutet zumindest meine Mutter. Mein Vater versichert jedoch, dass es ihn nicht kümmert. Ich glaube, das wichtigste Argument meiner Mutter war, dass es ein Zeichen von Fortschrittlichkeit ist, die Trennung von Männern und Frauen aufzuheben. Wer sich nicht auf das Geschehen am Altar konzentrieren kann, weil eine Frau neben ihm sitzt, soll sich besser mal mit seiner schmutzigen Fantasie beschäftigen, statt den anderen Vorschriften zu machen, sagt meine Mutter. In Calcar und Schanz sind die gemischten Sitzreihen längst üblich und niemand stört sich daran, aber in der Hülkendoncker Kirche sind wir und die Familie von Bauer Eykhuis bis jetzt die Einzigen, die zusammensitzen. Meine Großeltern schließen sich uns an, wenn sie bei uns zu Besuch sind.

Dass Ernst Praats ein sehr gläubiger Christ ist, sieht man auch daran, dass er während der gesamten Messe in der Kirche bleibt und nicht, wie viele andere von den Männern, bis zur Wandlung rauchend draußen steht und schon wieder hinausgeht, sobald der Segen gesprochen wurde, ohne den Auszug des Pastors und der Messdiener abzuwarten. Insofern passt es, dass er auch Mitglied der CDU ist. Wobei mein Vater sich fragt, was sie in der Partei wohl dazu sagen, dass Ernst Praats die Seiten gewechselt hat. Eigentlich sollte er als CDU-Mitglied ganz besonders von deren Programm überzeugt sein und die Parteitagsbeschlüsse zur Atomkraft unterstützen, gerade weil es dabei doch um eine gute Zukunft für unsere Gegend geht. Meine Eltern finden zwar, dass die CDU die richtige Politik macht, weil sie für das Christliche steht, wohingegen die SPD schon früher, noch bevor Hitler mit den Nazis an die Macht gekommen ist, gegen die Religion gekämpft hat, aber sie würden trotzdem nicht selbst dort eintreten: »Das ist etwas für 150-Prozentige«, sagt meine Mutter. »Es gibt durchaus Sachen, wo ich anderer Meinung bin, da will ich mir von niemandem vorschreiben lassen, was ich zu denken habe.«

Der Letzte, mit dem mein Vater vorhin gesprochen hat, war Pastor Würmeling. Danach, beim Abendessen, sagte er zu meiner Mutter: »Emil –«, so heißt Pastor Würmeling mit Vornamen, »an den brauchst du kein Täuken dranbinden. Der sagt heute Mittag das und heute Abend das Gegenteil, je nachdem mit wem er zuletzt gesprochen hat. Ihm fehlen einfach die Nerven, um so eine Auseinandersetzung zu führen. Er will es allen recht machen, aber das geht nun einmal nicht. Schon vor der Abstimmung hatte er angekündigt, dass er sich enthalten würde, und als dann der Karren vor die Wand gefahren war, sagte er, dass er erst mal mit dem Generalvikar sprechen muss, von wegen, als Seelsorger bin ich für das Wohl aller Gemeindemitglieder gleichermaßen verantwortlich, und damit über diese Entscheidung nicht Unfrieden ins Dorf einkehrt, kann ich mich nicht einfach auf eine Seite schlagen, ganz egal, was meine persönliche Meinung in der Sache ist.«

Ich glaube, meine Mutter konnte Pastor Würmeling in dieser Hinsicht sogar verstehen. Sie hat als Lehrerin ja oft mit ähnlichen Problemen zu tun, wenn zum Beispiel zwei von ihren Schülern sich in jeder Pause prügeln und die Eltern des einen wollen, dass sie den Eltern des anderen den Marsch bläst, weil sie glauben, dass deren Sohn immer anfängt, meine Mutter aber den Eindruck hat, dass beide gleich schuld sind, dann passt sie auch auf, was sie sagt, damit es nachher nicht heißt, sie bevorzugt einen von beiden. Eine Lehrerin, die bestimmte Schüler besser behandelt als andere, hat ganz schnell einen schlechten Ruf, der sich weit über die Schule hinaus herumspricht, und dann packt einem nachher vielleicht der Metzger schlechteres Fleisch ein oder man wird benachteiligt, wenn man etwas im Rathaus zu regeln hat.

Mein Vater ist überzeugt, dass es den Bauern Praats und Geerck in erster Linie darum geht, weiterhin billiges Kirchenland zu pachten. Sie wollen nicht irgendwelche Ausweichflächen, die ihnen von Seiten der Brütergesellschaft ja längst angeboten worden sind. Weil in Hülkendonck schon alles Land vergeben ist, liegen diese Äcker natürlich ein paar Kilometer weiter weg und nicht, wie jetzt, direkt vor ihrer Haustür, was natürlich bequemer ist. Dass sie – genau wie alle anderen – auf sauberen Strom angewiesen sind und dass der eben nicht einfach aus der Steckdose kommt, ist ihnen egal. Da tun sie so, als ginge sie das alles nichts an. Der Hauptgrund ist vermutlich, dass sie dort, wo der Brüter gebaut werden soll, selbst kein Land besitzen. Deshalb können sie nichts daran verdienen. Wenn es für sie bei der ganzen Sache etwas zu verdienen gäbe, würden sie mit Sicherheit verkaufen – so sind die Bauern nämlich: Sobald sie für sich selbst einen Vorteil sehen, ist ihnen alles andere egal. Die Brütergesellschaft hat denen, deren Land sie direkt kaufen musste, ein sehr gutes Angebot gemacht – deutlich höher, als normalerweise für einen Hektar bezahlt wird, und alle haben eingeschlagen. »So etwas wie Gemeinwohl oder soziale Verantwortung – damit hatten die Buren noch nie etwas am Hut. Von denen ist sich jeder selbst der Nächste, und jetzt haben wir den Salat«, sagt mein Vater.

In den nächsten Tagen müssen verschiedene wichtige Leute, bis hin zum Generalvikar und dem Bischof selbst, eingeschaltet werden und sagen, wie sie zu der Sache stehen. Aber selbst wenn alle auf den höheren Ebenen sich für den Schnellen Brüter aussprechen, ändert das erst einmal nichts, denn was der gewählte Kirchenvorstand entschieden hat, gilt, da kann auch der Bischof oder der Generalvikar nicht einfach daherkommen und sagen, es wird jetzt anders gemacht, Schluss, aus. Das Land gehört nicht dem Bischof, sondern der Hülkendoncker Pfarrgemeinde, und wenn es verkauft wird, bleibt das Geld im Dorf, so dass zum Beispiel endlich mit der Renovierung der Kirche angefangen werden kann. Es fällt ja überall der Putz vom Gewölbe und von den Wänden.

Mein Vater ist auch deshalb so ärgerlich, weil die ganze Zeit vorher jeder die Möglichkeit gehabt hätte, sich zu informieren, um was es eigentlich geht. Es waren Professoren und Ingenieure da, Direktoren und Minister sind gekommen, ständig haben Versammlungen stattgefunden. Aber von denen, die jetzt plötzlich alles besser wissen, hat man kaum einen dort gesehen: »Sollen sie sich doch mal das Elend hier anschauen«, sagt mein Vater. »Außer der Hauptstraße ist kein einziger Weg asphaltiert. Sobald es regnet, steckt man bis zu den Knöcheln im Morast und die Reifen drehen durch. Es gibt keine Kanalisation, keine Straßenlaternen, und wenn man nicht von den Buren abhängig sein will, muss man fünfzehn, zwanzig Kilometer fahren, um eine Arbeit zu finden. Die Buren haben natürlich kein Interesse, dass sich daran etwas ändert, das liegt ja auf der Hand. Die fahren gut damit, dass mehr oder weniger jeder auf sie angewiesen ist, wenn er ein paar Mark verdienen will. Und wer die Musik bezahlt, bestimmt. So war das hier immer. Aber man muss nur den Fernseher einschalten, dann sieht man, dass die Welt sich verändert. Wir brauchen endlich richtige Industriearbeitsplätze, sonst sind wir bald komplett abgehängt von allem. Wenn sie jetzt den Brüter bauen, dann werden als Allererstes mal die Straßen auf Vordermann gebracht. Die Bauunternehmer, auch Onkel Nöpp, bekommen auf Jahre genug zu tun. Die brauchen LKW-Fahrer, Baggerfahrer, Leute, die wissen, wie man eine Asphaltdecke aufbringt. Die Kieswerke müssen ausgebaut werden und mehr fördern. Sobald es auf der Baustelle richtig losgeht, werden sie eine Kantine einrichten, wo ein paar von unseren Frauen kochen können. Und wenn der Betrieb erst läuft, benötigt man Werksfeuerwehr, Wachpersonal, Elektriker, Schlosser ... Damit bekommt man dann auch die Jugend von der Straße. Ganz unabhängig davon, dass es ohne Strom eben nicht geht, hier nicht und im ganzen Land nicht. Und was immer einem die Leute weismachen wollen: Kernkraft ist zur Zeit mit Abstand die sauberste Energie. Leute wie Ernst Praats und Jupp Geerck müssten eigentlich wissen, dass der ganze Dreck, der durch die Kohle aus dem Ruhrgebiet hier herüberweht, auf Dauer erst recht nicht gut ist, weder für die Menschen noch für die Landwirtschaft. Da brauchen sie sich nur mal ihre eigenen Häuser anschauen: Die sind regelrecht schwarz geworden in den letzten 25 Jahren, seit der Krieg vorbei ist. Je nachdem wie der Wind steht, haben wir hier Smog. Man riecht es ja, und die Kinder von Leukers und Möller hatten vor zehn Jahren schon Krupphusten wie im Ruhrgebiet. Ob das wirklich vom Ruß kommt, weiß man natürlich nicht, Kohle ist früher ja auch schon verfeuert worden, und da gab es so was hier nicht. Fest steht, dass wir Wachstum und dafür Energie brauchen, da kannst du dich auf den Kopf stellen und mit den Beinen ›Hurra‹ schreien. Abgesehen davon: Wenn die Technik so gefährlich wäre, wie jetzt plötzlich alle sagen, hätte man sicher schon von schweren Unfällen gehört. Solche Anlagen sind inzwischen weltweit in Betrieb. Das ist alles dummes Geschwätz, wenn du mich fragst.«

Mein Vater war so sauer über das, was gestern bei der Kirchenvorstandssitzung passiert ist, dass er mich gar nicht bemerkt hat. Normalerweise wäre das alles nicht für meine Ohren bestimmt gewesen, zumal ich ja mit Uwe und Martin Praats in eine Klasse gehe. Beim Abendessen, als das Sandmännchen lief, ist es ihm dann doch aufgefallen, und er hat gesagt: »Was du hier hörst, bleibt bitte unter uns.«

12.

»Ich bin übrigens Juliane«, sagte das Mädchen – die Frau.

Ich sah mich von außen, wie ich dastand mit meinem über-dimensionalen Schmetterlingsnetz am Besenstiel, den genorm-ten Markenklamotten aus dem Calcarer Jeansladen und dem biederen Rucksack, den meine Mutter bei Quelle bestellt hatte. Trotz meiner langen Haare kam ich mir vor wie der gescheitelte Streber aus einem Jugendfilm, der mit irgendwelchen Mätzchen versuchte, den Anführer und das schönste Mädchen der Schul-hofgang zu beeindrucken, überglücklich, als sie ihm endlich erlaubten, Bier und Zigaretten für sie zu holen. Aber Abends ru-derten sie dann doch wieder ohne ihn in einem alten Holzkahn auf einen abgelegenen Waldsee hinaus, um ungestört zu trinken, zu rauchen und überhaupt ein richtiges Leben zu haben.

Juliane war definitiv der Boss.

»Ok, jetzt sag noch mal: Wieso bist du hier – einfach zufäl-lig, wegen der Schmetterlinge?«

Sie klang neugierig, aber auch skeptisch und ein bisschen belustigt. Der mit dem Zopf hieß Albo und sah mich mit un-verhohlenem Misstrauen an. Als mir nicht gleich eine Antwort einfiel, sagte er: »Vielleicht will er herumspionieren.«

Ich wurde rot, spürte einen Anflug von Panik: Revolutionäre fackelten nicht lange mit Spitzeln und Verrätern, das wusste ich aus dem Geschichtsunterricht und versuchte, so unbeeindruckt wie möglich zu reagieren. Jedes Anzeichen von Angst wäre ein Schuldeingeständnis gewesen: »Quatsch. Wem soll ich denn was von euch erzählen?«

»Der Scheißstaat schleust überall, wo Widerstand geleistet wird, V-Leute ein. Das ist erst einmal Fakt.«

»Ihr macht ja auch nichts Verbotenes.«

»Woher willst du wissen, was wir machen oder nicht machen? Hast du schon öfter hier rumgeschnüffelt?«

Ich hörte Ziegen meckern. Von rechts kehrte der Schwalbenschwanz zurück, vielleicht war es auch ein zweites Exemplar. Er flatterte wenige Meter an mir vorbei, als wäre er sicher, dass ich momentan keine Gefahr darstellte. Ich hörte mich sagen, ›Wartet mal kurz, ich muss noch eben den Falter dort fangen, weil das Vorkommen dieser Art in unserer Gegend bislang nicht nachgewiesen ist‹, aber natürlich brachte ich kein Wort heraus, gab mir stattdessen Mühe, dem Schmetterling nicht allzu offensichtlich hinterherzustarren, um die Leute nicht unnötig gegen mich aufzubringen. Bislang hatten sie ja nicht gesehen, was es hieß, einen Falter mit Äther zu töten.

Juliane schüttelte den Kopf: »Also für einen Polizeispitzel ist seine Tarnung echt zu schräg. So viel Fantasie haben die nicht.«

Wenn sie mich nicht für verdächtig hielt, würde es vielleicht gut ausgehen, obwohl Albo auch recht hatte, zumindest ein bisschen: Ich war neugierig und wollte wissen, welche von den Geschichten, die im Dorf über sie erzählt wurden, stimmten, zumal neulich erst in der Zeitung gestanden hatte, das Informationszentrum sei per Verordnung geschlossen worden, es habe einen Polizeieinsatz gegeben, der Versuch, den Melkstall zu versiegeln, sei jedoch am passiven Widerstand der Bewohner gescheitert. Vor allem hätte ich gern mit eigenen Augen gesehen, wie sie die

Sache mit der freien Liebe handhaben. Selbst Tante Rieke hatte schon davon gehört, dass die Jugend in den Städten sich nicht mehr darum scherte, ob sie verheiratet waren oder nicht, sondern dass die Leute einfach miteinander schliefen, wenn sie Lust dazu hatten. Wenn ich nach Köln oder Düsseldorf fuhr, warnte sie mich jedes Mal vor Gammlern, die überall in der Stadt herumlungerten und keinerlei Anstand besaßen. Sie lagen sogar mit nackten Brüsten in den öffentlichen Grünanlagen und ließen sich ungeniert fotografieren.

»Glaub mir: Es geht gerade echt ab hier. Der verdammte Staat versucht alles, um uns rauszuschmeißen: Ständig schicken sie uns irgendwelche Wichser, weil wir angeblich ohne Genehmigung bauen, da ist dann immer gleich ein Trupp Bullen dabei und nimmt alles auseinander. Dann leiern sie lächerliche Verfahren wegen ›unrechtmäßiger Nutzung von Wirtschaftsgebäuden als Wohnraum‹ an, oder wie das im Juristensprech heißt. Neulich haben sie unsere gesamten Infomaterialen beschlagnahmt. Praats hat dauernd die Polizei am Hals, kriegt einstweilige Anordnungen, weil er uns diesen Melkstall verpachtet hat, was angeblich gegen irgendwelche schwachsinnigen Paragraphen verstößt. Tausend Mark soll er bezahlen, wenn er uns weitermachen lässt. Das ist alles nicht lustig. Deshalb reagiert Albo ein bisschen gereizt.«

»Verstehe. Ich wohne zwar in Hülkendonck, aber so genau bekommen wir ja gar nicht mit, was bei euch passiert.«

Der Schwalbenschwanz war endgültig fort, wieder meckerten Ziegen. Mein Blick sprang zwischen Julianes bernsteinfarbenen Augen, die zur Pupille hin grünlich schimmerten, und ihrer feinporigen, sonnenbraunen Haut hin und her, glitt ihre Arme entlang, die weder verdächtige Rötungen noch Einstichstellen aufwiesen. Die Träger ihres flattrigen Shirts rutschten immer wieder die Schultern herunter und hatten nirgends Streifen hinterlassen. Wahrscheinlich lag sie, wenn sie unter sich waren, oben ohne in der Sonne.

»Ich wollte mal direkt von euch wissen, wie ihr das alles einschätzt, nicht nur die Chancen für den Brüter, sondern die ganze politische Situation derzeit. Und dann dachte ich, wo ich schon hier bin, kann ich auch schauen, welche Falter es gibt. Das klingt vielleicht komisch, aber es ist wirklich ein wichtiges Projekt. Gerade wenn man bei den Leuten – ich mein', den normalen Bauern ist die Umwelt doch scheißegal, Hauptsache, kein Käfer nagt ihre Kartoffeln an –, also wenn man ein Bewusstsein für die ökologische Katastrophe schaffen will, die uns droht – tote Flüsse, Waldsterben, Verlust der Artenvielfalt –, dann muss man die Veränderungen zeigen. Bei Vögeln oder Insekten machen wir das, indem wir die Populationsentwicklung über längere Zeiträume dokumentieren. Wenn ich jetzt hier zum Beispiel Arten finde, die auf der Roten Liste ganz oben stehen, kann das eventuell sogar den Bau des Brüters verzögern …«

»Wer hat dir denn den Quatsch erzählt?«

»Gibt es denn eigentlich Hoffnung, dass das Ding nicht zu Ende gebaut wird? Die Leute im Dorf reden ja nur dummes Zeug, und was die Zeitung schreibt, ist komplett einseitig.«

»Die Zeitungen, also die *Rheinische Post* vor allem: Das ist ein reines Propaganda-Organ. Schlimmer als die Staatspresse der DDR, da kannst du gleich das Parteiprogramm der CDU lesen.«

Neben der *Rheinischen Post* gab es die NRZ, die als SPD-freundlich galt, aber kaum Abonnenten hatte. Wenn nach Wahlen spekuliert wurde, wer die zwei oder drei SPD-Wähler in Hülkendonck gewesen waren, die sich vorher am Stammtisch nicht öffentlich dazu bekannt hatten, wusste man von Mia Dönges, wem sie morgens die *NRZ* in den Briefkasten steckte, und das war zumindest ein Anhaltspunkt. Herr Verheyen, mein Englischlehrer, von dem meine Mutter sagte, er sei Kommunist und hätte sogar schon ein Verfahren am Hals gehabt, um zu klären, ob er als »Radikaler« nicht aus dem Schuldienst entfernt werden musste, las die *taz*. Einmal hatte ich versucht, sie im Lotto-Laden am Markt in Calcar zu kaufen, aber Herr Brettschneider, der Besitzer, schüttelte ohne mich anzusehen den Kopf und brummte: »So was führen wir nicht.«

Obwohl ich noch nicht wählen durfte, hatte ich mir ein Programm der SPD schicken lassen, um mir eine eigene politische Meinung zu bilden. Die SPD war allerdings auch nicht gegen Atomkraft. Bundeskanzler Schmidt und Ministerpräsident Rau wollten den Brüter auf jeden Fall weiterbauen, weil sie die Kernkraft für unersetzbar hielten. Trotzdem gab meine Mutter mir den Briefumschlag mit der Bemerkung: »Das würde ich mir aber doch noch mal überlegen, ob du dich dahin orientieren willst. Oder bist du jetzt auch kein Christ mehr?«

Georg Meiser aus meiner Parallelklasse verteilte auf dem Schulhof Handzettel der Marxistisch-Leninistischen Partei, MLPD, und wollte Leute für eine revolutionäre Basisgruppe gewinnen. Allerdings kam kaum einer öfter als ein Mal zu seinen Treffen, weil er nach einer Weile immer von Bombenanschlägen auf die Schule oder das Rathaus fantasierte. Ich hatte ohnehin kein Interesse am Klassenkampf. Meine Sympathien für das Proletariat hielten sich in Grenzen, und die Bauern waren bei uns immer eher die Unterdrücker als die Unterdrückten gewesen. Selbst Praats, der jetzt für die Grünen kandidierte, hatte nur geringen Erfolg mit seinem Versuch, in Hülkendonck so etwas wie öko-sozialistische Begeisterung zu entfachen. Bei der letzten Wahl war er auf gerade einmal zwanzig Prozent der Dorf-Stimmen gekommen. Die CDU hingegen lag noch immer bei über siebzig Prozent.

Den Grünen hatte ich auch geschrieben, aber noch keine Antwort erhalten. Vielleicht hatte meine Mutter den Umschlag aus dem Verkehr gezogen, weil sie fürchtete, ich könnte mich von deren anarchistisch-chaotischer Propaganda anstecken lassen und selbst zum Radikalen werden.

»Klar – es geht nicht nur um die AKWs«, sagte Juliane. »Die ganze Gesellschaft muss von Grund auf verändert werden, sonst wird die Erde bald unbewohnbar sein, selbst wenn es keinen Atomkrieg gibt.«

»Das meinte ich.«

Sie zog ein Päckchen Tabak aus der Hosentasche und begann, sich eine Zigarette zu drehen.

Gerrit, der Holländer, sagte: »Die schlimmste Gefahr für die Weltfrieden und damit für die Überleben von die gesamte Menschheit ist diese amerikanische Präsident, Ronald Reagan.«

Ich nickte.

»Diese Mann ist eine totale Psychopath.«

»Er verwechselt offenbar Politik mit den Rollen, die sie ihm früher in irgendwelchen Billigwestern gegeben haben, nur dass er jetzt Atomraketen statt Revolver hat«, sagte Juliane.

»Ich mag Amerika sowieso nicht.«

»Das Attentat neulich ist ja leider schiefgegangen. Ich hatte kurz Hoffnung, als die Meldung im Radio kam. Versteh' mich nicht falsch: Eigentlich bin ich Pazifistin, aber in dem Fall finde ich: Wenn der Mann Reagan erwischt hätte, hätte er den Friedensnobelpreis kriegen müssen. Jetzt behaupten sie, es war ein

Verrückter, der bloß Jodie Foster auf sich aufmerksam machen wollte. Wer's glaubt, wird selig.«

»Ich bin trotzdem eher für gewaltlosen Widerstand. So wie Gandhi das gemacht hat.«

»Schon klar. Sind wir alle. Aber bei jemandem wie Reagan geht es eben nicht mehr nur um mich oder dich oder was irgendjemandem persönlich besser gefällt: Da steht das Überleben der Menschheit auf dem Spiel. Wenn damals einer Hitler rechtzeitig abgeknallt hätte, wäre er heute ein Nationalheld.«

»Stimmt schon …«

»Bist du sicher, dass du überhaupt bei uns hier sein willst?«, fragte Gerrit.

Ich wurde erneut rot: »Klar, auf jeden Fall.«

»Wie gesagt, kann es sein, dass gleich welche von diese Bullenschleudern vorgefahren kommen, mit zehn oder zwanzig Mann drin, und dass die uns dann alle durchfilzen, Pässe kontrollieren, Hände auf die Rücken und ab auf die Wache – die ganze Programm, das sie von die Nazis gelernt haben.«

»De facto sind wir illegal.«

»Hab ich gelesen.«

»Und?«, fragte Albo: »Dürfen wir uns wehren als rechtmäßige Pächter, wenn so ein Räumungskommando anrückt, oder müssen wir uns zusammenknüppeln lassen?«

»Wir haben das letzten Montag lang und breit diskutiert«, sagte Juliane. »Und wir haben mehrheitlich beschlossen, dass wir uns nicht provozieren lassen, egal was passiert, weil wir ihnen nicht noch einen Vorwand für ihre Gewaltexzesse geben wollen – darauf warten die doch bloß.«

»Das stell' ich gar nicht in Frage. Er kann ja trotzdem mal drüber nachdenken.«

Sie schüttelte den Kopf, zündete ihre Zigarette an und hielt mir das Tabakpäckchen hin: »Rauchst du?«

»Manchmal«, log ich. »Aber ich kann nicht drehen.«

Albo sagte: »Ich mach mal weiter, dass der Stall bis heute Abend fertig ist. Ich hab keine Lust, wieder Federn aufzusammeln.«

»Ich kann dir eine drehen«, sagte Juliane.

»Das wäre total nett.«

Der Blick des Holländers wanderte kurz zwischen ihr und mir hin und her. Er grinste halb ironisch, halb säuerlich, dann ging er zu Albo, um ihm zu helfen.

Juliane schob sich die qualmende Kippe in den Mundwinkel, verteilte neuen Tabak auf dem Papier, rollte zwei, drei Mal, befeuchtete in einer einzigen Bewegung den Klebefalz, drückte sie leicht an und gab mir die Zigarette.

»Danke.«

Ich paffte nur, versuchte, den Rauch so lange wie möglich im Mund zu halten, damit sie es nicht merkte, aber dann musste ich doch plötzlich husten, weil mir ein halber Zug in die Lunge geraten war.

»Wie alt bist du?«, fragte sie.

»Sechzehn.«

Auch das stimmte nicht ganz.

»Willst du Kaffee?«

»Klar. Kaffee geht immer.«

»Vielleicht nehmen die Jungs auch einen, wobei – die trinken sicher Bier. Du kannst auch ein Bier haben.«

»Muss nicht.«

»Wenn du willst, erzähle ich dir ein bisschen, was wir mit dem Gelände vorhaben. Das ist ja nicht einfach bloß ein Infozentrum:

Hier soll etwas richtig Großes entstehen. Der Plan ist, so eine Art alternatives Dorf zu gründen, wie sie es in Gorleben versucht haben. Wir nennen es dann *Republik freier Niederrhein.*«

Ich folgte ihr, klappte mein Schmetterlingsnetz zusammen, damit es etwas weniger ins Auge stach.

»Wir wollen direkt vor diesem Höllenreaktor zeigen – also beweisen –, dass man anders leben kann – ohne mörderische Technologie, aber auch ohne diese brutale Verschwendung von Ressourcen auf Kosten der kommenden Generationen.«

Vor dem Eingang zum Haus stand ein roter R4, aus dessen geöffneter Hecktür ein Stoß Latten ragte. Auf dem Boden lag eine Rolle Maschendraht, dazu mehrere Kartons mit Nägeln und Schrauben. Albo hatte die Kreissäge wieder eingeschaltet und zersägte Bretter, die Gerrit ihm anreichte.

Unter dem Überstand des Dachs befand sich ein klappriger Hühnerstall mit einer kleinen Freilaufvoliere und einem Lege-häuschen, zu dem eine Leiter hinaufführte. Dahinter befand sich eine frisch gegossene Betonfläche, die wie ein Fundament aussah.

Sie deutete auf den Wagen und sagte: »Offiziell dürfen wir jetzt nicht einmal mehr Baumaterial kaufen. – Zum Glück haben wir keinen Stempel auf der Stirn, *Staatlich geprüfter AKW-Gegner*, oder so. Und es soll ja Schreiner geben, die auf unserer Seite stehen. Abgesehen davon ist deren Argumentation sowieso komplett ballaballa: Einerseits verlangen sie, dass das Gelände landwirtschaftlich genutzt wird, aber dann dürfen wir keinen Hühnerstall bauen. Ich meine: Hühner sind doch wohl definitiv Landwirtschaft, oder? Leider ist letzte Nacht wieder eins ent-wischt, das der Fuchs sich geholt hat. Kann auch ein Marder gewesen sein.«

»Wie viele Hühner habt ihr?«

»Heute Morgen waren es noch elf.«

»Uns hat voriges Jahr ein Marder sieben Kaninchen in einer Nacht totgebissen. Die lagen im ganzen Garten verstreut. Irgendjemand hatte vergessen, die Ställe richtig zuzumachen.«

Auf der Wiese hinter dem Melkstall liefen fünf Ziegen und drei Zicklein in einem provisorischen Pferch.

Juliane rief, mitten ins Aufkreischen der Säge: »Ich koch' uns Kaffee, wollt ihr auch einen?«

Albo schüttelte den Kopf, während er beidhändig ein Brett gegen das Blatt schob. Gerrit reckte den Daumen.

»Komm rein. Ist allerdings etwas chaotisch zur Zeit.«

Normalerweise sagten so etwas Mädchen, die wussten, dass sie später Jura studieren wollten, wenn in ihrem perfekt aufgeräumten Zimmer doch noch eine zerknüllte Strumpfhose auf dem Boden lag.

Sie schaltete eine Lampe ein, wie sie bei Onkel Koeb über den Schweineboxen hingen: eine Birne in einem dicken Glaskolben, der von einem käfigartigen Gestell aus gebogenem Draht geschützt wurde.

In einer separaten Nische neben dem Eingang war ein Plumpsklo eingebaut. Rechts befand sich eine Art Küchenzeile mit Spüle, Abstellflächen und einem Kohleherd, dessen Abzugsrohr mit großen Schellen vor die Wand geschraubt war. Es gab sogar einen alten Kühlschrank. Das Zentrum des vorderen Bereichs bildete ein riesiges rotes Sofa. Davor standen, um einen Bürotisch aus Stahlgestänge und grauer Resopalplatte gruppiert, verschiedene Stühle. Sie sahen aus, als hätte sie jemand vom Sperrmüll mitgenommen. Der Raum endete an einer Trennwand aus Spanplatten, auf denen sich Plakate mit Zetteln, Aufklebern und Edding-Parolen abwechselten. Die Tür zum hinteren Teil stand offen. Dort, wo bis vor einigen Jahren die Kühe gemolken worden waren, befand sich eine Art Matratzenlager mit Kissen, Schlafsäcken, Decken, leeren Flaschen. Es roch noch immer nach Tieren und Heu.

»Wie viele seid ihr hier eigentlich?«, fragte ich.

»Hängt davon ab. Im Moment nur wir drei, aber am Wochenende kommen sicher fünf oder zehn andere dazu. Manche bleiben für ein paar Tage und helfen mit, andere sind zwar quasi fest dabei, wohnen aber in Moers oder Cleve, was ganz praktisch ist, weil wir hier ja nicht so gut ausgestattet sind, gerade was Strom anlangt. Es gibt zwei Steckdosen und das war's. Kein Telefon. Größere organisatorische Sachen können wir von hier aus gar nicht regeln. Und zur Zeit ist es besonders schwierig. Wir sind ja jetzt seit anderthalb Monaten quasi illegal. Das Gelände ist sozusagen besetzt. Im Prinzip dürfen die Bullen per Gerichtsbeschluss jederzeit alles abtransportieren, was mit unserer Arbeit zu tun hat.«

Sie warf einen benutzten Kaffeefilter in den Müll, füllte einen Henkeltopf mit Wasser, stellte ihn auf den Herd, öffnete die Ofenklappe und schob einen Scheit Holz hinein.

»Die eine Steckdose ist für den Kühlschrank, und an der anderen hängt die Kabeltrommel. Aber man muss echt aufpassen, wenn man mehrere Geräte gleichzeitig benutzt, sonst fliegt die Sicherung raus. Die Kreissäge ist sowieso schon ziemlich grenzwertig.«

Ich ging quer durch den kleinen Raum, warf unauffällig einen Blick in den Mülleimer, konnte weder Spritzen entdecken noch diese typischen Briefchen aus Aluminiumfolie, in denen die Junkies in *Christiane F. – Wir Kinder vom Bahnhof Zoo* ihren Stoff gehabt hatten.

»Wie gesagt: Ist alles nicht so superkomfortabel. Aber demnächst, wenn wir unsere eigene Stromversorgung haben, wird es besser. Es kann einfach nicht sein, dass der Scheißstaat damit durchkommt, uns zu verbieten, die Leute darüber zu informieren, wie saumäßig gefährlich Atomkraft ist, und dieser Plutonium-Brüter gleich dreimal. Auch wenn es zur Zeit nicht immer so aussieht: Wir leben in einer Demokratie und es herrscht Informationsfreiheit. Notfalls ziehen wir bis vors Bundesverfassungsgericht, sagt Emma Vlasswinkel.«

Den Namen Emma Vlasswinkel kannte ich aus Telefonaten meines Vaters, als es um den Verkauf des Hülkendoncker Kirchenlandes an die Brüterbetreibergesellschaft gegangen war. »Emma Vlasswinkel ist ein zäher Knochen«, hatte er manchmal gesagt, und es war trotz allem respektvoll gemeint gewesen.

Ich schämte mich und hoffte, dass Juliane nie erfahren würde, wer mein Vater war.

»Emma Vlasswinkel soll cool sein, hab ich gehört.«

»Supertaffe Frau! Was die auf die Beine gestellt hat, die letzten fünfzehn Jahre: Hammer!«

Mir war nicht bewusst gewesen, welches Ausmaß an Schikanen die Regierung auf allen Ebenen auffuhr, um die Brütergegner zu zermürben. Zwar fand ich mittlerweile, dass meine Eltern auf der falschen Seite standen, aber dass sie Leute wählten, die nicht einmal die Meinungsfreiheit der Andersdenkenden respektierten, hatte ich mir bislang nicht klargemacht. Damals unter den Nazis, als die Juden abgeholt wurden, war es wahrscheinlich genauso gewesen: Man hätte es wissen können, wenn man gewollt hätte, aber es war besser, es nicht zu wissen, also fragte man lieber nicht weiter.

»Die sollen nicht meinen, bloß weil sie jetzt so einen Beschluss haben, hätten sie gewonnen. Uns fällt schon etwas ein«, sagte

Juliane, während sie den Kaffee aus der Packung in einen frischen Filter schüttete.

»Hast du das Windrad draußen gesehen? Das ist quasi der Anfang unserer eigenständigen Energieversorgung. Damit geht es momentan natürlich noch nicht. Es dient nur dazu, Grundwasser in die Kuhtränke zu pumpen, aber im Prinzip lässt sich mit so etwas auch Strom gewinnen. Axel, der Maschinenbau in Aachen studiert, ist gerade dabei, die entsprechenden Teile zu bauen. Dann kommen Sonnenkollektoren aufs Dach, das ist ja eine große Fläche, und die hintere Seite zeigt nach Süden. Wir brauchen bloß noch jemanden, der das Ganze sponsert. Nur im Moment, wo alles, was wir hier machen, per Gerichtsbeschluss verboten ist und von den Bullen jederzeit wieder abgebrochen werden kann, hat es keinen Sinn. Klar, RWE und wie sie alle heißen, diese ganzen Stromkonzerne, wollen natürlich unbedingt verhindern, dass sich alternative Energien durchsetzen, weil das ihr Monopol und damit ihren Profit bedroht. Biogas zum Beispiel – auch so 'n Ding. Ich meine, Scheiße gibt es hier echt genug. Die Technik dafür ist längst einsatzfähig, kann man bauen, funktioniert. Das Fundament haben wir schon gegossen. Man muss es halt wollen.«

»Was habt ihr mit den Ziegen vor?«

»Sie sind jetzt erst mal einfach nur da. Ziegenmilch ist superhochwertig als Nahrungsmittel. Viel besser als Kuhmilch. Am Ende wollen wir uns hier ja komplett autonom versorgen, auch ernährungsmäßig. Schmeckt halt am Anfang ein bisschen gewöhnungsbedürftig, und das mit dem Melken muss man auch erst lernen. Außerdem gilt Ziegenfleisch in vielen Ländern als Delikatesse. Wobei die Diskussionen bei uns zur Zeit eher in die Richtung laufen, dass wir uns vegetarisch ernähren.«

»Dann isst man immer nur Beilagen, Reis, Gemüse, Kartoffeln und so was?«

»Quatsch. Da gibt es total leckere Sachen. Getreide, Hülsenfrüchte, Hirse. Man muss halt die richtigen Gewürze nehmen. Wir experimentieren da noch. Es kommen jetzt immer mehr vegetarische Kochbücher heraus. Glaub mir, das wird sich durchsetzen.«

»Bist du Vegetarierin?«

»Nicht hundert Prozent. Aber im Prinzip ist das schon mein Ziel. – Auch deshalb finde ich es echt scheiße, dass du Schmetterlinge killst.«

»Es ist …«

»Hör mir auf mit Wissenschaft. Diese Art Wissenschaft, für die sinnlos Schmetterlinge umgebracht werden, nur damit man sie dann auszählen kann, ist Teil des Problems, nicht der Lösung.«

Das Wasser kochte. Sie hatte keine Ahnung von Entomologie, aber ich wollte mich jetzt nicht mit ihr zu streiten.

»Das sind dieselben Leute, die mir dann bei Diskussionen erklären, dass so ein Atomkraftwerk die umweltfreundlichste Energie überhaupt produziert. – Willst du Milch im Kaffee? Oder Zucker?«

»Zucker.«

»Einen Löffel? Zwei?«

»Einen.«

Sie gab den Zucker hinein, rührte um und reichte mir die Tasse. Offenbar hatte sie vergessen, dass der Holländer auch Kaffee wollte.

Jetzt sah sie mich an und lächelte: »Ich glaub', du bist trotzdem ok.«

XIII.

Hampels sind weggezogen. Es ging alles sehr schnell. Am Samstag ist ein großer Lieferwagen vorgefahren, in den sie das ganze Wochenende über Möbel und Kisten eingeladen haben. Sonntagabend waren sie schon fertig und sind verschwunden. Als Melkerfamilie haben sie natürlich längst nicht so viele Sachen wie wir. Keine Kinderschreibtische – dafür wäre in den kleinen Zimmern, die sie sich jeweils zu zweit teilen mussten, gar kein Platz gewesen. Deshalb haben sie ihre Hausaufgaben immer am Küchentisch gemacht. Bücher, die bei uns im Wohnzimmer, im Arbeitszimmer meiner Mutter, aber auch bei meinem Bruder und mir eine Menge Platz einnehmen, besitzen sie überhaupt keine, außerdem weniger Geschirr, kaum Spielzeug, keine Stereotruhe mit Schallplattenständer, keinen Servierwaren, auf dem die Flaschen mit Jägermeister, Johnny Walker und Asbach Uralt stehen. In so eine Katstelle passt einfach nicht besonders viel hinein, abgesehen davon hatten Hampels nur selten Besuch, den sie hätten bewirten müssen.

Als ich den Lastwagen am Nachmittag beim Kiesharken vor Hampels Haus stehen sah, habe ich mir erst gar nichts dabei gedacht. Manche von unseren Nachbarn bekommen dies und das geliefert oder sie leihen sich einen LKW, um größere Dinge wie einen Handpflug oder einen Betonmischer zu transportieren. Wenn sie montags in aller Herrgottsfrühe irgendwohin fahren müssen, nehmen sie den Wagen freitags oder samstags nach der Arbeit schon mit nach Hause.

Am Sonntag haben wir keinen Ausflug nach Schloss Anholt oder in den Duisburger Zoo gemacht, sondern lediglich einen Familienspaziergang zum Rhein. Als wir an Hampels Haus vorbeigingen, sah ich Hubert, wie er Kartons mit Kleidern in den Lieferwagen lud. Ich habe ihn die ganze Zeit angeschaut, doch er ist meinem Blick ausgewichen, als hätte er etwas zu verbergen. Dann kam Herr Hampel mit zwei Stühlen und stellte sie auf die Ladefläche, wo ein fremder Mann sie entgegennahm und verstaute. Mein Vater hat kurz die Hand zum Gruß gehoben, aber darüber hinaus kein Gespräch angefangen, was nicht ungewöhnlich ist, da sie ja nicht unsere richtigen Nachbarn sind.

»Was Hampels machen, geht uns nichts an. Im Übrigen interessiert es mich auch nicht«, sagt meine Mutter immer.

Außerdem findet sie es nicht gut, wenn einer von uns plötzlich ausschert und sich mit irgendwelchen Leuten unterhält, während wir als Familie unterwegs sind, was bei meinem Vater häufiger vorkommt, weil er die meisten im Dorf ja schon seit Kindertagen kennt, manche auch von seiner Arbeit bei Slaack. Da gibt es immer viel zu bereden, und jetzt, wo der Brüter gebaut werden soll, hat jeder eine Meinung, über die er mit meinem Vater diskutieren will.

Als wir zurückkehrten, waren Hampels immer noch zugange. Britta und Christel habe ich allerdings nicht gesehen. Wahrscheinlich mussten sie in ihrem Zimmer ihre eigenen Sachen zusammenpacken, oder sie waren traurig und wollten nicht, dass jemand sie weinen sieht. Ich weiß nicht genau, wie lange sie in Hülkendonck gewohnt haben, kann mich aber an keine Zeit erinnern, in der sie nicht da waren.

Es ist bestimmt schlimm für sie. Wenn man erst acht oder zehn Jahre an einem Ort verbracht hat, kennt man sich in der Gegend gut aus. Man weiß, wo man sein Brot kauft, welcher Elektriker etwas taugt oder wen man anrufen muss, damit die Sickergrube geleert wird. Selbst wenn die Leute einen nicht automatisch zum Geburtstag einladen, fällt es einem bestimmt schwer, so eine vertraute Umgebung zu verlassen und anderswo als Fremder wieder neu anzufangen.

»Ziehen Hampels weg?«, habe ich gefragt.

»Sieht wohl so aus«, sagte meine Mutter und mein Vater: »Das wird zumindest erzählt. Aber Seesing spricht da nicht drüber.«

Beide klangen, als ob sie über Hampels Auszug nicht besonders unglücklich wären, wobei meine Mutter wahrscheinlich sogar erleichtert war, denn sie fand immer, dass Hubert und Christel und vor allem Britta kein guter Umgang für uns waren.

Mir tut es doch ein bisschen leid, besonders wegen Christel, weil sie trotz ihrer Schwächen eigentlich sehr nett ist. Nicht, dass ich in sie verliebt gewesen wäre, aber ich habe gern meine Zeit mit ihr verbracht. Sie war immer da und hatte sonst nichts zu tun, so dass ich mich nie eigens mit ihr verabreden musste. Sobald ich aus dem Haus gegangen bin, hat sie mich gesehen, weil sie sowieso bei jedem Wetter draußen war, hat gewunken und kam dann gleich herüber. Wir haben Verstecken gespielt oder sie hat mir von Sendungen erzählt, die abends spät im Fernsehen liefen, was für mich ziemlich interessant war, weil sie viele Filme sehen durfte, die meine Mutter uns verboten hat. Dass Hubert jetzt nicht mehr mit mir Fußball spielt, gefällt mir auch nicht. Er hat zwar meistens gewonnen, aber ich konnte dabei doch viel von ihm lernen: Wie man sich den Ball zum Abstoß richtig zurechtlegt, wie man mit Picke, Spann oder Außenrist schießt, wann es Elfmeter, direkten oder indirekten Freistoß gibt. Außerdem kenne ich durch ihn sehr viele Mannschaften und Spieler aus der Bundesliga, so dass ich jetzt besser mitreden kann, wenn ich mit meinem Vater die Sportschau oder ein Länderspiel gucke.

Seit der Lastwagen mit den Sachen von Hampels weggefahren ist, sind die Blenden vor den Fenstern der Katstelle geschlossen. Man sieht jetzt, dass sie dringend repariert und gestrichen werden müssten. Manche sind auseinandergebrochen, bei allen blättert die Farbe ab. Das ganze Haus mit dem tief heruntergezogenen Dach, seinen düsteren Klinkermauern, durch die sich lange Risse ziehen, sieht ein bisschen gruselig aus, seit niemand mehr darin wohnt, als ob statt der Menschen Gespenster eingezogen wären oder die Gespenster, die lange Zeit heimlich dort gelebt haben, es nun wieder vollständig in Besitz genommen hätten. Meine Mutter sagt zwar, dass es keine Gespenster gibt, aber Tante Ada zum Beispiel ist in dieser Hinsicht ganz anderer Meinung. Sie ist sicher, dass die alte Frau Otten, die schon über zehn Jahre tot ist – wenn sie mir so etwas erzählt, flüstert sie, weil der Otten-Hof ja nur wenige Meter von ihrem eigenen Haus entfernt steht –, dass sie noch immer keine Ruhe gefunden hat und nachts dort auf dem Gelände herumgeistert, weil sie nämlich ein grundböses Weib war. Sobald Tante Rieke mitbekommt, dass Tante Ada mit mir über solche Dinge spricht, schimpft sie: »Jetzt erzähl' dem Jungen nicht so einen Quatsch.«

Sie sagt das nicht, weil sie es wirklich für Unsinn hält, sondern im Gegenteil: Sie befürchtet, dass man sich Ärger einhandelt, wenn man schlecht über Tote spricht, vor allem, wenn es sich um Tote handelt, die schon im Leben voller Neid und Missgunst waren. Ihrer Großnichte Marlies hat Tante Rieke während der Schwangerschaft strikt verboten, zu Beerdigungen oder an Allerseelen mit der Familie auf den Friedhof zu gehen, weil die Toten sich den Schwangeren von unten nähern und ihnen die Leibesfrucht aus dem Bauch ziehen.

Ich denke jetzt doch, dass ich, als wir am Sonntag zurück nach Hause gekommen sind, zu Hubert hätte gehen sollen und ihn fragen, weshalb sie wegziehen. Auch dass ich mich nicht verabschiedet habe, tut mir leid. Aber bei uns gab es nach dem Spaziergang Bienenstich von Gerritsen, den ich sehr gern esse, und im Fernsehen lief die *Sportreportage*, wo sie immer Pferderennen und Billard mit Remy Ceulemans zeigen. Außerdem fand ich Huberts Vater und auch seinen älteren Bruder Frank ein bisschen unheimlich, selbst wenn sie mir nie etwas getan haben. Beide waren auf eine merkwürdige Art schweigsam, als würden sie niemanden auf der Welt mögen. Man rechnete die ganze Zeit damit, dass sie plötzlich wütend werden und herumschreien würden, vielleicht sogar etwas kaputt schlagen.

Als mein Vater unsere Haustür aufschloss, schaute meine Mutter kurz nach rechts über die Wiese zu Hampels herüber und sagte: »Naja, dafür haben wir dann ja wohl demnächst neue Nachbarn direkt vor der Nase. Da weiß man noch gar nicht, was auf einen zukommt.«

»Warten wir's erst mal ab«, sagte mein Vater.

»*Es kann der Frömmste nicht in Frieden leben, wenn es dem bösen Nachbarn nicht gefällt.*«

»Vielleicht sind es ja nette Leute.«

»Ich mag es trotzdem nicht, dass uns jemand so dicht auf die Pelle rückt.«

»Dann hättest du das Grundstück selbst kaufen müssen.«

Anders als meine Mutter geht mein Vater davon aus, dass die meisten Leute so sind, dass man irgendwie mit ihnen auskommen kann, es sei denn, er ist von jemandem schon einmal enttäuscht worden oder jemandes Vater war ein schwieriger Mensch. Meistens übernehmen ja die Söhne die schlechten Eigenschaften der Väter und die Töchter werden wie ihre Mütter.

Wenn ich es richtig verstanden habe, hat Bauer Seesing das Stück Weide zwischen unserem Haus und seiner Katstelle verkauft, weil es seit Jahren Bauland ist und er viel mehr Steuern dafür bezahlen musste als für reines Ackerland, selbst wenn er nur Tiere dort laufen lässt oder Mais anbaut. Dazu kommen demnächst Extrakosten für die Kanalisation, die bei uns in der Straße verlegt werden soll. Er muss sich auch für seine Weiden daran beteiligen, obwohl gar kein Haus mit Toiletten und Waschmaschinen dort steht.

Am Mittwochabend sind die Leute, die das Grundstück gekauft haben, vorgefahren und haben es sich zusammen mit dem Architekten und dem Bauunternehmer angesehen. Sie stammen aus Mönchengladbach, was ich am Kennzeichen des Autos gesehen habe, wohnen also in der Stadt von Borussia, was erst einmal ein gutes Zeichen ist. Der Architekt hatte einen großen Plan in der Hand und hat dem Ehepaar, das etwas jünger als meine Eltern ist, erläutert, wo genau ihr Haus einmal stehen soll, wo die Garage, die Terrasse sich befinden – solche Dinge. Mein Vater und ich waren gerade dabei, den Rasensprenger umzusetzen und die Beete zu gießen, denn es hat schon länger nicht geregnet, und wenn der Rasen braune Flecken bekommt, die Blumen ihre Köpfe hängen lassen, sieht es sehr ungepflegt und auch traurig aus. Die Leute hatten einen Hund dabei, einen Rauhaardackel, der in einem fort gekläfft hat, bis er endlich von der Leine durfte. Die Frau trug einen grün-blau-beige karierten Glockenrock, war also viel moderner angezogen als die meisten Frauen in Hülkendonck, meine Mutter einmal ausgenommen. Sie ist auch schlanker und hat lange dunkelbraune Haare, die ihr in Wellen auf die Schultern fallen. Ihr Gesicht wirkt fast ein bisschen japanisch, obwohl die Haut ganz hell ist. Ich finde, dass sie sehr schön aussieht, und habe nichts dagegen, wenn sie unsere Nachbarin wird. Der Mann mit seinem geröteten Gesicht und der Glatze, über die er von rechts nach links lange, fettige Strähnen gekämmt hatte, machte allerdings einen weniger sympathischen Eindruck. Ich habe mich gefragt, warum eine so schöne Frau einen derart hässlichen Mann heiratet?

Mein Vater und ich haben die Szene eine ganze Weile beobachtet, er mit dem Wasserschlauch in der Hand, ich mit der Gießkanne. Da wir ja inzwischen schon lange hier leben und jetzt, wo Hampels fort sind, die einzigen Anwohner in diesem Teil der Straße sind, wollten wir natürlich wissen, mit wem wir es zu tun bekommen. Die Frau hat mehrfach zu uns herübergeschaut und auch gelächelt, während der Mann ständig mit seinem Zeigefinger auf den Bauplan des Architekten getippt und Fragen gestellt hat. Nachdem sie den Dackel laufen gelassen hatten, ist er wie von der Tarantel gestochen durchs Gras gerannt, das stellenweise so hoch war, dass man ihn gar nicht mehr sehen konnte, sondern nur noch die Bewegung der Halme, wie sie unter seinen Pfoten zur Seite geknickt sind. Es gibt natürlich eine Menge Kaninchen und Mäuse dort. Wahrscheinlich dachte er, er könne sich als Jagdhund hervortun und sein Frauchen beeindrucken. Wobei Tiere natürlich nicht in unserem Sinne denken, sondern lediglich ihren Instinkten folgen. Professor Grzimek hat in einer seiner Sendungen erzählt, dass Dackel in diese Wurstform gezüchtet wurden, um Dachse und Füchse aus ihren unterirdischen Bauten zu scheuchen. Dachse gibt es in unserer Gegend allerdings nicht, soweit ich weiß – Füchse schon, und man soll sich ihnen auf keinen Fall nähern, weil sie meistens Tollwut haben.

»Sie könnten ja wenigstens mal ›Guten Tag‹ sagen, eigentlich gehört sich das so«, sagte mein Vater.

Er ist in solchen Fällen immer sehr direkt und spricht die Leute an, als würde er sie schon lange kennen, wohingegen ich in dieser Hinsicht eher so bin wie meine Mutter, mich im Hintergrund halte und lieber abwarte, allein schon um niemandem lästig zu fallen. Insbesondere bei Fremden, also bei Leuten, die ich nicht gut oder gar nicht kenne, weiß man nie, ob sie sich überhaupt mit einem unterhalten wollen. Da entsteht schnell eine peinliche Situation.

Offenbar ist der Frau aufgefallen, dass wir uns über sie Gedanken machten, jedenfalls hat sie uns dann nicht nur zugelächelt, sondern auch genickt und dabei die Lippen bewegt, als würde sie etwas sagen. Es muss allerdings so leise gewesen sein, dass es für uns nicht zu verstehen war. Mein Vater hat daraufhin den Schlauch zur Seite gelegt und ist in aller Ruhe auf die Leute zugegangen, wie er es immer macht, wenn irgendetwas vor unserer Haustür passiert, das wir nicht einschätzen können.

»'n Abend zusammen«, hat er gesagt und dann, nach einer kurzen Pause: »Und was hat man hier vor, wenn man mal fragen darf?«

Die Frau hat über ihr ganzes schönes Gesicht gestrahlt und sich mit ihrem Namen vorgestellt: »Stauder, Irene Stauder. Mein Mann und ich haben das Grundstück gekauft und werden demnächst hier bauen.«

Der Mann kam dann auch. Er heißt Erich Stauder.

Ich stand ein Stück hinter meinem Vater, weit genug weg, um nicht automatisch jemandem die Hand geben zu müssen.

An der Art der Begrüßung habe ich gemerkt, dass mein Vater den Architekten, Herrn Wirges, kannte, ebenso den Bauunternehmer, Herrn Meyer aus Marienbaum, den er gleich duzte und »Fritz« nannte.

»Und wann geht's los?«

»Nächste Woche kommt der Vermesser, und die Woche drauf fangen wir an auszuschachten.«

»Dann müssen wir ja wohl erst mal einen Schnaps trinken«, sagte mein Vater, drehte sich zu mir um und sagte: »Das ist übrigens unser Filius – der Älteste.«

Jetzt musste ich doch jedem die Hand geben.

»Hol mal deine Mutter und sag ihr, sie soll den Aquavit und sechs Gläser mitbringen.«

Ich nickte und lief ins Haus und wusste schon, dass meine Mutter sich ärgern würde, wenn mein Vater sie, ohne es vorher mit ihr zu besprechen, einfach zwang, mit Leuten, die sie noch nie gesehen hatte, auf etwas anzustoßen, was ihr überhaupt nicht gefiel.

Als ich in die Küche trat und sagte: »Da sind die neuen Nachbarn. Du sollst auch vors Haus kommen und Aquavit und Gläser mitbringen«, verzog sie die Mundwinkel, als hätte man ihr eine Schale Erdnüsse hingestellt, die sie von allem, was man essen kann, am allerwenigsten mag, weil der Geschmack sie immer an den Hunger nach dem Krieg erinnert.

»Eigentlich hab ich überhaupt keine Zeit«, sagte sie, auch wenn sie wusste, dass es sich trotzdem nicht ändern ließ, denn seinen Mann einfach mit fremden Leuten auf der Straße stehen zu lassen und ihm auf diese Weise regelrecht in den Rücken zu fallen gehörte sich nicht.

Auf dem Weg in den Keller, wo unser Eisschrank mit dem Aquavit und den gefrorenen Gläsern steht, sagte sie: »... und eigentlich will ich jetzt auch keinen Schnaps.«

Ich lief zu meinem Vater zurück und sagte: »Sie kommt gleich.«

Er war gerade dabei zu erzählen, dass wir, seit es den neuen Damm gibt, hier zum Glück kein Hochwasser mit Über-schwemmung mehr haben, was früher normal war: »Wir sind noch mit dem Kahn zur Schule gefahren«, sagte er, und dann zu dem Architekten: »Das Grundwasser drückt wohl immer noch hoch, wenn der Pegel entsprechend ist. Wir haben deshalb eine Schutzwanne unter das Fundament gegossen, und bis jetzt, toi, toi, toi, ist der Keller noch nicht vollgelaufen.«

Meine Mutter kam mit einem Tablett Gläsern und der Schnapsflasche. Sie lachte und sagte, »Guten Abend, herzlich willkommen«, so dass jeder denken musste, sie würde sich wirklich freuen, mit Herrn und Frau Stauder aus Mönchenglad-bach, der Heimat unseres Lieblingsvereins, auf gute Nachbar-schaft anzustoßen. Dabei ist ja noch nicht einmal ausgemacht, dass wir sie überhaupt als Nachbarn annehmen, ganz gleich, wie nah ihr Haus später neben unserem stehen wird.

Meine Mutter schenkte den Aquavit aus, und als sich jeder ein Glas genommen hatte, sagte sie noch einmal »Herzlich will-kommen« und mein Vater »Dann zum Wohl«.

Frau Stauder fragte: »Und wie lange wohnen Sie schon hier?« »Gut vier Jahre jetzt«, sagte meine Mutter.

»Meine Frau ist zugezogen, als Lehrerin, aber ich bin in Hül-kendonck geboren, hinten im Geiteneck, aber das sagt Ihnen si-cher noch nichts«, sagte mein Vater.

Meine Mutter runzelte die Stirn, entweder weil es ihr nicht gefiel, dass mein Vater wildfremden Leuten so viel von ihr erzählte, oder weil sie nicht als Zugezogene dastehen wollte, und fügte hinzu: »Mittlerweile lebe ich schon fast fünfzehn Jahre hier.«

»Und? Gefällt es Ihnen?«, fragte Frau Stauder.

»Inzwischen gefällt es mir. Ich muss zugeben, anfangs, 1959, als man mich als Junglehrerin hierher versetzt hat, habe ich gedacht, ein Jahr werde ich es wohl aushalten, aber auch keinen Tag länger. Das war schon eine große Umstellung – ich kam ja aus der Großstadt, und außer Kühen und Schweinen gab es hier nichts. Ein Auto hatte man damals auch noch nicht, der Bus fuhr zwei Mal am Tag, da war man als junge Frau, die regelmäßig ins Theater, ins Konzert oder ins Kino gegangen ist, ganz schön aufgeschmissen ...«

»Aber dann hat es Ihnen doch gefallen?«

»Als das Jahr vorbei war, hatte ich auf einmal gar nicht mehr das Bedürfnis, möglichst schnell wieder wegzukommen, im Gegenteil, es war mir fast schon lästig, am Wochenende immer nach Essen zu fahren. Inzwischen kann ich mir gar nicht mehr vorstellen, in der Stadt zu wohnen. Da wäre es mir viel zu voll.«

»Mein Mann arbeitet in Mönchengladbach, er wird erst einmal pendeln ...«

»Was machen Sie beruflich«, fragte mein Vater.

»Ich bin im kaufmännischen Bereich«, sagte Herr Stauder, und man merkte gleich, dass er keine Lust hatte, von seiner Arbeit zu erzählen.

»Kinder haben Sie keine?«, fragte meine Mutter.

»Noch nicht«, sagte Frau Stauder. »Aber das soll nicht so bleiben, unter anderem deswegen haben wir uns entschieden, hier im Dorf zu bauen.«

»Nehmen Sie noch einen«, fragte meine Mutter und hielt die Aquavitflasche hoch, von der jetzt das Kondenswasser tropfte, weil sie direkt aus dem Gefrierschrank kam.

»Danke, für mich nicht, ich vertrag nicht so viel«, sagte Frau Stauder und lächelte.

»Ich fürchte, da werden Sie sich umstellen müssen, sonst heißt es gleich: Die ist sicher in Umständen. – Mir war immer egal, was die Leute gedacht haben. Es wird halt schnell geredet, das ist anders als in der Stadt, wo jeder machen kann, was er will, ohne dass sich jemand dafür interessiert. Aber man gewöhnt sich daran: Der Mensch ist ein Gewohnheitstier, sage ich immer.«

Während meine Mutter Frau Stauder erklärte, wie man als Städterin mit den Dorfbewohnern zurechtkommt, sprachen die Männer über den Boden, der ziemlich sandig ist, und dass man zusätzlich einige LKW-Ladungen Muttererde heranschaffen muss, wenn man in seinem Garten etwas ernten will.

Ich stand näher bei meiner Mutter und Frau Stauder und überlegte, wie ich mich an ihrem Gespräch beteiligen konnte, hauptsächlich, damit Frau Stauder sah, dass man sich mit mir durchaus vernünftig unterhalten konnte, über Themen, die sie als Erwachsene auch interessierten, zumal ich den Eindruck hatte, dass sie ihren Mann, selbst wenn sie jetzt zusammen ein Haus bauen und Kinder haben wollten, doch nicht auf dieselbe Weise liebte, wie meine Mutter meinen Vater liebt. So etwas spürt man ja sofort. Ich sagte: »Dackel sind ja eigentlich für die Fuchsjagd gezüchtet worden.«

Frau Stauder nickte, sah aber nur kurz zu mir herüber und sagte: »Sie heißt Änni, du darfst sie ruhig streicheln, sie beißt nicht.« Wahrscheinlich glaubte sie, ich fände ihren Hund niedlich, wohingegen ich gedacht hatte, wir könnten uns vielleicht über Hundeerziehung aus Sicht der Verhaltensforschung austauschen. Obwohl ich Hunde eigentlich nicht besonders mag, hatte ich neulich das Buch *So kam der Mensch auf den Hund* von Konrad Lorenz gelesen, weil er der Lehrer von Heinz Sielmann gewesen ist. Aber Frau Stauder war ganz in das Gespräch mit meiner Mutter vertieft.

Normalerweise wäre ich spielen gegangen, statt hier herumzustehen wie bestellt und nicht abgeholt, zumal mein Vater mich im Garten heute sicher nicht mehr brauchte.

Ich pfiff halbherzig und rief »Änni«, in der Hoffnung, dass Frau Stauder sich vielleicht freute, wenn ich mich gleich gut mit ihrem Hund verstünde, aber der dumme Köter reagierte überhaupt nicht. Um irgendetwas zu tun, schob ich mir mit der Fußspitze auf der Straße einen Kiesel zurecht und schoss ihn mit einer kraftvollen Bewegung, fast so wie Rainer Bonhof seine gefürchteten Eckbälle hereingab, in die Wiese gegenüber. Der Stein flog ziemlich weit und machte eine schöne Kurve, doch Frau Stauder sah es gar nicht.

Als beide kurz schwiegen, weil meine Mutter ihren zweiten Schnaps trank, nutzte ich den Moment und fragte: »Haben Sie eigentlich schon mal Kleff getroffen. Oder Jupp Heynckes?«

Jetzt sah sie mich zwar an, verstand aber offenbar nicht, um was es ging. Viele Frauen interessieren sich angeblich überhaupt nicht für Fußball, wobei ich gedacht hatte, wenn man in Mönchengladbach lebt, wird man automatisch von der Begeisterung mitgerissen.

»Er ist glühender Borussen-Fan«, sagte meine Mutter und dann zu mir: »Du könntest mir einen Gefallen tun und mal eben schauen, ob die Waschmaschine schon fertig ist.«

14.

Es regnete. Ich saß in meinem Zimmer, stach Nadeln durch die Brustsegmente der Falter, die ich beim Melkstall gefangen hatte, und fixierte sie auf den Spannbrettern. Es waren längst nicht so viele, wie es gewesen wären, wenn ich Juliane, Albo und Gerrit nicht dort getroffen hätte. Die Wolken hingen tief, draußen wurde es den ganzen Tag nicht hell, und durch die Transparentpapier-Streifen wirkten die Farben der Schmetterlinge blass, die Musterzeichnungen verschwommen. Während ich vorsichtig Fühler und Flügel in die richtige Position schob, sah ich Juliane vor mir, in ihrem schlabberigen Unterhemd – ihre Bernsteinaugen, ihre seidig schimmernde Haut, die kleinen Brüste. Obwohl oder gerade weil sie so vehement dagegen gewesen war, dass ich Schmetterlinge sammelte, dachte ich an sie, ging wieder und wieder meine Argumente durch, versuchte sie in immer neuen Anläufen zu überzeugen, dass es aus Gründen des Artenschutzes notwendig war, sie zu erfassen, in Listen einzutragen, und dass es dazu keine andere Möglichkeit gab, als der Natur einzelne Exemplare zu entnehmen. Ich stellte mir vor, wie ich ihr eines Tages meine Sammlung zeigen würde – hier, in meinem Zimmer. Die Falter in den Kästen würden sie in Erstaunen versetzen, einfach, weil sie schön waren – selbst die auf den ersten Blick unscheinbaren Spinner, Spanner und Eulen, mit ihren Mustern, die an Holzmaserungen und Versteinerungen erinnerten, jeder auf seine Weise ein Wunder, geradezu ein Gottesbeweis: Kein Zufall würde jemals etwas derart Vollkommenes zustande bringen. Aber erst, wenn sie präpariert waren, konnte man sie in Ruhe und aus der Nähe betrachten. In freier Wildbahn flatterten sie davon, sobald sie die Vibration von Schritten spürten oder ein Menschenschatten auf sie fiel. Anders als Blätter und Blüten, die ganz unansehnlich wurden, sobald man sie zwischen Löschpapier in dicken Büchern gepresst hatte, verloren die Schmetterlingspigmente auch nach Jahrhunderten nichts von ihrer Leuchtkraft. Wenn Juliane zu mir käme und sich darauf einließe, einfach hinzuschauen, ihren Augen zu trauen, würde sie sich dieser Schönheit nicht entziehen können. Sie musste dafür empfänglich sein, denn letztlich ging es doch bei ihrem Einsatz gegen die Zerstörung der Erde auch um Schönheit: Für eine graue Welt aus unansehnlich wabernder Materie würde niemand kämpfen.

Im nächsten Augenblick dachte ich, dass es eine regelrecht schwachsinnige Idee war, einem Mädchen, einer Frau, die man liebte und von der man hoffte, dass sie einen ebenfalls lieben würde, so etwas wie seine Schmetterlingssammlung zu zeigen – noch bescheuerter, als ihr mit Briefmarken, Kronkorken, Streichholzbriefchen zu kommen, oder was die Leute sonst alles sammelten.

Juliane war zweiundzwanzig, sechseinhalb Jahre älter als ich, und ich fragte mich, was so ein Altersunterschied bedeutete – ob er überhaupt etwas bedeutete? Vielleicht sah sie mich noch gar nicht als Mann. Sicher hatte sie schon mit allen möglichen Typen geschlafen. Bestimmt auch mit dem Holländer, Gerrit, der objektiv gut aussah und immerhin sympathischer war als Albo.

Das war normal in der Welt, in der sie sich bewegte. Wenn sie dort Nacht für Nacht nebeneinander auf den Matratzen lagen, ließ es sich vermutlich gar nicht vermeiden, dass man sich irgendwann berührte. In der Dunkelheit ging dann eins in das andere über.

Aber als ich bei ihr war, hatte Juliane nicht für den Holländer, sondern für mich Kaffee gekocht, und als er schließlich hereingekommen war, um zu fragen, wie es mit dem Kaffee aussehe, hatte sie gelacht und gesagt: »Ich hab dich ganz vergessen vor lauter Reden.«

Doch das musste nichts heißen. Vielleicht war es ihr lediglich darum gegangen, mich von ihren Ideen, dem Widerstand gegen den Brüter, der Vision eines alternativen Lebens zu überzeugen, bis ich bereit wäre, sie aktiv zu unterstützen. Sie hatte ihr Leben einem politischen Ziel verschrieben, und so wie sie in Calcar auf dem Markt jedem hinterhergelaufen war, der nicht einen großen Bogen um sie gemacht hatte, war eben einen halben Nachmittag lang ich derjenige gewesen, dem sie ihre Visionen dargelegt hatte, einfach, weil ich gerade da war und weil für die Veränderung der Gesellschaft am Ende jeder Einzelne zählte – selbst ein Gymnasiast, der Schmetterlingen nachjagte.

Solange es regnete, flog ohnehin nichts, und ich hatte keinen Vorwand, wieder dorthin zu fahren. Meine Mutter wollte immer genau wissen, wo ich war. Wenn ich ihr gesagt hätte, dass ich irgendeinen Klassenkameraden besuchen wolle, wäre ihr später bestimmt ein Grund eingefallen, dort anzurufen. Doch auch den Leuten im Melkstall hätte ich irgendetwas erzählen müssen. Bei diesem Wetter wäre ich keinem von ihnen zufällig über den Weg gelaufen. Vermutlich hingen sie den ganzen Tag in ihrer provisorischen Wohn-Arbeits-Koje diskutierten allgemeine Strategien oder konkrete Maßnahmen, nahmen Drogen, probierten Kartoffelrezepte oder fummelten aneinander herum. Zumindest die beiden Männer hätten sofort gemerkt, dass ich nicht gekommen war, um zu kämpfen, sondern wegen Juliane. Gerrit hatte schon neulich erkennbar nicht gefallen, wie sie mit mir umgegangen war.

Während ich behutsam Flügel um Flügel in die richtige Position schob, stellte ich mir vor, wie ich schon von draußen lautes Stöhnen hörte oder durch die halb geöffnete Tür eintrat und sie mit dem Holländer dort im Halbdunkel vor den Kuhtränken lag. Abgesehen davon wollte ich auch nicht von der Polizei abgeführt, verhört, eingesperrt, verprügelt werden, später dann wegen Landfriedensbruch oder Mitgliedschaft in einer terroristischen Vereinigung vor Gericht stehen, selbst wenn ich neulich so getan hatte, als wäre mir das alles egal.

Sobald die Sonne wieder schien, hatte ich mein Schmetterlingsnetz und konnte mich vor jedem Ermittler darauf hinausreden, dass ich einem Schwalbenschwanz gefolgt und nur zufällig im Informationszentrum gelandet sei. Allerdings hätte das dann das Ende jeder Hoffnung auf irgendeine Art Beziehung zu Juliane bedeutet. Wenn ich mich hingegen festnehmen ließe, dabei vielleicht sogar unbeugsam und entschlossen wirkte, würde es sie bestimmt beeindrucken.

Nachdem ich alle Falter aufgespannt hatte, nahm ich meine Kästen und die Bestimmungsbücher aus dem Regal, holte die Schreibmaschine aus dem Arbeitszimmer meiner Mutter und legte endlich Listen mit Namen, Daten und Fangplätzen an, was ich seit anderthalb Jahren vor mir hergeschoben hatte. Es war ja nicht auszuschließen, dass wir tatsächlich demnächst zumindest Freunde wurden und Juliane zu mir nach Hause käme. Dann musste ich ihr beweisen, dass es sich wirklich um eine wissenschaftliche Sammlung im Dienst des Naturschutzes handelte und nicht bloß um ein albernes Hobby.

Zu Beginn der großen Ferien tauchten in Cleve, Calcar und Hülkendonck Plakate an Hauswänden und Bushaltestellen auf, die ein Anti-AKW-Festival auf dem Gelände vor dem Brüter am letzten Juliwochenende ankündigten. Juliane hatte schon etwas in der Art angedeutet, vage und mit dem Zusatz, sie könne noch nicht darüber sprechen. Ich war darüber ein wenig gekränkt gewesen, weil sie mir wohl nur teilweise vertraute, selbst wenn sie mich nicht für einen Polizeispitzel hielt.

Ich wollte unbedingt endlich an einer Demonstration teilnehmen.

Da mein Vater während der Erntesaison normalerweise keinen Urlaub bekam, fuhren wir im Sommer nie lange weg. Er machte Überstunden, reparierte bis tief in die Nacht auf den Feldern Traktoren, Mähdrescher und Strohpressen. Heu und Getreide sollten, sobald sie geschnitten waren, möglichst schnell in die Scheunen, denn ein plötzliches Gewitter konnte den gesamten Ertrag vernichten. Außerdem mussten auch in unserem Garten Gemüse und Beeren gepflückt, gesäubert, eingefroren oder eingekocht werden. Vor allem meine Mutter hatte noch immer Sorge, wir könnten im nächsten Winter nicht genug zu essen haben, falls wieder ein Krieg ausbrach.

Wenn es regnete, waren Sommerferien eine unsäglich langweilige Zeit.

Als ich das nächste Mal zum Melkstall fuhr, sah ich schon von der Hauptstraße aus, dass dort etwas im Gange war. Rund um das Gebäude stand eine ganze Reihe Autos, darunter auch ein VW-Bus mit einem Sonnensegel vor der Seitentür, der offenbar als Campingwagen diente. Ich überlegte kurz umzukehren, da Juliane bestimmt mit lauter wichtigen Dingen beschäftigt war und keine Zeit hatte, sich mit mir zu unterhalten. Abgesehen davon wären viel zu viele Leute um uns herum und es fände sich gar keine Gelegenheit für ein richtiges Gespräch. Andererseits waren seit dem letzten Mal mehr als drei Wochen vergangen. Ich wollte unbedingt zu ihr, ihr in die Augen schauen, sehen, ob irgendetwas dort aufleuchtete, wenn ich ihr gegenüberstand, oder ob ich mir ihr Interesse nur eingebildet hatte. Von Weitem erkannte ich Gerrit, der sich lange Bretter von einem großen Stoß, den irgendein Schreiner trotz des Lieferverbots zwischenzeitlich gebracht hatte, auf die Schulter lud und zum Platz vor dem Eingang trug.

Ich warf mein Fahrrad ins Gras, überlegte, ob es nicht doch besser wäre, das Netz gar nicht erst auszupacken, sondern einfach hinüberzuschlendern und zu fragen, ob ich helfen könne.

Ein Schachbrettfalter flatterte unmittelbar vor mir herum. Zwar hatte ich bereits ein Exemplar aus der Eifel, das Dr. Spanke mir letztes Jahr geschenkt hatte, aber da es jetzt um die systematische Erfassung der hiesigen Bestände ging, war es wissenschaftlich wertlos. Ich holte mein Netz aus dem Rucksack, schraubte es an den Stiel. Der Falter ließ sich leicht fangen. Nachdem ich ihn vorsichtig in das Äther-Glas gelassen und den Deckel wieder verschlossen hatte, schlief er sofort ein. Während ich Blütenstände und Büsche nach anderen interessanten Arten absuchte, Bläulinge und Heufalter fing, mich dabei langsam in Richtung des Melkstalls bewegte, behielt ich immer auch die Leute dort im Auge, in der Hoffnung, Juliane irgendwo zu entdecken. Wenn sie nicht quer durch Deutschland fuhr, um an Protestaktionen teilzunehmen, lebte sie hier. Dass ich sie nirgends sah, musste noch nicht heißen, dass sie unterwegs war. Ebenso gut konnte sie auf der Rückseite des Hauses arbeiten, mit irgendjemandem in ein Gespräch vertieft sein oder einfach in der Sonne sitzen. Nach einer Weile entdeckte Gerrit mich, hob kurz die Hand, redete dann mit zwei anderen, und alle drei schauten gleichzeitig zu mir herüber. Ich beschloss, mein Netz wieder einzupacken, einfach zu ihnen zu gehen und nach dem Festival zu fragen – wie die Vorbereitungen liefen, welche Bands spielen würden?

Schon aus zehn Metern Entfernung, bevor ich überhaupt den Mund aufmachte, sagte er: »Wenn du nichts zu tun hast, kannst du mitanpacken. Schnapp dir paar von die Bretter und trag die nach vorne. Wir sind am Bauen.«

Wenn mein Vater wollte, dass ich ihm bei seinen Heimwerkerprojekten half, versuchte ich immer, mich zu drücken, aber das hier war etwas anderes. Es ging nicht darum, eine Bar in Eiche rustikal in unserem Keller einzubauen oder die Wohnzimmer mit Holzdecken zu verdüstern, sondern um die Rettung der Welt: alternative Energien, Selbstversorgung, Barrikaden. Und um eine Frau.

Ich schob den Stiel des Netzes in den Rucksack. Er ragte ein Stück heraus, aber niemand interessierte sich dafür. Die Frage »Ist Juliane da?« lag mir auf der Zunge, doch vielleicht war es besser, erst ein bisschen zu helfen, bevor ich sie stellte, und mich später nach ihr zu erkundigen – dann auch nicht unbedingt bei dem Holländer.

Ich nahm ein paar Bretter und trug sie auf den Platz vor dem Eingang, wo sie nach Länge und Dicke sortiert gestapelt beziehungsweise gegen die Wand gelehnt wurden. An einem Tisch aus Böcken und einer Spanplatte standen mehrere Leute um eine ältere Frau in einem weiten dunkelgrünen Rock herum, die ihre grauen Haare auf dem Hinterkopf zu einem losen Dutt gewickelt und mit Holznadeln zusammengesteckt hatte. Es bestand kein Zweifel, dass sie jetzt das Sagen hatte. Aus den Gesprächsfetzen schloss ich, dass sie dabei waren, einen Arbeitsplan zu erstellen, Gruppen zu bilden und die Verantwortung für die verschiedenen Aufgaben zu verteilen, damit das Areal am Ende festivaltauglich war. Der Ansturm von Zehntausenden Besuchern musste irgendwie organisiert werden, damit nicht totales Chaos ausbrach.

Juliane war offenbar nicht beteiligt.

Obwohl die Tür zum Melkstall offen stand, traute ich mich nicht hineinzugehen und nach ihr zu suchen. Die meisten, die hier arbeiteten oder auch nur herumhingen, kannten mich nicht und hätten es sicher sonderbar gefunden, wenn ich ohne Aufforderung oder Begleitung einfach in ihr Büro spaziert wäre.

Etwas abseits saß Albo im Schneidersitz auf einem alten Laken. Er hatte die Kreissäge auseinandergebaut und tropfte Öl aus einem Fläschchen auf verschiedene Motorteile. Als er mich sah, sagte er: »Hast du dich doch für den Kampf entschieden? Oder bist du bloß wieder auf Flattermannjagd?«

Er klang deutlich weniger schlecht gelaunt als beim letzten Mal.

Ich wollte etwas Cooles antworten, aber mir fiel nichts ein: »Beides.«

»Wahrscheinlich hast du Glück: Die Bullen waren gestern erst hier, dann kommen sie heute wahrscheinlich nicht.«

»War es schlimm?«

»Immer dasselbe. Ausweiskontrolle, je nachdem wie die Order lautet, grapschen sie uns ab, dann sacken sie irgendwas ein, das man angeblich als Waffe benutzen kann. Reine Schikane.«

»Ist Juliane auch da?«

Er runzelte die Stirn und deutete hinter sich: »Sie liegt irgendwo hinten im Gras. Ihr geht's nicht so gut.«

»Ist sie krank?«

»Nicht direkt.«

Ich stand unschlüssig da, überlegte, ob ich noch ein paar Bretter schleppen sollte, um meinen guten Willen zu beweisen, bevor ich nach ihr schaute.

Albo setzte das Sägeblatt ein und schraubte das Gehäuse wieder zusammen: »Vielleicht freut sie sich, wenn sie dich sieht. Sie muss irgendwo bei den Kirschbäumen sein. Kann aber auch passieren, dass sie dich anblafft – nur dass du dich nicht wunderst.«

Eine der Frauen aus der Planungsgruppe drehte sich zu uns um und sagte: »Ist vielleicht keine so gute Idee.«

»Er ist ein Freund von Juliane.«

Sie zuckte mit den Achseln: »Dann kennt er das ja wahrscheinlich.«

»Klar«, sagte ich.

Ich stieg über den Weidezaun und ging die Hecke entlang über die Streuobstwiese. Hinter einer mächtigen alten Kirsche sah ich die Schultern einer Frau, die auf dem Boden saß und sich an den Stamm lehnte. Ihr rechter Arm hob sich, unmittelbar danach stieg eine blaue Rauchwolke auf.

Vielleicht hatte sie sich mit den anderen gestritten, über die Art, wie der Widerstand aussehen sollte oder einfach darüber, welche Bands eingeladen wurden. Wenn im Fernsehen Bilder von sozialistischen Studentenversammlungen gezeigt wurden, schrien sich dort auch immer alle an, und jetzt, bei den Treffen der neuen Partei *Die Grünen,* die unsere letzte Hoffnung war, sah es nicht besser aus. Trotzdem wunderte ich mich, dass Juliane sich wegen solcher Auseinandersetzungen zurückzog und den anderen alle Entscheidungen überließ. Ihre Linke führte eine Bierflasche zum Mund, dann zog sie erneut an ihrer Zigarette. Der Rauch, der mir in die Nase wehte, roch süß, nicht wie normaler Tabak. Ich zögerte. De facto kannte ich sie fast gar nicht, und wahrscheinlich wollte sie wirklich allein sein. Aber jetzt umzukehren hätte auch einen sonderbaren, wenn nicht verdächtigen Eindruck gemacht, zumal die anderen nach Albos Bemerkung bestimmt dachten, ich sei ein alter Freund von ihr. Und es konnte ja auch sein, dass sie gerade froh war, mit jemandem zu reden, der von außen kam und mit den Konflikten hier nichts zu tun hatte. Wenn sie sich mir in so einer Krisensituation anvertraute, wären wir danach vielleicht schon irgendwie richtig miteinander verbunden.

Erst als ich unmittelbar neben ihr stand, drehte sie sich zur Seite und schaute zu mir herauf. Ihre Augen waren gerötet, als hätte sie geweint.

»Ach, du bist's«, sagte sie.

Ihre Stimme kam von sehr weit her.

»Albo meinte, dass du hier bist.«

Sie nickte.

»Lange nicht gesehen.«

»… dass es dir nicht gut geht.«

Ich setzte mich neben sie.

»Willst du?«, fragte sie und hielt mir ihre Zigarette hin, die anders aussah als eine normale Selbstgedrehte – dunkler und irgendwie schmutzig.

»Ist das – Haschisch?«

»Bloß Gras. Keine Angst: dröhnt kaum.«

»Ich weiß nicht.«

Sie zuckte mit den Achseln und nahm einen tiefen Zug.

Die Luft flirrte. Weiter vorn, hinter dem nächsten Zaun, lag eine Gruppe Rinder. Bienen, Fliegen, Hummeln, Wespen, Bremsen surrten um uns herum.

»Ist gut für die Nerven.«

»Habt ihr Stress?«

Sie trank einen weiteren Schluck Bier: »Klar. Ist ja kein Feriencamp hier.«

»Wegen der Bullen.«

Es dauerte eine Weile, bis sie genug Kraft für eine Antwort gesammelt hatte: »Unter anderem.«

»Ich kann auch wieder gehen, wenn du lieber deine Ruhe haben willst. Du musst es nur sagen.«

Sie schüttelte den Kopf wie in Zeitlupe, sah mich an, versuchte zu lächeln.

»Du störst nicht.«

Im nächsten Moment kehrte sich ihr Blick nach Innen. Eine Träne löste sich im Augenwinkel und lief ihre Wange hinunter.

»Kann ich irgendwas für dich tun?«

Sie schüttelte den Kopf.

»Ich hab zur Zeit auch ständig Krach mit meinen Alten«, sagte ich. »Die finden es total scheiße, dass ich mich politisch engagieren will und hier bei euch abhänge.«

Wieder schüttelte sie nur den Kopf.

»Ich versuche, ihnen klarzumachen, dass die Entscheidungen, die sie mit zu verantworten haben, das Leben ihrer eigenen Kinder und Enkel zerstören werden. Aber das interessiert sie gar nicht. Mein Vater ist so ein typischer Fortschrittsgläubiger. Das ist wie eine Religion für ihn.«

Natürlich übertrieb ich, da ich wollte, dass sie sah, wie verbunden ich ihr und ihrem Kampf war.

»Ich überlege inzwischen, ob ich einfach abhaue. Könnte man hier eigentlich pennen?«

Sie lachte kurz.

»Ist alles gerade ziemlich schwierig«, sagte sie und hielt mir ihre Bierflasche hin.

»Danke«, sagte ich und trank einen Schluck.

Nur wenige Meter vor mir flog ein Schwalbenschwanz vorbei, doch in diesem Moment war es mir egal, dass ich ihn entkommen lassen musste.

»Was heißt ›schwierig‹? Ich meine konkret?«

»Weil es sinnlos ist«, sagte sie. »Total sinnlos. Ganz gleich, was du machst. Klar, wenn man mit so Spießer-Eltern unter einem Dach lebt, denkt man: nur weg hier …«

Ihre Stimme brach mitten im Satz ab.

Ich sagte: »Ich hab das alles noch nicht entschieden, aber ich weiß, wovon du redest.«

Sie sah mich an, und jetzt nahm sie mich zum ersten Mal an diesem Nachmittag wirklich wahr. »Du bist süß«, sagte sie und lächelte. »Nicht wie diese Arschlöcher, die kein bisschen kapiert haben, was Sache ist.«

»Liegt es an der … an der älteren Frau, die da jetzt alles an sich gerissen hat?«

»Marianne? – Marianne ist ok. Sie ist wahrscheinlich die Einzige, die so was wie einen Plan hat. Ohne sie würde hier gar nichts funktionieren.«

»Ich beschäftige mich seit Jahren mit Naturschutz. Nicht nur

Schmetterlinge. Ich bin auch Mitglied im DBV, weil das ja alles zusammenhängt: Insektenvernichtung, Vogelsterben, dass der Wald kaputtgeht ... Atomkraft ist nur ein Teilaspekt in dem Ganzen.«

»DBV? Was ist das?«

»Deutscher Bund für Vogelschutz.«

»Killst du auch Vögel und spießt sie auf?«

»Natürlich nicht. Ich hab mir die aktuelle Rote Liste schicken lassen und notiere es, wenn ich Arten sehe, die da draufstehen. Obwohl hier im Dorf nur giftspritzende Industriebauern sind, gibt es erstaunlicherweise noch einige: Graureiher zum Beispiel. Neuntöter, Turteltauben. Ich hab sogar schon einen Kormoran gesehen.«

Sie sank wieder in sich zusammen: »Das ist genau, was ich meine: Es bringt nichts. Ganz egal, was wir anleiern. Weil es zu spät ist. Einfach zu spät. Wir haben alles kaputtgemacht. Nicht nur unsere Eltern und die kapitalistischen Bonzen. Wir alle. Du und ich genauso. Wir kommen da nicht mehr raus. Wenn wir die Gesellschaft ökologisch umbauen, gehen erst mal tausend Firmen pleite, die Leute verlieren ihre Arbeit und wählen irgendwelche Nazis. Und selbst wir hier verrennen uns immer nur in schwachsinnigen Diskussionen. Glaub mir: Das mit der Basisdemokratie ist eine geile Idee. Theoretisch. Aber in der Praxis total für den Arsch. Ich bin jetzt seit anderthalb Jahren dabei. Alle streiten sich ständig wegen irgendwelchem Schwachsinn. Und was passiert: Inzwischen machen wir uns sogar schon strafbar, wenn wir hier Flugblätter verteilen. Dafür wanderst du am Ende in den Knast. Und die Spießer applaudieren. Im Grunde muss die Menschheit ganz weg von diesem Planeten. Wir sind eine Krankheit. Pestbakterien. Jeder denkt nur an sein eigenes beschissenes kleines Leben: mein Job, mein Urlaub, mein Auto, mein Zierrasen. So sieht's aus.«

Sie nahm einen letzten Zug von ihrem Joint und drückte ihn auf der Erde aus.

»Aber nichts tun geht auch nicht«, sagte ich.

Sie lehnte ihren Kopf zurück, starrte in den blauen Himmel, atmete hörbar tief ein. Ihre Hände lagen auf den Oberschenkeln, als wären sie aus Blei. Trotz der Nachmittagshitze bekam sie plötzlich Gänsehaut. Die hellblonden Härchen auf ihrem Unterarm richteten sich auf. Wieder löste sich eine Träne in ihrem Augenwinkel.

»Manchmal hab ich einfach keine Kraft mehr«, sagte sie. »Für gar nichts. Da ist nur Leere.«

XV.

Wir haben jetzt einen Farbfernseher. Skippy und Lassie sind immer noch schwarzweiß, aber das Ohnsorg-Theater und der Sport wirken auf dem neuen Bildschirm so echt, als säßen wir direkt im Publikum. Besonders gefällt mir das leuchtende Grün beim Fußball und beim Billard. Am Samstag haben wir zum ersten Mal die Bundesliga in Farbe gesehen und am Sonntag Remy Ceulemans, wie er seinen Weltmeistertitel verteidigt hat.

Remy Ceulemans ist ein Zauberer. Nicht wie die Zauberer im Zirkus, die Spielkarten vorhersagen, Tauben aus Zylindern ziehen oder Frauen mit Spießen durchbohren. Da weiß man ja von vornehrein, dass sie bestimmte Tricks anwenden, die man aus Zauberbüchern lernen kann, und wenn man es nachmachen will, gibt es im Spielwarenladen Zauberkästen mit Tüchern, die beim Falten die Farben wechseln, oder Schachteln mit doppeltem Boden, aus denen eine Gummispinne springt. Deswegen bin ich von dieser Art Zauberei immer ein bisschen enttäuscht. Wenn dagegen Remy Ceulemans Billard spielt, hat es nichts mit billigen Tricks zu tun. Die Kamera zeigt in Großaufnahme und Zeitlupe, wie die Spitze seines Stocks die Kugel anstößt, aber was dann passiert, versteht man trotzdem nicht. Die Kugeln rollen genau auf der Bahn, die Remy Ceulemans für sie vorgesehen hat, als würden sie von einer unsichtbaren Hand geführt. Manchmal lässt er seine Spielkugel durch den Effekt, den er ihr beim Stoß gibt, eine scharfe Kurve nehmen – so wie Rainer Bonhof seine Eckbälle schlägt –, nur dass es bei Remy Ceulemans eben auf halbe oder sogar Viertelmillimeter ankommt. Bevor sie die dritte Kugel trifft, muss seine Spielkugel mindestens drei Mal die Bande berühren, dann hat Remy Ceulemans den nächsten Punkt gewonnen. Außer einem kleinen blauen Kreidewürfel, mit dem er die Stockspitze einreibt, benutzt er keinerlei Hilfsmittel. Ich habe es selbst schon probiert – im Gasthaus Pooth steht ein Billardtisch –, aber mir ist es nur selten gelungen, mit meiner Spielkugel die beiden anderen anzustoßen, ohne dass auch nur eine einzige Bande dazwischen war.

Remy Ceulemans ist Belgier, und in Belgien, das hat der Reporter schon öfter erwähnt, stellt Billard so etwas wie einen Nationalsport dar. Die meisten Belgier treffen sich abends in der Wirtschaft und spielen die halbe Nacht bei Bier und Jenever. Ich finde, das wirft ein gutes Licht auf die Belgier. Außerdem haben sie besonders leckere Pommes frites und verehren die Mutter Gottes von Banneux. Ein Mal im Jahr fahre ich mit Tante Rieke und den Hülkendoncker Landfrauen zur Wallfahrt dorthin. Die Belgier haben uns, ganz egal, wo wir waren, immer sehr gastfreundlich behandelt. Bei den Holländern kann man damit nicht unbedingt rechnen. Auch die Belgier wollen mit ihren Firmen am Schnellen Brüter mitbauen. Wenn sich drei Länder, die noch dazu so verschieden sind wie Belgien, Holland und Deutschland, für ein solches Vorhaben zusammenschließen, kann es eigentlich nicht schlecht sein, zumal Deutsche und Holländer sich insgesamt nicht besonders mögen. Sie werden diese gegenseitigen Abneigungen kaum für etwas zurückstellen, das nachher allen schadet, zumal jedes Land seine eigenen Wissenschaftler und Politiker hat, die sonst in ihren Meinungen oft nicht übereinstimmen. Gerade die Holländer sind ja als ein sehr eigenwilliges Volk bekannt, was vielleicht auch damit zusammenhängt, dass sie evangelisch sind. Wenn es um geschäftliche Dinge geht, achten sie genau darauf, dass es immer zu ihrem Vorteil ausgeht. Das war früher schon so, sagt mein Vater. In seiner Kindheit waren die meisten Viehhändler Holländer, und sie haben mit allen Tricks versucht, bei den kleinen Bauern die Preise zu drücken, beziehungsweise in die Höhe zu treiben – je nachdem ob sie kaufen oder verkaufen wollten.

Weil sich doch einige Leute in Hülkendonck und überhaupt in unserer Gegend gegen den Schnellen Brüter aussprechen und deshalb auf keinen Fall wollen, dass der Kirchenvorstand das Land verkauft, hat der Generalvikar Dr. Brabant im Namen von Bischof Terstappen dem Ministerpräsidenten jetzt noch einmal einen offiziellen Brief geschrieben. Der Ministerpräsident gehört zwar zur SPD, aber was den Schnellen Brüter betrifft, hat er dieselbe Meinung wie mein Vater, dass man nämlich solche komplizierten technischen Fragen den Fachleuten überlassen sollte. Wir anderen haben einfach nicht genug Wissen, um diese Dinge richtig einzuschätzen. Es ist heutzutage unmöglich, dass sich jeder mit allem auskennt. Deshalb gibt es in den meisten Bereichen Experten, die sich auf etwas Bestimmtes, wie Atomkraftwerke, Mondraketen oder Herzoperationen, spezialisiert haben. »Du kannst ja auch keinen Trecker reparieren, obwohl du sogar studiert hast«, hat mein Vater neulich zu meiner Mutter gesagt.

Die Wissenschaftler bauen an ihren Universitäten Forschungsreaktoren, mit denen sie ständig Experimente machen, um sicherzustellen, dass ein solches Atomkraftwerk nicht in die Luft fliegt. Bislang ist dabei nie etwas Schlimmes passiert.

Deshalb sind die meisten Politiker, ganz gleich, welcher Partei sie angehören, der Meinung, dass es keinen Grund gibt, diese Technik nicht für den Fortschritt zu nutzen.

Bei uns wird der Streit immer schlimmer. Verschiedene Gruppen von außerhalb stacheln die Brütergegner um Bauer Praats noch zusätzlich an, obwohl es eigentlich niemanden etwas angeht, welche Entscheidungen wir in Hülkendonck treffen, schließlich gehört das Land ja uns. Man sieht jetzt oft langhaarige Männer mit ungepflegten Bärten im Dorf, die bunt bemalte Enten fahren und aussehen wie die Terroristen von der Baader-Meinhof-Bande. Das ist beunruhigend, denn man weiß ja nicht, um wen es sich in Wirklichkeit handelt. Die Terroristen reisen mit gefälschten Pässen durchs Land, und man muss mittlerweile sogar aufpassen, wem man eine Wohnung vermietet.

In der *Rheinischen Post* sind jeden Tag Leserbriefe abgedruckt, in denen die Leute sich gegenseitig beschimpfen. Auch Pastor Würmeling erhält ständig Post. Dass er beschlossen hat, sich neutral zu verhalten, macht alle gleichermaßen wütend. Die einen finden, dass die Kirche und damit auch der Pastor in Sachen der Wirtschaft die Entscheidungen der Politik unterstützen sollten, denn schon Jesus hat sich in die Angelegenheiten des Staats nicht eingemischt, sondern gesagt: »Gebt dem Kaiser, was des Kaisers ist.« Die anderen sind der Meinung, dass die Bischöfe und Priester wegen ihrer christlichen Verantwortung für das Leben gegen Atomkraftwerke genauso entschlossen kämpfen müssen wie gegen Abtreibung, Hunger und Krieg, weil Gott dem Menschen zwar erlaubt hat, seine Schöpfung zu nutzen, aber gleichzeitig verlangt, dass wir sie schützen und bewahren. Das stimmt natürlich auch. Ich wüsste gern, wie Heinz Sielmann und Professor Grzimek über all das denken – schließlich sind sie die führenden Experten, wenn es um den Naturschutz geht.

Pastor Würmeling wirkt in letzter Zeit oft richtig verwirrt. Meine Mutter sagt, dass er eigentlich ein herzensguter Mann ist, aber ein kindliches Gemüt hat, deshalb überfordern ihn die weltlichen Dinge. Im Krieg hatte er eine schwere Kopfverletzung und davon soll er bleibende Schäden zurückbehalten haben – das erzählt der Lehrer Völkers, der ihn noch von früher her kennt. Jedenfalls begreift er die großen Zusammenhänge nicht immer und sein Nervenkostüm ist nicht besonders stabil. Wenn er kein Priester wäre, würde ihn niemand ernst nehmen, nicht einmal die Kinder, doch als geweihte Person steht ihm Respekt zu, denn am Altar, während der Wandlung von Brot in Fleisch und Wein in Blut, verkörpert er Christus selbst. In seinen Predigten spricht Pastor Würmeling am liebsten über das Leben der Heiligen und Märtyrer oder von den biblischen Wundern, der Auferweckung des Lazarus zum Beispiel, der Heilung des Besessenen und wie die Dämonen in die Schweine gefahren sind. Auch auf die Hochzeit zu Kanaan, als Jesus Wasser in Wein verwandelt hat, kommt er immer wieder zurück, um zu zeigen, dass Gott es gut mit den Menschen meint. All diese mächtigen Zeichen sollen uns im Glauben bestärken und uns in der Liebe zur Kirche wachsen lassen, da sie uns durch das Sakrament der Taufe der Macht des Teufels und der Herrschaft des Todes entrissen hat. Wenn wir dann noch in unserem täglichen Leben die Gebote einhalten und regelmäßig zur Beichte gehen, werden wir dereinst in den Himmel kommen und zusammen mit der jungfräulichen Gottesmutter Maria, in Gemeinschaft der Apostel und aller Heiligen Anteil an der ewigen Glückseligkeit haben.

Das sind schöne Gedanken, aber jeder in Hülkendonck kennt sie mittlerweile auswendig. Pastor Würmeling hat seine Predigten für jeden Sonntag im Jahreskreis schon als junger Kaplan in einem dicken Buch aufgeschrieben, aus dem er sie immer wieder vorliest, ganz gleich, was sonst auf der Welt passiert. Ich glaube, früher hat es die Leute weniger gestört, denn das Leben war insgesamt nicht so kompliziert, wenn man den Krieg einmal ausnimmt. Meine Mutter sagt, dass die Kirche in unseren modernen Zeiten nicht einfach alles beim Alten lassen kann, wenn sie noch gehört werden will. Deshalb gibt es jetzt – außer in Hülkendonck – überall Jugendgottesdienste mit neuen Liedern, Elektrogitarre und Schlagzeug, die fast so klingen wie in der *Hitparade* mit Dieter Thomas Heck oder Ilja Richters *Disco*. An den Samstagen, an denen mein Vater nicht sammeln muss, fahren wir deshalb oft nach Calcar, Schanz oder Binnen in die Messe. Die Pastoren dort überlegen sich aktuelle Themen, was es heute bedeutet, der Botschaft Jesu gemäß zu leben, und beziehen auch Ereignisse mit ein, über die im Fernsehen oder in der Zeitung berichtet wird, wie den Vietnamkrieg oder Hungersnöte in Afrika. Der Kaplan von Calcar hat neulich, als die Seligpreisungen der Bergpredigt das Thema waren, gefragt, wer von uns denn schon einmal einen Häftling im Clever Gefängnis besucht hat und ob jemandem vielleicht der Gedanke gekommen ist, einem Kranken in der Barnburger Irrenanstalt etwas von seiner freien Zeit zu schenken, statt jeden Abend vor dem Fernseher zu hocken und sich berieseln zu lassen. Das waren sehr ungewöhnliche Formulierungen für eine Predigt. Ich habe mich daraufhin ein bisschen geschämt, hauptsächlich für meine Eltern. Selbst wenn ich mir gute Taten dieser Art vornehmen würde, ließe man mich bestimmt weder ins Gefängnis noch in die Irrenanstalt. Meine Mutter sagte nachher im Auto, dass wir wirklich genug Kranke in der Familie und im Bekanntenkreis haben, um die wir uns kümmern. Ich glaube allerdings, dass Jesus doch eher an richtige Sträflinge und Verrückte gedacht hat als an meinen Vetter Andreas, der ein Bein gebrochen hatte und sowieso besucht werden musste. Ich kann mir auch nicht vorstellen, dass den Leuten in Hülkendonck solche Ideen gefallen würden. Doch jetzt, wo es um den Verkauf unseres Landes geht, erwarten viele, dass der Pastor wenigstens über die Meinung der Kirche zum Schnellen Brüter spricht oder dass der Bischof einen Hirtenbrief schreibt, damit man in seiner eigenen Entscheidung nicht nur das als Richtschnur hat, was die Politiker sagen und was in der Zeitung steht.

Mein Vater telefoniert fast jeden Abend nach der Arbeit mit Pastor Würmeling. Wegen der vielen Beschimpfungen ist dessen Gesundheit inzwischen schon stark angegriffen. Er leidet unter Schlafstörungen, Magenproblemen und zu hohem Blutdruck, so dass der Arzt ihm dringend empfohlen hat, sich von Aufregung fernzuhalten. Das ist in seiner Position natürlich leichter gesagt als getan. Manchmal weiß er in den Kirchenvorstandssitzungen gar nicht mehr, worum es eigentlich geht. Deshalb hat mein Vater ihm geraten, den Generalvikar um Unterstützung zu bitten, denn das Dorf braucht natürlich seinen Pastor, ganz egal, was in der Politik passiert. Ein Durchschlag des Briefes, den der Generalvikar an den Ministerpräsidenten geschrieben hat, lag bei uns im Esszimmer auf dem Tisch. Der Bischof und er nehmen die Sorgen der Gemeindemitglieder sehr ernst. Sie haben ausführlich geschildert, wie die Stimmung bei uns in Hülkendonck ist und die Regierung gebeten, wirklich sicherzustellen, dass die Befürchtungen wegen der angeblichen Gefahren durch den Schnellen Brüter unbegründet sind. Auch wenn er es nicht direkt sagt, merkt man, dass der Generalvikar eigentlich für den Schnellen Brüter ist.

Ich glaube, mein Vater hatte sich die Sache mit dem Kirchenvorstand einfacher vorgestellt. Normalerweise denkt man ja, dass ein Pastor so fest im Glauben steht, dass ihm solche Anfeindungen nichts anhaben können, schließlich muss er bereit sein, für Christus sein Leben hinzugeben, und verglichen damit ist so ein Dorfkrach keine große Sache. Jetzt bleiben die ganzen Streitigkeiten an meinem Vater hängen. Von den Kirchenvorstandsmitgliedern ist er der Einzige, der auf jeden Fall will, dass der Schnelle Brüter gebaut wird. Insgesamt sind aber, außer den Bauern, die meisten in Hülkendonck dafür, weil es dann endlich Arbeitsplätze bei uns gibt. Wenn jetzt Kirchenvorstandswahlen wären, gingen sie sicher anders aus, sagt mein Vater. Abgesehen von den Vorteilen, die ein Atomkraftwerk für alle hätte, glaubt er auch nicht, dass es noch irgendetwas nützt, wenn wir uns weigern, das Land zu verkaufen, weil der Bau längst beschlossene Sache ist. Die Firmen, die den Brüter bauen, haben inzwischen beim Gericht den Antrag eingereicht, dass das gesamte Gelände enteignet wird, wenn wir nicht verkaufen. Die Regierung steht dabei auf ihrer Seite, und sie zählen auch gleich die Gesetze und Bestimmungen auf, weshalb die Richter ihrem Antrag zweifellos zustimmen werden. Dann bekommen wir am Ende viel weniger Geld für unser Land, als wenn wir mit ihnen um einen vernünftigen Preis verhandeln würden, vielleicht sogar gar nichts, und weg ist es so oder so. Während die Bauern Praats, Geerck und Frau Dr. Mehringhoff wie Pech und Schwefel zusammenhalten, sucht Bauer Eykhuis, der seinen Hof ja nur gepachtet hat, nach einem Kompromiss. Willi Verhülsdonck

tut so, als wäre er für alle Argumente offen, ohne sich zu entscheiden, weil ihm die Wirtschaft im Geiteneck gehört, wobei
man weiß, dass er eigentlich dagegen ist. Wenn er sich aber auf
eine Seite schlägt, kommen die, die anderer Meinung sind, nicht
mehr zu ihm ins Lokal, und das ist dann schlecht fürs Geschäft.
Mein Vater sagt, dass Willi immer versucht, aus allem einen
Witz zu machen, sowohl in den Sitzungen als auch, wenn er
hinter der Theke steht, denn solange die Leute lachen, trinken
sie zusammen, sobald aber Streit herrscht, bleiben sie weg. Mit
so jemandem kann man natürlich nicht viel anfangen, wenn es
um schwerwiegende Entscheidungen geht.

Bei uns in der Schule interessiert sich eigentlich niemand
für den Brüter. Abgesehen von Uwe und Martin Praats ist von
den Bauernsöhnen allerdings auch nur Reinhard Opgenrhein
in meiner Klasse, und außer mir hat niemand einen Vater im
Kirchenvorstand. Uwe und Martin sind sowieso nicht oft zum
Spielen auf der Wiese an der Neuen Schule, weil sie nachmittags meistens auf dem Hof helfen. »Bauer wird man nicht, das
ist man«, sagt mein Vater, und man merkt, wenn man sich Uwe
und Martin anschaut, was er damit meint. Sie tragen schon die
gleichen grünen Kleider wie ihr Vater, und wenn man im Bus
neben ihnen sitzt, riechen sie ziemlich ekelhaft nach Schweinestall. Eigentlich interessieren sie sich nur für Sachen, die mit der
Landwirtschaft zu tun haben, wahrscheinlich haben sie deshalb
auch immer schlechte Noten. Dafür können sie reiten und wissen, wie man eine Kuh melkt, und bei der Getreideernte fahren
sie den Trecker mit dem Anhänger für die Strohballen. Darum
beneide ich sie, auch wenn ich nicht mit ihnen tauschen möchte.

Wenn es regnet, bleiben die anderen Kinder, die bei uns in
der Straße beziehungsweise an der Kirche wohnen, sowieso zu

Hause. Seit Hampels weggezogen sind, finde ich deshalb oft niemanden, mit dem man etwas unternehmen kann. Meine Mutter ist der Meinung, dass Kinder bei jedem Wetter draußen sein sollten, und wir dürfen ja auch nur wenige Sendungen im Fernsehen gucken. Deshalb bin ich meistens alleine unterwegs, auf den Feldern oder am Rhein, und beobachte Tiere. Seit ich mein eigenes Fernglas habe, entdecke ich oft Vogelarten, von denen ich gar nicht wusste, dass es sie bei uns überhaupt gibt. Jetzt kann ich sie aus größerer Entfernung bestimmen und sehen, welches Verhalten sie an den Tag legen. Der Fotoapparat, den ich zur Erstkommunion bekommen habe, ist für gute Tierbilder aber unbrauchbar, weil er kein Teleobjektiv hat. Ich müsste mich bis auf einen oder zwei Meter heranpirschen, um ein Foto zu machen, auf dem zum Beispiel ein Dompfaff oder ein Goldhähnchen scharf zu sehen ist. Meistens bemerken sie mich vorher und fliegen davon. Deshalb male ich die, die ich gesehen habe, abends aus meinen Bestimmungsbüchern ab. Ich habe dafür eigens ein Heft angelegt. Zu den Bildern kommt ein Steckbrief mit Größe, Nahrung und Paarungszeit, dann beschreibe ich die Verhaltensweisen, die ich selbst beobachtet habe. Raubvögel interessieren mich am meisten. Viele von ihnen sind allerdings vom Aussterben bedroht. Adler leben in unserer Gegend sowieso nicht. An heißen Sommertagen schrauben sich hinter unserem Haus Bussarde in den Himmel, manchmal so hoch, dass sie nur noch ein kleiner Punkt im Blau sind. Sie müssen die schärfsten Augen der Welt haben, dass sie aus dieser riesigen Entfernung eine Maus im Gras erkennen können. Am häufigsten von den Raubvögeln sieht man Turmfalken. Ich glaube, sie brüten an der Kirche, jedenfalls kommen sie meistens aus dieser Richtung. Manchmal ist das Männchen auf der Jagd, manchmal das Weibchen. Mit dem Fernglas kann man sie ganz gut unterscheiden, obwohl sie sich auf den ersten Blick ziemlich ähnlich sehen. Sie stehen in acht oder zehn Metern Höhe über den Rheinwiesen und lauern in ihrem typischen Rüttelflug auf Mäuse im Gras. Wenn sie eine Maus entdecken, setzen sie zum Sturzflug an, doch bislang sind sie immer kurz vor dem Boden abgedreht, wahrscheinlich weil die Maus, die sie ausgespäht hatten, sich in allerletzter Sekunde in ihr Loch retten konnte. Der Falke fliegt dann zehn oder zwanzig Meter weiter und versucht sein Glück erneut. Ich habe noch nie eine erfolgreiche Jagd beobachtet, auch noch keinen Vogel, der ein Beutetier im Schnabel gehabt hätte.

Natürlich ist es schade, dass sich außer mir niemand für Vögel oder überhaupt für wilde Tiere interessiert. Den Bauern sind Tiere, die nicht ihnen gehören oder die man nicht wenigstens abschießen kann, sowieso egal. Einmal, als Uwe Fonck und Werner Terhorst bei uns zu Besuch waren, habe ich mein Heft geholt und ihnen Austernfischer gezeigt, die ich dieses Jahr zum ersten Mal bei uns beobachtet habe. Mit ihrem schwarzweißen Federkleid, den roten Beinen und dem langen roten Schnabel erinnern sie an Ritter, die mit ihren Lanzen ins Turnier ziehen. Aber Uwe und Werner haben nicht einmal die Beschreibung gelesen, sondern das Heft gleich zur Seite gelegt und gefragt, ob wir Fernsehen gucken können.

Wenn ich auf Expeditionen gehe, sagt meine Mutter immer, dass ich meinen Bruder mitnehmen soll, aber erstens ist er noch zu klein, um so weit zu laufen, und dann ist ihm auch schnell langweilig, da man ja oft eine Stunde oder noch länger mucksmäuschenstill hinter einem dicken Baumstamm oder einer Hecke warten muss, und dann passiert am Ende doch nichts. Einmal habe ich Uwe Fonck gefragt, ob er mitkommen will. Sein Vater züchtet Brieftauben, genau wie der Vater von Werner Terhorst, und ich dachte, dass vielleicht wenigstens er lebendige Vögel mag. Wobei Brieftauben natürlich nichts mit Vögeln in freier Wildbahn zu tun haben. Sie sind eher wie Hühner. Wenn sie aus ihrem Schlag gelassen werden, drehen sie ein paar Runden über der Straße, ansonsten hocken sie auf dem Dach und warten darauf, dass Herr Fonck ihnen frische Körner gibt. Sie sind ganz auf den Menschen angewiesen und würden, wenn man sie in der Wildnis aussetzte, wahrscheinlich bald verhungern. Am Wochenende fahren Herr Fonck und Herr Terhorst mit ihren Spezialanhängern hundert oder zweihundert Kilometer zu Brieftaubenwettflügen. Irgendwo im Sauerland oder in der Eifel werden dann alle Tauben freigelassen. Anschließend rasen Herr Fonck und Herr Terhorst zurück nach Hülkendonck, wo sie den Rest des Tages vor ihren Häusern stehen und in den Himmel starren, ob endlich einer von ihren Vögeln den Rückweg geschafft hat.

Herr Fonck hat mich einmal, als ich mich nach seinen Tauben erkundigt habe, mit auf den Speicher genommen, den er ihnen als Stall ausgebaut hat. Es stinkt dort ziemlich und man geht die ganze Zeit durch Vogelkacke, so dass ich anschließend zu Hause erst einmal meine Schuhsohlen mit dem Schlauch abspritzen musste. Wenn überall um einen herum die eingesperrten Tauben hocken, klingt ihr Gurren fast gruselig, und aus der Nähe wirken ihre Augen seltsam starr, fast leblos, wie bei Stofftieren. Herr Fonck hat sich eine mit der Hand geschnappt und sie auf den Rücken gedreht, um zu schauen, ob sie eine entzündete Kralle hat. Danach hat er einigen Jungtauben mit einer Zange die Füße beringt, was man natürlich machen muss, für den Fall, dass sie sich verfliegen oder irgendwo abstürzen.

Herr Fonck redet nie viel, und auf meine Fragen hat er meistens nur mit einem halben Satz geantwortet oder einfach genickt. Ich wusste aber auch nicht richtig, was ich ihn fragen sollte, da es sich ja eben um Haustiere handelt, die kein normales Verhalten mehr zeigen. In den Nestboxen, die er für sie gebaut hat, saßen mindestens zwanzig Jungtauben, die schon ziemlich groß waren, aber hässlich aussahen mit den struppig heraustehenden, halbfertigen Federn, den rosa Schnäbeln und blutroten Rachen, mit denen sie um Futter betteln. Als ich Herrn Fonck gefragt habe, ob das später alles richtige Brieftauben werden, sagte er: »Nur paar. Bei den anderen geht der Kopf ab.« Dann hat er seine Hände geschlossen, als wäre eine Taube darin – die eine um den Körper, die andere um den Kopf –, und sie kurz gegeneinander gedreht, wie man einen Lappen auswringt. »Die gibt's dann sonntags gebraten.«

Ich muss zugeben, dass mir Herr Fonck seitdem ein bisschen unheimlich ist, obwohl er uns eigentlich immer freundlich behandelt. Ich habe auch verstanden, warum Uwe keine Lust hat, sich mit den Tauben zu beschäftigen. Wenn man sich für die Natur interessiert, ist es kein schönes Hobby. Wahrscheinlich hat sich seine Abneigung auf Wildvögel übertragen.

16.

Was in der Schule passierte, interessierte mich inzwischen kaum noch. Mein Zeugnis war nicht schlecht, aber auch nicht gut.

»Wenn du dich ein bisschen anstrengen würdest, statt dich nur um deine Hobbys zu kümmern, könntest du viel bessere Noten haben«, sagte meine Mutter. »Und jetzt lässt du dich noch von diesen komischen Leuten bei Praats beeinflussen. Da sehe ich schwarz für nächstes Schuljahr.«

»Demnächst verstrahlt uns der Brüter, da spielt es dann keine Rolle mehr, was ich für Noten habe, und wenn der Atomkrieg mit euren schönen neuen Pershings kommt, ist sowieso alles vorbei.«

Ich war mir nicht sicher, ob auch meine Mutter glaubte, dass die Russen sich mit immer vernichtenderen Atomraketen davon abhalten ließen, uns zu erobern, aber sie erstarrte nach wie vor, sobald das Wort »Krieg« fiel.

»Machen die anderen bei euch da auch alle mit?«

Die meisten in meiner Klasse beteten die politischen Ansichten ihrer Eltern nach, die größtenteils CDU wählten. Ansgar Schoofs und Susanne Balmes hatten *Atomkraft?-Nein-Danke!-* und *Frieden-schaffen-ohne-Waffen*-Aufkleber auf ihren Taschen, dazu selbst gemalte Sponti-Sprüche, Peace-Zeichen und durchgestrichene Bomben. Am Wochenende hingen sie in einer alternativen Kommune in Uehmde herum, und es hieß, dass sie kifften; Meiser arbeitete an der Weltrevolution und hoffte, dass die Rote Armee uns eines nahen Tages vom kapitalistischen Ausbeutungssystem befreien würde. Atomkraft und Umweltzerstörung interessierten ihn nicht.

»Manche«, sagte ich.

»Die sieht man hier aber nie.«

»Du erklärst mir doch sonst auch immer, dass uns die anderen nichts angehen.«

»Aber wehe, ich bitte dich mal, nicht so laut Musik zu hören.«

»Was hat das jetzt damit zu tun?«

»Das verbraucht eine Menge Strom.«

»Ich bin nicht gegen Strom. Es kommt darauf an, wie er produziert wird.«

»… wenn das mal so einfach wäre, wie ihr euch das vorstellt.«

»Sonst noch was?«

Sie wurde rot, kniff die Lippen zusammen und verschwand in ihr Arbeitszimmer.

»Es kotzt mich an, wie du auf sachliche Argumente reagierst«, rief ich ihr nach.

Als ich die Treppe in mein Zimmer hinaufstieg, saß sie weinend an ihrem Schreibtisch, die Tür halb geöffnet, damit ich es auf jeden Fall sah.

Abends kam mein Vater und baute sich neben mir auf: »Musst du deine Mutter immer so behandeln. Weißt du eigentlich, was du ihr damit antust? Du machst sie kaputt. Aber das interessiert dich gar nicht. Hauptsache, du setzt deinen Willen durch.«

»Es ging mir überhaupt nicht um sie.«

»Das weiß ich. Es geht dir nie um andere. Du interessierst dich immer bloß für dich.«

»Ich habe ihr nur gesagt, dass die Welt am Arsch ist, wenn wir so weitermachen, und dass ihr mit eurer Politik aus Aufrüstung, Atomkraft und Konsumterror diejenigen seid, die es zu verantworten haben, wenn dieser Planet nicht mehr bewohnbar ist.«

»Mit dem Planeten hat das gar nichts zu tun. Es geht darum, wie du dich hier aufführst.«

»Sie fängt sofort an zu heulen, wenn ihr nicht passt, was ich sage. So kann man keine Diskussion führen.«

»Worüber willst du denn überhaupt diskutieren? Es gibt doch gar nichts zu diskutieren. Es wird gewählt, und wer die Wahl gewinnt, entscheidet. So sind die Spielregeln in der Demokratie. Das müsstest du in der Schule doch eigentlich gelernt haben, oder setzen die euch nur solchen grünen Hokuspokus in den Kopf.«

»Genau: ›Maul halten und weiter dienen‹. Und wenn die Mehrheit eine Partei wählt, die sechs Millionen Juden umbringt, dann ist das halt so – kann man nichts machen.«

»Ich weiß gar nicht, was du immer mit den Juden willst. Hier sind überhaupt keine Juden.«

»Eben. Das war genau dasselbe damals: Millionen strammdeutsche Duckmäuser, die für den Führer, den sie selbst gewählt haben, in den Krieg ziehen und ein komplettes Volk ausrotten, weil das die Befehle sind. Und nachher heißt es dann: Wir wussten von nichts.«

»Soll ich dir mal was sagen: Dein Großvater, mein Vater, hat, als die Leute von der HJ zu uns kamen und meinen Bruder, Onkel Nöpp, abholen wollten, damit der da auch mitmacht – da hat mein Vater die mit der Mistgabel in der Hand vom Hof gejagt, dass meine Mutter nachher monatelang Angst hatte, die holen ihn ab und bringen ihn ins KZ.«

»Da hättest du dir ja mal ein Beispiel dran nehmen können.«

»Wo hast du denn hier jemanden von den Nazis gesehen? Ich kenne keinen. Die existieren nur in deinem Kopf. Dir geht's einfach zu gut. Das ist alles.«

»Genau: Wir müssen einfach mal richtig arbeiten. ›Arbeit macht frei‹ – das hat Hitler auch schon gesagt. Stand über dem Tor von Auschwitz.«

»Ich wüsste wirklich mal gerne, was die euch für einen Quatsch erzählen in der Schule, dass ihr immer mit Hitler kommt – der ist regelrecht eine fixe Idee bei euch.«

»Dieselbe Art Mitläufermentalität, die ihr habt, wenn es um Umweltzerstörung und atomare Aufrüstung geht, hat Hitler damals möglich gemacht.«

»Und jetzt zeigst du deiner Mutter mit irgendwelchen Sprüchen, was du für ein Held bist? – Oder was soll das Theater, das du hier jeden Tag veranstaltest?«

»Das ist mir echt zu doof«, sagte ich und ließ ihn stehen.

»Ich dachte, du willst diskutieren!«

»Nicht so.«

»Offenbar weißt du gar nicht, wie diskutieren geht, dass du jetzt abzischst wie eine beleidigte Leberwurst.«

»Ich schlaf bei Freunden.«

Meine Mutter stand tränenüberströmt auf der Treppe. Offenbar war sie meinem Vater hinterhergegangen und hatte uns zugehört.

»Und wo willst du hin?«

»Das geht dich nichts an.«

»Reiß dich mal zusammen in deinem Ton«, rief mein Vater mir hinterher.

Mein Bruder und meine Schwester standen in der Küchentür. Ich sah, dass sie mich verabscheuten.

»Schönen Abend noch«, sagte ich, lief hinaus und holte mein Fahrrad.

Es war Viertel nach neun. Irgendwo in der Ferne kreischte eine Motorsäge. Alle Freunde, bei denen ich hätte übernachten können, waren im Urlaub. Ich fuhr bei Fonck vorbei, doch mit Uwe hatte ich kaum noch etwas zu tun. Er ging auf die Hauptschule, und spätestens seit ich lange Haare hatte, hielt er mich für einen linken Spinner. Auf der Pferdekoppel neben Gerritsens Bäckerei ritt Lise Groot ihren Fuchswallach. Tante Mia goss auf dem Friedhof vor der Kirche die Blumen auf dem Grab ihrer verstorbenen Schwiegereltern. Vor der ehemaligen Post saß Frau Simkes, die Witwe des Postboten, Hein Simkes, und fütterte Katzen. Bauer Seesing kam mir auf seinem Trecker entgegen, hob kurz die Hand. Obwohl es noch nicht einmal begonnen hatte zu dämmern, wurde auf der Baustelle des Brüters bereits das Flutlicht eingeschaltet.

Es war das erste Mal, dass ich nach einem Streit das Haus verlassen hatte, als wäre es für immer. Während ich wütend in die Pedale trat, fielen mir tausend Formulierungen ein, mit denen ich meinen Vater zum Schweigen gebracht hätte. Wenn Juliane nicht da war, vielleicht sogar ganz aufgegeben hatte, wäre ich ziemlich aufgeschmissen. Ich hatte noch nie unter freiem Himmel übernachtet und hätte auch gar nicht gewusst, wo: Auf den Rheinwiesen grasten Kühe, und es konnte sein, dass schon morgens, nach Sonnenaufgang, jemand dort Zäune reparierte, oder es kamen Angler, um Fische zu fangen, die man zwar nicht essen, mit deren Größe man aber prahlen konnte.

Vor dem Melkstall brannte ein Feuer. Ich sah mehrere Leute, war aber nicht sicher, ob Juliane dabei war.

Das letzte Stück des Wegs schob ich mein Rad. Es war unmöglich, durch die tiefen, steinharten Traktorspuren zu fahren, davon würden die Speichen verbiegen, und ich müsste meinen Vater fragen, ob er sie wieder richtet. Die Sonne wurde dunkelgelb und ließ die weiß gekalkte Außenwand des Melkstalls wie vergoldet erscheinen. Mückenschwärme sirrten um meinen Kopf. Ich schlug mir ins Gesicht, auf den Arm.

Juliane hatte weder gesagt, dass ich notfalls bei ihnen unterkommen könne, noch dass es, aus welchen Gründen auch immer, nicht ging. Sie stimmten dort immer über alles ab, wahrscheinlich auch über Schlafplätze für Gäste. Es war fraglich, ob eine Mehrheit für mich wäre. Ich hasste meinen Vater, meine Mutter und auch meine Geschwister, die grundsätzlich auf deren Seite standen, ganz gleich, wer recht hatte. Trotzdem kamen mir Zweifel, ob es klug gewesen war, den Streit derart eskalieren zu lassen, dass ich zumindest heute Nacht nicht mehr zurückkehren konnte, wollte ich nicht meine totale Niederlage eingestehen.

Endlich entdeckte ich Juliane. Sie saß auf einem abgesägten Baumstamm und gestikulierte. Offenbar hatte sie sich doch entschlossen, weiterzukämpfen. Sie lachte sogar. Gerrit, Albo und zwei andere Typen hämmerten an einem riesigen Balkengestell herum, das wohl die Festival-Bühne werden sollte.

Sie sah mich jetzt auch, stand auf und kam mir entgegen.

»Wo hast du dein Netz gelassen?«, fragte sie und gab mir einen Kuss auf die Wange.

»Heute nicht«, sagte ich.

»Stress?«

»Ich wollte …«, setzte ich an, doch dann fiel mir nicht ein, was ich hätte wollen können, außer bei ihr zu sein, und dafür fehlten mir die Worte: »Es ist gerade komplett eskaliert bei mir zu Hause.«

»Kenn ich.«

Aus dem Radiorekorder prasselte der Regen von *Riders on the storm*. Jim Morrison sang »*Into this house we're born/ Into this world we're thrown* …«

»Sie kapieren gar nichts, meine Eltern. Vor allem mein Vater.«

»Ich hab mit meinen Alten zum Glück nichts mehr zu tun. Seitdem geht's mir besser.«

»Wahrscheinlich läuft es bei mir auch darauf hinaus.«

Es war das erste Mal, dass ich diesen Gedanken klar und deutlich aussprach. Er klang stark und erwachsen, doch im nächsten Moment erschrak ich über meinen eigenen Mut und merkte, dass ich trotz allem Angst hatte, wenn ich mir vorstellte, dass mein Vater mich morgen oder übermorgen, oder wann immer ich wieder bei ihnen auftauchte, vor die Tür setzen würde: ›Wenn du meinst, dass du uns nicht mehr brauchst, sieh doch zu, wo du unterkommst.‹

»Willst du ein Bier?«

Ich nickte.

»Ist aber nicht richtig kalt.«

»Macht nichts.«

Sie ging an den Kuhtrog und holte eine Flasche *Diebels* aus dem Wasser, öffnete sie mit dem Feuerzeug. Das Etikett löste sich ab, ich spürte einen schmierigen Film aus Kleister auf der Hand.

Albo rief: »Der Flattermannjäger!«, und Gerrit: »Gibt genug zu tun hier. Du kannst gleich anfangen.«

»Ich bin als Handwerker echt schlecht. Frag mal …« – »meinen Vater« sagte ich nicht: »Da kannst du jeden fragen.«

Vor dem Feuer lagen, im rechten Winkel zueinander, drei abgesägte Pappelstücke als Bänke. Auf dem ersten hockten Susanne und Isa. Sie nickten mir kurz zu. Dann waren da noch Robert, Steff und Nette, die aber nicht hier übernachteten, sondern zum Schlafen nach Cleve fuhren. Juliane nahm den Stamm gegenüber, ich setzte mich neben sie.

Jemand hatte die Kassette umgedreht. Eine verrückte Querflöte legte sich über E-Gitarrenriffs, dann begann Ian Anderson zu singen: »*Black and viscous, bound to cure blue lethargy/ Sugar-plum petroleum for energy …*«

»Drehst du mir eine Zigarette?«, fragte ich.

»Ich zeig dir, wie es geht. Ist ziemlich einfach.«

Sie zog ihr Javaanse-Jongens-Päckchen aus der Hosentasche, nahm ein Blättchen, gab eine kleine Menge Tabak aufs Papier und verteilte ihn so, dass überall ungefähr gleich viel lag. Dann rollte sie das Ganze wie in Zeitlupe, damit ich die Bewegungen verfolgen konnte.

»Du musst den Druck von Daumen und Zeigefinger so anpassen, dass es an keiner Stelle zu fest, aber auch nicht zu locker wird. Das ist eigentlich alles. Willst du versuchen?«

Sie hielt mir das Päckchen hin. Ich gab mir Mühe, es ihr so gut wie möglich nachzutun, aber meine Finger waren trocken und zitterten, so dass das Blättchen ständig verrutschte. Auf der linken Seite war ein dicker Tabakknubbel und auf der rechten fast nichts. Ich legte mir das Papier auf den Oberschenkel und schob die Tabakfäden vorsichtig mit den Zeigefingern zurecht.

Juliane schaute mir interessiert und ein bisschen belustigt zu: »Ist eine Sache der Übung.«

Schließlich war das Blättchen ganz zerknittert, so dass ich die Zigarette eher faltete als drehte, und mir am Ende ein unansehnliches Gebilde anzündete, das die Form einer Miniaturschultüte hatte.

»Ist doch gar nicht so schlecht für den Anfang.«

»Naja.«

Ich wollte über Lunge rauchen und zog nur schwach, um nicht gleich zu husten. Das Kratzen im Hals spülte ich nach jedem Zug mit einem Schluck Bier herunter.

Nach kurzer Zeit drang ein Kribbeln bis in meine Fingerspitzen, zugleich breitete sich im ganzen Körper sanfter Schwindel aus, wie wenn man zu schnell aus der Hocke aufgestanden war.

»Schmeckt schon gut, dein Tabak. Besser als die Aktiven, die ich sonst habe.«

»Tabak ist halt ehrlicher.«

Ich nickte.

Das Gute am Rauchen war, dass man etwas tat, ohne etwas zu tun, und dass es nicht peinlich wirkte, wenn man dabei schwieg.

Juliane sah mich von der Seite an: »Du wirkst ziemlich fertig. Willst du reden?«

Ich versuchte, den Rauch durch die Nase auszuatmen, und musste husten.

»Nur, falls dir danach ist. Ich verstehe auch, wenn du das erst mal mit dir alleine ausmachen willst.«

»Nein, also – ja. Ich würde es dir schon erzählen. Es ist bloß nicht so einfach.«

»Lass dir Zeit.«

»Weißt du, ich rede sonst nicht mit vielen Leuten über persönliche Sachen. Aber bei dir ist es etwas anderes, glaub ich.«

Sie warf ihre Kippe ins Feuer, stand auf und legte einen Scheit Holz nach.

»Vertreibt die Mücken.«

»Ich mag Feuer.«

Die Flammen ließen Julianes Gesicht in immer neuen Facetten erscheinen, jede war auf andere Art schön: entschlossen, scharfkantig, verschattet, sanft, offen und voller Geheimnisse.

Sie schaute fragend – fast forschend: »Du bist schon ein bisschen ein seltsamer Typ.«

Ihre Worte waren so leise, dass die anderen sie nicht hören konnten.

»Sagt mein Vater auch immer.«

»War nett gemeint.«

»Ist ok.«

Wir saßen nah beieinander, ohne uns zu berühren, doch wenn ich die Position meiner Beine veränderte, mich ein Stück vorbeugte oder zurücklehnte, spürte ich ihren nackten Arm an meinem. Zuerst war es Zufall, doch nach einer Weile bewegte ich mich gezielt so, dass ich sie streifte, es aber doch wie zufällig wirkte. Sie zuckte nicht zurück und rutschte auch nicht von mir weg.

Die Frage »Kann ich hier pennen?« brannte mir auf der Zunge, aber wenn sie »Nein, tut mir leid« sagte, wäre die Nacht bereits gelaufen, bevor sie überhaupt angefangen hatte. Sowieso war es besser, wenn es sich später, wenn alle schlafen gingen, einfach ergäbe.

»Ich hab mich hier immer fremd gefühlt, schon als Kind«, sagte ich. »Also in Hülkendonck.«

»Ist normal für Leute wie uns.«

»Es ist einfach nicht meine Welt – diese Bauern. Du findest kaum jemanden, mit dem du vernünftig reden kannst. Ich meine jetzt nicht nur politisch. Über diese ganzen Fragen, weißt du: Was hat noch Sinn? Warum soll man überhaupt weiterleben, wenn sowieso bald alles kaputt ist. Wie hält man das aus? Diese Scheiß-Gesellschaft, wo jeder nur an seinen materiellen Vorteil denkt? ›Haste was, dann biste was‹ ist der Lieblingsspruch von meinem Alten. Dazu diese Spießermoral, mit der sie einen von morgens bis abends terrorisieren: Steck' dir dein Hemd in die Hose, kämm' dir mal die Haare, wo sind eigentlich deine Tischmanieren geblieben. Und Liebe ist sowieso verboten. Meine Mutter hat mir neulich allen Ernstes erklärt, dass sie dagegen ist, wenn ich eine Freundin habe.«

Juliane lächelte.

»Und? Hast du?«

»Im Moment nicht.«

»Wollt ihr was essen?«, fragte Albo. »Gibt noch Bohnen in Tomatensoße und selbstgebackenes Brot von Isa. Schmeckt so lala. Geht aber.«

»Back doch selber, du Arsch«, sagte Isa.

»Ich find's super, dass du das machst.«

»Die Ironie kannst du dir sparen.«

»Ist echt ehrlich gemeint.«

»Für mich nicht«, sagte Juliane. »Du?«

Ich schüttelte den Kopf.

Albo und Gerrit verschwanden im Haus.

»Haben sie Krach?«, flüsterte ich.

»Sie brauchen das. Nachher vögeln sie.«

Ich erschrak, ohne genau zu wissen worüber, versuchte aber, es mir nicht anmerken zu lassen.

»Eigentlich ist er doch ganz nett, oder?«

»Albo? – Albo ist ok.«

»Beim ersten Mal hab ich gedacht, er findet mich total bescheuert.«

»Naja, du musst zugeben, dass es schon ziemlich schräg rüberkommt, wenn da einer plötzlich mit so einem riesigen Schmetterlingsnetz vor einem steht. Ich meine, damit kannst du Fische fangen. Außerdem waren wir alle ein bisschen paranoid, weil es plötzlich hieß, die Bullen haben jemanden bei uns eingeschleust – also dass einer hier Interna weitergibt.«

»Ist das so?«

»Kann sein. Vielleicht einer von denen, die nur manchmal am Wochenende hier sind. Die kommen teilweise aus Münster oder Köln oder aus dem Ruhrgebiet. Wie willst du kontrollieren, ob stimmt, was sie einem erzählen. Komisch war halt, dass die Bullen hier auftauchten und alles auseinandergenommen haben, genau an dem Tag, als wir die frisch gedruckten Handzettel für das Festival abgeholt hatten. Die haben sie dann komplett einkassiert. Das war richtig scheiße. Ich meine, wir haben halt keine Kohle für neue.«

»Aber bei mir denkt das jetzt keiner mehr, oder?«

»Ich hab denen gesagt, dass du gar nicht der Spitzel sein kannst, weil die Bullen die Infos ja schon hatten, bevor du überhaupt zum ersten Mal hier warst. Ist ja eigentlich klar, wenn man ein bisschen logisch denkt. Außerdem bist du noch keine achtzehn, und minderjährige V-Leute – das bekommen sie schätzungsweise doch nicht durch.«

Das Wort »minderjährig« gefiel mir nicht, aber es war besser, nicht weiter darauf einzugehen.

Ich trank einen großen Schluck Bier, drehte mich Richtung Brüter und sagte: »Ich hab leider auch kein Geld, das ich euch geben kann.«

Unter den kaltgrünen Strahlen der Flutlichtanlage wirkten die Gebäude auf der Baustelle, als durchglühte längst zehntausend Grad heißes Plutonium die Mauern. Die Lampe im Melkstall warf einen schwachen Schein durch das Fenster. In den anderen Richtungen, über den nächtlichen Feldern, herrschte abseits des Feuers vollkommene Schwärze.

Jetzt war es Juliane, die dichter an mich heranrückte. Unsere Arme und Beine berührten sich immer öfter, immer länger. Sie trug wieder nur ein schlabbriges Unterhemd, dazu einen gemusterten Wickelrock, der an ihren Oberschenkeln herunterrutschte. Ihre Haut war von winzigen blonden Härchen überzogen.

»Wovon lebst du eigentlich«, fragte ich.

»Ich brauch nicht viel. Aber ich hab auch noch eine Tante, eine Schwester von meinem Alten, die weiß, was er für ein Arschloch ist. Sie gibt mir manchmal Geld.«

»Und seit wann bist du von zu Hause weg?«

»Einen Tag nach meinem 18. Geburtstag. Mein Alter ist ja Richter. Er meint, dass er quasi im Alleingang dafür sorgen muss, Recht und Ordnung in Deutschland aufrechtzuerhalten, weil ja inzwischen alles von Linken verseucht ist. Er hat Lehrern von mir gedroht, sie anzuzeigen, wenn ihre Autos mit Anti-AKW-Aufklebern auf dem Schulparkplatz stehen, weil das eine politische Stellungnahme ist und sie als Beamte zu Neutralität verpflichtet sind.«

Während sie redete, legte sie mir ihre Hand mal auf den Unterarm, dann aufs Bein, wie um zu unterstreichen, was sie sagte, oder damit ich ihr wirklich zuhörte.

»Am Tag vor meinem Geburtstag hat er mir eine gescheuert, also mir voll mit der Hand ins Gesicht geschlagen, als ich ihm gesagt habe, dass seine Gewaltherrschaft über mich morgen vorbei ist. Ich meine, Ohrfeigen und so was waren total normal bei uns. ›Dann ist das mein letzter Versuch, dich zur Vernunft zu bringen‹, hat er gesagt und mir eine geknallt.«

Ich schwieg. Verglichen damit, waren meine Eltern wahrscheinlich doch in Ordnung.

»Meine Mutter ist auch nicht viel besser. Sie hat dann gesagt: ›Du weißt lange genug, dass dein Vater bei bestimmten Sachen keinen Spaß versteht. Wenn du ihn ständig provozierst, musst du dich nicht wundern, dass ihm die Hand ausrutscht.‹ Sie hat immer zugeschaut, wie er mich verdroschen hat. Und wenn ihr irgendwas an mir nicht gepasst hat, hat sie es ihm trotzdem brühwarm erzählt, sobald er aus dem Gericht kam. Obwohl sie wusste, was dann passiert.«

»Das macht meine Mutter auch. Also meinem Vater immer alles erzählen. Aber mein Vater schlägt nicht.«

»Sei froh.«

Ihr Gesicht war dicht neben mir, sie lehnte ihren Kopf gegen meinen, und ihre Haare fielen auf meine Schultern.

»Neulich hat mir ein alter Freund aus Cleve gesagt, dass sie jetzt behauptet, ich wäre drogensüchtig, und dass sie überlegen, mich in eine Klapse zu stecken – also zwangseinweisen zu lassen.«

»Vor Drogen haben meine Eltern auch panische Angst.«

»Wenn es Drogen sind, brauchen sie halt nicht mehr ernst zu nehmen, was wir sagen …«

Sie fuhr mir mit den Fingerkuppen über den Unterarm, die Hand, zog weiche Linien, umkreiste jeden einzelnen Knöchel, als führe sie auf einem mäandernden Fluss durch ein endloses Land. Unsere Hände schoben sich ineinander, verknäulten sich wie kleine Tiere, lösten sich wieder, fanden zwischen Fingerkuppen und Ellbogen immer neue Punkte, und an jeder Stelle fühlte die Berührung sich anders an. Bis zu diesem Moment hatte ich nicht einmal geahnt, wie viele verschiedene Empfindungen die eigene Haut unterscheiden kann. Ihre Nase stieß gegen meine Wange, sie schob sich mein Gesicht zurecht, ihre Augen waren unmittelbar vor meinen, durchscheinende Edelsteinseen, an deren Grund alles stand, was man von einem Menschen wissen konnte. Ihre Lippen schoben sich auf meine, die Zeit stand still.

Irgendwann hielt sie inne und flüsterte: »Du bist schüchtern. Das gefällt mir. Komm mit.«

XVII.

Dem Bischof ist der Kragen geplatzt, und jetzt hat er den Hülkendoncker Kirchenvorstand einfach abgesetzt.

Das war natürlich ein Schock für alle. Es herrscht große Aufregung. So etwas hat es noch nie gegeben – nicht nur bei uns
nicht, im ganzen Bistum Münster ist nie etwas Derartiges passiert. Die Nachricht stand sogar auf der ersten Seite der *Rheinischen Post*. Auch im Radio und im Fernsehen haben sie darüber
berichtet. Außerdem wurde Pastor Würmeling auf seinen eigenen Wunsch hin von den Verpflichtungen im Kirchenvorstand
entbunden, um ihn vor einem Nervenzusammenbruch zu bewahren. Seinen Sitz hat Pastor Bietighoff aus Calcar übertragen
bekommen, denn es muss natürlich bei allen Entscheidungen,
wie es jetzt weitergeht, ein Priester anwesend sein.

Meine Mutter mag Pastor Bietighoff nicht besonders. Sie
sagt, dass er ein aalglatter Typ ist, von dem man nie weiß, wo
er eigentlich steht. Außerdem hat er die Angewohnheit, ihr im
Gespräch immer viel zu dicht auf die Pelle zu rücken und dabei ihre Hand oder den Arm zu tätscheln, was sie sehr ekelhaft
findet, weil er immer so schwitzt. Mein Vater meint aber, dass
er schon irgendwie mit ihm klarkommen wird. Das ist erst einmal die Hauptsache, denn damit nicht alle Sachen monatelang
liegenbleiben, hat der Generalvikar gleich auch einen Wahlvorstand eingesetzt, der die Arbeit des Kirchenvorstands weiter-

macht und dafür sorgt, dass es sobald wie möglich Neuwahlen gibt. Neben Pastor Bietighoff, unserem Nachbarn, Wim Heesters, und Pitt Eykhuis, der nach längerem Hin und Her jetzt doch findet, dass unser Land für einen guten Preis verkauft werden soll, gehört auch mein Vater diesem Wahlvorstand an.

Meine Mutter wurde leichenblass und ihr standen Tränen in den Augen, als er nach der letzten Sitzung, die einen Tag vorher für alle überraschend einberufen worden war, diese Nachrichten mit nach Hause brachte. Jedes Mitglied bekam zusätzlich noch einen Brief per Post, damit nachher niemand sagen kann, er sei nicht informiert worden.

Mein Vater klingt sehr entschlossen, sobald er über diese Sachen redet. Er ist ja ein Mann, der sich nicht scheut, Verantwortung zu übernehmen und, falls nötig, Konflikte auszufechten, wenn er von etwas überzeugt ist, obwohl es seinem Magen nicht gut bekommt. »Münster hat das so entschieden, und das ist auch sein gutes Recht, es gibt ja Satzungen, die solche Fälle regeln. Und ganz egal, ob mir das nun passt oder nicht, die Arbeit muss weitergehen, denn wenn das Enteignungsverfahren durchkommt, haben wir mindestens eine halbe Million Verlust, und das ist eine Menge Geld.«

Natürlich ist mein Vater nicht direkt der Chef des Wahlvorstands. Im Prinzip haben alle Mitglieder gleich viel zu bestimmen. Aber weil er es als Meister bei Slaack gewohnt ist, klar und deutlich seine Meinung zu sagen, damit seine Monteure tun, was von ihnen verlangt wird, ist er jetzt eben doch derjenige, mit dem erst einmal alle reden, wenn es um Angelegenheiten der Hülkendoncker Kirche geht.

»Die finden sicher sonst keinen, der so bekloppt ist und sich das freiwillig antut«, sagte meine Mutter.

»Mit bekloppt hat das gar nichts zu tun, und ich mach das ja auch nicht alleine.«

»Wie ich den Laden kenne, bleibt aber am Ende doch wieder alles an dir hängen.«

»Das ist Quatsch.«

Sie hätten sich fast gestritten, weil meine Mutter sich eben immer solche Sorgen um seine Gesundheit macht, die im Sommer, wenn jeder Bauer meint, er könne mitten in der Nacht noch einen Traktorenschlosser aufs Feld geschickt bekommen, sowieso ziemlich angegriffen ist. Außerdem mag sie es nicht, wenn mein Vater nach Feierabend so viel weg ist, dass unser Familienleben darunter leidet. Es reicht schon, dass er Onkel Koeb und Onkel Nöpp helfen muss, wenn bei ihnen auf dem Hof beziehungsweise in der Firma Not am Mann ist.

Mein Vater hat sich davon aber nicht umstimmen lassen.

Bei uns steht das Telefon jetzt gar nicht mehr still. Meine Mutter vertröstet ständig aufgebrachte Leute auf später oder morgen, weil mein Vater nach Feierabend zu Gesprächen mit Pastor Bietighoff, dem Dechanten, dem Rendanten oder anderen wichtigen Persönlichkeiten unterwegs ist. Ich hatte auch schon einige von ihnen am Apparat, wenn ich den Hörer abgenommen habe, weil meine Eltern gerade im Keller oder im Garten waren. Manche rufen immer und immer wieder an und diskutieren dann stundenlang mit ihm. Andere beschimpfen ihn regelrecht, weil er die Entscheidung nicht nur richtig findet, sondern sich jetzt vom Bischof auch noch für dessen Zwecke einspannen lässt, indem er die Neuwahl organisiert und selbst auch wieder als Kandidat antritt. Es gibt sogar welche, die behaupten, dass in Wirklichkeit mein Vater hinter dieser Absetzung steckt, weil das seine einzige Chance war, die Mehrheitsverhältnisse im Kirchenvorstand zugunsten seiner Meinung zu ändern. Ich glaube allerdings nicht, dass das stimmt, auch wenn er manchmal so klingt, als wollte er den Bauern jetzt endlich zeigen, dass die Zeiten, wo sie alles im Dorf unter sich ausgemacht haben, ein für alle Mal vorbei sind.

Ich weiß nicht genau, wie es letzten Endes zu dieser Situation kommen konnte, doch bestimmt hat der Bischof sich seine Entscheidung nicht leicht gemacht. Vielleicht war auch schon vorher etwas durchgesickert, und Pastor Würmeling, der meinem Vater von allen Mitgliedern des alten Kirchenvorstands am meisten vertraut, hatte ihm gegenüber etwas in der Art angedeutet. Jedenfalls habe ich in den Tagen davor mehrfach gehört, wie mein Vater Leuten mit sehr ernster Stimme erklärt hat, dass es genau darauf hinauslaufen wird, wenn der Kirchenvorstand sich, nachdem das Enteignungsverfahren schon eingeleitet ist, weiterhin weigert, mit der Brütergesellschaft zu verhandeln. Diese Blockadehaltung schadet der ganzen Gemeinde, und wenn die übergeordneten Interessen gefährdet sind, hat der Bischof nicht nur das Recht, sondern sogar die Pflicht, den gewählten Kirchenvorstand zu entlassen, um größeren Schaden abzuwenden. »So steht es in den Statuten«, hat mein Vater gesagt. Trotzdem haben die meisten im Dorf es wohl für ausgeschlossen gehalten, dass der Bischof so weit geht. Als mein Vater neulich beim Frühschoppen meinte, Praats und seine Leute seien dabei, den Bogen gewaltig zu überspannen, und müssten sich nicht wundern, wenn es dann nachher knallt, hat Willi Verhülsdonck von hinter der Theke gerufen: »Gewählt ist gewählt, Jupp!« Und dann hat er noch hinzugefügt: »Das kann Münster sich gar nicht leisten, uns einfach abzusetzen. Die Leute haben sich mittlerweile daran gewöhnt, dass wir hier

Demokratie haben, die lassen sich nicht mehr so einfach die Butter vom Brot nehmen.«

Ich weiß nicht, was unter solchen Umständen die richtige Entscheidung gewesen wäre. Jetzt sieht es ganz danach aus, als ob unser Dorf sich in zwei Hälften spalten würde, zwischen denen es kein gutes Wort mehr gibt. Ich kann mich nicht erinnern, dass vorher schon einmal wegen einer politischen Angelegenheit ein derartiger Streit ausgebrochen wäre. Am Stammtisch bei Verhülsdonck sind zwar alle der Meinung, dass Whisky-Willi kein guter Bundeskanzler für Deutschland ist – meine Mutter hält ihn sogar für einen Spion der Russen –, doch die wenigen, die bei uns SPD wählen, werden deswegen weder beschimpft noch komplett abgelehnt.

Auf jeden Fall glaube ich, dass man der Weitsicht und Aufrichtigkeit unseres Bischofs vertrauen kann. Er ist zwar nicht unfehlbar wie der Papst, aber er steht doch in direkter Nachfolge der Apostel und hat von daher eine andere Sicht auf die Verhältnisse der Welt als gewöhnliche Leute mit ihren voreingenommenen Interessen, wie es Bauern nun einmal sind.

Wenn ich mir vorstelle, dass zum Beispiel unser Klassensprecher, Manfred Verforst, den wir am Anfang des Schuljahres gewählt haben, von Fräulein Akamp abgesetzt würde, weil er nicht aufhört, im Unterricht Sachen durch die Gegend zu werfen, wäre das zwar eine außergewöhnliche Maßnahme, doch ich könnte sie auch verstehen, denn mit Manfred Verforst kann man eigentlich nichts vernünftig besprechen, weil er sowieso immer Quatsch macht. Allerdings muss man sagen, dass Fräulein Akamp es zum Teil selber schuld ist. Sie kommt aus der Großstadt, also aus Düsseldorf, und kleidet sich wie die Hippies in dieser neuen Fernsehserie, *Der Bastian*. Es ist schwer, in ihr eine Respektsperson zu sehen. Sie hat erst vor kurzem die Lehrerprüfung bestanden, und wir sind ihre erste eigene Klasse. Anders als Frau van Ackeren und Herr Moll, die ich vorher hatte, will sie immer, dass wir in Gruppenarbeit selbst herausfinden, was wir lernen sollen, statt dass sie uns den Unterrichtsstoff erklärt. Dabei tut sie so, als ob sie eigentlich unsere beste Freundin wäre, aber wenn es nicht läuft, wie sie es sich überlegt hat, schreit sie doch plötzlich herum und verteilt Strafarbeiten an die ganze Klasse, obwohl manche gar nichts gemacht haben.

Fest steht, dass der Bischof sehr viel Geduld mit dem Kirchenvorstand gehabt hat. Obwohl er und der Generalvikar Atomkraft eigentlich eher gut finden, haben sie eigens Geld aus der Bistumskasse bewilligt, damit Ernst Praats und Jupp Geerck alle Möglichkeiten, die es überhaupt nur gibt, den Bau des Brüters zu verhindern, vor Gericht prüfen lassen konnten. Dazu war er nicht verpflichtet, und es zeigt, dass er wirklich alles versucht hat, um die Spaltung der Gemeinde zu verhindern, was ja eine seiner Hauptaufgaben ist, denn im Evangelium heißt es: »Alle sollen eins sein: Wie du, Vater, in mir bist und ich in dir bin, sollen auch sie in uns sein, damit die Welt glaubt, dass du mich gesandt hast.«

Wenn von den Richtern sämtliche Anträge der Bauern abgeschmettert wurden, kann man es ja nicht dem Bischof oder dem Generalvikar zur Last legen.

Nachdem auch der Ministerpräsident noch einmal ausdrücklich klargestellt hat, dass von Seiten der Regierung alles für unsere Sicherheit getan wird, blieb ihnen gar nichts anderes übrig, als darauf zu bestehen, dass jetzt endlich mit der Brüterfirma gesprochen wird, bevor es endgültig zu spät ist. Der Generalvikar hat einen Brief nach dem anderen an den Kirchenvorstand geschrieben, der Justiziar des Bischofs, der so etwas wie sein persönlicher Rechtsanwalt ist, hat alle möglichen Paragraphen aufgelistet und begründet, warum es unter diesen Umständen keinen Zweck hat, endlos Prozesse durch sämtliche Instanzen zu führen. Auch der Diözesanrat, in dem die wichtigen Persönlichkeiten des Bistums zusammensitzen, hat noch einmal an die Vernunft des Kirchenvorstands appelliert. Die Sache ist von der Regierung und den Richtern nun einmal so entschieden worden, und bei den Entscheidungen wurden keine Fehler gemacht, weshalb man die Urteile auch nicht anfechten kann. Das sind die Fakten und diese Fakten sind für jeden, der seinen Verstand beisammenhat, nachvollziehbar, sagt mein Vater. Irgendwann muss man dann einsehen, dass nicht immer alles so läuft, wie man es gerne hätte. Schließlich ist der Kirchenvorstand nicht dazu da, dass bestimmte Leute ihr eigenes Süppchen kochen, sondern seine Aufgabe besteht darin, den Kirchenbesitz zum Nutzen der ganzen Gemeinde nach bestem Wissen und Gewissen zu verwalten. Abgesehen davon, dass wir das Geld aus dem Verkauf dringend brauchen, denn von den Pachteinnahmen, die jetzt wegfallen, werden auch die teuren Renovierungsarbeiten bezahlt, die an einer uralten Kirche wie St. Verafredis ständig durchgeführt werden müssen. Der Bischof hat ausdrücklich daran erinnert, dass wir uns nicht einerseits weigern können, einen hohen Betrag einzunehmen, der später so viele Zinsen abwirft, dass sie die fehlende Pacht wettmachen, und andererseits immer neue Sonderzuschüsse beantragen, die dann von den anderen Gemeinden des Bistums bezahlt werden müssen.

Wenn ich es richtig verstanden habe, ist ein Großteil des Landes schon seit den Zeiten der Heiligen Verafredis unser Eigentum, als Hülkendonck noch eine Halbinsel im Rhein war und nur aus einem Benediktinerinnenkloster bestand. Das ist schon über tausend Jahre her. Die Schwestern waren eigens aus Frankreich gekommen, um hier als leuchtendes Beispiel von Frömmigkeit und Gottesliebe zu leben. Damals hingen die Leute auf der anderen Rheinseite noch dem Heidentum an und haben immer versucht, den Christen auf unserer Seite die Höfe zu plündern und die Felder anzustecken. Pastor Würmeling erzählt jedes Jahr in seiner Predigt zum Patronatsfest, wie es damals hier zugegangen ist: Es herrschten Mord und Totschlag, denn die Heiden hatten schon viele Schlachten verloren und kämpften deshalb umso verbissener. Es waren dunkle und gefährliche Zeiten. Die Frauen, die von der Heiligen Verafredis gesandt wurden, um bei uns das Kloster zu gründen, wussten natürlich, dass sie vielleicht den Märtyrertod sterben würden, doch sie standen fest im Glauben und kannten weder Zweifel noch Furcht. Die Heiden am anderen Ufer hießen »Sachsen«. Ihre Nachfahren findet man heute in der Gegend von Hannover und in der DDR. Die einen sind später evangelisch geworden, und die anderen haben nach dem letzten Krieg von den Russen den Kommunismus angenommen, der sich ja auch zum Ziel gesetzt hat, das Christentum auszurotten. Damals, als die Gefährtinnen der Heiligen Verafredis nach Hülkendonck kamen, beteten die Sachsen Odin, Freya und noch viele andere Götter an, denen man Menschenopfer bringen musste, um sich ihr Wohlwollen zu sichern. Heilige Frauen, die ihr Leben und ihre Jungfräulichkeit Gott geweiht hatten, waren in dieser Hinsicht natürlich eine besonders verlockende Beute. Wenn es den Heiden gelang, eine von ihnen zu entführen, rissen sie ihr bei lebendigem Leib das Herz aus der Brust oder verbrannten sie am Marterpfahl – so ähnlich, wie es später die Indianer gemacht haben. Das ging über dreißig Jahre so, bis Karl der Große die Sachsen endgültig besiegen konnte und den wahren Glauben auf der anderen Rheinseite durchgesetzt hat. So lange gibt es den Bischof von Münster schon. Das sollte man auch nicht vergessen, bevor man sich gegen ihn auflehnt.

Tante Rieke sagt, dass diese Leute, die jetzt von auswärts kommen, um gegen den Brüter zu kämpfen, auch an die Ideen des Kommunismus glauben, was man leicht an ihren Kleidern und Haaren erkennen kann. Selbst bei denen, die nicht direkt zur Baader-Meinhof-Bande gehören, muss man sehr vorsichtig sein. Weder respektieren sie das Eigentum, denn im Kommunismus soll ja alles allen gehören, noch halten sie sich an die Gesetze, weshalb man abends inzwischen Angst haben muss, alleine auf die Straße zu gehen. In dieser Hinsicht war es unter Hitler besser, sagt Tante Rieke, auch wenn er sonst natürlich viel Schaden angerichtet hat. Genau wie die Regierungen im Ostblock, von denen diese kommunistische Bewegung in den Großstädten heimlich unterstützt wird, sind sie gegen das Christentum und greifen den Bischof noch schärfer an, als es unsere Bauern tun. Sie haben sogar schon den Aushang an der Kirche und die Außenwände der alten Schule mit Parolen beschmiert. Sollten sie tatsächlich eines Tages an die Macht kommen, kann es gut sein, dass sie uns um unseres Glaubens willen verfolgen, vielleicht sogar umbringen.

Es ist schwer zu begreifen, dass Leute wie die Bauern Praats, Geerck, Mehringhoff und seine Frau, und sogar der Bauer van Elst, die doch jeden Sonntag in die Messe gehen und von denen man immer angenommen hat, dass sie aufrichtig und fromm sind, mit solchen Menschen gemeinsame Sache machen wollen.

Auch wenn ich nicht glaube, dass Bauer Praats direkt zu den Terroristen gehen und sie um Unterstützung bitten würde, kann es natürlich trotzdem sein, dass sie nachher die Namen derer kennen, die sich bei uns im Dorf für den Brüter einsetzten, und auch wissen, welche Rolle mein Vater dabei spielt. Vielleicht geben sie diese Informationen in ihren Geheimbesprechungen an Bandenmitglieder weiter, die im Untergrund leben, um Leute, die ihnen nicht gefallen, zu ermorden. Ich vermute, dass meine Mutter auch deshalb besorgt ist und meinen Vater sehr unvorsichtig findet, wenn er sich so unverhohlen für den Brüter ins Zeug legt. Er spricht jetzt ja öfter mit der Zeitung, und jeder kann nachlesen, wie er die ganze Sache sieht. Da er keine bedeutende Persönlichkeit ist, wie zum Beispiel der Ministerpräsident oder der Bundeskanzler, haben wir natürlich keine Leibwächter, die uns schützen. Man sieht zwar in letzter Zeit viel mehr Polizisten auf den Straßen, die Personenkontrollen durchführen und Kofferräume verdächtiger Autos nach Waffen durchsuchen, und wir sind alle erleichtert, dass zumindest die Anführer der Baader-Meinhof-Bande im Gefängnis sitzen, aber vielleicht wählen die, die noch frei herumlaufen, sich gerade deshalb Opfer aus, die nicht berühmt sind, ihren Zielen aber genauso im Weg stehen wie ein Minister. Meine Mutter sagt zwar nicht direkt, dass sie meinen Vater für gefährdet hält – vermutlich auch weil sie uns Kinder nicht beunruhigen will –, aber man spürt doch, dass sie sehr angespannt ist. Wenn es nach ihr ginge, sollte für Baader, Meinhof und ihre Anhänger sogar die Todesstrafe wieder eingeführt werden: »Ich würde da kurzen Prozess machen: Einfach köpfen!«, sagt sie. Einmal hat sie es auch gesagt, als Frau Praats und Frau Seesing bei uns im Auto saßen. Sie haben ihr beigepflichtet, wobei das schon zwei oder drei Monate her ist. Damals konnte noch niemand ahnen, dass der Kirchenvorstand aufgelöst wird, und ich weiß nicht, wie Frau Praats sich heute zu dieser Frage stellt.

Obwohl ich die Terroristen hasse und große Angst vor ihnen habe, glaube ich trotzdem nicht, dass meine Mutter in dieser Hinsicht recht hat. Ich bin der Meinung, dass ein Christ selbst Mördern vergeben muss, jedenfalls wenn sie ihre Taten bereuen. Ansonsten kann man dafür sorgen, dass sie so lange im Gefängnis bleiben, bis sie ihr Unrecht einsehen und keine weiteren Verbrechen begehen. Wenn man wirklich Jesus nachfolgen will, sollte man sie eigentlich dort besuchen, mit ihnen reden, wie der Kaplan es in seiner Predigt vorgeschlagen hat. Streng genommen muss man sie sogar lieben, aber das finde ich wirklich sehr schwer.

Zu allem Überfluss haben jetzt auf dem Grundstück nebenan auch noch die Bauarbeiten angefangen. Meine Mutter fürchtet, dass es mit dem ruhigen und friedlichen Leben bei uns ein für alle Mal vorbei ist. Meine Eltern hatten damals, als sie den Platz für unser Haus ausgesucht haben, extra darauf geachtet, dass es genug Abstand in alle Richtungen gibt, damit uns nachher niemand in die Fenster und auf die Terrasse schaut.

Im Moment ist ein Bagger dabei, ein riesiges Loch zu graben. Neben unserer Küche, bis vor das Mäuerchen, das unser Eigentum von ihrem abgrenzt, erhebt sich ein Berg Erde, der uns den Blick verstellt. Auch wenn ich im Prinzip nichts gegen die Leute habe, die unsere neuen Nachbarn werden, und Frau Stauder wirklich sehr schön finde, gefällt es mir jetzt, wo ich mir ungefähr vorstellen kann, wie dicht ihr Haus später an unserem stehen wird, doch nicht mehr, dass sie dort bauen. Mein Vater hat schon überlegt, einen eigenen Vermesser zu bestellen und prüfen zu lassen, ob sich der Architekt von Stauders wirklich an die Bestimmungen gehalten hat. Auch dass sie für das Ausheben der Grube und die Betonarbeiten nicht Onkel Nöpps Firma genommen haben, sondern Hein Gehrlings aus Onderkerk, der sowieso immer versucht, ihm die Aufträge wegzuschnappen, war keine gute Entscheidung von Stauders. Vielleicht wussten sie als Städter nicht, dass es üblich ist, einheimische Firmen zu bevorzugen, wenn man neu in ein Dorf kommt und bestimmte Arbeiten machen lassen muss. Dann sollte man nach Feierabend auch mal mit dem Baggerführer, den LKW-Fahrern und ihrem Chef in die Wirtschaft gehen, sei es zu Pooth oder zu Verhülsdonck – das spielt in diesem Fall keine Rolle. Aber wenn man sich einen Bauunternehmer von auswärts holt, denken die Leute hier, dass man in Wirklichkeit gar nicht dazugehören will, sondern nur zum Wohnen herzieht und ansonsten seine Zeit lieber weiterhin in der Stadt verbringt.

Da bei uns jeder jeden kennt, sind immer alle sehr neugierig, sobald Fremde bei uns bauen, um was für Menschen es sich handelt und ob sie die Bereitschaft zeigen, sich an das Leben in Hülkendonck anzupassen. Ich würde Stauders zum Beispiel raten, samstags, nachdem sie ihre Baustelle besichtigt haben, hier in die Vorabendmesse zu gehen, statt gleich wieder wegzufahren. Dann hätten auch die Leute aus dem Geiteneck sie zumindest schon einmal gesehen und würden sich nicht mehr über das fremde Auto wundern, das jetzt öfter hier herumsteht. Es könnten ja genauso gut Einbrecher sein. Als Neue müssen sie sich natürlich nicht gleich in der Sache mit dem Schnellen Brüter auf eine Seite schlagen. Das ist ohnehin nicht ratsam, da sie sich mit den hiesigen Verhältnissen ja noch gar nicht auskennen und bis jetzt weder offiziell zu unserer Pfarrgemeinde gehören, noch etwas über die Geschichte der Ländereien wissen, um die es geht. Da verhält man sich besser erst einmal abwartend. Dass es diese ganzen Streitigkeiten bei uns gibt, werden sie aber aus der Zeitung wissen, und wenn sie trotzdem bei ihrem Entschluss geblieben sind, hier zu bauen, sind sie vermutlich nicht unbedingt gegen den Schnellen Brüter. Bislang haben Herr und Frau Stauder sich aber noch überhaupt mit niemandem aus dem Dorf zusammengesetzt, um zu erzählen, was sie machen, oder sich einfach mal zu erkundigen, wie es bei uns zugeht. Eigentlich reden sie immer nur mit dem Architekten. Ich habe auch nicht gesehen, dass sie den Bauarbeitern einen Kasten Bier hingestellt hätten, wie man es üblicherweise tut. Die Leute von Gehrlings, die mein Vater natürlich auch kennt, haben bei uns gefragt, ob sie Strom bekommen können, und erzählt, dass es ziemlich stieselige Leute sind. Jetzt führt immer eine Kabeltrommel von unserer Garage auf die Baustelle, Frau Stauder klingelt manchmal, um zu fragen, ob sie unsere Toilette benutzen darf. Das ist alles. Wobei meine Mutter es ihr zwar erlaubt, aber wenig begeistert davon ist, sie ins Haus zu lassen – nicht, weil sie grundsätzlich dagegen ist, jemandem unsere Toilette zur Verfügung zu stellen, sondern weil Frau Stauder seit der ersten Begegnung keinerlei Anstalten gemacht hat, ein gutes Verhältnis zu uns aufzubauen. Manchmal grüßt sie nicht einmal, wenn wir aus der Tür kommen oder aus dem Auto steigen. Auf diese Weise macht man sich den Neuanfang natürlich nicht gerade leichter. Wenn die Leute erst einmal ein schlechtes Bild von einem haben, wird es sehr schwer, sie nachher wieder davon abzubringen.

18.

Es gibt nichts mehr von Juliane hier, in meinem früheren Zimmer. Ich habe in alle Schubladen geschaut, die mit den tiefen Fächern ganz herausgezogen, um auf keinen Fall etwas zu übersehen, sämtliche Schränke durchwühlt, sogar die großen Rollkästen unter den Betten durchsucht: keinen der beiden ausgeleierten Haargummis, die sie mir gegeben hat, weil ich irgendetwas haben wollte, das nach ihr roch; keinen der roten Flusskiesel, die sie für mich aufgehoben hat, auch keinen von den abgerissenen Zetteln, die sie mir manchmal beim Abschied in die Hand drückte, entweder damit ich sie nicht vergesse oder damit ich mir merke, dass sie mir nicht gehört, dass sie flüchtig ist – je nachdem in welcher Stimmung sie gerade war.

»Es ist Unsinn/ sagt die Vernunft/ Es ist was es ist/ sagt die Liebe«, stand da, oder »Lebe wild und gefährlich, Artur«, aber auch »Life is nothing but a joke« und »Es ist, wie es ist, und es ist fürchterlich.«

Eine Weile bin ich während des Suchens in den Ordnern mit Lernblättern und Hausaufgaben aus der Grundschule hängen geblieben, die meine Mutter gelocht, abgeheftet und bis heute aufbewahrt hat.

Der Bau des Schnellen Brüters ist in diesen vier Jahren nicht ein einziges Mal Thema gewesen. Offenbar nahmen die Lehrer an, dass wir noch zu klein waren, um uns mit solchen Fragen zu beschäftigen, dass es sich um eine Angelegenheit der Erwachsenen handelte, die uns nicht betraf. Die vierzehn Kreuzwegstationen, die ich in der dritten Klasse gemalt habe, während der Fastenzeit, stecken jeweils zu zweit in Klarsichthüllen. Das Einzige, was Fräulein Akamp damals dazu einfiel, war: »Da hast du aber sicher viele Filzstifte verbraucht.«

Sogar einen Brief von Dr. Spanke habe ich gefunden. Darin schwärmt er von den wunderbaren und seltenen Faltern, die er während des Sommerurlaubs im Wallis gefangen hat. Er stammt aus der Zeit, als ich schon einige Wochen mit Juliane zusammen war und mich kaum noch um die Schmetterlinge gekümmert habe. Dr. Spanke gab sich damals große Mühe, meine Begeisterung neu zu entfachen.

Einer der beiden Bettkästen ist randvoll mit den Sachen meines Bruders: zusammengefaltete Schalke-Poster, Alben mit Bundesligastickern, Hunderte Blätter seiner Experimente mit selbst hergestelltem Marmorpapier, eine Pro-und-contra-Liste zur Frage, ob er eine Buchbinderlehre machen soll oder nicht. Sie fällt zugunsten der Buchbinderei aus, er hat sich dann aber doch dagegen entschieden. Außerdem sind da Briefe seiner ersten Freundin, Bettina, die ihm offenkundig so wenig fehlen, wie mir bis gestern irgendein Ding von Juliane gefehlt hat. Auch er hat es bis heute nicht geschafft, seine alten Sachen mit zu sich nach Hause zu nehmen, obwohl er ebenfalls schon über zwanzig Jahre nicht mehr hier lebt.

Als ich weggegangen und in ein winziges Studentenwohnheimzimmer gezogen bin, habe ich zum ersten Mal sehr viel weggeworfen. Ich war ja sicher, dass das wahre Leben jetzt erst anfing und dass ich dieses ganze Zeug nie wieder brauchen würde. Meine Vergangenheit lag abgeschlossen hinter mir, sie ging mich nichts mehr an. Das meiste, was ich bis dahin aufgehoben oder in Tagebücher geschrieben hatte, war mir peinlich. Ich wollte es nie wieder sehen und auf keinen Fall sollte es meinen Eltern in die Hände fallen. Dass die Schmetterlingsbretter noch hier sind, ist reiner Zufall. Hätte meine Mutter mich vor zehn Jahren oder vor einer Woche gefragt, ob ich sie noch brauche, wären sie im Müll gelandet, ohne dass ich einen weiteren Gedanken daran verschwendet hätte.

Insofern war ich mir eigentlich ziemlich sicher, dass da nichts mehr ist, was von Juliane stammt – aber eben nicht zu hundert Prozent –, und aus einem der rätselhaft zwingenden Gründe, die einem manchmal nach Mitternacht einfallen, wenn plötzlich alles mit allem zusammenhängt und die unsichtbare Ordnung hinter den Dingen aufscheint, habe ich noch einmal angefangen zu suchen.

Wahrscheinlich gibt es inzwischen überhaupt nichts mehr von Juliane. Sie war das einzige Kind ihrer Eltern. Ihre Eltern sind tot. Bestimmt haben sie, lange bevor sie gestorben sind, alles aus dem Haus geschafft, was an Juliane erinnerte, entweder in ungebrochener Wut auf das eigene Kind, oder weil sie den Schmerz, der aus ihren Sachen sickerte, auslöschen mussten, um weiterleben zu können. Juliane selbst wollte sowieso so wenig wie möglich besitzen. Am liebsten gar nichts. Da bleibt dann nicht viel zurück, wenn man verschwindet.

Wir haben nicht zusammen geschlafen in dieser ersten Nacht.

Irgendwann waren wir nackt auf ihrer Matratze im hinteren Teil des Melkstalls. Um uns herum herrschte völlige Dunkelheit. Vermutlich schien der Mond, das Fensterkreuz warf einen schwachen Schatten auf den Boden, von dort fiel sehr wenig

Licht auf uns, gerade genug, dass ich die Formen ihres Körpers ahnen, in ihren Blick tauchen konnte. Ich war über ihr, zwischen ihren geöffneten Schenkeln.

»Hast du das schon mal gemacht?«, flüsterte sie.

»Nicht ganz – also nicht richtig.«

»Mach es beim ersten Mal mit jemandem, den du wirklich liebst.«

»Dich liebe ich wirklich.«

»Das glaubst du jetzt, ich weiß schon. Trotzdem.«

Natürlich hätte ich es in diesem Moment gewollt: Die Grenzen meines Körpers verlassen, mit ihr verschmelzen, *ein Fleisch werden*, wie es in der Bibel hieß. So hatte ich mir die Liebe immer vorgestellt – dass man nicht mehr zwei, sondern eins ist. Sie hatte ebenso wenig mit den technischen Vorgängen zu tun, die in Biologiebüchern und Aufklärungsbroschüren beschrieben wurden, wie mit dem Schulhofgerede, wo von »Poppen«, »Nageln«, »Drüberrutschen« die Rede war.

»Es ist auch so schön«, sagte sie, zog mich an sich, begann mich erneut zu küssen, Nase, Stirn, Ohren, Wangen, Hals, bis wir wieder nur aus Händen, Lippen und Zungen bestanden. Schwebend und schwer tasteten wir uns durch die Dunkelheit. Alles war wie von Innen erleuchtet. Irgendwann glitt sie unter meinen Fingerspitzen davon, atmete schneller und lauter, warf sich mir entgegen und hielt sich den Mund zu, in ihren weit aufgerissenen Augen verschwanden die Pupillen, für einen Moment war da nur der leere Schimmer des Weißen zu sehen. Ich dachte, dass die anderen nebenan bestimmt alles mitbekamen. Die Tür zwischen den beiden Räumen schloss nicht richtig, und in der Dunkelheit war schon das Rascheln des Schlafsacks, jedes geflüsterte Wort, laut wie ein Schrei. Es wäre peinlich, wenn wir – wenn ich später vor ihnen stünde und sie vielsagend grinsten, ohne irgendetwas zu wissen, doch dann war auch das egal. Über den Feldern erschien ein schmaler Streifen Morgenlicht. Juliane murmelte etwas, sie war wie benommen, drehte sich auf die Seite. Ich schob mich an ihren Rücken, so nah, wie es irgend ging. Wir dämmerten weg, schliefen ein, und als wir aufwachten, begannen unsere Hände von vorn.

Irgendwann krähte ein Hahn in der Nähe. Ich hörte Stimmen und Schritte im Nebenraum, Lachen, jemand zog die Klospülung, dazu das Meckern der Ziegen.

Plötzlich flog die Tür auf und Gerrit stand da. Ich schreckte hoch, zog den Schlafsack über Juliane und mich. Er war mindestens zehn Zentimeter größer, sicher auch stärker als ich, und die Art, wie er hereinkam, klang nach Zorn, doch das Einzige, was er sagte, war: »Ach, hier seid ihr. – Wir haben die ganze Kaffee ausgetrunken, jemand muss neuen besorgen gehen.«

»Verpiss dich«, sagte Juliane.

Er runzelte die Stirn, irgendetwas lag ihm auf der Zunge, aber dann drehte er sich wortlos um und zog ab.

Sie kicherte.

»Hattest du mal was mit ihm?«, fragte ich.

»Vergiss es.«

Es klang so, dass es sowohl »ja« als auch »nein« bedeuten konnte.

»Ich meine jetzt nicht, weil ich …«

Sie legte mir den Zeigefinger auf den Mund: »Psst. – Jetzt ist der Moment, auf den es ankommt. Gestern ist egal und morgen auch.«

Einen Augenblick lang glaubte ich ihr, dann stieg Angst auf, dass sie mir schon wieder entglitt, während sie noch in meinem

Arm lag. Gleichzeitig war ich sicher, dass alles, was sie vorher erlebt hatte, mit Gerrit, Albo, irgendjemandem aus Cleve oder sonst woher, nur Vorstufen der wirklichen Liebe gewesen waren – dass sie es nur noch nicht wusste, aber wissen würde, und dann wäre alles für immer gut.

»Ich muss pinkeln«, sagte sie. »Und ich hab Durst.«

Sie stand auf, fuhr sich mit beiden Händen über den Körper, wie um sich zu vergewissern, dass sie noch vollständig vorhanden war.

Es war das erste Mal, dass ich neben einer Frau aufgewacht war, das erste Mal, dass eine Frau ganz nackt vor mir stand. Am liebsten hätte ich gesagt: Bleib einfach so, geh nicht fort, ich möchte nie wieder aufhören dich anzusehen, sagte aber nur: »Wie schön du bist.«

Sie runzelte die Stirn: »Schau mich nicht an wie einen deiner Schmetterlinge.«

Lachte.

Dann ging sie an den halb verrosteten Blechspint aus irgendeiner Büroauflösung, in dem ihre Kleider lagen, und holte sich einen Slip. Ihre Bewegungen waren selbstverständlich und frei, ohne eine Spur von Scham oder Unsicherheit, als wäre es für sie die normalste Sache der Welt, vor einem Mann nackt zu sein.

»Du kannst noch liegenbleiben«, sagte sie und strich mir über die Haare.

»Wozu, wenn du nicht mehr hier bist.« –

Das Erste, was meine Mutter sagte, als ich nach Hause kam, übermüdet, verschwitzt, mit ungeputzten Zähnen, war: »Du riechst nach Rauch.«

»Kann sein.«

Ich lächelte aus einer anderen Welt zu ihr herüber, woraufhin sie verständnislos den Kopf schüttelte.

»Ich weiß nicht, was es da zu grinsen gibt.«

»Ach Mutter …«

Ich bestand aus nichts als Liebe, die alle und alles andere einschloss, sogar sie, obwohl sie sich bemühte, hart und kalt zu wirken.

»Wo warst du, wenn ich fragen darf?«

Ich zuckte mit den Schultern: »Ist doch egal.«

Anders als tags zuvor wollte ich sie nicht kränken. Ich wollte ihr nicht einmal meine endgültige und vollständige Unabhängigkeit demonstrieren.

»Mir ist das nicht egal. Ich möchte wissen, wo du nachts bist.«

»In guten Händen, mach dir keine Sorgen.«

»Das musst du schon mir überlassen.«

»Ich war bei Freunden und wahrscheinlich bin ich da jetzt öfter, nur dass du dich schon mal darauf einstellen kannst.«

»Darüber reden wir noch.«

»Jaja, aber nicht jetzt.«

»Solange du nicht volljährig bist, haben deine Eltern da auch ein Wörtchen mitzureden.«

Ich ging auf mein Zimmer, schloss die Tür hinter mir ab und warf mich aufs Bett, todmüde und hellwach, mit einer schutzlosen, überscharfen Wahrnehmung: Alle Konturen waren wie mit dem Skalpell ausgeschnitten, die gelben Federbüschel auf den Köpfen des Kronenkranichpuzzles an der Wand explodierten, die Falter in den Kästen leuchteten, als wären sie aus phosphoreszierenden Substanzen gegossen. Alles fühlte sich fremd an, selbst die Luft schien eine andere Zusammensetzung zu haben. Ganz gleich, wie ich mich drehte, jede Berührung mit der Matratze, meinem Kissen war überdeutlich, als wäre meine langweilige Geburtshaut über Nacht abgezogen und durch eine neue, hochempfindliche Oberflächenmembran ersetzt worden. Ich roch an meinen Fingern, die Julianes Duft aufgesaugt und gespeichert hatten, wollte mir nie wieder die Hände waschen. Sobald ich die Augen schloss, schwangen die Echos ihrer Berührungen nach, ich sah ihr Gesicht ganz nah, uns beide vollständig und in allen Einzelheiten, die Bilder gingen ineinander über, aus den Schatten ihrer Augenhöhlen wuchsen die mäandernden Adern auf ihren Schläfen, fingen sich in den Windungen ihrer Ohrmuscheln, meine Handflächen spürten noch die Form ihrer Schultern, die Linien des Schlüsselbeins, ihre kleinen, festweichen Brüste.

Aber jetzt war Juliane nicht mehr da, und die Leere, die ihre Abwesenheit hinterließ, füllte sich mit der Furcht, für sie könnte diese Nacht nur eine Episode gewesen sein, ein Ausrutscher, wie er eben passiert an lauen Sommerabenden, wenn das Leben so dahinzog, sich in diesem, jenem und allem anderen verlor.

Es war vier Uhr nachmittags, wurde halb fünf, fünf. Meine Mutter kochte Gurken oder Bohnen ein, vielleicht auch Kirschen oder Mirabellen. Gegen sechs käme mein Vater nach Hause und es würde die nächste große Diskussion geben, diesmal nicht um die Frage, ob die Art und Weise, wie ich mit meiner Mutter sprach, angemessen oder respektlos war, sondern über meine Freiheit, selbst zu entscheiden, wo ich wann und mit wem übernachtete, über ihr Recht als Eltern, es zu verbieten und dieses Verbot, falls nötig, auch durchzusetzen – wie auch immer sie sich das vorstellten.

Ich wollte nicht streiten. Eigentlich überhaupt nicht, aber erst recht nicht heute. Es hatte ohnehin keinen Zweck. Wir lagen längst zu weit auseinander in dem, wie wir uns das Leben vorstellten, als dass es darüber noch Verständigung, geschweige denn Einvernehmen geben konnte.

Ich erinnere mich nicht, dass ich an diesem Tag noch mit meinem Vater aneinandergeraten wäre. Vielleicht sind wir uns einfach aus dem Weg gegangen, oder auch er hatte gerade keine Lust auf Streit. Je nachdem in welcher Stimmung er war, fing er Abend für Abend wieder von vorne an, mit mir über irgendetwas zu diskutieren, Haarlänge, Sitte und Anstand, christliche Werte, Atomkraft, Kapitalismus – jede Nachrichtensendung bot ein Dutzend Anlässe. Manchmal nahm er aber auch einfach hin, dass wir verschiedene Meinungen hatten, dass sich die Zeiten änderten, erinnerte sich, dass »die Jugend« ihre eigenen Wege ging, wie sie selbst damals gewesen waren, dass sie Zigaretten aus Gebetbuchpapier gedreht hatten, sich von den Rheinschiffen flussaufwärts hatten ziehen lassen, obwohl es lebensgefährlich war, mit Mädchen in Melkställen gelegen hatten. Vielleicht fiel ihm auch wieder ein, dass sein Vater, mein Großvater, sich nie um das geschert hatte, was die Leute dachten, dass er Nazis vom Acker gejagt, dem Pastor Prügel angedroht hatte, wenn er einen seiner Söhne noch einmal schlug, dass er völlig betrunken und rückwärts auf seinem Ackergaul sitzend in den großen Saal bei Pooth eingeritten war und eine Hochzeitsgesellschaft gesprengt hatte. »Blut ist dicker als Wasser«, sagte er dann und »Trinkst du ein Bier mit?«, holte zwei Flaschen aus dem Keller und wir schauten zusammen Fußball. Meine Mutter bekam ein Glas Wein eingeschenkt und starrte in sich verkapselt auf den Bildschirm, weil sie dem Frieden nicht traute.

Wahrscheinlich kam mein Vater an diesem Abend einfach später nach Hause – als ich schon wieder fort war –, weil er nach der Arbeit gleich zu einer Besprechung mit Architekten, Dachdeckern, Restauratoren oder Mitgliedern der bischöflichen Kunst-Kommission gefahren war. Die Gemeinde, St. Verafredis, hatte ja jetzt viel Geld: Das Kirchenschiff bekam ein neues Dach, die Tuffsteinmauern wurden aufwendig instand gesetzt, die alten Glasfenster Stück für Stück ausgebaut, gereinigt, Fehlstellen ergänzt, Chorgestühl, Skulpturen und Gemälde restauriert.

»Bis nachher – oder morgen«, hatte ich beim Abschied zu Juliane gesagt: »Mal sehen, wie die Lage bei uns ist.«

Je länger ich in meinem Zimmer war, hin- und herüberlegte, was ich tun sollte, Bücher aus dem Regal zog und wieder hineinschob, einen Brief und noch einen zu schreiben begann, beide nach einer halben Seite zerknüllte und in den Papierkorb warf, sie dort wieder herausfischte und sicherheitshalber in die abschließbare Schublade schob, desto unerträglicher wurde die Ungewissheit. Ich ging in den Keller zum Gefrierschrank, um Falter aufzutauen, die ich eingefroren hatte, weil ich nicht gleich dazu gekommen war, sie zu präparieren, stand davor, merkte, dass ich auch das jetzt auf keinen Fall tun konnte – Schmetterlinge präparieren –, stellte die Plastikbox wieder ins Fach, kehrte unverrichteter Dinge in mein Zimmer zurück.

In meinem Kopf war nur Juliane. Ich musste wissen, wie sie die vergangene Nacht – wie sie uns sah, ob wir jetzt richtig zusammen, ein Paar waren, ob alles noch galt, oder ob diese Idee, dass nur der Moment zählte, kein Vorher und kein Nachher, dazu führte, dass sie zwar nicht direkt widerrief, was gewesen war, aber auch nicht fand, dass daraus irgendetwas folgte.

Es war vielleicht sieben, als ich zum Melkstall kam. Der Radiorekorder war auf volle Lautstärke gedreht, ein Sänger, den ich nicht kannte, sang Deutsch: »Hörst du es flüstern im Land?/ Dracula sucht einen Sarg/ Helmut kauft sich Koks im Park/ Siehst du die Schrift an der Wand?/ Der Turm stürzt ein/ Der Turm stürzt ein/ Halleluja, der Turm stürzt ein …«

Dazwischen Hammerschläge, das Aufheulen der Kreissäge.

Steff und Robert standen in einiger Entfernung auf der Wiese, jeder mit einem Spaten, und hoben einen Graben aus. Die anderen waren mit dem Bau der Bühne beschäftigt, auch Juliane. Sie kniete mit Isa auf dem halb geschlossenen Boden, wo in zwei Wochen die Bands spielen sollten, nagelte Planken auf das Untergestell. Als sie mich sah, stieg sie herunter, umarmte und küsste mich – wie eine Frau ihren Freund begrüßt. Sie roch verschwitzt, ihr Schweißgeruch war süßlich und schwer, nicht sauer, scharf oder bitter.

»Und, wie war's?«, fragte sie.

»Keine Ahnung. Ich hab ein bisschen geschlafen und bin dann einfach wieder gegangen.«

»Kannst du helfen? Wir haben sauviel zu tun, wenn das alles rechtzeitig fertig werden soll.«

»Ich bin echt nicht besonders geschickt in handwerklichen Sachen. Aber ein paar Bretter aufnageln, das bekomme ich schon hin.«

»Stimmt, du arbeitest ja lieber mit Stecknadeln, Pinzetten und so was.«

»Ok, ok, ich weiß, dass du das scheiße findest.«

Ich verdrehte die Augen. Wir lachten.

»In einer der Werkzeugkisten ist sicher noch ein Hammer, frag mal Gerrit.«

Gerrit schraubte Metallwinkel auf Kanthölzer, sagte »Hey«, ohne aufzuschauen.

»Juliane meint, du hättest einen Hammer für mich.«

»Ah, so. Wie nageln geht, weißt du ja schon. Musst du selbst in die Kasten gucken.«

Ich wusste nicht, ob die Doppeldeutigkeit Absicht war oder mit seinem fehlerhaften Deutsch zusammenhing.

Der Sänger sang jetzt: »Kenne die Liebe, nenne sie Liebe/ Schlafen vom Küssen/ Träumen vom Leben/ Ein Tag bei Gott/ Trihell wie Strahlen auf weißen Sohlen/ Todschöne Einsamkeit/ Wann sehen wir uns wieder? Wann? ...«

Ich mochte die Stimme nicht.

Der einzige Hammer, den es noch gab, war zu groß und zu schwer, aber ich nahm ihn trotzdem, denn ich wollte mit Juliane arbeiten, mit ihr zusammen etwas gegen das gigantische Zerstörungswerk tun, das sie gegenüber errichteten, ihr zeigen, dass ich an ihrer Seite war, dass sie auf mich zählen konnte.

Die Bühne erhob sich anderthalb Meter über den Boden, darunter befand sich eine ziemlich perfekt gezimmerte Balkenkonstruktion, die hauptsächlich Albo gebaut hatte. Bis jetzt war sie allerdings erst zu einem Fünftel mit Latten gedeckt, auch die Seiten standen noch offen.

Juliane sagte: »Du kannst den Teil hier neben mir nehmen.«

Sie schlug doppelt so viele Nägel in der Hälfte der Zeit ins Holz wie ich. Mein Vater hätte sich meiner geschämt, wenn er mich gesehen hätte. Mehrmals traf ich meinen Daumen, schließlich war er über den Gelenkknochen aufgeratscht und blutete, während sie die Nägel mit drei, vier präzisen Schlägen im Holz versenkte. Vielleicht lag meine Ungeschicklichkeit aber auch weder an handwerklicher Minderbegabung noch an fehlender Übung, sondern hauptsächlich daran, dass ich ständig zu ihr herüberschaute, dass sich die Bilder der Nacht über ihre sicheren und kraftvollen Bewegungen legten, dass ich viel zu glücklich war, in ihrer Nähe zu sein, als dass ich mich auf irgendeine Arbeit hätte konzentrieren können, und am liebsten sofort mit ihr allein gewesen wäre.

Ein Huhn flatterte zu uns herauf, legte den Kopf schief, sah uns an. Juliane hielt inne, sagte: »Na du. Ich fürchte, hier gibt's weder Körner noch Würmer für dich.«

Lange Strähnen waren ihr aus dem Haargummi gerutscht und fielen ihr ins Gesicht, nass geschwitzt, halb verfilzt. Sie nahm meinen zerschredderten Daumen: »Brauchst du ein Pflaster?«

»Ach Quatsch.«

Ich rutschte an sie heran, grub mein Gesicht in ihren Hals: »Du schmeckst salzig.«

»Gut oder schlecht?«

Biss leicht zu.

»Offenbar gut«, murmelte sie und »später«, stand auf, sagte, »Salz macht durstig«, holte eine Flasche Bier aus dem Trog. Wir tranken abwechselnd aus der Flasche, sie drehte uns zwei Zigaretten. Der Rauch schrieb »Freiheit«, »Liebe« und »Kampf« in die Luft.

»Lass uns noch ein bisschen weiterarbeiten«, sagte sie. »Es ist so viel zu tun.«

»Klar.«

Irgendwann war es zu dunkel, um mit einem Hammer auf Nagelköpfe zu schlagen. Albo sagte: »Gerrit und ich fahren Pommes essen. Will jemand mit?«

»Willst du?«, fragte Juliane.

»Muss nicht.«

Isa stieg ebenfalls ins Auto, nach kurzem Zögern schloss Susanne sich an.

»Wir hauen auch mal ab«, sagte Robert.

»Viel Spaß«, rief Juliane und sprang vom Gerüst. Sie ging zu dem randvollen Kuhtrog, nahm zehn oder zwölf Bierflaschen heraus und stellte sie zur Seite, bevor sie ihr Hemd, ihre orientalische Pumphose samt Slip abstreifte und hineinstieg. Das Wasser schwappte über die Seiten, sie tauchte ganz unter und wieder auf, rief: »Komm rein. Ist total geil!«

Ich wartete, bis auch Roberts Wagen sich in Bewegung setzte, bevor ich mich auszog.

Das Wasser war kalt – gerade richtig nach der schweißtreibenden Arbeit. Sie spritzte mir einen Schwall ins Gesicht, ich versuchte, ihre Handgelenke zu packen, sie war erstaunlich stark, entwand sich jedes Mal, der Trog schwappte über, wir rangelten, lachten, sie rutschte auf meinen Schoss, schlang ihre Arme um mich. Im Wasser fühlte sich ihre Haut ganz anders an.

Es war fast dunkel, der Brüter leuchtete, dazu Straßenlaternen in der Ferne. Sie bekam Gänsehaut auf den Schultern, den Armen. »Lass uns reingehen«, flüsterte sie, obwohl niemand mehr hier war, der uns hätte hören können. Im Vorbeigehen zog sie ein Handtuch von der Leine, trocknete sich flüchtig ab, warf es mir zu, klaubte ihre und meine Sachen zusammen, halb umschlungen stolperten, taumelten wir mehr, als dass wir gingen, in den Melkstall, fielen auf ihre Matratze, Mund an Mund, Bauch an Bauch, immer enger ineinandergeschoben. Sie war weit geöffnet, floss über.

»Ich liebe dich, Juliane. Glaub es einfach.«

»Kann sein, kann auch nicht sein.«

»Soll ich weiter?«

Ich hatte Angst und keine Angst.

»Ist egal, komm. Ich hab Lust.«

XIX.

Die Männer vom Wahlvorstand, vor allem mein Vater und Pit Eykhuis, haben jetzt zusammen mit Pastor Bietighoff und Pastor Würmeling, der zwar nicht dazugehört, aber doch von vielen im Dorf wegen seines Amtes sehr geachtet wird, lange Gespräche geführt, um eine gute Liste für die Neuwahl des Kirchenvorstands zu erstellen. Obwohl die meisten in Hülkendonck wollen, dass der Schnelle Brüter gebaut wird, war es nicht leicht, Leute zu finden, die sich bereit erklären zu kandidieren, denn wer sich aufstellen lässt, gibt damit zu, dass er auch die Entscheidung des Bischofs gegen den alten Kirchenvorstand unterstützt. Je nachdem mit wem man in der Nachbarschaft, bei der Feuerwehr, im Tambourcorps, im Kegelklub oder am Stammtisch zu tun hat, handelt man sich damit eine Menge Ärger ein. Sowieso reden schon jetzt viele, die immer in Frieden zusammengelebt haben, nicht mehr miteinander oder beschimpfen sich gegenseitig. Manche, die normalerweise vielleicht im Kirchenvorstand mitgemacht hätten, sind zwar nicht gegen den Schnellen Brüter, aber auch nicht so begeistert davon, dass sie sich deshalb mit irgendjemandem zerstreiten würden, oder sie wollen einfach ihre Ruhe haben.

Die Kandidaten auf der Liste sind: unser Nachbar Wim Heesters, der Monteur bei Slaack ist und meinen Vater morgens mit zur Arbeit nimmt, weil meine Mutter ja mit unserem

Auto zur Schule fährt; der Elektriker Heinz Janssen aus dem Geiteneck; Fritz Opgenrhein, der zu den wenigen Brüter-Befürwortern unter den Bauern zählt, allerdings hat er auch kein Kirchenland gepachtet. Sein Sohn, Reinhard, geht in dieselbe Klasse wie ich, im Unterschied zu Uwe und Martin Praats ist er aber nicht schlecht in der Schule. Erwin Murmann, den alle »den Zwölfender« nennen, weil er zwölf Jahre bei der Bundeswehr war, bevor er zum Finanzamt gewechselt hat, steht auf der Liste, Pit Eykhuis selbst, der inzwischen ganz auf unsere Seite umgeschwenkt ist, und natürlich mein Vater. Dazu gibt es zwei Ersatzkandidaten, nämlich den Bäcker, Kurt Gerritsen, und Ludwig Kamps, der bei der Stadt arbeitet. Mein Vater hätte gern noch Bauer Seesing überzeugt, sich aufstellen zu lassen, weil dieser aufgrund der Größe seines Hofes, der ja in früheren Zeiten die Burg der Herren von Hülkendonck war, allgemein respektiert wird, aber Bauer Seesing hat abgewunken. Insgesamt ist mein Vater trotzdem zufrieden.

Ich glaube auch, dass es eine gute Liste ist. Nur Erwin Murmann mag ich nicht besonders. Er trägt einen Kinnbart und ist der Einzige aus dem Dorf, der mit meinem Vater Hochdeutsch spricht. Es klingt ziemlich aufgesetzt, auch weil er – ähnlich wie mein Großvater – einzelne Wörter auf Platt einflicht, die sich aus seinem Mund wie falsches Hochdeutsch anhören. Wahrscheinlich hat er es sich auf dem Finanzamt angewöhnt. Die Platt-Brocken sollen den Leuten zeigen, dass er sich trotz seiner Position nicht für etwas Besseres hält, aber das Hochdeutsch macht deutlich, dass er als Amtmann ein gute Schulbildung hat und am Ende zu Recht bestimmt, wer wie viele Steuern bezahlen muss.

Von den Brütergegnern findet sich natürlich keiner auf der Liste, weil sie ja gezeigt haben, dass sie ihre persönlichen

Interessen über das Wohl der Gemeinde stellen und sich von kirchenfeindlichen Kreisen beeinflussen lassen.

Die sechs Kandidaten mit den meisten Stimmen haben am Ende gewonnen. Warum zwei als »Ersatzmitglieder« aufgelistet sind, weiß ich nicht, ich wollte aber auch nicht nachfragen. Meinen Eltern ist es lieber, dass ich mir nicht so viele Gedanken über diese Angelegenheiten mache. Nicht, dass sie das Thema wechseln würden, wenn ich plötzlich hereinkomme, während sie darüber sprechen, oder Unterlagen, Briefe und Rundschreiben vor uns verstecken. Die Brüterprospekte liegen im Esszimmer bei den Zeitungen. Wenn ich früher als meine Mutter mit der Schule fertig bin und Tante Rieke in der Küche zu tun hat, kann ich mich auch einfach ins Arbeitszimmer setzen und die Matritzendurchschläge von den Sitzungsprotokollen lesen oder Zeitungsausschnitte zum Schnellen Brüter, die meine Mutter sorgfältig ausschneidet und in einer Kladde sammelt. Mein Vater vertraut mir zwar, aber er hat Sorge, ich könnte aus Versehen etwas auf dem Schulhof erzählen, und dann weiß es gleich das ganze Dorf. Abgesehen davon glauben meine Eltern, dass Politik für uns Kinder langweilig ist. Meine Mutter meint, ich habe mehr davon, wenn ich Bücher wie *Die Schwarze Sieben*, *Emil und die Detektive* oder *Winnetou* lese und im Fernsehen Heinz Sielmann, Professor Grzimek oder Quizsendungen gucke, bei denen man sein Wissen vergrößern kann. Wenn ich doch einmal eine Frage stelle, zum Beispiel, ob es eigentlich eine richtige Wahl ist, wenn kein Brütergegner auf der Kandidatenliste steht – auch niemand von denen, die kein Pachtland verlieren, wie Willi Verhülsdonck –, sagt sie: »Das ist alles sehr kompliziert, und glaub mir, es interessiert dich auch nicht.«

Mein Vater fügt hinzu: »Das sind so Spielchen unter Erwachsenen, sei froh, dass du damit noch nichts zu tun hast.«

Die meisten Erwachsenen glauben, wir Kinder würden in einer Art Phantasieland leben, das mit der wirklichen Welt nichts zu tun hat, obwohl sie doch selbst einmal Kinder gewesen sind und es eigentlich besser wissen müssten. Meine Mutter jedenfalls kann sich gut daran erinnern, wie ihre Onkel und Tanten während der Nazizeit sonntags immer zusammensaßen und sich über Hitler gestritten haben: Onkel Erhard war von Anfang an in der Partei und freute sich regelrecht, als der Krieg anfing; Onkel Hilbert arbeitete bei der Stadt Köln und ist dann Parteimitglied geworden, weil er sonst seine Arbeit verloren hätte; mein Großvater wollte immer in die Partei eintreten, aber meine Großmutter hat es ihm verboten; Onkel Otto, der Mann von Tante Wilhelmine, war fast so etwas wie ein Kommunist, zeigte es aber nicht in der Öffentlichkeit; Onkel Heinrich und seine Frau, Tante Gisela, sind am Ende sogar ins KZ gekommen, weil sie als Katholiken fanden, dass Hitler ein Verbrecher ist. Zu dieser Zeit war meine Mutter erst sieben oder höchstens zehn Jahre alt, aber sie sagt, dass sie diese Diskussionen immer gespannt verfolgt hat.

Zwar droht bei uns jetzt nicht direkt ein Krieg, aber ich will doch wissen, was in unserem Dorf passiert. Der Schnelle Brüter wird ja eines Tages den Strom für unser Haus liefern, und wenn er, wie die Gegner behaupten, das ganze Land verseucht, vielleicht sogar explodiert, sterben wir Kinder genauso wie die Erwachsenen. Da mein Vater sich so entschlossen für den Bau einsetzt, ist es auch für mich wichtig zu wissen, wer auf welcher Seite steht und wie sich bei manchen Leuten in dieser Situation ihr wahrer Charakter zeigt, denn ich treffe sowohl Gegner als auch Befürworter, wenn ich bei Gerritsen Brötchen kaufe, in der Wirtschaft Pooth alten Holländerkäse hole oder einfach auf der Straße, ohne dass von meinen Eltern jemand dabei ist.

Deshalb lese ich die Sachen über den Brüter meistens heimlich und nehme mir auch manchmal die Zeitung, um zu sehen, was in der Welt vor sich geht. Wenn meine Eltern sich über die Kirchenvorstandswahlen, die Baader-Meinhof-Bande, den Bundeskanzler oder die Ölkrise unterhalten, tue ich so, als würde ich das Fernsehprogramm studieren oder wäre in ein Buch vertieft, damit sie nicht merken, dass ich zuhöre.

Manchmal frage ich auch Tante Rieke und Tante Ada nach ihrer Meinung, weil sie ja dieselben Leute kennen wie mein Vater, nur eben schon viel länger, denn sie sind ungefähr dreißig Jahre älter als er.

Von Tante Ada weiß ich zum Beispiel, welche Frau in Hülkendonck heiraten musste und dann ein Fünfmonatskind zur Welt gebracht hat; dass der Bruder von Bauer Maaßen, der einen schönen Hof in Ward hatte, seine Frau und seine drei Kinder verlassen hat und zu den Schwulis gegangen ist; dass der Bauer Otten sonntags nach der Kirche nicht mehr zum Frühschoppen darf, weil seine Frau ihm misstraut, nachdem er jahrelang ein Verhältnis mit Frieda Schnoor hatte. Friedas zweitältester Sohn, Albrecht, sieht Bauer Otten zum Verwechseln ähnlich, obwohl offiziell ihr Mann, Wim Schnoor, der Vater ist.

Meine Eltern sagen, Tante Ada weiß alles, was im Dorf passiert, obwohl sie ihr Grundstück eigentlich nur verlässt, um in die Kirche oder zum Friseur zu gehen.

Tante Rieke hingegen kommt in jedes Haus, weil sie die Vorsitzende der Frauen- und Müttergemeinschaft ist und einmal im Jahr die Mitgliedsbeiträge einsammeln muss. Außerdem arbeitet sie nicht nur bei uns, sondern wird an den Wochenenden auch oft geholt, um für Hochzeits- oder Geburtstagsgesellschaften zu kochen. Gerade bei Festen zeigt sich ja, wie es wirklich zugeht in einer Familie. Da Tante Rieke als fromme und vertrauenswürdige Person gilt, erzählen ihr viele, welche Probleme sie haben, oder fragen sie um Rat.

Ihr ist es eigentlich egal, ob der Schnelle Brüter gebaut wird oder nicht. Sie sagt, dass sie im Krieg schon viel Schlimmeres erlebt hat und dass die Politiker eben ihre Entscheidungen fällen, die man hinnehmen muss, weil man sie sowieso nicht ändern kann. Aber dass jetzt überall im Dorf Feindschaften ausbrechen, findet sie schlimm, denn von einer zerrütteten Dorfgemeinschaft hat niemand etwas, und auch bei den Brütergegnern gibt es anständige Leute. Als ich wissen wollte, wie sie über den Bauern Praats denkt – ob sie ihn für einen schlechten Menschen hält –, hat sie gemeint, dass man gegen ihn und auch gegen seine Frau eigentlich nichts sagen kann. Auch die alten Praats, die Eltern von Ernst Praats, waren sehr feine Leute. Sie haben ihren Hof immer in Ordnung gehalten und sind nie mit jemandem von den Nachbarn in Streit geraten, im Gegenteil: Sie waren hilfsbereit und großzügig zu allen, die bei ihnen gearbeitet haben, weshalb sie früher schon einen guten Ruf in Hülkendonck hatten. Das gilt genauso für Bauer Geerck, sagt Tante Rieke. Die Brüder von Josef – also Jupp – haben sogar studiert, weil ja nur einer Bauer werden und den Betrieb übernehmen konnte. Der zweitälteste ist Lehrer in Dinslaken und der jüngste Tierarzt auf der anderen Rheinseite. Alle drei haben einen einwandfreien Charakter. Selbst als junge Männer, wenn die meisten wild werden, haben sie auf gutes Benehmen geachtet. Bei Mehringhoffs hingegen wusste man schon immer, dass sie nicht ganz richtig im Kopf sind. Die alte Frau Mehringhoff ist im Alter sogar verrückt geworden, dass man sie eigentlich hätte einsperren müssen. Sie rannte herum wie eine Vogelscheuche, ungewaschen und ungekämmt, die Haare verfilzt, mit zerrissenen Kleidern, manchmal war sie sogar im Winter barfuß unterwegs. Und wenn man ihr über den Weg gelaufen ist, hat sie einem zugeflüstert, dass der Teufel sie nachts besucht und es auf sie abgesehen hat. Obwohl Tante Rieke den Teufel und seine List natürlich auch fürchtet, hat sie darüber gelacht, denn die alte Frau Mehringhoff sah so verheerend aus und hat derart gestunken, dass der Teufel sie bestimmt nicht einmal mit der Zange angefasst hätte.

Tante Rieke würde niemals schlecht über meine Eltern sprechen. Sie betont immer, was für ein guter Mann mein Vater ist, aber ich bin mir nicht sicher, ob sie nicht doch denkt, dass Bauer Praats und seinen Leuten Unrecht widerfahren ist. Sicher würde sie auch dem Bischof keine Vorwürfe machen, weil er eben eine geweihte Person ist, aber insgeheim findet sie das Vorgehen, den Kirchenvorstand einfach abzusetzen, vielleicht doch nicht in Ordnung. Ich mochte Bauer Praats eigentlich auch. Er war so gutmütig und ruhig, dass ich mich immer gefreut habe, wenn er in die Küche kam und sich zu uns an den Tisch gesetzt hat, um eine Tasse Kaffee zu trinken.

Letzte Woche hat Frau Praats bei uns angerufen und erklärt, dass sie in Zukunft nicht mit zum Kaffeeklatsch nach Schloich fährt. Meine Mutter hat mit den Achseln gezuckt und »Muss sie selber wissen« gesagt. »Das ist doch Kindergartenniveau, damit beschäftige ich mich gar nicht erst. Aber vielleicht ist es auch besser, bevor wir uns da nur streiten, dann macht es auch keinen Spaß, und ich setze mich ja nicht ins Café, um mich zu ärgern.«

Sie glaubt allerdings, dass Frau Praats weiterhin mitgegangen wäre, weil sie gerne Kuchen isst und dann auch mal etwas anderes sieht als Rinder und Schweine, dass ihr Mann es ihr aber verboten hat. Darüber kann sie nur lachen, denn einer Frau, die sich so etwas von ihrem Mann verbieten lässt, ist nicht zu helfen.

Dass Frau van Elst sich Frau Praats angeschlossen hat und nun ebenfalls nichts mehr mit dem Kaffeeklatsch-Club zu tun haben will, war für meine Mutter allerdings eine große Enttäuschung. Bevor sie mit meinem Vater in die Wohnung über der alten Schule gezogen ist, hatte sie ja fünf Jahre lang ein Zimmer bei van Elst auf dem Hof. Sie hat jeden Tag dort gegessen und abends mit den Kindern Karten gespielt, ihnen sogar bei den Schulaufgaben geholfen. »Hermine kann natürlich machen, was sie will«, hat meine Mutter gesagt, »aber weshalb die Frage, wie man zum Brüter steht, etwas mit unserem Verhältnis zu tun hat, verstehe ich nicht, und ich finde es auch nicht gut.«

Mein Vater hat sich darüber weniger gewundert. Wenn man in einem Dorf wie Hülkendonck erst einmal mit jemandem verfeindet ist, überträgt sich diese Feindschaft automatisch auf die gesamte Familie und bezieht alles mit ein.

»Ich schätze, wir werden wohl keine Eier mehr von van Elst bekommen«, sagte er.

Meine Mutter ist daraufhin rot geworden und hat mit den Tränen gekämpft, was sicher damit zusammenhing, dass sie bei van Elst beinahe so etwas wie ein Familienmitglied war.

Ich saß nebenan im Esszimmer über den Kreuzworträtseln in der Fernsehzeitung und die Küchentür stand auf, so dass ich alles mitbekommen habe, obwohl das Gespräch nicht für meine Ohren bestimmt war.

Wahrscheinlich weil er meine Mutter trösten wollte, hat mein Vater, der zu Hause sonst nicht oft über das spricht, was in seiner Firma passiert, erzählt, dass Ernst Praats vor kurzem bei Josef Slaack angerufen hat, um zu erklären, dass er in Zukunft seine Maschinen nicht mehr dort kaufen wird. Angeblich ist er schon länger unzufrieden gewesen, und er will sowieso auf *Deutz* umstellen, die viel stärkere Motoren haben als die *Fiat*-Trecker, die sie bei Slaack verkaufen, seit *Hanomag* keine Traktoren mehr herstellt. Josef Slaack hat sich daraufhin bei meinem Vater erkundigt, ob in der Vergangenheit irgendetwas vorgefallen sei, woraufhin mein Vater ihm nur gesagt hat, er hätte doch wohl in der Zeitung gelesen, was in Hülkendonck los ist.

»Muss er selber wissen«, hat mein Vater gesagt. »Ob sie ihm von der anderen Rheinseite am Wochenende aber einen Monteur auf den Acker schicken, wird sich erst noch herausstellen.«

Ich stehe jetzt vor der Frage, wie ich mit Uwe und Martin Praats umgehe, die ja in meiner Klasse sind. Eigentlich habe ich gegen keinen von beiden etwas, aber ich weiß natürlich nicht, was ihre Eltern ihnen über meine Eltern erzählen und welche Schlüsse Uwe und Martin daraus über mich ziehen. Morgens an der Bushaltestelle stehen sie schon länger abseits. Inzwischen glaube ich, es hängt damit zusammen, dass die Eltern der allermeisten von uns für den Brüter sind. Seit der Entscheidung des Bischofs haben sie sich noch weiter abgesondert. Wenn ich in ihre Nähe komme und zu ihnen herüberschaue, weichen sie meinem Blick aus, was dafür spricht, dass ihre Eltern sie aufgehetzt haben. Neulich, als wir im Bus direkt nebeneinander standen, habe ich zu Uwe gesagt, auch weil ich wissen wollte, ob wir jetzt unabhängig von dem Streit unserer Eltern noch normal miteinander zu tun haben können: »Bei euch auf der Wiese wachsen ja wieder viele Champignons.«

Darauf hat er »Kann sein« genuschelt und sich weggedreht. Zum Glück sind sowohl Uwe als auch Martin schlecht in der Schule und auch nicht besonders stark, wenn gekämpft wird, so dass ihre Meinung in unserer Klasse nicht viel zählt.

Fräulein Akamp steht allerdings mit ziemlicher Sicherheit auf Seiten der Brütergegner, und natürlich weiß sie aus der Zeitung, dass mein Vater sich für den Verkauf des Kirchenlandes einsetzt, während Bauer Praats dagegen kämpft. Auffällig ist, dass sie mich, wenn ich aufzeige, sehr oft absichtlich übersieht und stattdessen Uwe oder Martin drannimmt, obwohl sie sich gar nicht melden. Es ist offensichtlich, dass sie mich nicht mag und keine gute Meinung von mir hat, obwohl ich meistens gute Noten schreibe. Ich glaube, dass sie eine wirklich schlechte Lehrerin ist. In vielen Bereichen weiß sie gar nichts und bringt uns sogar falsche Sachen bei, zum Beispiel, wenn es um Tierarten geht. Wenn ich sie dann berichtige, ist sie beleidigt. Gestern hat sie gedroht, dass sie bei meiner Mutter anrufen und sich über mich beschweren wird.

Da bei uns zu Hause gerade viel Aufregung herrscht, habe ich meinen Eltern davon noch gar nichts erzählt, zumal meine Mutter sowieso immer auf Seiten der Lehrer steht, selbst wenn es um ihre eigenen Kinder geht.

Der Grund dafür, dass Fräulein Akamp derart wütend auf mich ist, war, dass sie uns letzte Woche eine Reihe mit Dias einheimischer Vogelarten gezeigt hat. Zu den Bildern gab es auch Kärtchen mit Nummern und Namen, extra für die Lehrer, wobei ich mich schon gewundert habe, dass sie ständig auf diese Kärtchen schauen musste, statt auf die Vögel auf den Fotos. Eine Lehrerin, die Sachkunde unterrichtet, sollte die wichtigsten Vögel eigentlich ohne Hilfe erkennen können. Jedenfalls hat sie, als der Buchfink an der Reihe war, gesagt: »Das ist ein Bluthänfling.«

Beide Arten sind im Winter regelmäßig an unserem Vogelhäuschen. Ich habe sie mir schon oft in meinen Bestimmungsbüchern angeschaut und auch die Beschreibungen gelesen. Ich wusste erst nicht, was ich tun sollte, denn sie mag es überhaupt nicht, wenn sie verbessert wird – besonders nicht von mir. Andererseits kennt sich sonst keiner in der Klasse mit Vogelkunde aus, und am Ende merken sich alle etwas Falsches. Schließlich habe ich mich gemeldet, und weil sie mich wieder bewusst übersehen hat, sogar mit den Fingern geschnippt, was ich normalerweise nicht tue, aber wegen des Diaprojektors war der Klassenraum abgedunkelt, und ich dachte, dass sie mich vielleicht wirklich nicht sieht. Sie hat darauf aber nur gesagt: »Wer schnippt, den überhöre ich einfach.«

Das stimmt natürlich nicht, denn wenn zum Beispiel Uwe Praats schnippt – und er schnippt immer, wenn er tatsächlich mal meint, etwas zu wissen, was dann oft genug trotzdem falsch ist –, nimmt sie ihn sofort dran.

Nach der Stunde bin ich zu ihr ans Pult gegangen und habe gesagt, dass sie den Buchfinken mit dem Bluthänfling verwechselt hat. Natürlich habe ich laut und deutlich gesprochen, damit die anderen, die noch im Klassenraum waren, es hören konnten. Sie bestand trotzdem steif und fest darauf, im Recht zu sein, weil es ja so auf ihren Kärtchen steht. Ob das wahr ist, weiß ich nicht. Vielleicht hat sie im Dunkeln einfach die Kärtchen verwechselt und wollte es bloß nicht zugeben.

Gestern Morgen habe ich dann meine Bestimmungsbücher in den Tornister gepackt, bin gleich vor der ersten Stunde zu ihr hin und habe ihr die Bilder gezeigt, so dass sie gar nicht anders konnte, als zuzugeben, dass sie sich geirrt hatte. Da die anderen in der Klasse ihre Niederlage größtenteils mitbekommen haben, war sie natürlich wütend auf mich, obwohl sie ja eigentlich auf sich selbst hätte wütend sein müssen.

Als wir am Ende der Stunde alle, einer nach dem anderen, die Hausaufgaben vorzeigen mussten und in einer langen Reihe vor ihrem Pult standen, habe ich, nachdem sie ihr Häkchen unter meine Nacherzählung der *Vater-und-Sohn*-Bildergeschichte gesetzt hatte, mein Heft zugeklappt und ihr damit ganz leicht auf den Kopf geschlagen. Eigentlich habe ich sogar mehr auf ihren Mittelscheitel getippt als geschlagen. Es kann ihr also auf keinen Fall weh getan haben. Das Gleiche hat sie im Übrigen bei mir schon mehrmals gemacht, wenn sie der Meinung war, dass ich zwar ein Besserwisser bin, in diesem Fall aber nicht recht hatte.

Als mein Heft ihren Kopf berührte, habe ich freundlich gelacht und gesagt: »Als Lehrerin müssten sie eigentlich einen Bluthänfling von einem Buchfinken unterscheiden können.«

Es war also wirklich überhaupt kein bisschen böse gemeint. Weil Fräulein Akamp ja eine sehr junge Lehrerin ist, die eine bestimmte Art von Autorität gar nicht will, dachte ich, sie würde es sicher richtig verstehen, vielleicht sogar lustig finden.

In diesem Moment ist sie aufgesprungen, hat alle auf ihre Plätze geschickt und mich vor der ganzen Klasse angeschrien, dass das eine Unverschämtheit ist und ein Nachspiel haben wird! Was ich mir überhaupt einbilde! Sie hätte meine Frechheiten satt: »Ich werde mit deiner Mutter sprechen, und du kannst dich darauf gefasst machen, dass deine Betragensnote auf dem nächsten Zeugnis sicher nicht »sehr gut« sein wird.«

20.

Es nieselte schon seit dem Morgen. Der Weg zum Melkstall war matschig und mit Autos zugestellt.

Albo und Gerrit arbeiteten mit zwei, drei anderen trotz des Regens an der Bühne, die meisten drängten sich in den Räumen des Melkstalls. An provisorischen Tischen saßen kleinere Gruppen, diskutierten oder versuchten, sich auf irgendeine Aufgabe zu konzentrieren. Einige hatten Kuchen oder Brot mitgebracht, überall standen Kaffeetassen und Bierflaschen. Ein kleines Mädchen schrie, zwei Jungs kickten einen roten Ballon durch die Luft. Der Rauch war noch dichter als in der Küche von Onkel Koeb.

Es dauerte eine Weile, bis ich Juliane entdeckte. Sie unterhielt sich im hinteren Teil mit zwei Männern, die deutlich älter waren als sie, sich aber für wahnsinnig wichtig hielten, und sah mich erst, als ich unmittelbar vor ihr stand. Ihre Begrüßung war kühl. Statt mir um den Hals zu fallen, wie ich es mir ausgemalt hatte, strich sie mir nur kurz über den Arm, sagte, »Schön, dass du da bist«, und redete weiter.

Vielleicht lag es daran, dass zu viele Leute anwesend waren, vielleicht war ihr auch gerade wieder eingefallen, dass das Private dem Politischen untergeordnet werden musste, dass Liebe eine bürgerliche Kategorie war und ich sowieso erst fast sechzehn.

Ich kannte sonst niemanden näher, trat von einem Fuß auf den anderen, fragte, »Hast du mal Tabak?«, woraufhin sie mir kommentarlos ihr Päckchen reichte. Immerhin gelang es mir inzwischen, eine halbwegs ansehnliche Zigarette zu drehen. Der Hustenreflex, wenn ich den Rauch in die Lunge zog, hatte aufgehört. Ich trat ein Stück zur Seite, damit es nicht peinlich wurde, las die Sprüche, die alle möglichen Leute in den vergangenen Jahren auf die Zwischenwand gekritzelt hatten: »Es liegt ein Grauschleier über der Stadt,/ den meine Mutter noch nicht weggewaschen hat«; »Auch Bullen müssen registriert werden, und der Tag wird kommen, da jeder Schläger dieses Trachtenvereins zur Rechenschaft gezogen wird, notfalls mit Gewalt.« Daneben aber auch einfach »Zappa« und »Ihr habt die Macht, aber wir haben die Nacht«.

Einzelne Zeichen und Buchstaben bestanden aus Rußflecken, aufgebracht mit einer Kerzenflamme; jemand hatte ein riesiges rotes »A« im Kreis aufgesprüht, in dessen Spitze stand mit Kugelschreiber: »Wer wirklich empört, das heißt betroffen und mobilisiert ist, schreit nicht, sondern überlegt sich, was man machen kann! (U. Meinhof)«

Der Name verursachte mir noch immer Unbehagen.

Hier und da schnappte ich Gesprächsfetzen auf: »In den Behörden sitzen Leute, die früher Deportationsbescheide unterschrieben hätten ...«

»Das muss alles viel größer und vor allem auch grundsätzlicher gedacht werden.«

»Hier geht es jetzt aber trotzdem erst mal um was ganz Konkretes – wie lösen wir das Toilettenproblem?«

Die Stimmung schwankte zwischen Resignation, Gereiztheit und Kampfbereitschaft. Irgendetwas war in den letzten Tagen passiert, was die Situation noch einmal verschärft hatte. Ich wollte allerdings in erster Linie wissen, worüber Juliane mit den beiden Typen sprach, sah immer wieder zu ihnen herüber, um herauszufinden, ob sie ihr gefielen, beziehungsweise ob sie sich bemühte, ihnen zu gefallen. Gleichzeitig tat ich so, als wäre ich intensiv mit Nachdenken und Rauchen beschäftigt.

Die Zigarette endete zu schnell. Ich drückte die Kippe in einen geklauten Kneipenascher mit *Veltins-Pilsener*-Wappen, überlegte, ob ich wieder gehen sollte, wartete auf ein Zeichen von Juliane, schaute ihr direkt ins Gesicht. Als unsere Blicke sich trafen, hob sie leicht die Schultern, wie um sich zu entschuldigen.

Ich würde bleiben, bis sie Zeit für mich hatte, setzte mich auf einen Hocker neben den Tisch einer Gruppe, die ein Flugblatt ins Niederländische übersetzte, um Holländer und Belgier über den Fortgang der Bauarbeiten und des Widerstands zu informieren. Nach kurzer Zeit kam eine Frau mit Dreadlocks, sagte leicht gereizt: »Ich gehöre hier dazu, kannst du dir woanders einen Platz suchen?«

Ich schob mich ziellos durchs Gedränge. Marianne, die respektiert wurde, obwohl sie keine offizielle Funktion innehatte, nickte mir zu. Offenbar erkannte sie mich wieder, machte aber keine Anstalten, mich jemandem vorzustellen oder mich in ihr Gespräch einzubeziehen.

Endlich kam Juliane: »Tut mir leid, hier ist gerade echt die Hölle los. Ich denke mal, dass wir gleich ein großes Plenum haben, um verschiedene Möglichkeiten zu diskutieren, wie wir auf die neue Lage reagieren.«

Bauer Praats war ein Bußgeld in Höhe von 50 000 Mark angedroht worden, falls er als Besitzer des Melkstalls nicht dafür sorgte, dass von hier aus keine weiteren Proteste organisiert würden. Sein Anwalt war zwar der Meinung, dass der Bescheid hinfällig sei, da Praats das ganze Gelände einem Kollektiv von ungefähr vierzig Leuten verpachtet hatte und für deren Aktionen gar nicht zur Verantwortung gezogen werden könne, aber das musste erst einmal ein Richter bestätigen, und dann ging es durch die Instanzen. Zeitgleich hatte irgendeine übergeordnete Aufsichtsbehörde entschieden, dass weder ein Windrad zur Stromerzeugung gebaut werden dürfe noch eine Biogasanlage. Das Projekt, hier auf dem Gelände des Melkstalls eine alternative Kommune zu gründen, die zeigte, dass ein anderes Leben möglich war, ohne den Planeten zu zerstören, war damit praktisch beendet, bevor es richtig begonnen hatte.

Alle waren der Meinung, dass der Bescheid nicht hinnehmbar sei, allerdings uneinig darüber, wie der Widerstand aussehen sollte. Welche Konsequenzen all das für die weitere Organisation des Festivals hatte, konnte niemand genau sagen. Im Prinzip war die Demonstration angemeldet und genehmigt, doch ob diese Genehmigung bestehen blieb, stand in den Sternen. Es gab die Möglichkeit seitens des Staates, die Genehmigung zu widerrufen oder eine einstweilige Verfügung zu erwirken. Immerhin hatte Bauer Praats zugesagt, dass von seiner Seite aus alles wie geplant weitergehen könne, er werde die Strafandrohung ignorieren. *Die Grünen* hatten entschieden, die Initiative *Stop Calcar* und das Freundschaftshaus-Projekt direkt zu unterstützen, auch finanziell.

»Kannst du mir erklären, wieso eine Biogasanlage keine landwirtschaftliche Nutzung ist?«, fragte Juliane. »Nein, kannst du natürlich nicht. – Aber jetzt mal rein logisch: Kuhmist ist eindeutig ein landwirtschaftliches Produkt, und wenn ich daraus

Energie gewinne, um zum Beispiel eine Melkmaschine zu betreiben, ist das auch nichts anderes, als wenn ich gehäckselten Mais in Gärtanks für Silage fülle, die ich dann an die Kühe verfüttere … Von außen kannst du die Anlagen sowieso kaum unterscheiden.«

Jemand brüllte: »Hey Leute, wir wollen anfangen. Es gibt echt viel zu besprechen.«

»Das ist Horst Seegers«, raunte Juliane mir zu. »Er ist so was wie der inoffizielle Sprecher von *Stop Calcar*.«

Ich kannte sein Gesicht aus der Zeitung. Er hatte Locken wie ein Afrikaner, die in alle Richtungen zwanzig Zentimeter von seinem Kopf abstanden. Auf den Schwarzweißbildern konnte man allerdings nicht erkennen, dass sie feuerrot waren. Sobald er den Mund aufmachte, klang er überraschend ruhig und besonnen.

»Wir brauchen Aktionen, kein Gequatsche«, rief eine Frau.

»Auch Aktionen müssen besprochen werden, sonst finden sie nicht statt.«

Ein Mann mit dichtem schwarzen Bart und Nickelbrille blies in eine Trillerpfeife. Es war nicht klar, ob es den Aufruf zur Ruhe unterstreichen sollte oder ein Ausdruck allgemeinen Protests war.

»Also …«, rief Horst Seegers. »Wer mitdiskutieren will, hält jetzt die Klappe, bis er dran ist, und alle anderen würde ich bitten …«

»Bist du hier der Boss? – Hab ich da was verpasst?«

»Alle anderen würde ich jetzt mal bitten, einfach nach draußen zu gehen und sich anderweitig nützlich zu machen. Es gibt echt genug zu tun, wenn das hier …«

Unmutsbekundungen und »Buh«-Rufe unterbrachen ihn.

»Jetzt lasst ihn doch mal reden, verdammt!«

Tatsächlich verließen einige den Stall, eine Frau fauchte ihn im Hinausgehen an: »Das ist reaktionär-chauvinistisches Herrschaftsgebaren, das du hier an den Tag legst, Horst! Ich finde das echt zum Kotzen.«

Einige klatschten, die Anarchos, die rund um das Sofa lagerten, johlten und lachten, doch allmählich senkte sich der Geräuschpegel.

»Ok, ich sag jetzt noch mal kurz was zur aktuellen Lage, für die, die es nicht mitbekommen haben: Der Staat will mit einer weiteren Verschärfung seiner konfrontativen Maßnahmen und gegen unsere in der Verfassung garantierten Grundrechte auf Versammlungsfreiheit und freie Meinungsäußerung all das, was wir hier aufbauen, vernichten. Das hat sich ja schon länger abgezeichnet, und wir kennen das Muster aus Gorleben, aus Brockdorf, aber auch von der Startbahn West: Wenn der herrschenden Klasse die Argumente fehlen, findet sich immer ein gehorsamer Bürokrat, der ein Verbot unterschreibt, und ein faschistischer Polizeichef, der es mit Gewalt durchsetzt ...«

Erneut gab es Pfiffe, Zwischenrufe, jemand skandierte »Scheiß Bullerei, scheiß Bullerei«, zwei, drei andere fielen ein, verstummten dann wieder.

»Ok. Das ist so weit nichts Neues und war auch irgendwie zu erwarten, nachdem sie ja neulich schon versucht haben, das Freundschaftshaus zu räumen, aber dank eures kreativen Widerstands mussten sie unverrichteter Dinge abziehen. Das war wirklich großartig, wie ihr das hinbekommen habt, das muss ich echt noch mal sagen.«

In den lauten Applaus mischten sich wieder Zwischenrufe: »Komm auf den Punkt, Mann!«

»Das ist auch nur geschwollenes Gelaber, was du da von dir gibst.«

»Können wir jetzt endlich mal über konkrete Maßnahmen reden.«

Horst Seegers zuckte mit den Achseln und sagte: »Von mir aus kann das hier gern jemand anderes moderieren, ich muss das nicht machen, aber wenn wir nicht irgendeine Struktur in die Diskussionen bekommen ...«

»Scheiß auf deine Struktur!«

»... also uns gegenseitig zuhören und auch die, die eine andere Meinung haben, zu Wort kommen lassen ...«

»Meinungen sind für den Arsch, wenn der Staat uns zusammenschlagen lässt.«

Einige trommelten mit Flaschen und Stiften auf die Tische.

»Ok, Leute, wir können uns jetzt gegenseitig fertigmachen, da freut sich der Staat dann am meisten drüber, oder ...« Hier und da wurde höhnisch gelacht, andere klatschten, doch Horst Seegers ließ sich nicht aus dem Konzept bringen: »... oder wir gehen nüchtern ...«

»Nüchtern törnt echt voll ab!«

»Hol dir noch ein Bier, Picus, oder dreh dir 'ne Tüte und halt die Klappe.«

»Hey, hey mal halblang.«

»Von mir aus: Wenn das allgemein gewünscht wird, können wir erst noch eine Verpflegungspause einlegen, bevor wir weitermachen. Kann halt sein, dass wir dann morgen früh immer noch hier sitzen und keinen Schritt vorangekommen sind.«

Die Leute des Anarcho-Blocks antworteten mit Pfiffen, doch die meisten Zwischenrufer forderten »Ruhe!«, »Hört ihm doch erst mal zu«.

»Das ist ja Horror«, flüsterte ich Juliane ins Ohr. Sie sah mich fragend an und fing dann laut an zu lachen: »Mach dir keine Sorgen. Das ist immer so.«

Es war das erste Mal, dass ich an einer Versammlung dieser Art – überhaupt an einer politischen Veranstaltung teilnahm. Obwohl Debatten in der Schule über Klassenfahrten oder Abschlussfeiern ähnlich abliefen, hatte ich mir doch vorgestellt, dass unter Leuten, die für das Überleben der Menschheit kämpften, das Ziel über allem anderen stand, dass im Falle von Meinungsverschiedenheiten ruhig und sachlich Argumente ausgetauscht wurden, um am Ende die bestmögliche Entscheidung zu treffen.

»Sind wir jetzt endlich so weit?«, fragte Horst Seegers.

»Red einfach weiter.«

»Fakt ist – und das müssen wir uns einfach klarmachen –, dass alles, was wir hier tun, ab jetzt komplett illegal ist. Vorher war da noch eine Grauzone, auch was die Biogasanlage und das Windrad betrifft: Es gibt jetzt ein gerichtliches Verbot. Das heißt – nur dass sich wirklich jeder dessen bewusst ist –, die Polizei darf alles an Gerät und Material, was hier herumsteht und nicht zweifelsfrei landwirtschaftlich genutzt wird, beschlagnahmen, und wer sich hier aufhält, kann jederzeit festgenommen werden. Dass das nicht immer schmerzfrei abgeht, wissen wahrscheinlich alle. Außerdem kann es sein, dass ihr nachher Verfahren wegen Landfriedensbruch, Widerstand gegen die Staatsgewalt, Verstößen wegen was-weiß-ich-was am Hals habt und zu entsprechenden Bußgeldern verknackt werdet. Vermutlich werden die Bullen bis zum Festival mehr oder weniger jeden Tag hier aufkreuzen und sich alle Mühe geben, uns gezielt zu provozieren, damit sie einen Vorwand haben, den

Knüppel aus dem Sack zu lassen und ein totales Demonstrationsverbot durchzusetzen.«

Ich war wahrscheinlich der Einzige im Raum, der noch nie an einer Demonstration teilgenommen, nie einem bewaffneten Polizisten gegenübergestanden hatte. Ich stellte mir vor, wie gleich ein Sonderkommando zur Tür hereinstürmen, uns verprügeln, auf den Boden werfen, in Handschellen abführen würde, deutete jedes Geräusch, das von draußen hereindrang, denn eine heranrollende Wagenkolonne müsste man eigentlich hören, auch wenn es dann ohnehin zu spät war. Ich hatte Magenschmerzen und Angst, die aber niemand, vor allem Juliane nicht, merken durfte, griff nach ihrer Hand, versuchte zu lächeln.

»Du kannst jederzeit abhauen«, flüsterte sie.

»Wieso sollte ich?«

»Ich sag's ja nur.«

Horst Seegers sprach jetzt wieder lauter, um das allgemeine Stimmengewirr zu übertönen: »Ich weiß, dass hier echt richtige Wut herrscht und das auch völlig zu Recht. Ich möchte euch aber trotzdem bitten, dass ihr bei allem, was ihr tut, auch an Bauer Praats denkt, der uns mit seiner ganzen Person und mit seinem Besitz den Rücken freizuhalten versucht. Das ist keine Selbstverständlichkeit. Wir haben hier im Kreis siebzig Prozent CDU-Wähler, und die Leute halten nicht die Regierung und die Stromkonzerne für den Feind, sondern uns. Jeder Stein, den ihr werft, jeder Molli, der durch die Gegend fliegt, bestärkt sie in ihrem Glauben, dass es uns nicht um die Sache geht, sondern nur um Krawall. Ich möchte deshalb an alle appellieren, dass wir trotz der Provokationen des Staates bei unserer bisherigen Linie bleiben und auf jede Form von Gewalt verzichten. Mit Steinen kommen wir nicht weiter, im Gegenteil: Sie kosten uns im Zweifel die Unterstützung von wahnsinnig vielen normalen …«

»Das ist Schrott, was du da erzählst.«

»Sollen wir uns zusammenschlagen lassen, oder was? Vergiss es!«

»Nein, ich meine, wir sollten uns so verhalten, dass die Bullen nicht den geringsten Vorwand haben, die Lage eskalieren zu lassen. Das ist meine feste Überzeugung und dabei bleibe ich. Auch weil das unsere einzige Chance ist, zumindest Teile der Bevölkerung auf unsere Seite zu ziehen. Die Leute aus den Arbeitskreisen, die sich für Frieden und Bewahrung der Schöpfung engagieren, sind sofort draußen, wenn es hier brennt.«

Jemand rief: »Haut se, haut se, immer auf de Schnauze …«

Eine Frau stand auf und sagte: »Klar respektiere ich deine Meinung, Horst, und ich weiß auch, wir haben das schon diskutiert, aber vom Staat kommt hier eine Provokation nach der anderen, und die Frage ist, ob es auf die Dauer wirklich damit getan ist, dass wir uns wegtragen und einsperren lassen …«

Jemand rief: »Wo Recht zu Unrecht wird, wird Widerstand zur Pflicht!«

»Ich meine, wir haben jetzt echt lange genug versucht, sowohl mit juristischen Mitteln als auch durch gewaltfreie Maßnahmen, zivilen Ungehorsam – das ganze Programm –, unser Recht durchzusetzen, und das Ergebnis, nach fast zehn Jahren Kampf, ist gleich null. Zuletzt wurde die Republik Freies Wendland geräumt. Obwohl sogar bei der Räumung alles komplett friedlich geblieben ist, hatte Minister Möckinghoff die Idee, die Organisatoren wegen Hochverrats anklagen zu lassen. Ich war dabei an dem Wochenende. Die Leute dort haben sich nicht gewehrt, weil sie ein klares Signal setzen wollten. Dafür sind sie am Ende dann doch wieder zusammengeknüppelt, getreten, über den Boden geschleift worden wie Schwerverbrecher. Klar, das kam gut an bei der Springer-Presse, nachher haben sich sogar die Bullen bedankt, dass wir so friedlich waren. Aber Fakt ist: Gorleben wird weitergebaut und die Republik Freies Wendland gibt es nicht mehr. Wenn ihr findet, dass das ein Erfolg ist ... – Ich sehe das anders. Mir reicht's einfach!«

Es gab lauten Applaus, schrille Pfiffe, weiter hinten schrien sich Leute an.

»Haltet mal! Stop!«, rief Horst Seegers, doch die Stimmung war so aufgeheizt, dass er nicht durchdrang.

»Das ist doch Schwachsinn«, sagte ich zu Juliane.

»Du bist neu hier. Wenn du seit Jahren gegen Wände gerannt wärst wie die meisten, würdest du es besser verstehen.«

Horst Seegers setzte sich kopfschüttelnd hin und drehte sich eine Zigarette. An seiner Stelle versuchte jetzt Marianne die Leute zu beruhigen.

»So geht das nicht«, rief sie. »Es hat keinen Zweck, wenn alle sich gegenseitig anbrüllen. Ist klar, dass hier verschiedene Positionen vertreten sind ...«

Wieder folgte allgemeines Gejohle.

»Aber bevor wir uns jetzt gegenseitig zerfleischen ...«

Ein Mann um die dreißig mit schwarzer Hornbrille und Backenbart stand auf, streckte plötzlich eine Pistole in die Luft, es folgte ein lauter Knall, im nächsten Moment herrschte Stille, in die hinein ein Säugling schrie. Er lachte: »Keine Angst, Freunde, war nur Schreckschuss. Ist nicht einmal illegal, das Ding. Für die, die mich noch nicht kennen: Ich bin Ekke aus Dortmund. Ich glaube, alle haben verstanden, was du meinst, Horst. Und soweit ich weiß, ist das ja sowieso bei den meisten hier irgendwie Konsens – alles immer schön peacy, kein Krawall und so. Ich muss sagen: Mir ist das ein bisschen zu lau. Ich meine, es geht hier nicht darum, ob irgendwo eine Autobahn gebaut wird oder irgendwelche Spekulanten Leute aus ihren Wohnungen jagen, um eine Bank zu bauen, sondern hier steht ganz real unsere Zukunft auf dem Spiel. Die Frage ist, ob wir in diesem Land als Menschen auf Dauer leben können, oder ob die Atommafia mit Hilfe einer kapitalistisch-faschistischen Regierung das Recht bekommt, das Land flächendeckend zu verstrahlen – so dass du von dem, was hier wächst, nichts mehr essen kannst, die Kühe kontaminierte Milch geben … Verkrüppelte Kinder, Genmutationen, Krebsepidemien werden die Folge sein – alles das kommt auf uns zu. Immer vorausgesetzt, der Brüter läuft im Normalbetrieb, was ja mehr als unsicher ist. Wenn das Ding hochgeht – ich erzähl euch nur, was man nachlesen kann: Der schmort nicht einfach durch wie ein Leichtwasserreaktor, sondern der fliegt richtig in die Luft wie die Hiroshima-Bombe, nur schlimmer, weil da nämlich Plutonium drin ist. Das betrifft dann auch nicht mehr nur ein paar Bauern, die den Anschluss verpasst haben, da sind wir in Dortmund oder Essen oder Köln genauso am Arsch.«

»Ekke«, sagte Marianne, »das wissen wir alle, und deshalb sind wir hier. Die Frage ist, was wir tun können, um das zu verhindern?«

»Der Scheißstaat will diese tickende Zeitbombe um jeden Preis bauen und setzt dabei auf totalen Krieg. Ich finde: Wenn er den will, soll er ihn haben. – Versteh mich nicht falsch, ich bin nicht auf der Seite der RAF, so weit würde ich nicht gehen … – Wobei, wenn sie Häfele oder Eitz mit ’nem Bömbchen erwischen täten, würde ich denen jetzt nicht hinterherweinen. Aber im Prinzip denke ich schon auch, dass die gezielte Liquidierung von Leuten schwierig ist, also von der ganzen Philosophie her. Trotzdem gibt es ja da drunter immer noch Möglichkeiten, sage ich jetzt mal. Das geht bei einfachen Maßnahmen los: Man kann zum Beispiel die Zufahrt mal effektiv und langfristig blockieren – nicht sich mit dreißig oder fünfzig Mann samstagnachmittags da hinsetzen und warten, bis sie einen weggetragen haben, und am nächsten Tag rollt der Verkehr wieder störungsfrei. Ich wäre da schon mal für ein bisschen massiveren Einsatz. Mit etwas gutem Willen kriegt man auch einen Schaden hin, dass die LKWs überhaupt nicht mehr durchkommen, so 'nen richtig schönen Krater. Ich kenne Leute, die da noch weitergehend aktiv sind, und ich sag mal, mit Unkraut-Ex und Zucker kann man schon was mischen, was einen ordentlichen Wumms macht ...«

Ekkes Schreckschuss wirkte immer noch nach, wobei Kopfschütteln und Flüstern signalisierten, dass viele mit dem, was er andeutete, nicht einverstanden waren.

»... oder mal mit einer größeren Gruppe wirklich organisiert versuchen, aufs Gelände durchzubrechen. Das muss machbar sein, wenn man es gut plant. Nicht jetzt, nächste oder übernächste Woche oder so, wo alle am Rad drehen. Aber in drei, vier Monaten, wenn die Lage ruhig erscheint und sonst nichts Größeres läuft. Eventuell auch mit Schlauchbooten vom Wasser aus. Muss man mal gucken, was da geht. Und dann Kabel durchtrennen, Brandsätze in die Maschinen, so dass die unbrauchbar sind ... – Ich meine solche Sachen, wie der Staat sie schließlich auch macht, wenn wir jetzt trotz Verbot unser Windrad aufstellen oder die Gasanlage bauen ...«

»Du meinst schon Anschläge mit Sprengstoff, wenn ich dich richtig verstehe«, fragte Horst Seegers.

»Anschläge ist so 'n böses Wort.«

»Leute, seid mal ein bisschen vorsichtig mit dem, was ihr so von euch gebt. Ich will niemandem was unterstellen, aber der Staat hat verdammt große Ohren.«

Marianne sagte: »Ich weiß, das ist für einige von euch eine Option, und ich verstehe das bis zu einem gewissen Grad, also euer Gefühl von Ohnmacht. Ich sehe auch, dass es im Moment so aussieht, als ob man mit Gewaltlosigkeit nicht weiterkommt, aber ich sag mal: Wir sind hier, weil wir für das Leben kämpfen. Für das Recht aller Menschen auf Gesundheit und körperliche Unversehrtheit, für die Zukunft unserer Kinder und die Bewahrung der Schöpfung, die uns anvertraut ist. Viele, die hier dabei sind, sind engagierte Christen, und für uns ist völlig klar, dass Gewalt keine Option ist. Das steht in krassem Widerspruch zur Botschaft Jesu …«

»Hey, hör bloß auf mit Kirche und Jesus und so 'nem Scheiß. Die Pfaffen sind die Ersten, die den Meiler mit Weihwasser bespritzen, wenn er fertig ist, die segnen sogar Panzer. Wie heißt der noch, euer Militärbischof, der immer in den Talkshows sitzt? Dyba oder so. Da hört bei mir der Spaß echt auf.«

»Ich will die schlimme Rolle, die die Kirche hier in dem ganzen Prozess gespielt hat, überhaupt nicht kleinreden, darum geht es nicht …«

»Dann lass sie doch einfach weg.«

»Ich meine auch nicht die offizielle Amtskirche, obwohl es auch da gute Leute gibt, sondern die Botschaft des Evangeliums, so wie Jesus sie verkündet hat. Der Jesus der Bibel, da bin ich ganz sicher, würde hier mit uns demonstrieren. Aber er würde keine Bomben bauen.«

»Und, was hat das gebracht? Kreuzzüge, Hexenverbrennung, Inquisition. Sonst noch was?«

»Es gab auch die Bekennende Kirche.«

»Leute, das führt jetzt zu weit, das könnt ihr auf dem Kirchentag diskutieren«, sagte Horst Seegers. »Jeder hat seine eigene Motivation, hier dabei zu sein, das ist völlig legitim und sollte uns nicht auseinanderbringen.«

Ekke sagte: »Hey, das geht doch alles basisdemokratisch ab hier, dann lass uns doch einfach mal abstimmen, in welche Richtung der Zug fahren soll. Dann haben wir ein klares Mandat und können sehen, wie das konkret umgesetzt wird.«

»Ich muss sagen, und ich glaube, dass ich da nicht nur für mich, sondern wahrscheinlich für die meisten hier spreche: Wenn ihr euch für Gewaltaktionen entscheidet, sind wir nicht dabei. Dass das von vornherein klar ist.«

»Klingt so, als ob euch Demokratie einfach am Arsch vorbeigeht.«

»Demokratie geht mir keineswegs am Arsch vorbei, aber es gibt eben auch das Gewissen, und das wird nicht von der Mehrheit bestimmt.«

»Wäre ja auch die Frage, Ekke«, sagte Horst Seegers, »ob du und ihr – also ob ihr euch an eine Entscheidung halten würdet, die weiterhin ausschließlich auf friedliche Mittel des Protests setzt und Gewalt ablehnt.«

»Naja, das sehen wir dann. Ich würde ja erst mal nicht sagen, dass es Gewalt ist, wenn man eine Straße sprengt, auf der niemand unterwegs ist. Solange kein Blut fließt, meine ich.«

Die Wirkung von Ekkes Platzpatronenschuss ließ allmählich nach. An verschiedenen Stellen entwickelten sich erneut lautstarke Auseinandersetzungen. Der Geruch von Haschischrauch zog durch den Raum.

Horst Seegers rief: »Ok, bevor jetzt wieder jeder mit jedem

herumdiskutiert, schlage ich vor, dass wir erst einmal darüber abstimmen, ob wir eine Grundsatzabstimmung, wie Ekke sie vorschlägt, zum jetzigen Zeitpunkt überhaupt wollen, oder ob wir erst noch mal mit der Meinungsbildung weitermachen. Es gibt ja auch einige andere Aspekte, über die wir reden müssen.«

Am liebsten hätte ich zu Juliane gesagt: Das ist so sinnlos, lass uns einfach an den Rhein gehen und wiederkommen, wenn sie fertig sind. Stattdessen fragte ich nur: »Wie siehst du das? Ich meine Sprengstoff und so?«

»Schießen – also jemanden töten – würde ich nicht. Aber ich verstehe, was Ekke meint. Solange sichergestellt ist, dass niemand direkt zu Schaden kommt, muss man zumindest darüber nachdenken.«

XXI.

Mein Vater kommt heute wieder ins Fernsehen, diesmal in unser Fernsehen. Da morgen der neue Kirchenvorstand gewählt wird, soll es heute Abend einen langen Bericht im 3. Programm geben. Beim Holländer war er gestern schon. Die holländischen Fernsehleute sind extra nach Cleve in den Betrieb gefahren, um ihn zu filmen, weil er wegen so einer Sache natürlich nicht früher Feierabend machen kann. Damit er trotzdem anständig aussieht, hat meine Mutter ihm morgens ein frisches Hemd, einen Schlips und ein Jackett eingepackt, und als er schon aus der Tür heraus war, hat sie ihm nachgerufen, dass er nicht vergessen soll, sich zu kämmen.

Leider haben wir gestern den Anfang des Films verpasst, weil wir kein holländisches Programmheft bekommen und nicht nachschauen konnten, um welche Uhrzeit und in welcher Sendung er sein würde. Tante Friede rief um kurz nach sechs an und sagte, wir sollten schnell einschalten, weil sie jetzt den Beitrag über den Brüter und die Wahl brächten. Mein Vater war zum Glück schon von der Arbeit zurück und wollte gerade in den Keller gehen, um die Heizung höher zu schalten, weil es draußen mittlerweile doch kalt geworden ist.

Der Wind stand ungünstig, so dass das Bild stark verschneit war. Mein Vater wollte die Schublade mit den Rädchen öffnen, um den Sender genauer einzustellen, aber meine Mutter hat ihn davon abgehalten, weil das Bild sonst gleich ganz weg gewesen wäre. Richtig scharf wird es sowieso nicht, ganz egal, wie viel er daran herumfummelt.

Man sah Baustellenfahrzeuge, Bagger und Planierraupen im Nieselregen. Danach kamen ein holländischer Politiker und ein holländischer Wissenschaftler zu Wort.

»Ein typischer Holländer«, sagte meine Mutter über den Wissenschaftler, dessen Name ich vergessen habe. Ich glaube, sie meinte sein schmales, überlanges Gesicht, mit den scharfen Falten um den Mund. Henk Groot, der Holländer, der immer bei Onkel Koeb arbeitet, hat genau die gleichen.

»Und wie sehen sie in Holland das Ganze?«, fragte sie.

»Im Prinzip sagen sie nichts anderes als bei uns auch. Bloß op Hollands.«

»Das ist doch gar keine Sprache, das ist eine Halskrankheit.«

Als Nächstes war Bauer Praats an der Reihe. Natürlich hatte er seinen Hut auf und seine schimmelgrüne Arbeitskleidung an. Er sprach ganz normal Deutsch, aber so langsam, dass man fast eingeschlafen ist. Für die holländischen Zuschauer wurde die Übersetzung in weißer Schrift am unteren Bildrand eingeblendet: »Wie die ganze Sache von Seiten des Bischofs gehandhabt wurde, das ist ein großer Skandal, ganz gleich, wie sie das von Münster aus den Leuten jetzt verkaufen wollen. Wir werden uns dagegen mit allen Mitteln wehren. Das sind ja Methoden aus dem Mittelalter, die Art und Weise, wie da mit einem regulär gewählten Kirchenvorstand umgegangen wurde, genauso wie damals im Fall Galilei. Die Leute hier – und in Holland natürlich auch – müssen das alles ganz genau erfahren, damit sie sich ihre eigene Meinung bilden können. Ich bin sicher, dass sich der Ärger – viele bei uns sind ja wirklich aufgebracht deswegen –, dass sich das bei der Wahl am Sonntag niederschlagen wird. Die Menschen – gerade die Landbevölkerung, die gegen den Zeitgeist immer treu zum Glauben gestanden hat –, wir lassen uns das nicht länger bieten, dass man uns wie unmündige Schafe behandelt. Die überwältigende Mehrheit will sich den Gefahren dieser mörderischen Atomtechnologie nicht aussetzen, darüber kann auch ein Bischof nicht einfach hinweggehen …«

»Das sehen wir erst noch, wenn die Stimmen ausgezählt sind«, brummte mein Vater.

»… Aber das Bistum interessiert sich nur für den Profit, also für das Geld. – Da ist ja viel Geld mit im Spiel. Man kennt das vom Ablasshandel im Mittelalter, dass die Kirche immer schon käuflich war. Meiner Meinung nach begehen sie eine grobe Verletzung ihrer seelsorgerischen Pflichten Gott und den Menschen gegenüber, und deshalb werden wir, das kann ich Ihnen versprechen, damit bis zum Papst gehen und auch auf juristischem Weg alle nötigen Schritte tun, um den Bau zu verhindern.«

Danach stieg Bauer Praats auf seinen riesigen neuen Deutz und fuhr zu seinen Kuhweiden, von denen einige direkt gegenüber der Baustelle liegen, während der Kommentator auf Holländisch weiterredete.

Meine Vater sagte: »Das stimmt einfach nicht, wat he doa vertellt. Dat is glatt geloge.«

»Was sagt er denn?«, wollte meine Mutter wissen, doch bevor mein Vater antworten konnte, erschien er selbst auf dem Bildschirm.

Obwohl es nieselte, hatten sie ihn mitten auf dem Platz von Slaack zwischen den orange leuchtenden Fiat-Traktoren gefilmt, mit den hellgrünen Claas-Mähdreschern im Hintergrund.

Der Moderator sagte mit starkem holländischen Akzent: »Sie

kandidieren für die offizielle Liste von das Bistum, wo die Leute sich bereit erklären, wenn sie gewählt werden, die Grundstücke für den Bau von diese Atomkraftwerk abzutreten, obwohl ja die ganze Verfahren, wie das von die Bischof von Münster gehandhabt wurde, sehr viel kritisiert worden ist.«

»Das mag sein«, sagte mein Vater. »Aber es ist eben auch so, dass alle Spielräume, um den Bau des Brüters zu verhindern, indem man sich von Seiten des Kirchenvorstands weigert, das Land zu verkaufen, ausgereizt worden sind, da käme jetzt einfach überhaupt nichts mehr heraus, außer, dass die Gemeinde am Ende per Gerichtsbeschluss enteignet wird und schwere finanzielle Verluste erleidet. Die Statuten sehen eindeutig vor, dass ein Kirchenvorstand, der mit dem Eigentum der Gemeinde zu deren Schaden umgeht, in so einem Fall von seinen Aufgaben entbunden wird, insofern waren da auch dem Bischof die Hände gebunden ...«

Er holte tief Luft, um seine Meinung genauer zu erklären, damit auch die Holländer verstehen, wie sich die Sachlage wirklich verhält, denn dort lesen sie ja nicht seit Monaten alles über den Streit bei uns in der Zeitung. Doch statt ihn ausreden zu lassen, haben sie ihm einfach das Wort abgeschnitten.

Es folgten wieder Bilder von der Baustelle und vom Rhein, mit einem holländischen Schubverband voller Stahlträger, den sie vermutlich extra ausgesucht haben, um ihren Zuschauern zu zeigen, dass die holländischen Flussschiffer mit ihren Riesenkähnen bei uns groß im Geschäft sind.

Insgesamt hat der Beitrag höchstens fünf Minuten gedauert.

Meine Mutter sagte, »War es das schon?«, und als plötzlich holländische Fußballspieler auf dem Bildschirm zu sehen waren: »Das gibt es doch nicht!«

Sie kniff die Lippen zusammen, wie sie es immer macht, wenn sie so sehr enttäuscht von etwas ist, dass es ihr die Sprache verschlägt.

»Lehr mich die Holländer kennen«, sagte mein Vater. »Wenn du dich mit denen einlässt, bist du verraten und verkauft.«

Er war richtig sauer, nicht nur weil Ernst Praats viel länger reden durfte, sondern vor allem, weil sie das meiste, was er gesagt hatte, einfach weggeschnitten haben, so dass jemand, der nicht Bescheid weiß – wie es wahrscheinlich bei den meisten Holländern der Fall ist –, den Eindruck bekommt, Bauer Praats hätte recht mit seiner Behauptung, die Befürworter des Brüters interessierten sich nicht für die Sorgen der Menschen, sondern es ginge ihnen nur ums Geld.

Ich bin trotzdem stolz auf meinen Vater und ich finde, dass er sehr gut gesprochen hat. Er wirkte in seiner ganzen Art wie ein vertrauenswürdiger Mann, während Ernst Praats vor der Kamera genau so aufgetreten ist, wie man es von einem Bauern erwartet. Uwe und Martin werden in der Schule natürlich so tun, als hätte ihr Vater gewonnen. Ich hoffe, dass die Sendung auf dem Holländer kaum jemand aus meiner Klasse gesehen hat. Was die Leute dort denken, kann uns im Grunde egal sein, denn sie dürfen ja nicht hier wählen, auch wenn sie mit ihren Firmen am Brüter beteiligt sind. Und dass jemand meinen Vater erkennt, wenn wir das nächste Mal in Holland tanken fahren, glaube ich nicht. Wichtig ist, wie der Beitrag in unserem Fernsehen ausfällt. Meine Mutter ist deswegen schon den ganzen Tag sehr aufgeregt – mein Vater wahrscheinlich auch, aber er lässt es sich nicht anmerken, sondern macht sich über meine Mutter lustig und sagt Sachen wie: »Hoffen wir mal, dass meine Frisur bei dem Wetter nicht verrutscht ist« und »Was soll schon schiefgehen, du hast mir ja extra ein Hemd rausgesucht, das zur Hose passt, damit ich dich nicht blamiere.«

Die Reporter vom WDR haben schon seit Mittwoch in Calcar und Hülkendonck mit verschiedenen Leuten geredet und Filmaufnahmen gemacht. Der Calcarer Bürgermeister, der ja klar auf unserer Seite ist, hat ihnen Fragen beantwortet, und mein Vater sagt, dass er an sich ein vernünftiger Mann ist. Von den Brütergegnern aus dem Kirchenvorstand haben sie diesmal nicht Bauer Praats, sondern Frau Dr. Mehringhoff interviewt, entweder weil sie besser reden kann und einen Doktortitel hat, was für eine Bäuerin sehr ungewöhnlich ist, oder weil sie so verrückt aussieht mit ihrem roten, tief über die Ohren gezogenen Damenhut, der vor Dreck von alleine steht, und ihren geflickten Lodenröcken. Sie wollten auch Pastor Würmeling vor die Kamera locken, wahrscheinlich weil ihnen jemand verraten hat, dass er leicht nervös wird und sich dann verhaspelt, was die Kirche in schlechtem Licht dastehen lässt. Pastor Würmeling war ganz aufgelöst, weil er es nicht geschafft hatte, sie am Telefon direkt abzuwimmeln, und hat meinen Vater um Hilfe gebeten, woraufhin mein Vater persönlich beim WDR angerufen und ihnen erklärt hat, dass unser Pastor nichts mehr mit diesen Entscheidungen zu tun hat und dass sie ihn, auch mit Rücksicht auf dessen Gesundheit, in Ruhe lassen sollen. Diese Tricks sind typisch für die Leute vom Fernsehen, wenn sie eine bestimmte Meinung unters Volk bringen wollen, sagt mein Vater. Onkel Nöpp meinte neulich beim Frühschoppen, dass man den Westdeutschen Rundfunk eigentlich in »Westdeutscher Rotfunk« umbenennen sollte, weil da lauter »linke Vögel« sitzen. Ich musste an den *Spatz vom Wallrafplatz* denken, der immer sehr frech ist, aber auch lustig, und an das feuerrote Spielmobil, doch Onkel Nöpp meinte damit wohl, dass sie beim WDR parteiisch sind und die Sachlage immer aus Sicht der SPD darstellen, ganz egal, worum es geht.

Heute Morgen, um halb elf, hat der Reporter, der die Sendung über die Kirchenvorstandswahl macht, bei uns geklingelt, um meinen Vater abzuholen. Das Interview sollte direkt an der Kirche stattfinden. Leider durfte ich nicht mitfahren, obwohl es mich sehr interessiert hätte zu sehen, wie solche Filmaufnahmen vonstattengehen, und auch, was das überhaupt für Leute sind, die beim Fernsehen arbeiten. Man stellt sich ja vor, dass sie etwas Besonderes an sich haben müssen, sonst würde ihnen nicht das ganze Land zuschauen und sich ihre Meinung zu Herzen nehmen.

Ich habe ihn erst durch die halb geöffnete Küchentür und dann vom Arbeitszimmer meiner Mutter aus beobachtet. Sein Gesicht kannte ich nicht, obwohl er ein beliebter Reporter sein soll. Vielleicht tritt er normalerweise im Spätprogramm auf. Von seinem ganzen Aufzug her wirkte er eher wie ein Atomkraftgegner oder wie die Leute, die man von den Demonstrationen in den Großstädten kennt. Er hatte Haare, die ihm ungepflegt bis über die Ohren wuchsen, eine große dunkle Hornbrille, und dazu trug er einen schwarzen Rollkragenpullover, eine abgewetzte Cordhose in Beige und einen braunen Wollmantel mit länglichen Holzknöpfen. Wenn auf dem Auto, in das er schließlich mit meinem Vater gestiegen ist, nicht die Aufschrift »Westdeutscher Rundfunk« gewesen wäre, hätte ich mir wahrscheinlich Sorgen gemacht, dass die ganze Geschichte mit dem Interview nur eine Falle ist, um meinen Vater kurz vor der Wahl doch noch zu entführen.

Gleich nachdem sie weg waren, habe ich zu meiner Mutter

gesagt, »Ich gehe Fahrradfahren« – was ich oft mache, selbst wenn das Wetter nicht so gut ist.

Sie wollte wissen, wo ich hinwill, und ich habe gesagt, »Vielleicht zum Rhein«, was nur halb stimmte.

»Zieh dir den Friesennerz an«, hat sie gerufen, aber ich habe trotzdem, ohne dass sie es gemerkt hat, meinen Bundeswehr-Parka genommen, weil ich mit dem leuchtenden Gelb des Friesennerzes viel zu auffällig gewesen wäre, dagegen ist man mit dem Parka perfekt getarnt.

Weil ich wusste, dass sie ihn direkt an der Kirche filmen wollten, bin ich, so schnell ich konnte, dorthin gefahren. Ich habe mein Rad an der Alten Schule abgestellt, wo schon lange niemand mehr wohnt und auch sonst nichts stattfindet, und habe mich auf Zehenspitzen an die Friedhofsmauer herangepirscht. Auf dem Kirchenparkplatz, der an die Pferdeweiden von Bauer Praats anschließt, standen neben dem Auto, in das mein Vater eingestiegen war, ein blauer Ü-Wagen, ein VW-Bus vom WDR und noch zwei andere fremde PKW.

Normalerweise ist der Platz immer leer, außer während der Messe oder wenn jemand beerdigt wird.

Mein Vater hatte sich mit einer Frau, die auch zum Fernsehen gehörte, und dem Reporter, der ihn abgeholt hat, ins Eingangsportal gestellt, um nicht nass zu werden. Vor ihm hatten sie schon die Kamera aufgebaut. Ein Assistent hielt einen großen Schirm über einen zweiten Mann, der mit einem Mikrofon hantierte. Auf dem Friedhof kümmerten sich einige Frauen um die Gräber ihrer Verwandten, was samstags normal ist, damit alles ordentlich aussieht, falls jemand nach der Messe dort vorbeikommt. Frau van den Hoeck und Mia Dönges konnte ich erkennen. Beide trugen Gummistiefel und weite Regencapes, Mia

Dönges eins aus durchsichtigem, Frau van den Hoeck eins aus dunkelgrauem Plastik. Sie hatten ihre Arbeit unterbrochen und schauten mit der Harke bzw. dem Spaten in der Hand, was mein Vater und die Leute vom WDR wohl vorhatten.

Ich warf einen Blick auf die Kieswege, die von der Mauer zur Kirche führen, und überlegte, ob es nicht vielleicht doch eine Möglichkeit gab, unbemerkt näher heranzukommen, aber auf dem Friedhof stehen keine großen Bäume, auch keine hohen Hecken, zwischen denen ich mich hätte anschleichen können. Auf jeden Fall wäre ich so nah an Mia Dönges vorbeigekommen, dass sie mich bestimmt angesprochen hätte, weil sie mich ja von Onkel Koeb her kennt, und dann hätte mich auch mein Vater entdeckt.

Es begann stärker zu regnen, so dass ein weiterer Assistent mit einem zusätzlichen Schirm die Kamera schützen musste, obwohl sie schon in einer wasserdichten Hülle steckte. Die Vorrichtung für die beiden Filmspulen ragte deutlich heraus. Im Prinzip war alles genauso wie bei Heinz Sielmann, wenn er Tiere filmt.

Von der anderen Seite der Kirche kam Frau Seesing. Sie hatte sich einen grauen Popelinmantel über ihre Kittelschütze gezogen, deren Saum unten ein Stück heraushing, und trug ebenfalls einen Regenschirm. Bestimmt waren ihr die vielen Fahrzeuge auf dem Parkplatz aufgefallen, als sie beim Putzen aus dem Fenster geschaut hat, und dann musste sie unbedingt wissen, was da los ist.

Frau Seesing ist allgemein bekannt für ihre Neugier. Sie fragt auch meine Mutter ganz ungeniert über unsere Nachbarn oder Verwandten aus, wenn sie etwas Ungewöhnliches gehört oder gesehen hat – sei es einen Krankenwagen oder einen fremden Betonmischer, der in einer Einfahrt abgestellt wurde.

Seesings haben von allen im Dorf den kürzesten Weg zur Kirche. Ihr Hof ist nur durch den Burggraben, der aus der Zeit stammt, als der Raubritter Hilbert über Hülkendonck herrschte, vom Friedhof getrennt. Neben ihrem Kuhstall führt eine Tür auf einen schmalen Steg über das Wasser, weil die Barone oder Grafen früher nicht zusammen mit den normalen Leuten in die Kirche gingen, sondern durch einen Seiteneingang, der nur von ihnen und dem Pastor benutzt werden durfte. Sie hatten auch ihre eigenen Ritterplätze im Chorgestühl – dort, wo jetzt der Vorbeter und derjenige aus dem Kirchenvorstand, der gerade sammeln muss, sitzen. Seesings stammen allerdings, soweit ich weiß, nicht vom Raubritter Hilbert ab, sondern ihre Vorfahren haben den Hof gekauft, nachdem die Ritterfamilie vor zwei- oder dreihundert Jahren ausgestorben war.

Wie es ihre Art ist, ging Frau Seesing direkt auf die Leute vom Fernsehen zu und streckte ihnen die Hand entgegen, danach auch meinem Vater, obwohl eine derart offizielle Begrüßung bei uns sonst eigentlich nicht üblich ist. Vielleicht lag es daran, dass er als Vertreter des Wahlvorstands hier war, da wollte sie ihn nicht einfach wie einen normalen Bekannten behandeln.

Bauer Seesing und seine Frau sind eigentlich für den Brüter. Man merkt es daran, dass sie nicht an den Versammlungen der Gegner teilnehmen, und daran, dass Frau Seesing weiterhin mit meiner Mutter nach Schloich zum Kaffeeklatsch fährt. Allerdings schlagen sie sich nicht offiziell auf eine Seite, weil sie keinen Krach mit den anderen Bauern wollen.

Die Fernsehleute hatten inzwischen alles vorbereitet und der Reporter bat Frau Seesing, aus dem Bild zu gehen. Sie trat allerdings nur so weit zur Seite wie unbedingt nötig, weil sie natürlich hören wollte, welche Fragen gestellt wurden und was mein Vater darauf antwortete.

Es gibt ja verschiedene Sorten von neugierigen Leuten: Die einen sammeln überall Klatsch und Tratsch und hüten ihr Wissen wie einen geheimen Schatz, von dem sie nur Gebrauch machen, wenn sie jemandem direkt Böses wollen; die anderen erzählen alles, was ihnen zu Ohren kommt, sofort weiter, entweder weil es einfach so aus ihnen heraussprudelt oder um sich damit wichtig zu machen. Frau Seesing gehört nicht zu denen mit einer bösen Zunge, sie hat nur immer Angst, etwas zu verpassen, weshalb man ihr die Neugier nicht so übelnimmt.

Der Reporter stand unmittelbar neben der Kamera und hatte einen Zettel in der Hand, auf dem seine Fragen notiert waren. Einer der Assistenten hielt das Mikrofon an einer Teleskopstange, genau in die Mitte zwischen beiden Männern. Es war mit einem grauen Puschel überzogen und erinnerte an eine Tierpuppe aus der Sesamstraße.

Nachdem er gerade noch gelacht hatte, setzte mein Vater wie auf Kommando sein ernstes Gesicht auf und schaute schräg vor sich auf den Boden. So sieht er auch immer aus, wenn er am Telefon mit wichtigen Persönlichkeiten verhandelt oder einem nörgeligen Bauern erklären muss, dass der Trecker doch nicht auf dem Hof repariert werden kann, sondern nach Cleve in die Werkstatt gebracht werden muss.

Mir lief das Wasser in Strömen übers Gesicht, mein Parka hatte große dunkle Flecken von der Nässe. Eigentlich macht mir Regen nichts aus. Ich beobachte ja auch bei jedem Wetter Tiere. Von Heinz Sielmann und Professor Grzimek weiß ich, dass man manchmal große Strapazen in Kauf nehmen muss, wenn man einen besonderen Moment mit der Kamera erwischen will. Allerdings fand ich, dass solche Filmaufnahmen für Nachrichten insgesamt doch ziemlich langweilig sind. Obwohl fünf oder sechs Leute – ich weiß nicht, wie viele noch im Ü-Wagen saßen – mit allen möglichen Aufgaben beschäftigt waren, passierte eigentlich nicht viel. Es lag natürlich auch daran, dass wegen des schlechten Wetters, außer Frau Seesing, niemand aus Hülkendonck gekommen war, um meinen Vater vor der Kamera zu sehen. Normalerweise, wenn wichtige Ereignisse mit dem Ü-Wagen übertragen werden, versammelt sich immer ein großes Publikum, das vom Moderator direkt angesprochen und in die Sendung einbezogen wird. Jeder, der gerade da ist, kann sich zu Wort melden, manchmal gibt es einen Sänger, oder jemanden, der etwas Besonderes mitgebracht hat, ein preisgekröntes Dressurpferd oder eine eigene Erfindung, zum Beispiel einen Apparat, mit dem man Muster auf Stoffservietten drucken kann.

Mia Dönges verlor schon das Interesse und kümmerte sich wieder um die Beseitigung von Maulwurfshügeln. Frau van den Hoeck begann den Kies um das Grab ihres Mannes zu harken. Frau Seesing hingegen rückte immer wieder an meinen Vater heran, so dass der Moderator ihr mehrmals Handzeichen machen musste, damit sie nicht im Bild war.

Ich sah, wie mein Vater den Mund bewegte, dann plötzlich mitten im Satz stoppte und stirnrunzelnd den Reporter anschaute, der ihn unterbrochen hatte, weil ihm wohl irgendetwas nicht gefiel. Sie sprachen kurz, ohne dass es aufgenommen wurde. Mein Vater nickte, lachte, stellte sich dann extra gerade in den Eingang der Kirche. Der Reporter hob die Hand und ließ sie herunterfallen, was wahrscheinlich das Startzeichen war. Sie hatten keine richtige Klappe, wie man sie normalerweise beim Film benutzt. Nachdem mein Vater drei oder vier Fragen beantwortet hatte, trat der Reporter wieder auf ihn zu. Der Kameramann nahm die Kamera mitsamt Stativ auf die Schulter, und dann verschwanden sie zusammen im Dunkel der Kirche. Der Mikrofonträger folgte, nachdem er sein Kabel aufgewickelt hatte, auch Frau Seesing ging hinterher, obwohl sie mit der ganzen Sache überhaupt nichts zu tun hatte.

Ich überlegte, ob ich über den Friedhof laufen und mich in die Kirche schleichen sollte, um vielleicht doch etwas mehr zu sehen oder wenigstens die Gespräche mitzuhören, aber einer der Assistenten und die Frau standen noch draußen unter einem Schirm und zündeten sich Zigaretten an.

Ich konnte nichts mehr tun, außer mich weiter nassregnen zu lassen, und bin dann zurück nach Hause gefahren, zumal der Regen durch den Parka mittlerweile bis auf die Haut gezogen war und mir wirklich kalt wurde. Meine Mutter schüttelte den Kopf, als ich hereinkam, und wollte wissen, warum ich nicht auf sie gehört und den Friesennerz angezogen hätte?

»Dann sind alle Tiere sofort weg«, habe ich gesagt, was ja auch stimmt.

An der Art, wie sie sich im Esszimmer an den Tisch gesetzt und das Fernsehprogramm durchgeblättert hat, merkte ich, dass sie wirklich sehr nervös war. Wahrscheinlich hatte sie Sorge, die Leute vom WDR könnten meinen Vater genauso in die Pfanne hauen wie die Holländer. Als ich seinen Schlüssel in der Haustür hörte, bin ich ihr gleich hinterher in den Flur, um zu hören, was er erzählt, obwohl ich Sorge hatte, dass er mich doch hinter der Friedhofsmauer gesehen haben könnte und ärgerlich wäre, dass ich ihm gefolgt war. Er sagte aber nur: »Da hast du nichts verpasst. Man stellt sich beim Fernsehen ja immer wer weiß was vor, aber an und für sich ist das eine ziemlich dröge Angelegenheit.«

»Haben sie nicht versucht, dich aufs Glatteis zu führen«, fragte meine Mutter. »Ich traue denen ja nicht.«

»Eigentlich waren das nette Leute, auch wenn die natürlich aussahen wie Hund.«

»Und was haben sie gefragt?«

»Tja, was immer gefragt wird. Es gibt ja nichts groß Neues. Morgen nach der Wahl wissen wir mehr. Ernst Praats wird aber wohl sicher enttäuscht sein, dass sie nicht bei ihm waren.«

22.

Während die Diskussionen, ob eine Abstimmung über dies oder das, jetzt, später oder gar nicht stattfinden sollte, in unterschiedliche Gruppen zerfielen, traten Bauer Praats und seine Frau zur Tür herein, gefolgt von Bauer Geerck und Frau Dr. Mehringhoff.

Im vorderen Bereich verstummten die Stimmen, einzelne Sätze standen wie freigestellt im Raum »... über das Gewaltthema streiten wir seit über zehn Jahren immer und immer wieder ...«, »... natürlich hat das was mit den patriarchalischen Strukturen zu tun ...«, brachen ab.

Horst Seegers nutzte die Stille und ergriff erneut das Wort: »Leute, lasst uns mal Ernst und Ulla begrüßen: Schön, dass ihr da seid. Jupp und Adelheid natürlich auch. Man kann das gar nicht oft genug wiederholen: Ohne euren unermüdlichen Einsatz fände hier schon lange nichts mehr statt, und gerade dass wir unmittelbar in Sichtweite der Baustelle nach wie vor präsent sind, ist ein verdammt wichtiges Signal.«

Es gab lauten Applaus von allen Seiten.

Ich spürte, wie ich knallrot wurde, dass mein Herz kurz aussetzte, dann umso heftiger schlug. Ich hatte Praats lange nicht aus der Nähe gesehen und überhaupt nur, wenn er im Dorf auf seinem Deutz an mir vorbeifuhr. Obwohl es mir eigentlich hätte klar sein müssen, dass er an einer derart wichtigen Versammlung teilnehmen würde, hatte ich diese Möglichkeit ausgeblendet. Vielleicht weil er, seit ich hierherkam, in den Gesprächen kaum erwähnt worden war und sich kein einziges Mal persönlich am Melkstall hatte blicken lassen. Vielleicht lag es auch daran, dass ich seine gesamte Erscheinung trotz allem nicht mit den Leuten aus dem Freundschaftshaus in Verbindung brachte.

Er gehörte zur Welt meiner Eltern, obwohl sie nach wie vor nicht miteinander sprachen, sich nicht einmal mit einem Nicken grüßten, wenn sich ihre Wege zufällig kreuzten, war Teil des Dorfes, dem ich zu entkommen versuchte, unter anderem indem ich mich jetzt hier am Widerstand beteiligte.

Praats riesige Gestalt überragte alle anderen im Raum. Aber es war nicht nur seine Statur, die ihn zu einem Fremdkörper machte. Die ganze Art, wie er dastand, wirkte wie aus dem Zusammenhang gerissen: Statt seiner Arbeitsmontur trug er einen grünen Lodenmantel über einem dunklen Wollsakko, dazu ein beigefarbenes Hemd und eine braun karierte Krawatte, außerdem hatte er seinen Sonntagshut mit Federn und Gamsbart aufgesetzt, als wäre er auf dem Weg zur Kirche.

Er hob kurz den Arm und sagte in seinem gedehnten, seltsam leiernden Ton, der weder Platt noch Hochdeutsch war: »Herzlich willkommen, auch von meiner Seite. Ich hab draußen schon gesehen, das geht hier alles gut voran. Die versuchen zwar, uns Knüppel zwischen die Beine zu werfen, aber das ist ja nichts Neues. Ich sag mal: Wir lassen uns von keinem Minister und keinem Regierungspräsidenten zum Aufgeben zwingen, bevor wir nicht einen Baustopp erreicht haben. Da ist es ganz egal, mit was die uns drohen und was die auffahren: Wir bauen hier etwas ganz Neues auf und wir haben das verfassungsmäßige Recht zu demonstrieren, auf unserem eigenen Grund und Boden sowieso. Ich hoffe, das wird ein schönes und ein friedliches Fest, dass niemand uns nachher falsche Sachen unterstellen kann ...«

»Wie Weihnachten«, rief jemand aus dem Punk-Block.

»Wie Silvester wär' besser ...«

Einige lachten.

Praats lachte nicht: »Und durch unseren friedlichen Protest – zusammen mit unseren Freunden aus Belgien und Holland – setzen wir ein Signal, das weit über Hülkendonck und Calcar hinausreicht ...«

Frau Dr. Mehringhoff, die aussah, als käme sie direkt aus dem Kuhstall, drängte sich zwischen ihn und Horst Seegers in die Gruppe der *Stop-Calcar*-Organisatoren.

Ich hielt meinen Kopf so weit wie möglich gesenkt, starrte auf meine Füße und schob mich vorsichtig hinter einen Pulk von Leuten, die mir Deckung gaben.

Praats durfte mich auf keinen Fall sehen. Er kannte mich ja seit Kindertagen. Bevor wir in unser eigenes Haus gezogen waren, hatten wir seinem Hof direkt gegenüber gewohnt, in der Alten Schule, und meine Mutter hatte mich im Sommer nachmittags über die Wege an seinen Feldern vorbeigeschoben. Bestimmt war ihm aufgefallen, dass ich ihn als Einziger aus unserer Familie seit einiger Zeit wieder demonstrativ freundlich grüßte. Aber dass ich vollständig die Seiten gewechselt – mich von meinen Eltern abgewandt hatte und mich jetzt mit ihm und seinen Leuten zusammen gegen den Brüter engagierte, war ihm wahrscheinlich nicht klar. Wenn er mich entdeckte, würde er womöglich eine Bemerkung über meinen Sinneswandel machen. Vielleicht schwänge so etwas wie ein Triumphgefühl mit oder, was noch schlimmer wäre: Er würde irgendetwas über meinen Vater fallen lassen, und dann wusste Juliane – dann wussten alle hier –, dass ich der Sohn des Mannes war, der damals, vor einer halben Ewigkeit, auf Seiten des Kirchenvorstands den Verkauf des Baulands an die Brüterbetreiber am entschiedensten vorangetrieben hatte. Plötzlich stünde ich im Mittelpunkt der allgemeinen Aufmerksamkeit, als der älteste Sohn des führenden Atomlobbyisten im Dorf. Die meisten, die teilweise von weit her zu dieser Versammlung gekommen waren, kannten mich, wenn überhaupt, nur vom Sehen, aber zumindest die Älteren unter den *Stop-Calcar*-Leuten wussten natürlich, wer mein Vater war. Einige von den Punks wirkten ohnehin ziemlich aggressiv, und sicher käme früher oder später jemand auf die Idee, ich könnte der Polizeispitzel sein, dessentwegen sie ständig Ärger hatten. Dass ich meinen Familienhintergrund nicht von Anfang an offengelegt hatte, machte mich erst recht verdächtig.

»Was ist?«, flüsterte Juliane. »Du weißt doch, wer das ist.«
Ich nickte.

»Er ist voll nett. Echt ein super Typ. Ganz anders als man es erwarten würde, wenn man ihn das erste Mal sieht.«

»Schon klar, aber ...«

»Was ›aber‹?«

»Ich bin nicht so eng mit den Leuten aus dem Dorf, das hab ich dir ja schon gesagt.«

»Aber bei Ernst ist es doch was anderes, ich meine: Der ist eine Ikone des Widerstands.«

Offensichtlich duzte sie ihn.

»Trotzdem.«

Ich hatte, wie es sich gehörte, immer »Herr Praats« und »Sie« gesagt, solange ich noch regelmäßig auf seinem Hof gewesen war.

»Es wäre mir peinlich, wenn er mich jetzt ansprechen würde, vor all den Leuten hier. Ich bin ja früher mit seinen Söhnen in dieselbe Klasse gegangen.«

»Ja und?«

»So Dorfkram halt. – Du kommst aus der Stadt, ihr habt ein gemeinsames Ziel, da spielen solche Sachen keine Rolle. Ich bin aus Hülkendonck – quasi meine gesamte Familie lebt hier, teilweise schon seit Jahrhunderten. Egal, was ich politisch denke, ich bleibe … Wie soll ich das sagen … Es ist einfach etwas anderes.«

»Verstehe ich nicht.«

Sie schüttelte den Kopf, während ich mir so unauffällig wie möglich einen Weg durch das Gedränge zum hinteren Raum bahnte.

»Wo willst du hin?«

»Ist besser, wenn ich abhaue. Das ist eh nicht meine Veranstaltung, ehrlich gesagt.«

»Wegen Praats jetzt? Oder hast du Schiss?«

»Wovor sollte ich Schiss haben?«

»Was weiß ich … Vor der Bullerei oder so.«

Ich quetschte mich durch die Tür, ging weiter bis zu dem niedrigen Tor an der Rückwand. Juliane folgte mir: »Jetzt warte doch mal.«

Mein Versuch zu lächeln missriet.

»Ich meine, bei so was wie heute muss man schon mal seine persönlichen Gefühle zurückstellen. Selbst wenn es nervt. Weil es eben nicht um dich geht, auch nicht um mich, sondern um die Sache. Oder meinst du, mir macht das Spaß, diese ewigen Diskussionen um den immer gleichen Schwachsinn mit Leuten, die teilweise nur Krawall im Kopf haben und sowieso ständig total breit sind? Aber jetzt, zumindest bis zum Festival, müssen wir irgendwie an einem Strang ziehen. Das ist das Einzige, worauf es ankommt. Und gegen Ernst kann man überhaupt gar nichts sagen. Der ist einfach voll in Ordnung.«

»Du hast ja recht.«

»Er freut sich bestimmt, wenn er dich sieht. Dass auch endlich mal jemand von den Jüngeren aus dem Dorf sich hier beteiligt.«

Irgendwann musste ich ihr sagen, wer mein Vater war. Allein schon, damit sie es nicht eines Tages von jemand anderem erfuhr und dann wirklich enttäuscht oder wütend wäre – wahrscheinlich beides –, weil ich sie, wenn nicht direkt belogen, so doch zumindest einen beträchtlichen Teil der Wahrheit vor ihr verschwiegen hatte.

»Ich glaub, ich kann das jetzt nicht.«

»Was kannst du nicht?«

»Lass uns rausgehen.«

»Es regnet in Strömen.«

Natürlich wusste Juliane, dass meine Eltern für Atomkraft, für die Nato-Nachrüstung und für die Startbahn West waren, dass sie sich nicht für die Zerstörung der Erde interessierten, sondern in jedem meiner Versuche, mich für die Rettung der Natur zu engagieren, den ersten Schritt auf dem Weg zum radikalen Staatsfeind sahen, dass sie diese ganzen überkommenen Moralvorstellungen hochhielten, die wir hinter uns lassen mussten, um der Freiheit und um der Liebe willen – damit unsere Leben auf diesem sterbenden Planeten überhaupt noch irgendwie erträglich wurden. Juliane kannte das alles aus ihrer eigenen Familie. Wahrscheinlich war der Terror dort noch viel schlimmer gewesen. Ihr Vater hatte sie jahrelang geschlagen. Er hasste in seinem eigenen Kind alle, die es in dieser Provinz-Spießerhölle nicht mehr aushielten, die sich nicht vom System kaufen ließen und sich standhaft weigerten, die Suche nach einem Rest Sinn in diesem Affentheater für eine lächerliche Karriere, Geld, Macht aufzugeben. Tag für Tag missbrauchte er seine Position als Richter, um jeden, der ihm in die Fänge geriet, zu bedrohen, zu schikanieren, mit überzogenen Strafen zu belegen, die dann von der nächsten Instanz vielleicht wieder kassiert wurden, oft aber auch nicht. Wahrscheinlich ärgerte er sich insgeheim, dass es keine KZs mehr gab, in die er sie – in die er uns – abtransportieren lassen konnte.

Trotzdem kam ich mir Juliane gegenüber wie ein Betrüger vor, weil ich nicht von Anfang an offengelegt hatte, welche Rolle mein Vater damals bei der Neuwahl des Kirchenvorstands und während der Verhandlungen mit der Betreibergesellschaft gespielt hatte. Und es war ja auch nicht nur mein Vater gewesen, der sich aktiv für den Brüter eingesetzt hatte. Ich selbst war zumindest so etwas wie ein Mitläufer gewesen, hatte bis vor gut einem halben Jahr noch geglaubt, dass Atomkraft zwar nicht die beste aller Lösungen, aber doch zumindest vorläufig unersetzbar war und vermutlich auch nicht so gefährlich, wie ihre Gegner behaupteten.

Juliane hingegen war immer auf der richtigen Seite gewesen. Schon als Sieben- oder Achtjährige wäre sie von zu Hause weggelaufen, wenn es dazu irgendeine Möglichkeit gegeben hätte. Ich hingegen hatte meine Eltern geliebt, was peinlich genug war, und manchmal, wenn wir uns gerade nicht stritten, liebte ich sie noch immer.

»Dahinten, unter den Bäumen, ist der Unterstand für die Viecher, da steht man trocken.«

»Ich kann hier jetzt eigentlich nicht weg.«

»Ist doch egal, wie die Abstimmung ausgeht. Die, die Mollis werfen wollen oder Gewaltaktionen planen, werden sich eh nicht davon abhalten lassen. – So stark regnet es außerdem gar nicht.«

»Ich weiß echt nicht, was du für ein Problem hast.«

Ich trat hinaus, stapfte den aufgeweichten Feldweg auf der Rückseite des Melkstalls entlang. Die Ziegen drängten sich unter dem Dach ihres Pferchs zusammen. Ein paar Hühner rannten mit weit ausgreifenden Schritten vor mir davon. Nach wenigen Metern waren meine Camel-Boots völlig verdreckt. Zum Glück liefen heute keine Rinder auf der Weide. Obwohl ich jahrelang geholfen hatte, die Kühe von Seesing von den Rheinwiesen zum Hof zu treiben, waren sie mir noch immer nicht geheuer. Ich stieg über den Zaun, drückte für Juliane den obersten Draht hinunter.

Sie schimpfte: »Ich weiß gar nicht, wieso ich mich auf so eine privatistische Scheiße einlasse.«

»Weil du mich liebst, vielleicht«, sagte ich und spürte im selben Moment einen Stich in der Brust.

Wenn sie wüsste, was es wirklich mit meinem Vater auf sich hatte, sähe sie mich vielleicht mit anderen Augen.

»Wehe, du kommst mir gleich mit irgendwelchem Liebesquatsch, dann raste ich aus.«

Vor dem Unterstand gingen Pfützen und aufgeweichte Hufspuren ineinander über, der Betonboden war mit nassem Stroh und Kuhscheiße bedeckt.

»Kannst du mir jetzt mal verraten, wieso du abhaust, als wäre ein Trupp Bullen hinter dir her, wo es da um echt wichtige Sachen geht?«

»Ich muss dir was sagen. Aber das geht nicht vor den anderen.«

»Aha?«

»Ich hätte es dir eigentlich schon früher sagen müssen, aber irgendwie war nie die passende Gelegenheit.«

»Bist du doch ein Spitzel oder was?«

»Quatsch.«

»Was dann?«

»Mein Vater und Praats ... Also mein Vater ... Er ist ja nicht einfach nur für Atomkraft. Das sind ja viele. Ich meine: deine Eltern auch. – Mein Vater war derjenige in Hülkendonck, der damals dafür gesorgt hat – natürlich nicht alleine, und die Wahl hat dann auch gezeigt, dass die Mehrheit der Leute im Dorf dahinterstand, das ist ja bis heute nicht anders ... Es gab diese Sache mit dem Kirchenvorstand, die damals ziemlich durch die Presse gegangen ist, bevor überhaupt richtig mit dem Brüter angefangen wurde. Das würde jetzt echt zu lange dauern, wenn ich dir das alles im Einzelnen erzähle, und es ist ziemlich kompliziert. Jedenfalls war mein Vater so etwas wie der Gegenspieler von Praats im Kirchenvorstand und dann im Dorf. Er hat dafür gesorgt, dass der Kirchenvorstand neu gewählt wird, mit lauter Ja-Sagern auf der Liste, damit dann eben keine langwierigen Gerichtsverfahren den Baubeginn verzögern.«

»Wie jetzt?«

»Naja ... Er war halt so was wie der Sprecher der Pro-Brüter-Fraktion im Kirchenvorstand und irgendwie überhaupt in Hülkendonck, genau weiß ich gar nicht, ob er quasi offiziell vom Bischof eingesetzt gewesen ist oder ob er das einfach übernommen hat, weil er halt gut reden konnte und auch Einfluss im Dorf hatte. Jedenfalls war er damals ständig im Radio und im Fernsehen und wir hatten dauernd irgendwelche Journalisten bei uns zu Hause ...«

»Ok. Verstehe ich, dass dir das peinlich ist. Wobei: Was soll ich da sagen? Mein Alter ist ein faschistisches Arschloch. Wir haben Scheißeltern. Ist halt so.«

Ich zuckte innerlich zusammen, widersprach aber nicht.

Vor der Rückwand des Unterstands lagen Strohballen, die halbwegs trocken waren und auf denen man sitzen konnte. Juliane zog ihren Tabak aus der Hosentasche, begann, eine Zigarette zu drehen, schüttelte wieder den Kopf: »Deswegen läufst du vor Praats weg? Da fänd' ich ja eher das Gegenteil logisch. Dass du zu ihm hingehst und sagst: Hey, Ernst, vergiss meinen Alten, ich weiß, du hattest damals recht. Deshalb bin ich jetzt hier dabei.«

»Ja, vielleicht ...«

»Dann mach das doch einfach.«

»Da sind auch noch Adelheid, also Frau Dr. Mehringhoff, und Jupp Geerck.«

»Die sind auch nett.«

»Weiß ich nicht. Bestimmt. Wobei Frau Dr. Mehringhoff, also Adelheid – duzt du die alle?«

»Klar duzen wir uns.«

»... die ist schon ziemlich durchgeknallt.«

Ein Gewirr aus Stimmen drang durch das gleichmäßige Plätschern des Regens herüber. Lange Tropfenfäden stürzten von der Dachkante, verspritzten im Schlamm. Juliane reichte mir eine Zigarette, gab mir Feuer, lächelte. Ich fühlte mich erleichtert, wie früher, wenn Pastor Würmeling mich am Ende der Beichte von meinen Sünden losgesprochen hatte. Die Last all der Lügen und bösen Gedanken, der unkeuschen Blicke auf die nackten Brüste in Fräulein Akamps Ausschnitt, die Nachlässigkeit im Gebet waren auf einen Schlag von mir abgefallen. Wenn ich dann noch drei »Vater unser« und zehn »Gegrüßet seist du, Maria« zur Buße gebetet hatte, war meine Seele wie neu erschaffen.

Trotzdem konnte ich jetzt nicht in den Melkstall zurückkehren, mich vor Praats, Geerck und Frau Dr. Mehringhoff hinstellen und ihnen erklären, wie sehr ich mich freute, jetzt mit ihnen zusammen gegen Atomkraft, gegen die drohende Verstrahlung unseres Dorfes zu kämpfen. Was auch immer ich gesagt hätte, wäre peinlich gewesen. Abgesehen davon galten auch in diesem Fall jenseits aller politischen Meinungen die ungeschriebenen Gesetze des Dorfes. Selbst wenn Praats sich wirklich einen Augenblick lang gefreut hätte, wäre ich für ihn weiterhin der Sohn meines Vaters, der ihn verraten hatte, als der Bischof Hülkendonck verkaufen wollte. Ich blieb der Neffe meines Onkels Nöpp, der mit seiner Firma die Straßen ausgebaut hatte, auf denen jetzt Tag für Tag Tausende LKW, Betonmischer, Planierraupen, Bagger zur Baustelle fuhren und riesige Sattelschlepper Stahlmäntel, Rohre, Kabeltrommeln, Turbinen brachten, und der darüber reich geworden war, zumindest für kurze Zeit.

»Das mache ich bestimmt noch, aber nicht heute. Ich müsste auf jeden Fall erst mal mit Praats alleine sprechen und ihm erklären, was sich da bei mir in den letzten Jahren verändert hat und so.«

»Musst du wissen. Ich bin bei solchen Sachen immer für den direktesten Weg. Am besten geradeheraus und so schnell wie möglich, dann ist es geklärt.«

»Vielleicht ruf ich ihn nächste Woche mal an.«

»Machst du ja doch nicht.«

Sie lehnte sich zurück, blies den Rauch wie einen Strahl in die Luft. Trotz ihrer zahlreichen Verpflichtungen schien sie es auf einmal nicht mehr eilig zu haben, in die Versammlung zurückzukehren. Die kämpferische Spannung in ihrem Gesicht wich der erschöpften Verdüsterung, in die sie aus unerfindlichen Gründen immer häufiger fiel.

Klatschen, Johlen und Pfiffe waren zu hören.

»Da sind so viele. Niemandem wird auffallen, dass wir uns abgesetzt haben. Und wenn schon«, sagte ich.

Vor uns, zum Horizont hin, lösten sich die Pappelreihen, die Hecken, Kopfweiden, Obstbäume in einförmigem Grau auf. Das dumpfe Trommeln des Regens auf dem abgeschrägten Ziegeldach verband sich mit dem helleren Plätschern in den Pfützen zu einer Geräuschwand, die immer undurchdringlicher wurde, ebenso schützend wie bedrohlich. Wir konnten hier nicht fort, aber sie ließ auch niemanden zu uns herein. Ich nahm Julianes Hand, aus der alle Kraft gewichen war, wie fühllos lag sie in meiner.

»Wichtig ist vor allem, dass wir zusammen sind«, sagte ich.

Es dauerte eine Weile, bis sie darauf mit einer Bewegung, halb Nicken, halb Kopfschütteln reagierte. Sie schaute die Zigarette in ihrer Linken an, beziehungsweise den kurzen Stummel, der noch davon übrig war, warf ihn gerade so weit von sich, dass er zischend in einer Pfütze verlosch.

Eigentlich hätte ich glücklich sein müssen in diesem Moment, aber Julianes Verfinsterung saugte alle anderen Empfindungen auf wie ein tödlicher Strudel. Ich drückte leicht ihre Hand. Sie reagierte nicht, starrte vor sich hin, ohne noch irgendetwas wahrzunehmen. Obwohl ich so nah es ging an sie herangerückt war, wirkte sie wie völlig abgeschnitten von allem und jedem.

»Was ist los?«, fragte ich, doch sie schien mich gar nicht zu hören. »Ist es wegen mir?«

Sie kniff die Augen zusammen, als hätte sich ein Schleier über ihren Blick gelegt, atmete tief durch.

»Kann ich irgendwas tun?«

Wieder schloss sie die Augen, als wäre schon das Sehen zu viel: »Geht gleich wieder.«

»Bist du doch sauer, dass ich dir das mit meinem Vater, also wie er sich damals verhalten hat, dass ich das nicht schon früher erzählt habe?«

Sie schob ihre Kiefer, ihre Wangenmuskulatur hin und her, als versuchte sie, Worte zu bilden, und hätte vergessen, welche Bewegungen dazu nötig waren.

»Dein Vater interessiert mich nicht die Bohne.«

»Aber dann ist es doch gut, dass wenigstens wir uns haben. Ganz egal, was sonst passiert. Ich meine, diese ganzen organisatorischen Sachen – da sind ja jetzt auch einfach viele Leute, die sich darum kümmern.«

»Man darf nicht aufgeben. Selbst wenn man das Gefühl hat, dass es komplett sinnlos ist, muss man weitermachen.«

XXIII.

Wir sitzen im Arbeitszimmer vor der Stereo-Truhe und warten auf die Ergebnisse der Kirchenvorstandswahl. Mein Bruder, meine Schwester und ich auf dem Boden, meine Mutter auf dem Sofa. Mein Bruder und meine Schwester sind noch zu klein, um zu verstehen, was das alles bedeutet, deshalb hat meine Mutter eine Märchenplatte aufgelegt. Erst lief *Dornröschen*, jetzt die Rückseite: *Der gestiefelte Kater*. »*Ein Müller starb und hinterließ seinen Söhnen eine Mühle, einen Esel und einen großen, grauen Kater. Die Teilung war bald gemacht. Der Älteste nahm die Mühle, der zweite den Esel und dem Jüngsten blieb nichts als der Kater …*«

Meine Schwester zieht ihre Puppe um, während mein Bruder und ich unsere Plastikindianer und -cowboys aufbauen, damit sie gegeneinander kämpfen.

Eigentlich will meine Mutter ihren Krimi weiterlesen, aber sie ist zu aufgeregt. Kaum hat sie eine Seite fertig, klappt sie das Buch wieder zu und schaut aus dem Fenster, was auf der Straße los ist. Die Leute aus dem Geiteneck fahren ja direkt an unserem Haus vorbei, wenn sie zur Kirche wollen, so dass wir genau sehen, wer wählen geht und wer nicht.

Ich weiß nicht genau, wie es dazu gekommen ist, aber die Brütergegner haben jetzt doch eine eigene Liste aufgestellt.

»Ernst Praats kann nicht gewinnen, oder?«, sage ich.

»Tja, lassen wir uns überraschen. Man hat schon Pferde vor der Apotheke kotzen sehen.«

Sie hat kein gutes Gefühl, was bei ihr normal ist, aber sicher liegt es auch an dem Fernsehbericht von gestern, der noch schlimmer ausgefallen ist als der Film von den Holländern.

Mein Vater war nur einer von sechs Leuten aus Hülkendonck, die sie gezeigt haben, vier davon Brütergegner und sie bekamen viel mehr Zeit für ihre Meinung zugesprochen. Von den Befürwortern war mein Vater der Einzige, der überhaupt etwas sagen durfte, aber es wurden gerade mal zwei Sätze von ihm gesendet: »Man kann der Kirche ja nicht vorwerfen, dass sie sich bei so einer Entscheidung auf das Urteil von Fachleuten verlässt. Die Alternative zur Kernenergie ist, dass wir abends wieder bei Kerzenschein sitzen und Holz für den Ofen hacken.«

Weil mein Vater dafür gesorgt hatte, dass sie Pastor Würmeling in Ruhe lassen, haben sie stattdessen die Küsterin, Marga Mostert, befragt, die weder für noch gegen den Brüter zu sein scheint und ganz durcheinander wirkte. Sie hat von der Heiligen Verafredis erzählt, die mit ihren frommen Mitschwestern in Vertrauen und Gehorsam aus Frankreich gekommen ist, um unser Dorf zu gründen, und dass seitdem immer Einvernehmen zwischen der Bevölkerung und dem Bischof geherrscht hat, während jetzt von verschiedenen Seiten mit böser Absicht versucht wird, einen Keil zwischen den Hirten und seine Herde zu treiben.

Der Generalvikar Dr. Brabant kam zu Wort und sagte: »Natürlich haben wir als Kirche unsere Lehren aus dem Fall Galilei gezogen. Für die komplexen Fragestellungen, mit denen Naturwissenschaft und Technik uns seit Beginn der Neuzeit konfrontieren, fehlt dem Lehramt schlicht die Sachkompetenz, das müssen wir anerkennen. Da sind in der Vergangenheit auch

Fehler gemacht worden, das wollen wir gar nicht beschönigen. Aber damit dergleichen sich nicht wiederholt, vertrauen wir in diesen Angelegenheiten heutzutage auf die Erkenntnisse und Empfehlungen berufener Experten.«

Ich saß neben meiner Mutter auf der Eckbank und fragte: »Wer ist eigentlich dieser Galilei?«

Sie legte mir die Hand auf den Arm, damit ich den Mund hielt. Nach einer Weile fragte ich noch einmal: »Was hat dieser Galilei gemacht?«

Sie sagte, halblaut und ohne mich anzuschauen: »Galileo Galilei war ein berühmter Physiker. Er hat bewiesen, dass die Erde sich um die Sonne dreht und nicht umgekehrt, und das hat damals, im Mittelalter, vielen in der Kirche nicht gefallen, aber jetzt lass mich mal eben zuhören.«

Ein Professor, den ich noch nie gesehen hatte, behauptete, dass die Brütertechnik überhaupt nicht ausgereift ist und dass die Prozesse im Reaktorkern im Falle eines Unfalls noch unvorhersehbarer sind als bei normalen Atomkraftwerken: »Dann wird die ganze Gegend für mindestens 30 000 Jahre unbewohnbar sein.«

Von den Wissenschaftlern, die seit vielen Monaten bei uns auf den Versammlungen und auch immer in den Radio- und Fernsehsendungen waren, hatten sie keinen befragt, so dass es jetzt aussah, als wäre Dr. Brabant ein Lügner, der sich eben gerade nicht um das kümmert, was die Experten raten.

Man konnte dem Bericht anmerken, dass die Reporter vom WDR sowohl gegen den Schnellen Brüter als auch gegen die Kirche als Ganzes eingestellt sind und mit allen Tricks versucht haben, die Leute so zu beeinflussen, dass sie nicht nur gegen unsere Wahlliste stimmen, sondern richtige Atomkraftgegner werden.

Was ich nicht verstehe, ist, wie es sein kann, dass Wissenschaftler, die sich mit all diesen Sachen genau auskennen, in derart wichtigen Fragen ganz gegensätzliche Ansichten haben können, und auch nicht, wieso sie alle zum Beweis, dass sie im Recht sind, diesen Galilei anführen. –

»Die Rebhühner kamen bald gelaufen, fanden das Korn und eins nach dem andern hüpfte in den Sack hinein. Als eine gute Anzahl darin war, zog der Kater den Strick zu, lief herbei und drehte ihnen den Hals um.«

»Gab es im Mittelalter schon Atomkraftwerke?«, frage ich meine Mutter.

»Wie kommst du denn darauf?«

»Wegen dem Galilei.«

»Ach, herrje, das ist ... Wie soll ich dir das erklären? Damals haben sich die Leute darüber gestritten, ob die Erde eine Scheibe oder eine Kugel ist und ob sie den Mittelpunkt des Universums bildet, so wie es in der Bibel dargestellt wird.«

»Aber was in der Bibel steht, muss doch stimmen, weil sie das Wort Gottes ist.«

»Es stimmt ja auch. Trotzdem darf man es nicht immer wortwörtlich nehmen. Da geht es um den tieferen Sinn. Manche Sachen sieht man heute anders als damals zu der Zeit, als die Bibel geschrieben wurde. Zum Beispiel weiß man heute, dass der Hase kein Wiederkäuer ist. Ich müsste das auch erst genau nachlesen, aber nicht jetzt, frag mich morgen noch mal ... – Du spielst doch sowieso gerade mit deinem Bruder.«

Unsere Figuren lauern zwischen den Sofa-, Sessel- und Tischbeinen. Ich habe außerdem drei Tipis neben dem Zeitungsständer aufgestellt, mein Bruder den Turm und einige Palisadenteile des Forts, das eigentlich uns beiden gehört. Trotzdem hat er seine Leute so postiert, dass sie fast alle ohne Deckung sind. Mein Häuptling, Winnetou, der einen Federschmuck bis zu den Füßen trägt, schleudert sein Messer gegen den Cowboy-Anführer meines Bruders und trifft ihn mitten in die Brust, aber mein Bruder behauptet, dass der Wurf danebengegangen ist. Das Messer bleibt natürlich nicht stecken, weil die Figuren ja aus Plastik sind, aber ich habe es wie in Zeitlupe genau so fliegen lassen, dass die Spitze seinen Cowboy dort, wo das Herz ist, aus voller Drehung getroffen hat.

»Das stimmt überhaupt nicht«, sagt mein Bruder.

Ich höre an seiner Stimme, dass er gleich anfängt zu heulen.

»Hört auf zu streiten«, sagt meine Mutter.

»Er pfuscht immer«, sage ich.

»Du pfuschst selber«, sagt mein Bruder.

»Winnetou hat den Ölprinz getötet.«

»Warum muss es denn immer Mord und Totschlag sein? Ihr könnt sie auch alle zusammen um ein Lagerfeuer setzen und eine Friedenspfeife rauchen lassen, das ist doch viel besser.«

»Winnetou und die Apachen wehren sich halt, wenn sie vom Ölprinz und seiner Bande angegriffen werden.«

»Du bist nicht Winnetou, ich bin Winnetou«, sagt mein Bruder.

»Du kannst gar nicht Winnetou sein, weil du nur einen einzigen Indianer hast, und der ist ein Verräter. Außerdem wolltest du die Cowboys, weil sie mehr Pistolen haben.«

»Wenn ihr nicht zuhört, kann ich die Schallplatte auch ausmachen.«

Das will meine Schwester nicht, obwohl wir die Platte schon hundertmal gehört haben und längst alle wissen, dass sich die Königstochter gleich in den Müller verliebt.

»Aha«, sagt meine Mutter halblaut, »Willi Verhülsdonck fährt doch wählen. Da muss er sich aber ranhalten, viel Zeit hat er nicht mehr.«

»Wie lange dauert es noch?«, frage ich.

»Bis sie alles ausgezählt haben und die Ergebnisse feststehen, bestimmt noch anderthalb Stunden. Aber du kennst ja deinen Vater: Bis der dann zu Hause ist …«

Mein Vater ist seit acht Uhr heute Morgen im Wahllokal. Wim Heesters hat ihn mit dem Fahrrad abgeholt.

Gestern Abend waren sie auch dort und haben vor und nach der Abendmesse noch einmal zusammen Flugblätter verteilt, damit alle vor der Wahl Punkt für Punkt nachlesen können, warum der alte Kirchenvorstand entlassen werden musste und weshalb sich die Leute von unserer Liste, wenn sie gewinnen, dafür einsetzen werden, das Land an die Brütergesellschaft zu verkaufen. Meine Mutter ist eine halbe Stunde später mit uns und Tante Ada im Auto zur Kirche gefahren. Ernst Praats und Frau Dr. Mehringhoff waren auch da, mit ihren eigenen Flugblättern, aber mein Vater, Wim Heesters und Pit Eykhuis hatten mehr Zulauf.

Er kam erst um halb zehn nach Hause, als das Ohnsorg-Theater fast zu Ende war. Das Stück handelte von einem alten Bauern, Opa Meiners, dem seine Schwiegertochter, Berta, den Hof abschwatzen wollte. Weil er fast taub war, sah es lange so aus, als ob es ihr gelingt. Aber dann brachte ihm sein treuer Knecht, Bernd, ein neues elektrisches Hörgerät, und Opa Meiners verstand in letzter Minute, als der Notar schon an der Tür klingelte, wie Berta ihn hinters Licht führen wollte. – Es war ein sehr lustiges Stück, aber meine Mutter hat sich die ganze Zeit geärgert, dass diese Wahl mittlerweile unser komplettes Leben beherrscht, so dass es kein gemütlicher Abend war wie sonst, wenn wir alle zusammen sind. In den letzten zwei Wochen ist mein Vater jeden Tag nach der Arbeit unterwegs gewesen. Dieser ganze Stress ist natürlich sehr schlecht für seinen Magen. Er spricht zwar nicht darüber, aber man sieht es daran, dass er abends wieder Kamillentee trinkt.

Als mein Vater nach Hause kam, hat er gleich gemerkt, dass die Stimmung bei meiner Mutter auf dem Tiefpunkt war, weshalb er dann auch schlechte Laune bekommen hat: »Meinst du, ich mache das zu meinem Vergnügen?«, hat er gesagt. »Ich könnte mir auch was Schöneres vorstellen, als mir dauernd das Gessoppe von Marga Mostert, Jupp Schenk und Henk de Leeuw anzuhören, aber das ist jetzt gar nicht die Frage. Es geht um die Zukunft, und zwar nicht nur für die deutsche Wirtschaft, die den günstigen Strom braucht, um konkurrenzfähig zu bleiben, sondern auch hier um uns am Niederrhein. Wenn wir jetzt nicht dafür sorgen, dass deine Kinder später ein Auskommen haben, sind die jungen Leute auf einmal alle weg und du hockst hier alleine.«

»Ich kann gut alleine sein.«

»Wenn keine Kinder mehr da sind, machen sie deine geliebte Schule auch zu.«

»Das sehen wir dann, aber es muss mir deswegen ja nicht gefallen, dass du dauernd weg bist.«

»Es spielt keine Rolle, ob dir das jetzt gefällt oder nicht. – Ausnahmsweise mal.«

Wir sollten nicht mitbekommen, dass unsere Eltern eine Meinungsverschiedenheit hatten, deshalb hat meine Mutter uns ins Bett gebracht – mich auch, obwohl ich sonst samstags eigentlich noch die Bundesliga im *Aktuellen Sportstudio* mit ihnen gucken darf.

Als wir heute Morgen aufgestanden sind, war mein Vater schon wieder weg. Ich kann mich nicht erinnern, dass wir sonntags überhaupt schon einmal ohne ihn gefrühstückt haben. Damit es nicht ganz so traurig war, gab es *Knack&Back*-Brötchen direkt aus dem Ofen, deren Duft bis nach oben, in unser Schlafzimmer, gezogen ist. Es stellte sich aber trotzdem keine richtige Sonntagsstimmung ein.

Um halb elf, nach dem Hochamt, kam Tante Rieke, um auf uns aufzupassen, damit auch meine Mutter wählen gehen konnte. Anders als sonst, wenn sie bei uns ist, wusste Tante Rieke nicht genau, wie sie sich benehmen und was sie tun sollte, weil sie am Sonntag, der ja der Tag des Herrn ist, nicht arbeitet, nicht einmal Socken stopft oder Knöpfe annäht. Sie hat sogar ihren Hut auf dem Kopf behalten und saß in ihren guten Sachen kerzengerade auf der Stuhlkante im Esszimmer, als wäre sie schon wieder im Aufbruch.

Als ich wissen wollte, wem sie ihre Stimme gegeben hat, wurde sie ärgerlich und hat mich zurechtgewiesen, dass das eine ungehörige Frage ist, die man überhaupt nicht stellen darf, weil es das Wahlgeheimnis gibt, wie bei der Bundestagswahl und all den anderen Wahlen auch: »Es hat niemanden zu interessieren, was jemand wählt. Das ist Privatsache.«

Wobei ich mir kaum vorstellen kann, dass sie sich gegen die Liste von meinem Vater entschieden hat, die ja den Bischof unterstützt, und der Bischof steht in Tante Riekes Augen noch höher als der Präsident oder der Bundeskanzler.

»Das hätte es früher nicht gegeben, dass man wegen so einem Quatsch einen derartigen Zirkus veranstaltet«, hat sie gesagt. »Wenn jemand auf die Idee gekommen wäre, sich der Anordnung des Bischofs zu widersetzen – dem hätte der alte Pastor

Fennemann schon Bescheid gesagt. Wer getauft ist und zur Kirche gehört, schuldet dem Bischof doch wohl Gehorsam, oder?! Es kann nun mal nicht jeder bei allem mitbestimmen. Die meisten verstehen sowieso nichts davon, die reden nur dummes Zeug, und man kann ja jetzt gut sehen, was für einen Unfrieden es bringt, wenn man erst einmal damit anfängt, nach der Meinung der Leute zu gehen.«

Dann kam meine Mutter zurück. Sie war höchstens eine halbe Stunde weg gewesen.

»Es herrschte ein ziemlicher Andrang, aber das Wetter ist ja auch wieder gut, zum Glück. Gestern, als es so geschüttet hat, hab ich wirklich schwarz gesehen. Beim letzten Mal konnte man die Leute ja an einer Hand abzählen.«

»Der Herrgott wird es richten«, sagte Tante Rieke.

»Ihr Wort in Gottes Ohr.«

»Wir können es doch nicht ändern.«

»Aber egal ist es ja trotzdem nicht.«

»Es ist besser, wenn man sich die Finger nicht an der Politik schmutzig macht.«

Ich weiß nicht, ob Tante Rieke das als versteckte Kritik an meinem Vater meinte, meine Mutter hat ihn jedenfalls sofort verteidigt: »Wenn man das Feld den Falschen überlässt, darf man sich nachher nicht beschweren, wenn nichts Vernünftiges dabei herauskommt.«

Weil meine Mutter studiert hat und Lehrerin ist, würde Tante Rieke niemals mit ihr diskutieren. Das hat nichts damit zu tun, dass sie glaubt, studierte Leute wüssten besser Bescheid als andere, im Gegenteil: Tante Rieke ist von ihrer Meinung immer sehr überzeugt, denn alles, was sie denkt, steht im Einklang mit der Lehre der Kirche, wie sie von alters her überliefert ist. Das ist für sie das Wichtigste, und sie würde sich niemals davon abbringen lassen. Aber eine Lehrerin ist in ihren Augen eine Respektsperson. Es gehört sich einfach nicht, ihr zu widersprechen. Deshalb wollte sie auch nicht noch eine Tasse Kaffee mit meiner Mutter trinken, sondern ist gleich wieder auf ihr Rad gestiegen und nach Hause gefahren. –

Die Platte ist zu Ende und dreht sich jetzt knisternd im Kreis.

Der gestiefelte Kater hat den großen und mächtigen Zauberer dazu gebracht, sich in eine Maus zu verwandeln, und ihn dann aufgefressen, so dass der Müllerssohn sich als Graf ausgeben konnte und die Prinzessin geheiratet hat. Als der König stirbt, wird er selber zum König und ernennt den schlauen Kater zu seinem ersten Minister.

Meine Mutter öffnet den Truhendeckel, hebt die Nadel an und legt sie in die Halterung zurück.

Ich schiebe meine Indianer von einem Sesselfuß hinter den nächsten, während mein Bruder laute Pistolenschüsse nachahmt. Ab und zu stoße ich eine meiner Figuren um, die dann tot ist, auch wenn es seine Pistolenkugeln gar nicht gibt. Es macht keinen besonderen Spaß, aber in einer Situation wie heute ist es besser, wenn wir als Familie alle zusammen sind und auf meinen Vater warten.

»Sollen wir eine andere Schallplatte auflegen«, fragt meine Mutter.

»*Der kleine Muck*«, sagt mein Bruder.

Meine Schwester will *Frau Holle*.

Ich hätte am liebsten meine eigene Platte, *Belauschte Welt der Tiere,* gehört, auf der ein Junge, der ungefähr so alt ist wie ich, von einer Expedition mit seinem Vater durch den Tsavo-Nationalpark berichtet. Der Vater war früher Großwildjäger und arbeitet jetzt als Wildhüter. In ihrem Zeltlager hören sie bei Einbruch der Dämmerung das gewaltige Brüllen eines langmähnigen Löwen, mit dem er eine Herde Zebras, Gazellen und Giraffen seinen lauernden Weibchen direkt in die Fänge treibt. Nachdem sich die Löwinnen, eine nach der anderen, auf eine Giraffenkuh gestürzt und sie gerissen haben, nähert sich von allen Seiten das gruselige Heulen und Lachen der Hyänen und Schakale, die den Löwen ihre Beute streitig machen wollen. Davor hat mein Bruder immer Angst.

»Von mir aus *Der kleine Muck*«, sage ich.

»Erst *Der kleine Muck* und danach *Frau Holle*, einverstanden?«

Meine Schwester nickt, während sie ihre Puppe aus einer rosafarbenen Schüssel mit unsichtbarem Brei füttert.

»Was würde eigentlich passieren, wenn Ernst Praats gewinnt?«, frage ich.

»Jetzt warten wir erst mal ab«, sagt meine Mutter.

»Wird der Schnelle Brüter dann gar nicht gebaut?«

»Das kann ich mir nicht vorstellen.«

Meinem Bruder gefällt es nicht, dass ich mich mit meiner Mutter über Sachen unterhalte, von denen er nichts versteht, und schießt wild um sich, obwohl er gar nicht dran ist: »Jetzt habe ich deinen blöden Winnetou getroffen. Deine Indianer sind alle tot.«

»Ist mir egal«, sage ich, weil ich sowieso keine Lust habe, mit jemandem zu spielen, der sich nicht an die Regeln hält. Außerdem ärgert er sich erst recht, wenn mir meine Niederlage nichts ausmacht.

»Winnetou ist nämlich gar nicht immer der Sieger«, sagt er.

»Darauf kommt es heute auch gar nicht an, du bist halt noch zu klein.«

»Ich bin gar nicht zu klein.«

»Hört auf zu streiten, wir haben uns doch auf *Den kleinen Muck* geeinigt«, sagt meine Mutter.

Sie geht ans Fenster, so nah, dass es von ihrem Atem beschlägt, auch wenn sie meinen Vater dadurch höchstens eine halbe Sekunde früher sieht als vom Sofa aus. Dann setzt sie sich auf ihren Schreibtischstuhl, von dem aus man einen guten Blick hat. Ich setze mich auch immer dorthin, wenn sie mit dem Auto zum Arzt oder zum Einkaufen gefahren ist und es so lange dauert, dass ich Sorge habe, sie könnte verunglückt sein.

»Da ist schon mal Heinz Janssen. Dann könnte euer Vater ja jetzt langsam mal kommen. Ich wüsste allmählich doch gerne, wie es ausgegangen ist.«

Mir ist ein bisschen übel von der Aufregung – als bekäme ich gleich eine Mathearbeit von Fräulein Akamp zurück. Jedes Mal, wenn sie die Hefte austeilt, macht sie sich über die Fehler lustig, die sie bei mir gefunden hat, während sie Uwe und Martin Praats für jedes richtige Ergebnis vor der ganzen Klasse lobt. Bestimmt würde sie sich freuen, wenn mein Vater die Wahl verloren hätte. Obwohl sie mich überhaupt nicht leiden kann, hat sie noch immer nicht wegen der Geschichte mit dem Heft bei meiner Mutter angerufen. Wahrscheinlich weil meine Mutter selbst Lehrerin ist. Wenn Fräulein Akamp sich bei ihr melden würde, müsste sie ja zugeben, dass sie einen Bluthänfling mit einem Buchfink verwechselt hat, und das würde ein sehr schlechtes Licht auf sie werfen.

Plötzlich steht meine Mutter auf und geht an die Haustür, allerdings ohne sie zu öffnen. Das macht sie nur, wenn sie sehr angespannt ist, aber gleichzeitig nicht möchte, dass die Nachbarn oder jemand Fremdes mitbekommt, wie sie wartet.

Draußen auf der Straße stehen mein Vater und Wim Heesters. Mein Vater ist schon von seinem Rad abgestiegen und hält es am Lenker fest. Wim Heesters sitzt halb auf dem Sattel und stützt sich mit dem Fuß auf den Boden. Während sie reden, wendet mein Vater sich mehrmals ab, als wollte er Richtung Tür gehen, dreht sich dann aber doch wieder um und spricht weiter. Wim Heesters steckt sich eine Zigarette an, mein Vater zieht seinen Schlüssel aus der Hosentasche. Jetzt lachen sie beide. Das ist ein gutes Zeichen. Endlich hebt mein Vater den Arm, wie er es zum Abschied immer macht, und schiebt sein Fahrrad unsere Einfahrt hinauf. Sobald Wim Heesters aus dem Blickfeld verschwunden ist, öffnet meine Mutter die Tür: »Und? Wie war's?«

»Tja ...«, sagt mein Vater, und nach einer Pause: »Du kannst mal einen Schnaps ausschenken.«

Seiner Stimme ist nicht anzumerken, ob es ein Schnaps gegen den Ärger oder zur Feier des Tages sein soll, wobei er das manchmal mit Absicht so macht, um meine Mutter auf die Folter zu spannen.

»Gut oder schlecht?«, fragt sie.

»Das kommt drauf an, wen du gewählt hast.«

»Jetzt mach es nicht so spannend.«

Ich bin jetzt fast sicher, dass wir gewonnen haben.

»Ich glaub, so viele Leute haben noch nie an einer Kirchenvorstandswahl teilgenommen. Wir hatten 211 gültige Stimmzettel.«

»Bisschen mehr als die Hälfte, immerhin. – Ich hätte gedacht, dass es mehr sind.«

»Die mussten ja erst mal alle gezählt werden«, sagt er, während er seine Lederjacke auszieht und an die Garderobe hängt. »Ein paar Quasdriewer haben irgendeinen Quatsch auf den

Zettel geschrieben. Dann turnten auch noch die ganzen Fernsehfritzen überall herum, sogar der Holländer hatte wieder Leute geschickt.«

»Jetzt rück mal raus mit der Sprache.«

»Wim muss in drei Wochen in die Nachwahl. Der hatte genau hundert Stimmen.«

»Wie viele hast du?«

Er kramt einen Zettel aus dem Portemonnaie: »So, was steht hier: Heinz Janssen: 121, Fritz Opgenrhein: 118, Peter Eykhuis: 111, Erwin Murmann 111: Wim Heesters, 100.«

Dann macht er eine Pause. »Ich hab 120.«

»Und die von der anderen Liste?«

»Von denen hatte Jupp Leukers die meisten Stimmen: 86 ... Ernst Praats hat 85 – da hätte ich an sich mit mehr gerechnet. Aber so 'n sturen Bur, der ist ja auch nicht überall beliebt.«

»Dann war es aber doch ganz schön knapp.«

»Ich hatte befürchtet, dass es knapper wird. Viele haben sich ja gar nicht in die Karten gucken lassen, wofür oder wogegen sie stimmen. Und Jupp Leukers hat viele Anhänger, weil der bei allen immer zugange ist, sobald es was zu montieren gibt ... Ich hab ja auch nichts gegen Jupp. Der Alte war schlimm, aber mit Jupp konnte man früher Pferde stehlen.«

»Schade, dass er auf der falschen Seite steht.«

»Muss er selbst wissen«, sagt mein Vater und geht ins Wohnzimmer an den Getränkewagen: »Ich würde sagen, wir trinken mal einen Cognac.«

»Den brauch' ich jetzt aber auch«, sagt meine Mutter.

24.

Es ist still draußen. Die letzten Holländer, Belgier, Westfalen haben ihr letztes Bier oder noch einen Jenever als Absacker getrunken. Der Auftritt der Cover-Sängerin mit ihren Hits der 80er und 90er Jahre ist lange beendet. Es folgte ein DJ für die Jüngeren und Junggebliebenen, Wellen fetter Bässe, synthetische Schnipsel ohne Wiedererkennungswert. Vermutlich hatte er sich seine Karriere auch anders vorgestellt: Paraden in Berlin oder New York mit Tausenden von Ravern aus der ganzen Welt, Türsteher-bewehrte Auftritte in angesagten Clubs, exklusive Partys für die globalisierte Szene. Eine Weile lief es vielleicht ganz gut, er war zweite oder dritte Garnitur bei Events, für die man sich nicht schämen musste, jedes Mal die Hoffnung auf den ganz großen Durchbruch. Dann kamen andere Zwanzigjährige mit noch unerhörteren Beats, vielleicht wurde ein Kind geboren, Unterhaltszahlungen, Mieterhöhungen, irgendwann das Angebot, hier regelmäßig für berechenbares Geld mittelalte Mittelschichtler aus den nordwesteuropäischen Provinzregionen zum Tanzen zu animieren. Jetzt hüpfen Abend für Abend genau die Leute vor seiner Bühne, denen er hatte entkommen wollen, als er vor zehn oder fünfzehn Jahren mit seiner Vinyl-Sammlung und ein paar Sound-Programmen aus Recklinghausen, Groß-Gerau oder einem Kaff in Oberschwaben geflüchtet ist. –

Wie lange kann man seine Illusionen aufrechterhalten, ohne

im falschen Leben zu landen? Merkt man es überhaupt, oder spult es sich eines Tages einfach ab bis zur Demenz, zum Sterbebett im Hospiz?

Als mein Vater unser Haus gebaut hat, war er überzeugt, ein Geschlecht zu begründen, dem eine bessere Zukunft als seine eigene zwischen Pferdepflug, Schweinescheiße und Krieg offenstünde. Seine Kinder würden die höhere Schule besuchen, Jura oder Medizin studieren, als Anwälte, Notare, weithin respektierte Ärzte gutes Geld verdienen. Eines Tages träte einer von uns seine Nachfolge an, übernähme den Stammsitz, die Gärten, während meine Mutter und er sich im ersten Stock aufs Altenteil zurückzögen, nach vollbrachter Lebensleistung ihren verdienten Ruhestand im Kreis von Enkeln und Urenkeln verbrächten. Der Hof seiner Eltern mit Onkel Koeb als Bauer würde wachsen, mehr Kühe, die doppelte Anzahl Zuchtsauen, Ferkel, dazu eine neue Halle für die Bullenmast. Vielleicht könnte er weitere Milchwagen anschaffen, sein Einzugsgebiet im Westen bis an die holländische Grenze, im Osten auf die andere Rheinseite bis nach Wesel ausdehnen. Onkel Nöpp würde nach den Straßen zum Schnellen Brüter Autobahnen durch ganz Europa bauen, auf denen unsere subventionierte Milch, Fleisch und Wurstwaren bis hinunter nach Spanien rollten.

Nichts von alledem ist eingetreten.

Nachdem die Straßen befestigt und verbreitert, die Feldwege geteert waren, blieben Onkel Nöpps Aufträge aus. Größere, kostengünstigere Firmen setzten sich durch. Er verlor das Vertrauen der Calcarer Banken und meldete Konkurs an. Kurz bevor er seine Villa verlassen musste, riss ihn des Nachts ein scharfer Stich in der Brust aus dem Schlaf. Als der Notarzt eintraf, war er schon tot.

Onkel Koeb wirtschaftete solide, konnte sich hier und da tatsächlich ein bisschen vergrößern, doch der Hof blieb zu klein, als dass es sich für einen aufstrebenden Jungbauern, der den eigenen Familienbetrieb seinem älteren Bruder hatte überlassen müssen, gelohnt hätte, dort einzuheiraten.

Die Molkerei, für die vor Onkel Koeb schon mein Großvater Koeb als Milchkutscher gearbeitet hatte, wurde an eine niederländische Unternehmensgruppe verkauft, die bald darauf in einem global operierenden Lebensmittelkonzern aufging.

Obwohl nichts mehr so ist wie zu der Zeit, als ich hier aufgewachsen bin, habe ich oft darüber nachgedacht, zurückzukehren. Weniger, weil ich noch immer unter Heimwehattacken leide oder mir andernorts etwas Bestimmtes fehlt. Wahrscheinlich würde mir in Hülkendonck nach wenigen Wochen weit mehr fehlen als überall, wo ich nach meinem Weggang länger gelebt habe. Trotzdem: Nirgends sonst hat sich je wieder dieselbe Vertrautheit mit Landschaft, Wetterverhältnissen, Sprachmelodie eingestellt. Am Rheinufer zu sitzen, mit unserem Haus im Rücken aufs Wasser zu schauen, erscheint mir zumindest für Momente wie ein Ausweg aus jeglicher Lage. Den Gedanken, dass meine Eltern ihre letzten Jahre, erst zu zweit, dann der, der übrig geblieben ist, alleine in irgendeiner Altenaufbewahrungsanstalt verbringen müssten, denke ich nicht zu Ende.

»Bevor ich das Haus verkaufe, stecke ich es lieber an«, hat mein Vater früher oft gesagt, in letzter Zeit jedoch nicht mehr.

»Solange wir können, bleiben wir hier«, erklärt meine Mutter aus Loyalität.

Ich bin sicher, dass sie Hülkendonck auch nach fast sechzig Jahren nicht liebt. In den Schutz gemauerter Häuser mit festen Dächern hat sie ohnehin kein Vertrauen.

Einmal, vor fünfzehn oder zwanzig Jahren, haben wir nachts lange beim Wein zusammengesessen und darüber geredet, wie man die Räume umgestalten müsste, dass wir in einer damals noch fernen Zukunft zusammen hier wohnen könnten. Als ich ins Bett ging, fühlte ich mich erwachsen und zugleich wie ein guter Sohn. Am nächsten Morgen bekam ich es mit der Angst zu tun. Seitdem habe ich diese Möglichkeit nicht mehr erwähnt. Meine Schwester sagt, unsere Eltern hätten gleich anschließend einen Architekten beauftragt, Pläne für den Umbau auszuarbeiten, sie lägen noch immer fertig in der Schublade. Mir hat sie nie jemand gezeigt. –

Draußen fährt ein Auto vorbei: das erste Geräusch seit mindestens einer Stunde. Die Straßenlaternen in wilhelminischem Retro-Design sondern ihr trübes Energiesparlicht ab. Auch die schlecht gemalte Gebirgslandschaft auf dem Kühlturm leuchtet noch. Der Fluss hingegen liegt im Dunkeln. Es sind keine Schiffe unterwegs um diese Zeit. Ob sie die Nacht durchfahren könnten oder dürften, weiß ich nicht. Vielleicht gibt es Lärmschutzauflagen für die Abschnitte, an denen die Häuser unmittelbar ans Wasser grenzen, oder arbeitsrechtliche Beschränkungen wie bei Fernfahrern.

Wie sähe Hülkendonck aus, wenn der Schnelle Brüter ans Netz gegangen wäre? – Vorausgesetzt, es hätte bis jetzt keinen schweren Unfall gegeben. Möglicherweise liefen auf den als Bebauungsgebiet ausgewiesenen Flächen rund um unser Haus noch immer Rinder und Schweine. Ebenso denkbar ist, dass die Nähe zum Atomkraftwerk Einfluss auf die Qualität, die Marktchancen der landwirtschaftlichen Produkte gehabt hätte. Vielleicht wäre Radioaktivität in der Milch, im Fleisch, den Zuckerrüben nachweisbar gewesen, embryonale Fehlbildungen, Gendefekte, Leukämie-Erkrankungen hätten sich in statistisch relevanter Zahl gehäuft. Welche Konsequenzen wären daraus gezogen worden? Von der Politik, der Landwirtschaft, den Energiekonzernen, den Bewohnern des Dorfes?

Juliane war angespannt und gereizt in den letzten Tagen vor dem Festival, obwohl jetzt ständig neue Leute am Freundschaftshaus auftauchten und bei den Vorbereitungen halfen. Vielleicht waren es ihr einfach zu viele. Im hinteren Raum lagen Matratzen, Isomatten, Decken dicht an dicht, so dass sie meinte: »Schlaf besser zu Hause, hier ist echt kein Platz.«

Es gefiel mir nicht, sie mit diesen ganzen Typen alleine zu lassen.

Ich fragte meine Mutter in einem Ton, der so allgemein wie beiläufig klingen sollte: »Wäre es ein Problem für dich, also ganz grundsätzlich, wenn eine Freundin bei mir übernachten würde?«

»Das wäre mir nicht recht. Und deinem Vater sicher auch nicht.«

»Ich meine jetzt gar nicht unbedingt eine, mit der ich richtig zusammen wäre.«

»Gelegenheit macht Liebe, und das möchte ich in unserem Haus nicht.«

»Man kann ja mit jemandem befreundet sein, weil man viele gemeinsame Themen hat und sich einfach gut versteht.«

»Unterhalten könnt ihr euch auch nachmittags oder abends. Abgesehen davon glaube ich nicht an Freundschaft zwischen Männern und Frauen. Früher oder später kommt das andere immer mit rein.«

Insgeheim gab ich ihr recht und fuhr dann irgendwann nachts alleine nach Hause, besorgt und eifersüchtig, voller Bilder, was während der Stunden meiner Abwesenheit im Melkstall passierte. Die, die dort schliefen, tranken spätestens ab nachmittags Bier oder Schnaps, rauchten Gras oder Haschisch. Einige schluckten Trips, hingen mit verdrehten Pupillen in der Ecke, torkelten, redeten Unsinn oder dämmerten vor sich hin. Wenn alle wild durcheinanderlagen, wurden die Grenzen zwischen den Körpern durchlässig, die Entscheidungen unscharf. Irgendein Robert aus Oberhausen gefiel ihr, interessierte sich aber zum Glück nicht für sie – jedenfalls nicht, so lange es hell war. Dafür machte ein zotteliger, mindestens dreißigjähriger Rolf aus Krefeld sie sogar ungeniert an, wenn ich direkt neben ihr stand: »Ich hab ein Auto, wir können übernächstes Wochenende zusammen nach Amsterdam fahren, da ist alles echt easy und nicht so verspießert wie hier.«

»Mal sehen, wahrscheinlich hab ich keine Zeit«, sagte Juliane. Sie sagte nicht: »Dann bin ich mit meinem Freund unterwegs.«

Wenn ich am späten Vormittag das Haus wieder verließ, fragte meine Mutter: »Wo gehst du hin?«

»Zu Bekannten.«

»Wann kommst du zurück?«

»Weiß ich noch nicht.«

Vermutlich ahnte sie, dass ich zum Melkstall fuhr und dass es wegen einer Frau war. Vielleicht hatte mich auch einer ihrer Lehrerkollegen mit Juliane in Calcar gesehen und ihr davon erzählt, oder Frau Seesing hatte beobachtet, wie ich in den Feldweg vor der Baustelle abgebogen war.

Albo und Gerrit hatten meist schon mit der Arbeit angefangen, wenn ich kam. Juliane saß draußen an einem provisorischen Tisch, entwarf Flugblätter für die Demonstration, malte mit breitem Pinsel Buchstaben und Symbole auf Laken und Spanplatten. Die meisten schälten sich erst allmählich aus ihren Schlafsäcken, streckten sich in der Sonne, zündeten sich die erste Zigarette an. Männer traten nackt aus der Tür, schlenderten zum Kuhtrog, tauchten ihre Arme, den Kopf ins Wasser, schickten Urschreie zum Himmel, schüttelten sich wie nasse Hunde. Der Anblick ihrer schrumpeligen, aus roten, blonden oder braunen Haarbüscheln baumelnden Geschlechtsteile war mir unangenehm, ohne dass ich gewusst hätte, warum. Auch einige der Frauen trugen nichts oder höchstens einen Slip. Außer den Fotomodellen in den zerlesenen *Neue Revue*-Heften, die Tante Rieke in einem Stapel Frauenzeitschriften alle paar Monate von ihrer Stieftochter bekam, hatte ich bis dahin lediglich meine Mutter und Juliane nackt gesehen. Ich staunte, wie verschieden Brüste, Brustwarzen, Schamhaare waren, dachte an die Yanomami, die ich in einem Dokumentarfilm gesehen hatte, und an die Papua in Heinz Sielmanns Buch, die Selbstverständlichkeit, mit der sie ihr Leben ohne Kleider zubrachten, fragte mich, weshalb es bei uns etwas anderes war?

»Glotz nicht so!«, sagte Juliane, wenn sie meinen Blick bemerkte.

»Ich glotz gar nicht.«

»Gefallen dir Isas Titten?«

»Quatsch.«

»Kann doch sein – sind gute Titten.«

Ich war froh, wenn keiner von den Leuten, die an der Bühne bauten, Gruben für die Donnerbalken aushoben, sich mit der Stromversorgung aus dem eigens angelieferten Dieselgenerator beschäftigten, meine Hilfe brauchte.

Wir brüteten über griffigen Formulierungen, dachten uns Sprüche aus, von denen wir die meisten gleich wieder verwarfen. Ich überlegte, selbst etwas zu schreiben, das man am Wochenende ebenfalls verteilen könnte: über das Waldsterben, die bedrohte Artenvielfalt, das Verschwinden der Wildblumen, die Bedeutung der Insekten für das ökologische Gleichgewicht, den Rückgang der Vogelpopulationen und was das alles für die Zukunft der Menschheit bedeutete.

»Setz halt was auf«, sagte sie. »Wir geben es dann nachher ins Plenum. Oder du fragst deine Mutter, ob sie es dir in der Schule vervielfältigen kann, die haben doch sicher einen Fotokopierer.«

Einmal tauchten Polizisten auf. Der Einsatzleiter fragte Albo, der ihm als Erster über den Weg lief: »Wer trägt hier die Verantwortung?«

»Niemand, alle haben die gleichen Rechte.«

Rund zwanzig Uniformierte mit Schlagstöcken und Hunden verteilten sich über das Gelände, suchten nach irgendetwas, das sie willkürlich für verdächtig oder verboten erklärten, stellten Fragen, beschlagnahmten wiederum Baumaterial, Werkzeug, sogar Getränkekästen, die angeblich als Waffen dienen konnten. Sie kontrollierten Ausweise, sprachen über Funk mit der Zentrale. Wahrscheinlich gab es eine Liste mit Namen von Leuten, die früher schon einmal wegen irgendetwas festgenommen oder verurteilt worden waren. Aber unter denen, die hier arbeiteten, gehörte niemand zum Schwarzen Block: Am Ende der letzten großen Versammlung hatte sich nach endlosen Diskussionen die überwältigende Mehrheit gegen jede Form von Gewalt ausgesprochen. Es war sogar beschlossen worden, Schilder mit der Aufschrift »Gewaltfreie Zone Calcar« drucken zu lassen und überall aufzuhängen. Daraufhin waren einige Teilnehmer unter Protest abgezogen und hatten erklärt, dass sie dann eben ihre eigenen Aktionen planen würden.

»Aber bitte nicht hier!«, hatte Horst Seegers ihnen nachgerufen. Pfiffe und gegenseitige Beleidigungen waren gefolgt. Ernst Praats hatte gebrüllt: »Auf meinem Land gibt es keinen Krawall, sonst lernt ihr mich kennen!«

Alle Versuche, die Demonstration und das Festival per Gerichtsbeschluss in letzter Minute verbieten zu lassen, waren abgewiesen worden. Dementsprechend wirkten die Einsätze eher wie allgemeine Einschüchterungsmaßnahmen. Einige der Hunde waren zum Aufspüren von Drogen ausgebildet, weil die Polizisten wohl hofften, wenigstens jemanden wegen Rauschgiftbesitzes festnehmen zu können, wenn sie das Gelände schon nicht räumen durften. Ich wusste, dass die Tütchen mit Gras und Haschisch in einer Aussparung zwischen der Dämmung und dem Dachstuhl versteckt waren, doch da kein Hausdurchsuchungsbefehl vorlag, hatten sie kein Recht, den Melkstall zu betreten. Vielleicht gab es auch die Anweisung, einstweilen keine Ausschreitungen zu provozieren, damit nicht im Vorfeld Berichte über Polizeigewalt gesendet oder gedruckt wurden, die am Ende nur Leute dazu brachten, sich an der Demonstration zu beteiligen, die ansonsten zu Hause geblieben wären.

Die Stimmung war gereizt. Man merkte den Polizisten an, dass sie uns als Staatsfeinde betrachteten, während wir sie für die Vorhut eines neuen Nazi-Regimes hielten.

»Geh einfach rein, dann hast du keinen Ärger«, sagte Juliane.

Ich kam mir feige vor und ging trotzdem. Was hätte ich auch tun sollen? Weder gehörte ich zu den Organisatoren, noch kannte ich mich mit den juristischen Details des Versammlungsrechts aus, hatte keine Ahnung, in welchem Verhältnis das offizielle Verbot des Informationszentrums zu den Vorbereitungen einer angemeldeten Demonstration stand.

Durchs Fenster sah ich, wie Juliane mit dem Einsatzleiter und einem Unter-Vorgesetzten diskutierte. Sie redete schnell und viel, gestikulierte, versuchte es mit ihrem freundlichsten Lächeln, als hätte sie tatsächlich die Hoffnung, die Polizisten von den tödlichen Gefahren der Kernenergie zu überzeugen, so dass sie am Wochenende auf unserer Seite mitmarschierten, statt hinter Stacheldraht und Wasserwerfern auf den Befehl zum Angriff zu warten. Ich hatte trotzdem Angst, dass plötzlich einer seinen Knüppel zog und wegen einer angeblich respektlosen Bemerkung oder auch einfach nur so auf sie einprügelte. Es gab ja genug Polizisten, die nachher bezeugen würden, dass sie beschimpft, bespuckt, getreten worden seien – oder welchen Vorwands es auch bedurft hätte, einer jungen Frau den Arm auf den Rücken zu drehen, sie auf den Boden zu werfen und zusammenzutreten.

Ich malte mir aus, wie ich ihr zu Hilfe käme, sah mich inmitten einer wilden Schlägerei, bei der ich mehrere Polizisten mit präzisen Faustschlägen außer Gefecht setzte, bevor sie mich am Ende doch überwältigten und in ihren Wagen zerrten.

Nach einer Stunde zog die gesamte Kompanie wieder ab.

Obwohl es nicht zu Übergriffen gekommen war, ließ das Gefühl der Ohnmacht einen fahlen Hass zurück. Er hing über dem Gelände wie eine Giftwolke, die man riechen und schmecken konnte, lähmte ebenso das Denken wie die Gliedmaßen.

Jeder stand da wie in seinen eigenen Kokon eingesponnen, abgekapselt von allen anderen. Auch wenn es keine Verhöre, Demütigungen, Drohungen in Isolierzellen gegeben hatte, keiner unter dem Druck psychologisch geschulter Sonderermittler an seine persönlichen Grenzen und darüber hinaus gebracht – zum Verräter geworden war, dauerte es eine Weile, bis die Erstarrung sich löste.

»Worüber hast du mit dem Oberbullen gesprochen?«, fragte ich Juliane.

»Vergiss es. Schwachsinn.«

»Es sah so aus, als hättet ihr normal diskutiert.«

»Man darf sich mit diesen Leuten auf kein Gespräch einlassen. Es kommt nichts dabei raus. Gar nichts.«

Lisa, die ebenfalls aus Cleve stammte, sagte: »Den mit dem Schnauzer kannte ich. Sein jüngerer Bruder war bei mir in der Klasse, Eckhard hieß der ...«

»Genau: Das war so 'n Fußballaffe, der ständig bei den Leuten von der Jungen Union rumhing und deren Sprüche nachgebetet hat, ohne zu kapieren, was er da überhaupt von sich gibt.«

Jürgen, der in Bochum Sozialpädagogik studierte, war auf einen der Hundeführer zugegangen und hatte ihn in überfreundlichem Ton gefragt: »Ist das eigentlich immer noch die *Blondi*-Linie, die ihr da im Einsatz habt?«

Der Polizist hatte offenbar gemeint, dass Jürgen sich mit ihm über Hunde unterhalten wollte, und sagte: »Die heißt Tessa. Ich hab sie jetzt seit fünf Jahren, ein ganz liebes Tier.«

»Daran sieht man wieder, dass das echt die letzten Vollpfosten sind«, sagte Steff. »Die haben keinen Plan, was in diesem Land vor fünfzig Jahren los war und dass sie diejenigen sind, die dafür sorgen, dass die Geschichte sich eben doch wiederholt. Aber wenn sie nicht gezielt dumm gehalten würden, könnten sie natürlich plötzlich anfangen nachzudenken und Fragen zu stellen, statt stumpfsinnig den Befehlen ihrer Obersturmbannführer zu gehorchen.«

»Ich kapiere diesen Hass nicht«, sagte Nette. »Zu mir kam einer, noch keine dreißig, der meinte völlig ohne Zusammenhang: ›An deiner Stelle würde ich mich verziehen, sonst erkennst du dein eigenes Gesicht Sonntagabend vielleicht nicht mehr wieder.‹ Ich hab ihm ein Gänseblümchen gepflückt und ›Schwerter zu Pflugscharen, Knüppel zu Blumen‹ gesagt. Aber seine einzige Reaktion war: ›Ihr spinnt echt alle.‹«

»Nichts für ungut, Nette, aber genau diese Art Reaktion ist Teil des Problems: dass ihr die totalitären Strukturen, die den imperialistischen Kapitalismus an der Macht halten, einfach ausblendet. Diese scheiß Friede-Freude-Eierkuchenstrategie bewirkt nur, dass sie uns nicht ernst nehmen. Gerade die Atomlobby ist super eng mit dem militärisch-industriellen Komplex verbunden, da sind die Übergänge absolut fließend. Am Ende werden die hier waffenfähiges Plutonium produzieren, und mit Sicherheit finden sich dann auch Abnehmer, die Bomben daraus bauen. Oder bildest du dir ernsthaft ein, das wird einfach irgendwo eingelagert, wenn sich Milliarden damit verdienen lassen. Diese Leute lachen bloß, wenn du ihnen mit Blümchen kommst.«

»Ich glaube, wir brauchen ein ganz anderes Denken, weg von diesen chauvinistischen Kategorien: Kampf, Macht, Sieg oder Niederlage. Wir müssen auch unsere eigenen Gefühle transformieren, also in Liebe verwandeln, so wie Jesus es gepredigt hat oder Buddha oder Sri Aurobindo: Liebe zur Natur, zu den Tieren und zu den Menschen. Ohne diese Veränderung des Bewusstseins bei uns selbst ist am Ende das ganze Engagement für den Arsch, mit oder ohne Atomstrom.«

»Frag mal Praats, was der dir über die Kirche erzählt. Oder wirf einfach einen Blick in die Geschichtsbücher.«

»Ich hab nicht die Kirche gemeint, sondern über die Liebe gesprochen, also über die allumfassende positive Energie im Universum. Wenn wir weiter im rein materialistischen Denken stecken bleiben, werden wir nichts verändern. Es geht um eine komplette geistig-spirituelle Neuorientierung, jetzt, wo das Zeitalter des Wassermanns beginnt, das ist die einzige Chance, die wir haben ...«

»Ich halte mich da eher an Murphys Gesetz«, sagte Jürgen. »Alles was schiefgehen kann, geht schief, und alles, was machbar ist, wird auch gemacht.«

»Wenn du sowieso nicht glaubst, dass man was verändern kann, warum bist du dann hier?«

»Weil ich mir nachher nicht vorwerfen lassen will, ich hätte es nicht zumindest versucht.«

Ich stand neben Juliane, hatte meinen Arm um ihre Hüfte gelegt, was ihr heute aus irgendeinem Grund peinlich war, überlegte, mich an der Diskussion zu beteiligen, zögerte, weil ich mit Abstand der Jüngste war und weder Erfahrung mit Demonstrationen noch mit der Polizei hatte, sagte: »Aber das ist doch kein Widerspruch – politische Analyse und Achtung vor den Geschöpfen, also vor der Natur insgesamt. Ich glaube schon auch, dass man die Sache mit dem Brüter, beziehungsweise überhaupt die Atomenergie, nicht isoliert sehen kann, sondern dass wir die Frage, wie wir mit der Natur umgehen, als Ganzes stärker in die Diskussion bringen sollten: Da muss sich etwas verändern, weil sonst über kurz oder lang auf diesem Planeten kein Leben mehr möglich ist.«

»Bist du nicht der, der immer Schmetterlinge killt?«, fragte Jürgen.

»Das ist wegen die Forschung«, sagte Gerrit und lachte.

»Wie, du killst Schmetterlinge?«, fragte Nette.

»Ich ›kille‹ sie nicht, ich entnehme der Natur einzelne Exemplare, um sie zu bestimmen und die Populationsentwicklung verschiedener Arten zu dokumentieren.«

Nette verzog angewidert den Mund: »Das ist ja wie Tierversuche – voll grausam. Eigentlich sogar noch schlimmer. Abgesehen davon halst du dir damit echt übles Karma auf.«

»Eigentlich ist das eher ein Hobby von Nazi-Lehrern«, sagte Jürgen.

Juliane löste sich aus meinem Arm, trat einen Schritt zur Seite und sagte: »Killing for rescue is like fighting for peace is like fucking for virginity.«

Ich wurde rot, wollte ihr erklären, dass ich schon seit Wochen keinen Falter mehr gefangen und mich inzwischen tatsächlich entschlossen hatte, ganz damit aufzuhören, doch das wäre einem Schuldeingeständnis gleichgekommen.

Ich ging zur Feuerstelle, steckte mir eine Zigarette an, überlegte, ob ich mein Rad nehmen und einfach verschwinden sollte. Blieb dann aber.

Irgendwann kam sie und setzte sich neben mich.

Wir schwiegen eine Weile, weil keiner wusste, wie das Gespräch anfangen könnte.

»Sauer?«, fragte sie schließlich.

»Musstest du mich vor allen anderen zum Idioten machen?«

»Wieso? War doch lustig. Und es stimmt ja auch: Tiere umzubringen, um sie zu retten, ist einfach Quatsch.«

Ich schüttelte den Kopf.

»Abgesehen davon bedeutet die Tatsache, dass ich mit dir schlafe, noch lange nicht, dass ich alles gut finden muss, was du tust. Für diese Art Pärchen-Harmonie-Scheiße bin ich die falsche Frau.«

XXV.

Alle bei uns warten jetzt, dass es losgeht. Meine Mutter sitzt an ihrem Schreibtisch und schaut aus dem Fenster, obwohl es ziemlich diesig ist, so dass man nicht sehen kann, was auf der Straße aus Calcar genau passiert. Mein Vater harkt Kies vor unserer Einfahrt, zupft Unkraut aus und wirft es gegenüber in die Weide. Neben der Tür auf der Eingangstreppe läuft das Radio. Der Ü-Wagen steht direkt auf dem Calcarer Markt, mitten zwischen den Demonstranten, und sendet die ganze Zeit Berichte und Interviews.

»Der Zug setzt sich jetzt langsam in Richtung des Ortsteils Hülkendonck in Bewegung, begleitet von mehreren Hundertschaften Polizei und Einheiten des Bundesgrenzschutzes. Es dürften sich ungefähr fünfzehn- bis zwanzigtausend Atomkraftgegner hier versammelt haben, viele davon aus den Niederlanden, wo die Stimmung gegen den Schnellen Brüter noch deutlich kritischer ist als auf deutscher Seite. Bis zur Wiese des Bauern Praats, wo nachher die Abschlusskundgebung stattfindet, liegen ungefähr fünf Kilometer Weg vor ihnen.«

Vorhin war Wim Heesters hier, um zu fragen, ob es etwas zu sehen gibt. Von seinem Haus aus ist der Blick durch Bäume und Hecken und durch die Gebäude der Neuen Schule verstellt. Kurz danach ist Herr Fonck gekommen. Er hat meinem Vater erzählt, dass er heute doch lieber in Hülkendonck geblieben ist, obwohl dieses Wochenende ein großer Brieftaubenwettbewerb im Weserbergland stattfindet, an dem er gerne teilgenommen hätte.

Die Demonstration soll auf der Hauptstraße mitten durchs Dorf führen, vorbei an der Bäckerei Gerritsen, wo der Schreiner, Herr van Ackeren, Spanplatten vor die Schaufenster geschraubt hat, und dem Gasthaus Pooth. Pooth hat heute den ganzen Tag geschlossen, was sonst höchstens an Weihnachten vorkommt. Danach geht es zwischen den Höfen von Praats, van Elst und der Alten Schule weiter um die scharfe Kurve, in der es immer Unfälle gibt. Es folgen die Kirche und der Friedhof. Sie werden von der Polizei besonders gut abgeschirmt, weil nach dem, was in der Zeitung stand und im Fernsehen gesagt wurde, alle glauben, der Bischof und unser Kirchenvorstand seien schuld, dass hier überhaupt ein Atomkraftwerk gebaut wird. Hinter der Kirche liegt Haus Hülkendonck, das von dicken Burgmauern und einem breiten Wassergraben geschützt wird, zum Schluss noch die Post und der Hof von Bauer Geerck, den sie aber wohl nicht angreifen werden, weil Bauer Geerck ja zu den Anführern der Brütergegner gehört.

Unsere Ortseinfahrt ist schon seit vorgestern für Fremde gesperrt. An der Kreuzung stehen Tag und Nacht Polizeiautos. Sie haben die ganze Zeit das Blaulicht eingeschaltet, als wäre ein großes Unglück passiert – eine Explosion oder ein Flugzeugabsturz. Es kreisen auch ständig Hubschrauber über uns, denen keine Bewegung hier unten entgeht. Sie machen sehr großen Krach und erinnern an riesige Insekten, so dass ihr Anblick ein bisschen furchterregend ist. Ich finde es trotzdem beruhigend, dass sie da sind.

Jeder, der nach Hülkendonck abbiegen will, muss den Polizisten seinen Ausweis zeigen. Manchmal fragen sie über ihre

Funkgeräte in der Zentrale nach, ob mit den entsprechenden Personen alles in Ordnung ist. Die Polizisten wurden angewiesen, nur Leute durchzulassen, die hier wohnen oder eine Sondergenehmigung haben, denn es besteht die Gefahr, dass Chaoten geheime Waffenlager anlegen, zum Beispiel in der Scheune oder im Melkstall von Bauer Praats. Deshalb konnten meine Großeltern dieses Wochenende nicht zu uns kommen.

Ich habe überhaupt noch nie so viele Polizisten auf einem Haufen gesehen. Manche tragen Helme mit aufklappbarem Visier und richtige Schilde – wie früher die Ritter. Sie sind aus ganz Deutschland hierher gebracht worden, um die Baustelle des Brüters, aber natürlich auch unser Eigentum zu schützen. Eigentlich sollten wir uns deshalb sicher fühlen, aber gerade weil es so viele sind, vermuten wir, dass die Regierung in Wirklichkeit das Schlimmste befürchtet.

Sollten sich die Demonstranten nicht an den vorgeschriebenen Weg halten, was bei solchen Demonstrationen ja leicht passieren kann, weil viele Leute mitgehen, die unsere Demokratie ablehnen und mit Gewalt den Kommunismus durchsetzen wollen, stehen sie nach hundert Metern direkt vor unserem Haus. Die Weidezäune zwischen uns und der Hauptstraße sind sicher kein Hindernis für sie. Ich klettere mühelos darüber, wenn mein Fußball in der Wiese gelandet ist, oder um dort Vögel zu beobachten. Erwachsene können die Pfähle ohne Schwierigkeiten umstoßen oder herausreißen. Zur Zeit laufen zwar Rinder dort, doch selbst Leute aus der Großstadt, die den Umgang mit Tieren vielleicht nicht gewohnt sind, werden kaum solche Angst vor ihnen haben, dass sie sich davon abschrecken ließen.

Sogar die Rinder merken, dass Gefahr droht. Immer wieder sammeln sie sich vorne an der Straße, stehen eine Weile bewegungslos da und schauen auf ihre sture Art, was vor sich geht. Dann, von einem Moment auf den anderen und ohne dass man den Grund erkennt, rennen sie wie von der Tarantel gestochen quer über die Wiese, machen verrückte Sprünge und treten aus. Schon mehrmals sind sie in Panik auf den Zaun unmittelbar vor unserem Haus zugerast, so dass ich dachte, sie brechen durch und stürmen in unseren Garten, aber offenbar ist ihnen in letzter Sekunde wieder eingefallen, dass der Draht unter Strom steht.

Bei meiner Mutter spürt man seit Tagen, dass sie in einer düsteren Stimmung ist, obwohl sie versucht, es uns nicht merken zu lassen. »Wenn ich zu entscheiden hätte, wäre dieser ganze Affenzirkus gar nicht erst genehmigt worden. Diese Leute sind völlig unberechenbar, da können sie einem noch so viel erzählen. – Vielleicht nicht alle, bestimmt sind auch friedliche darunter, aber die werden doch angesteckt, sobald es Krawall gibt: Ein paar Randalierer reichen da schon aus. Ich kann wirklich nicht verstehen, dass deren Rechte mehr zählen als die von uns Anwohnern. Und für die Schäden zahlt nachher keine Versicherung.«

Seit sie gestern Morgen die Bretter vor den Bäckereifenstern gesehen hat, ist ihre Sorge noch einmal gewachsen: »Genauso sah es damals in Essen während des Krieges auch aus. Das, was noch stand, war verrammelt. Aber genützt hat es natürlich nichts. Am Ende lag alles in Schutt und Asche.«

Sie befürchtet, dass Chaoten unsere Scheiben einschmeißen, vielleicht sogar Sprengkörper ins Haus werfen werden, entweder weil sie Spaß an der Zerstörung haben oder weil sie meinen Vater aus dem Fernsehen kennen. Unsere Adresse steht ja im Telefonbuch, da kann jeder leicht herausfinden, wo wir wohnen.

Meine Mutter hat ihn gefragt, ob er nicht ein paar Bretter im Keller hat, damit wir sie vor unsere Fenster nageln können, aber mein Vater meinte – obwohl er die Leute, die sich auf solchen Demonstrationen herumtreiben, genauso ablehnt wie sie –, dass es nicht nötig sei, sonst hätte die Stadt sicher einen Hinweis in dieser Richtung gegeben.

Gestern, am frühen Abend, haben drei Polizisten bei uns geklingelt, weil sie sich in unserem Garten und auch hinter dem Haus umschauen wollten, ob dort vielleicht Dinge herumliegen, die jemand als Waffe oder Wurfgeschoss benutzen könnte.

Der Kommissar sagte: »Wir tun selbstverständlich alles, was in unserer Macht steht, um Ihre Sicherheit zu gewährleisten, aber hundertprozentig lässt sich natürlich nicht vorhersehen, welchen Verlauf so eine Demonstration nimmt. Da kann es immer mal zu Eskalationen kommen. Um für so einen Fall gewappnet zu sein, sind wir auf Ihre tatkräftige Unterstützung angewiesen.«

Mein Vater hat ihnen etwas zu trinken angeboten, aber die Polizisten hatten keine Zeit, hereinzukommen, nicht einmal für eine Tasse Kaffee. Bier oder Schnaps wollten sie auch nicht, weil sie ja im Dienst waren.

Ich hatte vorher noch nie direkt mit Polizisten zu tun. Sonst sieht man sie nur, wenn sie den Verkehr an einer Kreuzung regeln, weil die Ampel ausgefallen ist, oder bei allgemeinen Kontrollen, die aber nicht besonders oft stattfinden. Meine Eltern sind noch nie kontrolliert worden, wenn ich mit im Auto saß.

Seit die Terroristen überall Anschläge verüben und Leute entfuhren, bin ich immer froh, wenn ich Polizei sehe. Von mir aus könnten sie noch viel mehr Kontrollen durchführen, bis endlich alle Bandenmitglieder von den Fahndungsplakaten ihre gerechte Strafe bekommen haben.

Die Polizisten, die bei uns waren, wirkten allerdings nicht so, als ob sie es mit richtigen Terroristen aufnehmen könnten. Der Chef, Kommissar Meier, war bestimmt schon sechzig. Er hatte eine leise Stimme, ganz anders, als ich es erwartet hätte. Solche Befehle wie »Halt, Polizei!«, »Hände hoch, oder ich schieße!«, müssen doch richtig laut gebrüllt werden, wenn sie einen Verbrecher zum Aufgeben zwingen sollen. Einer war sehr dick, hatte einen knallroten Kopf und schwitzte die ganze Zeit, obwohl es gar nicht besonders warm war. Er hieß Hein Lensing und kannte meinen Vater von Slaack, weil er neben seiner Arbeit bei der Polizei noch ein bisschen Landwirtschaft betreibt. Der dritte, Herr John, war ziemlich jung und machte einen sehr trotteligen Eindruck. Ich kann mir kaum vorstellen, dass eine Demonstrantenhorde sich von solchen Leuten abhalten lässt, ein Privatgrundstück zu verwüsten. Wobei die Polizisten natürlich immer noch ihre Pistolen haben.

In unserem Vorgarten fanden sie zum Glück nichts Gefährliches. Die Findlinge aus der Kiesbaggerei, die zwischen den Sträuchern liegen, sind so groß und schwer, dass man niemanden damit angreifen kann. Als wir sie bekommen haben, musste mein Vater jeden einzelnen mit der Sackkarre an seinen Platz bringen.

Der dicke Hein Lensing war ziemlich beeindruckt von der Blumenpracht in unseren Beeten und wollte wissen, was mein Vater mit seinen Calla anstellt, die prächtige rote Blüten haben, wohingegen seine eigenen diesen Frühling schon wieder nicht ausgeschlagen sind, obwohl die Zwiebeln im Keller überwintert haben. Während sie sich über Calla und Tulpen unterhielten, hat Herr John an jeder einzelnen Abdeckplatte auf unserem Mäuerchen geruckelt, weil man damit sehr wohl Autos demolieren könnte. So etwas ist bei Demonstrationen schon vorgekommen. Die Platten saßen aber alle bombenfest.

Mit den Zuständen hinter unserem Haus war der Kommissar allerdings gar nicht zufrieden. Auch die beiden anderen schauten sehr besorgt, weil mein Vater dort zum einen seine Gartengeräte – Spaten, Schüppen, Harken und auch die Spitzhacke – in einem offenen Unterstand aufbewahrt, vor allem aber, weil neben der Kellertreppe ein großer Stoß Pflastersteine aufgestapelt ist. Damit wollen wir demnächst einen festen Weg zwischen den Gemüsebeeten zu den Obstbäumen angelegen. Als der Kommissar fragte, was es damit auf sich hat, klang seine Stimme sogar streng, als würde er einen Tatverdächtigen verhören, und ich hatte kurz Angst, dass es vielleicht verboten ist, solche Steine zu besitzen, jedenfalls in einer Gegend wie der unseren.

Mein Vater sagte: »Wenn Sie der Meinung sind, dass es zu riskant ist, wenn die hier liegen, räumen wir sie gleich in den Keller. Das ist ja in unserem eigenen Interesse, und unser Filius, der hilft mir bestimmt.«

»Dann haben Sie ja tatkräftige Unterstützung.«

»Wenn er Lust hat, kann er gut mitanpacken – aber mit der Lust ist das schon mal so eine Sache.«

»Du siehst mir doch aus, als ob du deinem Vater gern hilfst, oder?«, sagte der dicke Hein Lensing.

Ich nickte.

»Und was willst du mal werden, wenn du groß bist? Auch Traktorenschlosser, wie dein Vater?«

»Mal sehen. Vielleicht«, habe ich gesagt. »Aber eigentlich Tierforscher.«

Kommissar Meier sagte: »Ich würde Sie bitten, auch die Gartengeräte in den Keller oder in die Garage zu räumen, damit sichergestellt ist, dass kein Unbefugter Zugriff darauf hat.«

Gerne hätte ich eine von den Pistolen, die jeder von ihnen an der Seite trug, einmal angefasst. Ich beneide die Polizisten um ihre Waffen, denn damit kann ihnen eigentlich kaum noch etwas passieren, ganz egal, wie gefährlich eine Situation ist. Wir dagegen hätten keine Möglichkeit, uns zur Wehr zu setzen, wenn bei uns zum Beispiel nachts Einbrecher kämen.

Von unserem Grundstück aus sind die Polizisten nach nebenan auf die Baustelle weitergegangen. Die Wände des neuen Hauses stehen inzwischen, und die Zimmerleute haben angefangen, den Dachstuhl aufzusetzen. Obwohl die Maurer Feierabend hatten und auch von Stauders niemand da war, haben sie sich überall gründlich umgeschaut.

Ich wusste ja jetzt, welche Sachen gefährlich sind, und deshalb fiel mir gleich auf, dass dort ebenfalls ein großer Stapel Steine steht, mit denen man Autos oder Leute angreifen kann. Der Kommissar deutete auch auf einen Haufen Gerüststangen und Schalbretter, die neben dem Betonmischer lagen, und schüttelte den Kopf. Nachdem sie alles in Augenschein genommen hatten, kamen sie zu uns zurück, weil wir die nächsten Anwohner sind. Seit Hampels Auszug steht die Melkerkate von Seesing ja leer.

»Wissen Sie, wer hier der Bauherr ist?«, fragte Kommissar Meier.

»Tja«, sagte mein Vater. »Die Leute heißen Stauder und wohnen in Mönchengladbach. Aber ich glaube nicht, dass da heute noch jemand kommt.«

»Haben Sie eine Telefonnummer, unter der man sie erreichen kann?«

Mein Vater schüttelte den Kopf und sagte zu mir: »Frag mal

deine Mutter, ob sie Stauders Nummer hat. – Die Maurer sind jedenfalls von Gehrlings in Onderkerk. Aber ob Sie da jetzt jemanden erreichen?«

Meine Mutter hatte uns aus dem Flur beobachtet, öffnete die Tür, noch bevor ich überhaupt klingeln konnte, und ging gleich mit zu den Polizisten.

»Leider haben die Leute bei uns bis jetzt nichts hinterlegt«, sagte sie.

»Die Zustände dort sind sehr problematisch, eigentlich kann man das nicht so lassen«, sagte der Kommissar. »Gerade die Gerüststangen laden geradezu dazu ein, sie missbräuchlich zu verwenden.«

Meine Mutter sagte: »Ich finde das unmöglich, dass von denen niemand da ist. Die wissen doch auch seit mindestens einer Woche, was morgen hier los ist, da kann man doch nicht einfach so tun, als ginge einen das alles nichts an.«

»Wenn die von hier wären und man die Leute kennen würde, würde man das Zeug mal eben wegräumen, aber bei Fremden kann man das schlecht machen.«

»Vielleicht erreicht man ja jemanden bei Gehrlings. Wir kümmern uns drum«, sagte der dicke Hein Lensing.

Dann stiegen sie in ihr Polizeiauto und fuhren zum Haus von Wim Heesters weiter.

Allerdings ist weder gestern Abend noch heute Morgen jemand hier aufgetaucht. Das fand ich sehr enttäuschend und auch besorgniserregend. Ich habe vorhin extra noch einmal geschaut: Die gefährlichen Gegenstände liegen nach wie vor dort, und wenn die Demonstranten den Zaun durchbrechen und unser Haus angreifen wollen, finden sie genug Sachen, um alles kurz und klein zu schlagen. –

Inzwischen ist es halb zwei. Wenn man den Leuten vom Westdeutschen Rundfunk glauben kann, müsste die Demonstration jeden Moment hier sein.

Herr Fonck sagt: »Ich weiß ja auch nicht, ob das alles sein muss.«

»Bringen tut das nichts, wenn du mich fragst. Die Beschlüsse sind ja längst gefasst, sowohl vom Land als auch vom Bund. Mit den Belgiern und den Holländern ist man sich ebenfalls einig. Der Brüter wird sowieso gebaut, ganz egal, was die Leute da veranstalten.«

»Allein was das kostet – die ganze Polizei und was nicht alles.«

»Wenn Ernst Praats und Frau Dr. Adelheid das aus ihrer eigenen Tasche bezahlen müssten, wäre schnell Ruhe.«

Meine Mutter kommt aus dem Haus, mit meinem Bruder und meiner Schwester an der Hand, und sagt: »Ich glaube, es geht los. Wollen wir mal hoffen, dass die Polizei alles im Griff hat. Vorne im Dorf ist die Straße ja doch ziemlich eng.«

»Bis jetzt klingt es so, als ob es weitgehend friedlich zuginge«, sagt mein Vater.

»Ich bin erst beruhigt, wenn die alle wieder weg sind.«

»Ich geh mal nach Hause und gucke, was da los ist, wir sind ja noch ein Stück näher dran als ihr«, sagt Herr Fonck.

Auf der Straße von Calcar sieht man jetzt sehr viele Blaulichter aus dem Dunst auftauchen. Sie nähern sich im Schritttempo, dahinter folgen einzelne rote und gelbe Fahnen, schwarze und weiße Transparente, so breit wie die Straße. Zehn oder fünfzehn Polizeimotorräder biegen ins Dorf ein, fahren Richtung Gerritsen, gefolgt von zwei großen grünen Wagen, bei denen Kanonen auf das Dach montiert sind.

»Ich kann das nicht gut sehen«, sagt meine Mutter.

»Die passen schon auf, dass dir nichts passiert«, sagt mein Vater.

Im Radio meldet sich jetzt wieder der Reporter und sagt: »Im Hauptteil des Zuges ist bis jetzt alles ruhig. Die Polizei hat in einem Umkreis von bis zu zehn Kilometern rund um den Ortsteil Hülkendonck, wo sich die Baustelle des Schnellen Brüters und auch die Wiesen des Bauern Praats befinden, alles abgeriegelt und zahlreiche Kontrollposten eingerichtet. Es wurden große Mengen Gegenstände sichergesellt, die potenziell für Gewaltaktionen eingesetzt werden könnten, darunter auch Wagenheber und normales Werkzeug. Selbst unsere Teams hat man teilweise an der Weiterfahrt gehindert, obwohl wir eine Sendegenehmigung hatten.«

»Siehst du – es geht schon los«, sagt meine Mutter.

»Warten wir erst mal ab«, sagt mein Vater.

Man hört Trillerpfeifen und etwas wie Trommeln, manchmal eine Stimme, die in ein Megaphon brüllt, ohne dass man verstehen kann, was sie sagt.

»Alles rote Fahnen«, sagt meine Mutter. »Da weiß man ja, woher der Wind weht.«

»Hol mal das Fernglas«, sagt mein Vater.

Ich renne los, erst die Treppe hinauf in das Zimmer von meinem Bruder und mir, schnappe mir mein eigenes, nehme auch den Fotoapparat mit, laufe in die Küche, wo unser Familienfernglas im Schrank steht. Meins ist allerdings besser. Ich habe einen richtigen Feldstecher, wie ihn auch die Jäger benutzen.

Mein Vater und ich ziehen die Schutzdeckel von den Linsen, ich stelle mich auf die Mauer, um besser zu sehen.

Unmittelbar hinter mehreren, sehr langsam fahrenden Polizeiautos ziehen jetzt die ersten Demonstranten die Hauptstraße entlang. Ich kann einige der Aufschriften auf ihren Fahnen und Plakaten lesen: »Schneller Brüter – Schneller Töter«, steht da, »Stop den nuklearen Holocaust!«

Viele sind tatsächlich auf Holländisch: »Calcar – het Einde!«, »Laat u niet vor de Calcar spannen!«, »Dood aan Kernenergie, Leve onze Kinderen!«

»Wenn man das Völkchen sieht ... – Normalerweise würde man die nicht mal mit der Zange anfassen«, sagt mein Vater.

Er meint vor allem die Männer mit den langen Haaren und Bärten. Viele sind auch ganz bunt angezogen, wie man es von den Hippies im Fernsehen kennt, grüne und rote Hosen, lilafarbene Hemden. Die Gesichter kann man natürlich nicht genau erkennen, dafür sind sie zu weit entfernt. Manche tragen Sonnenbrillen, obwohl die Sonne gar nicht scheint, andere Motorradhelme, damit man sie nicht erkennt. Eine Frau brüllt in ein Megaphon: »Wir wollen leben! Wir wollen leben!«

»Sind verdammt viele Holländer dabei«, sagt mein Vater.

»Das kann mir auch niemand erklären, was die hier zu suchen haben«, sagt meine Mutter. »Warum kümmern die sich nicht um ihre eigenen Angelegenheiten, da hätten sie bestimmt genug mit zu tun.«

Ich habe schon auch Angst, allerdings weniger als meine Mutter. Am liebsten würde ich mein Fahrrad aus der Garage holen und zur Gaststätte Pooth fahren, um mir den Zug aus der Nähe anzuschauen. Vielleicht entdecke ich ja zufällig einen Terroristen von den Fahndungsplakaten unter den Marschierern und kann den Polizisten heimlich einen Tipp geben – dann bekämen wir 100 000 Mark zur Belohnung. Es kann natürlich sein, dass der Terrorist mich sofort erschießt, sobald er sieht, wie ich mit der Polizei spreche. Wenn sie sich bedroht fühlen, nehmen sie keine Rücksicht darauf, ob jemand ein Kind ist.

Aus Richtung der Kirche nähert sich wieder ein Hubschrauber. Der Rumpf senkt sich vorne ab, er nimmt Fahrt auf, donnert heran wie ein fliegender Büffel und bremst direkt über der Wiese vor unserem Haus. Mein Bruder fängt an zu weinen. Er kann Lärm überhaupt nicht gut vertragen. Deshalb geht meine Mutter mit ihm und meiner Schwester zurück ins Haus. Auch weil sie dort sicherer sind. Der Hubschrauber kommt noch ein Stück tiefer herunter, so dass ich den Wind spüre, den die Rotorblätter machen.

»Er landet!«, rufe ich meinem Vater zu, aber die Motoren sind so laut, dass er mich nicht versteht.

So nah habe ich noch nie einen Hubschrauber gesehen. Ich kann sogar die Polizisten in der Glaskapsel am Steuer erkennen. Die Kühe laufen in Panik davon, drängen sich am Zaun vor der Neuen Schule zusammen und blöken. Ich sehe es daran, wie sie ihre Mäuler bewegen – zu hören ist nichts. Vielleicht haben die Polizisten schon von jemand anderem einen Hinweis auf flüchtige Verbrecher bekommen und gleich rutscht eine Spezialeinheit an Seilen herunter, um sie festzunehmen.

Der Hubschrauber steht eine Weile bewegungslos über uns, ohne dass etwas passiert. Dann steigt er plötzlich wieder, fliegt über den Demonstrationszug auf der Hauptstraße hinweg eine scharfe Kurve, liegt ganz schräg in der Luft und verschwindet Richtung Calcar.

»Das sind verdammt harte Jungs, die in so einem Hubschrauber sitzen«, sagt mein Vater.

Ich muss an die Wildhüter in Afrika denken, wie sie mit ihren Helikoptern über der Savanne kreisen und die Tiere in den riesigen Herden zählen – Zebras, Gnus, Giraffen, Gazellen auf den großen Wanderungen. Natürlich machen sie auch Jagd auf Wilderer, die mit Maschinenpistolen Elefanten, Nashörner und Leoparden abschießen.

Ich wäre auch gerne ein richtiger Held, der Menschen vor Terroristen beschützt oder die letzten wilden Tiere vor dem Aussterben rettet.

Nach einem englischen Lied, wilde Rockmusik, wie meine Mutter sie überhaupt nicht leiden kann, meldet sich wieder der Reporter live aus dem Ü-Wagen: »Am Rand des Zuges kommt es wohl doch hier und da zu Rangeleien zwischen Demonstranten und der Polizei. Es soll auch erste Festnahmen gegeben haben, aber von offizieller Stelle sind dazu bis jetzt keine Informationen zu bekommen. Die Organisatoren haben sich in den vergangenen Tagen immer wieder von jeder Form der Gewalt distanziert, aber es kann natürlich sein, dass einzelne Gruppen trotzdem versuchen, sich dem Bauplatz auf einem anderen Weg, abseits der Hauptstraße, zu nähern. Leider sind wir aufgrund der Behinderung unserer Berichterstattung durch die Polizeiführung nicht in der Lage, überall mit Kollegen vor Ort zu sein, wie es eigentlich geplant und auch mit der Einsatzleitung abgesprochen war.«

26.

Am Morgen der Demonstration, gegen halb zehn, klingelte jemand wie wild an unserer Haustür. Ich lag noch im Bett, fuhr aus dem Halbschlaf hoch. Kurz darauf hörte ich meinen Vater die Treppe heraufbrüllen: »Da ist eine junge Frau, die nach dir verlangt.«

Ich dachte, »Juliane!«, konnte gleichzeitig nicht glauben, dass sie tatsächlich hier auftauchte, ohne es vorher mit mir abzusprechen – doch wer sonst hätte es sein sollen? Hastig streifte ich mir eine Hose über, hoffte, dass Juliane, falls sie wirklich dort unten stand, meinen Eltern nicht irgendetwas erzählte, was mich oder uns in Schwierigkeiten brachte: Wer sie war, wo sie herkam, wofür wir kämpften.

Von oben sah ich, dass Albos roter R4 mit offener Tür und laufendem Motor vor unserem Haus wartete.

»Und was wollen Sie von unserem Sohn?«, fragte mein Vater.

»Ich muss dringend mit ihm reden, es ist wirklich wichtig.«

»Eins sage ich Ihnen gleich: Wenn Sie hier sind, um ihn mit solchen radikalen Ideen aufzustacheln ...«

»Hör auf damit, das geht dich nichts an«, rief ich die Treppe hinunter.

»Natürlich geht es mich was an, wenn du in solche Sachen reingezogen wirst. Solange du nicht volljährig bist, gilt: Eltern haften für ihre Kinder.«

»Ich bin kein Kind mehr«, sagte ich, schob ihn zur Seite, nahm Juliane am Arm und zog sie vom Eingang weg.

»Was machst du hier?«

»Sie sind heute Morgen um sieben gekommen, keine Ahnung, hundertfünfzig Bullen, mindestens, mit Knüppeln, Tränengas, Hunden, Bulldozern. Sie haben die Zelte aufgerissen, einfach die Plane zerfetzt, die schlafenden Leute rausgezerrt und alles kurz und klein geschlagen …«

Meine Eltern standen in der Tür und starrten uns an: Ich in meinem albernen beige-braun-gestreiften Schlafanzugoberteil über der verwaschenen Jeans, Juliane in einem ausgewaschenen dunkelroten Hemd ohne Kragen, der dunkelblauen Pumphose. Im rechten Ohr hatte sie einen kleinen Ring, von dem ein Hanfblatt baumelte. Zum Glück wussten meine Eltern nicht, was das Blatt bedeutete.

»Nicht so laut – bitte!«, flüsterte ich.

»Scheiß auf deine Angst, verdammt, jetzt geht es um wichtigere Sachen.«

Natürlich hatte sie recht. Andererseits: Ich lebte hier, mit und von diesen Leuten, die meine Eltern waren, hatte keine Ahnung, wie man für sich selber sorgte, wie man eine eigene Wohnung oder auch nur ein Zimmer fand – ohne ihre Erlaubnis durfte ich wahrscheinlich sowieso keinen Mietvertrag unterschreiben, und meine Ferienjobs bei Gärtnern oder Bauern hatte bislang immer mein Vater besorgt.

»Tut mir leid. Entschuldigung.«

»Es steht einfach nichts mehr, die Bühne, die Infostände, Bierbänke, Klapptische, sogar das Windrad am Kuhtrog haben sie eingerissen, alles fliegt irgendwo rum, und was ihnen irgendwie nicht gefällt, transportieren sie ab. Es sieht aus wie im Krieg, obwohl gestern alles total friedlich gewesen ist, den ganzen Tag – das war doch wie ein Familienfest, überall Kinder, coole Musik –, ich meine, du hast es selber gesehen ... Wieso machen die das? Warum gibt jemand solche Befehle?«

»Keine Ahnung.«

»Bleib bitte hier«, rief meine Mutter.

»Muss er selbst wissen«, sagte mein Vater. »Er will ja erwachsen sein, dann muss er auch die Konsequenzen tragen.«

»Ich bitte dich inständig.«

»Ihr wisst doch noch gar nicht, worum es geht. Beruhigt euch mal.«

»Ich bin die Ruhe in Person, das kannst du kühn glauben«, sagte mein Vater.

»Dann haben sie Jürgen, Bert und Lisa verhaftet, wegen des Verdachts der Mitgliedschaft in einer terroristischen Vereinigung. Wahrscheinlich, weil sie sich in ihrer sozialistischen Basisgruppe für die Sandinisten in Nicaragua engagieren. Erst mussten sie sich mit dem Gesicht zur Wand drehen, Hände aufs Dach, Beine breit, dann wurden sie von oben bis unten begrapscht. Irgend so ein Bullenschwein hat Lisa voll in den Schritt gegriffen, ihr an den Brüsten herumgefingert – ich meine: Wo leben wir eigentlich?«

»So eine Scheiße. Und jetzt?«

»Wir versuchen gerade, Leute zusammenzutrommeln, um die Schanzer Brücke zu besetzen. Albo hat den Polizeifunk abgehört: Aus Münster sind noch mehr Bullentransporter unterwegs. Du musst mitkommen, wir brauchen jeden!«

»Was ist denn überhaupt los, dass ihr so heimlichtut?«, rief mein Vater.

»Jetzt warte halt mal! – Sie erzählt es mir doch gerade.«

Natürlich wollte ich kämpfen. – Oder mich zumindest entschlossen dem Unrechtsstaat in den Weg stellen, dem Feind die andere Wange hinhalten, mich verprügeln und einsperren lassen: ›Die jungen Leute, die hier Widerstand leisten, das sind die Bekenner und Märtyrer von heute, die Zeugnis für die Wahrheit ablegen‹, hatte Bauer Praats neulich in einem Interview gesagt.

Zugleich hatte ich Angst: vor Schlagstöcken, Wasserwerfern, Tränengas, vor Staatsanwälten, Richtern, Gefängnis – dass meine Eltern mich rauswarfen, mein gewohntes Leben von einem Moment auf den anderen vorbei wäre.

Plötzlich veränderte sich Julianes Gesichtsausdruck, sie ging auf meinen Vater zu, lächelte, sagte: »Entschuldigen Sie, wenn ich hier mitten in Ihr Sonntagsfrühstück platze, aber das ist gerade wirklich wichtig. Wir haben ja so eine Art Fest heute, und da sind ein paar Sachen schiefgelaufen, deswegen brauchen wir Leute, die einspringen und helfen.«

Irgendwie traf sie den richtigen Ton: »Ach so«, sagte mein Vater. »Ich hatte gedacht, Sie wollten ihn auf diese Demonstration gegen den Brüter mitschleppen, die da heute stattfindet ...«

»Genau«, sagte Juliane, wiederum lächelnd, und dann zu mir: »Wir fahren schon mal los. Ich rechne mit dir.«

»Wo treffen wir uns?«

»Oben auf der Brücke.«

»Ich ziehe mir nur gerade was Richtiges an.«

»Beeil dich.«

Sie küsste mich auf den Mund, wie eine wilde Geliebte, die den Tod vor Augen hatte und nicht wusste, ob wir uns jemals wiedersehen würden, sprang ins Auto, rief in Richtung meiner Eltern: »Ich wünsche Ihnen noch einen schönen Sonntag.«

Dann fuhren sie davon.

»Ist das deine neue Freundin?«, fragte mein Vater.

»Ja, quasi«, sagte ich und rannte die Treppe hinauf ins Bad.

Meine Hände zitterten. Ich hatte Mühe, mir Zahnpasta auf den Bürstenkopf zu drücken, kreuzte meinen Blick im Spiegel, schnitt dem erbärmlichen Feigling, der da stand, eine alberne Fratze. Meine Haare waren fettig und klebten am Kopf. So konnte ich auf keinen Fall aus dem Haus gehen. Ich hielt den Kamm unter den Wasserhahn, versuchte sie irgendwie in eine akzeptable Form zu bringen. Der Kamm verhakte sich in einem verfilzten Knubbel, ließ sich weder vor noch zurück bewegen – mit einem kurzen Ruck riss ich ihn mir mitsamt den Haarwurzeln aus, der Schmerz hallte nach.

Ich hörte meinen Vater die Treppe heraufsteigen und schloss die Tür ab.

»Du brauchst dich nicht einzuschließen, ich tu dir nichts«, sagte er. »Oder hat dir hier je schon mal einer was getan.«

»Ich sitze auf dem Klo.«

»Ich will nur wissen, wer die Frau war und was ihr jetzt vorhabt?«

»Juliane. Sie kommt aus Cleve, und ich fahre jetzt dahin und helfe ihr.«

»Die ist ja wohl einiges älter als du.«

»Nein. – Und wenn schon.«

»Wo willst du hin?«

»Nach Schanz.«

»Nach Schanz? – Da kannst du von mir aus hinfahren. Solange du nicht mit diesen Chaoten Krawall veranstaltest.«

Mein Gesicht im Spiegel verzog sich von einem aufziehenden Lachkrampf. Ich hielt mir die Hand vor den Mund, biss mir auf die Lippe, um nicht laut loszuprusten. Im nächsten Moment stieg eine weitere Welle Angst hoch: um Juliane, um mich – um das Leben, das ich gewohnt war, auch wenn es mir nicht gefiel.

Ich öffnete die Tür, stand unmittelbar vor meinem Vater, der noch immer ein Stück größer war als ich: »Ich muss los!«

»Mach keinen Quatsch.«

Meine Mutter wartete unten im Flur, sah mich voller Verzweiflung an.

»Um zwei steht das Essen auf dem Tisch.«

»Da bin ich bestimmt nicht zurück.«

»Es gibt Knusper-Hähnchen.«

»Mutter, ich weiß einfach noch nicht, wann ich wieder hier bin, es kann spät werden«, sagte ich und dachte: ›Vielleicht kannst du es mir heute Abend ins Gefängnis oder ins Krankenhaus bringen.‹

Ich zog die Haustür hinter mir zu, holte mein Rad aus der Garage. Die Glocken von St. Verafredis riefen zum Hochamt.

Bis zur Schanzer Brücke brauchte ich normalerweise zehn Minuten. Ich trat mit aller Kraft in die Pedale, doch sobald ich außer Sichtweite war – kurz hinter der Neuen Schule –, ließ ich das Rad ausrollen, stieg ab und zündete mir eine Zigarette an.

Jupp Leukers kam mir auf seinem Moped entgegen, danach Käthe van den Hoeck. Beide waren in Sonntagskleidern auf dem Weg zur Kirche, hoben kurz die Hand, als sie mich erkannten, obwohl ich mit meinen langen Haaren, dem karierten Hemd, das über der Hose hing, aussah wie einer von denen, die sie hier nicht haben wollten. Am liebsten wäre ich umgedreht oder links abgebogen, hätte mich an den Rhein gesetzt, um nachzudenken, wie sich all das zusammenbringen ließ: die Liebe und die Angst, Familie, Freiheit, Ohnmacht, Wut, Widerstand und Gewaltlosigkeit – Juliane und die Spießerhölle, in der ich feststeckte. Aber heute war nicht der richtige Tag für das sorgfältige Abwägen von Gründen und Gegengründen, jetzt galt es, etwas zu tun, allen Zweifeln zum Trotz, selbst wenn es das Falsche war. Ich warf die Zigarette fort und stieg wieder auf mein Rad.

Auf der Hauptstraße sah ich Onkel Koebs Auto, neben ihm Tante Friede, auf der Rückbank meine Cousinen, kurz darauf Heinz Janssen und seine Frau Hanna. Alle fuhren in die Messe – wie jeden Sonntag. Vor der Bäckerei Brahkes lehnte Hueb Leukers an der Mauer, leerte ein Fläschchen Underberg und öffnete das nächste. Danach folgte das gelbe Schild, »Stadt Calcar, Ortsteil Hülkendonck«, rot durchgestrichen.

Ich ließ Onkel Koebs Hof links liegen, fuhr am Sportplatz vorbei, danach an der Gaststätte *Zum Waidmannsglück*, wo mein Vater zum Frühschoppen ging, seit die Brüterbefürworter kurz nach der Neuwahl des Kirchenvorstands beschlossen hatten, sich nicht mehr bei Verhülsdonck zu treffen. Rechts stand der Mais mannshoch, auf der anderen Seite, hinter Kopfweiden, der trübe Kolk, in dem ich früher manchmal schwimmen gegangen war, Pferdekoppeln, dann die Reihe aus fünf einzelnen Häusern, die bereits zu Onderkerk gehörten.

Schon von fern sah ich Blaulicht, Polizisten in normaler Uniform und Polizisten in Kampfmontur. Mannschaftswagen, gepanzerte Fahrzeuge, Absperrgitter und Stacheldrahtrollen blockierten den Zubringer, der zur Brücke hinaufführte. Mehrere Leute, die auf die andere Rheinseite hatten fahren wollen, drehten um und kamen mir entgegen. In ihren Gesichtern standen Ärger oder Zorn: Die nächste Brücke war zwanzig Kilometer entfernt.

Ich hielt rechts bei dem vergitterten Heiligenhäuschen vor den hohen Pappeln, blieb in deren Deckung. Trillerpfeifen und

Sprechchöre hallten von der Brücke herunter. Von hier aus war nicht zu erkennen, was genau sich dort oben abspielte. Bäume und dichte Sträucher entlang der Böschung verstellten den Blick. Eine entschlossene Männerstimme dröhnte durch ein Megaphon: »Achtung, Achtung: Hier spricht die Einsatzleitung. Ich muss Sie darauf hinweisen, dass die Besetzung der Brücke illegal ist. Sie erfüllt den Tatbestand der Nötigung und des Landfriedensbruchs. Wir fordern sie deshalb auf, die Blockade unverzüglich zu beenden, andernfalls sehen wir uns gezwungen, die Fahrbahn zu räumen.«

Pfeifen, Johlen und Rufe wurden lauter, ein Sprechchor schälte sich heraus: »Lasst sie frei! Lasst sie frei!«

»Wenn Sie die Brücke nicht innerhalb der nächsten Viertelstunde verlassen, müssen Sie mit strafrechtlichen Konsequenzen rechnen.«

Rechts auf dem Feldweg, unterhalb der Bundesstraße, die von Uehmde aus auf die Brücke führte, parkten zwanzig oder dreißig Autos: VW-Busse, Enten, Passatkombis, auch Albos roter R4 stand dort – jedenfalls ein Wagen, der genauso aussah.

Ich war zu spät, spürte gleichzeitig Erleichterung und Entsetzen. So oder so hatte es keinen Sinn, mit den Polizisten an den Absperrungen zu diskutieren, ihnen zu erklären, dass ich unbedingt und jetzt sofort auf die andere Rheinseite nach Schanz müsse, weil meine Tante dort ihren 50. Geburtstag feierte oder mein Vetter heiratete. Mit meinen langen Haaren, den abgerissenen Klamotten sah ich aus wie einer von denen, die dort oben demonstrierten, abgesehen davon hätten sie mich auch im Anzug nicht passieren lassen.

Einen Moment lang meinte ich, Julianes Stimme aus den Sprechgesängen herauszuhören, sah sie vor mir, ihre Wut, ihre

Verzweiflung, wie sie zwischen grölenden Leuten und einer Horde Polizisten eingekeilt war. Ich hatte Angst um ihr Leben – Angst, dass sie sich von mir trennen würde, weil ich sie im Stich gelassen hatte, ganz gleich, was ich später zu meiner Entschuldigung vorbringen würde.

Plötzlich fiel mir der Trampelpfad ein, der, zwischen Büschen und Sträuchern versteckt, seitlich die Böschung hinaufführte und kurz vor der eigentlichen Brücke endete. Soweit ich es von hier aus überblicken konnte, waren dort keine Polizeiwachen aufgestellt.

Ich fuhr ein Stück zurück, bog auf den holprigen Feldweg in Richtung des Deichs.

Tatsächlich war dort niemand. Offenbar hatten Leute die Einsatzplanung vorgenommen, die sich hier nicht auskannten, oder es war alles so schnell gegangen, dass es überhaupt keinen richtigen Plan gab.

Ich warf das Fahrrad ins Gras, stieg vorsichtig den steilen Weg hinauf, mit angehaltenem Atem, als wollte ich ein seltenes Tier beobachten, versuchte, keine Zweige zu streifen, erschrak vom Rascheln des Laubs unter meinen Füßen. Über mir Trillerpfeifen und Sprechgesänge, sie skandierten jetzt »Freiheit, Freiheit!«

Die Brückenbesetzer befanden sich rechts von mir. Das bedeutete, dass ich dort, wo der Pfad auf die Fahrbahn traf, direkt den Polizisten in die Arme lief. Ich schaute die Steigung hinauf, versuchte vergeblich zwischen Ästen, Zweigen, Blättern irgendetwas zu erkennen, schlich Schritt für Schritt weiter, bis sich wenige Meter vor mir Durchblicke öffneten. Ich sah die Brückenpfeiler, die Schrägseile, die Fahrbahnbegrenzung, dahinter Polizeiwagen und Polizisten. Der Blick auf die Demonstranten war nach wie vor verstellt.

»Achtung, Achtung, hier spricht die Einsatzleitung: Dies ist der letzte Aufruf an Sie, die Brücke freiwillig zu verlassen und die Durchfahrt freizugeben. Andernfalls erfolgt innerhalb der nächsten Minuten die Räumung.«

Ich kroch durchs Unterholz, konnte bereits die Stahlpfosten der Leitplanken ausmachen, dahinter Schuhe, Hosenbeine, nackte Unterschenkel und Unterschenkel in Strümpfen, darüber die Oberkörper einiger Demonstranten. Offenbar hatten es nicht sehr viele geschafft, hier hinaufzugelangen – zwei- bis dreihundert vielleicht. Sie hatten ihre Arme fest ineinandergehakt wie menschliche Kettenglieder. Aus »Freiheit, Freiheit« wurde nach der Durchsage wieder »Bullenschweine, Bullenschweine«. Ich entdeckte Julianes Gesicht. Sie stand in vorderster Front, brüllte den Polizisten unmittelbar vor ihr etwas zu. Obwohl ich keine zwanzig Meter entfernt kauerte, war nicht zu verstehen, was sie sagte. Die Polizisten bildeten einen Block aus schwarzen Lederjacken, olivgrünen Hosen, darüber gleichgeschaltete Gesichter unter weißen Helmen, vor jeder Brust ein rundes Plexiglasschild, und ihnen gegenüber der zusammengewürfelte Haufen Besetzer in bunt gemischten Farben. Hier und da ragten hennaleuchtende Frauenhaare heraus, ein phosphorgrüner Irokesenschnitt, gelbe, rote, orangefarbene Jacken, gemusterte Hemden, gestreifte Pullover, auch einige Motorradhelme waren dazwischen. Die beiden Blöcke rieben aneinander wie amorphe Organismen, lediglich durch eine durchsichtige Plasmaschicht voneinander getrennt. Hin und wieder sah ich, wie ein Schlagstock auf eine Schulter, einen Oberkörper niederging, doch es wirkte noch eher wie ein Abtasten.

Statt zwischen den Büschen hinter die Linie der Demonstranten zu robben, über die Leitplanke zu springen und mich einzureihen, hockte ich wie erstarrt im Dickicht. Während ich zögerte, unzusammenhängende Argumente für die Entscheidung, was ich tun sollte, hin- und herschob, mich für meine Angst hasste, kreischte plötzlich eine Frauenstimme auf, hoch und schrill, gleich drauf weitere, in anderen Tonlagen – es waren keine Parolen, keine Beschimpfungen, sondern eindeutig Schmerzensschreie. Der Sprechgesang geriet aus dem Takt, zerbrach in einzelne Rufe, »Hört auf!«, »Nein!«, »Halt! Stopp!« – Einige Leute aus der ersten Reihe drängten vor, geschoben von denen, die hinter ihnen standen, doch die Polizisten wichen nicht eine Handbreit zurück, reagierten mit härteren Stockschlägen. Erste Arme lösten sich aus der Kette. Aus den geordneten Linien wurde ein chaotischer Pulk. Plötzlich tauchten Männer in schwarzer Kampfmontur unter Helmen mit heruntergeklapptem Visier im Rücken der Demonstranten auf. Sie prügelten wie losgelassen auf alles ein, was sich bewegte, trafen ungeschützte Köpfe, Arme, die versuchten, irgendwie die Wucht des Aufpralls abzufangen, Körper, die sich unter Schlägen krümmten. Einer, der sich umdrehte, um zu entkommen, wurde mitten ins Gesicht getroffen. Im selben Moment spritzte ein Schwall Blut aus seiner Nase. Kurz darauf kniete er vornübergebeugt auf dem Asphalt, hielt sich die Hände vors Gesicht, während es rot seine Unterarme herunterfloss. Manche versuchten, sich wenige Meter rechts von mir in die Büsche zu werfen, doch drei oder vier von den schwarzen Polizisten, die ihre Schlagstöcke führten wie Ritter ihre Zweihänder, schnitten ihnen den Weg ab, knüppelten sie erbarmungslos nieder. Eine ältere Frau saß auf dem Boden, hielt sich mit beiden Händen die Ohren zu und kreischte wie von Sinnen. Jemand stolperte über ihre Beine, fiel der Länge nach hin. Als er sich wieder aufrichtete, lief ihm Blut die Stirn herunter. Überall wälzten sich Leute auf dem Asphalt oder kauerten am Boden, wurden von Schnürstiefeln getroffen, in den Rücken, die Rippen, den Bauch. Die normalen Polizisten, die bislang hauptsächlich verhindert hatten, dass die Kette der Demonstranten auf die Mitte der Brücke vorrückte, gaben ihre Zurückhaltung auf – vielleicht hatten sie neue Befehle bekommen –, fingen an, auf die Flüchtenden einzuschlagen. Von hinten näherte sich das Gebell scharfer Hunde. Ein junger Polizist riss ein Mädchen, das kaum älter war als ich, an den Haaren und zerrte sie fort. »Verdammtes Pack!«, schrie er. Ein anderer kniete auf der Brust eines Studenten aus Bochum, den ich vom Freundschaftshaus kannte, presste mit beiden Händen seinen Schlagstock auf dessen Kehle. Ein Schäferhund, der seinen Führer an der Leine hinter sich herzerrte, biss einem älteren Mann in den Unterschenkel. Als das Vieh endlich abließ, durchtränkte Blut das Hosenbein. Überall stolperten Leute orientierungslos herum, stürzten, traten aufeinander, versuchten irgendwie, den Polizisten des Sonderkommandos zu entkommen. Einer nahm eine junge Frau in den Schwitzkasten. Sie schnappte nach Luft, lief rot an, dann schleuderte er sie gegen die Leitplanke. Offenbar bildeten die Spezialkräfte keine geordnete Formation, sondern hatten den Auftrag, in die Mitte der Demonstranten vorzustoßen und mit allen Mitteln dafür zu sorgen, dass niemand entwischte.

»Achtung, Achtung, hier spricht die Polizei. Ich fordere sie letztmalig auf, die Brücke zu verlassen«, rief jetzt wieder der Einsatzleiter, obwohl sowieso nur noch diejenigen hier waren, die sich nicht mehr alleine fortbewegen konnten.

»Juliane! Wo ist Juliane?«, schoss es mir durch den Kopf. Im ersten Chaos hatte ich sie kurz aus den Augen verloren, jetzt konnte ich sie nirgends mehr entdecken. Höchstwahrscheinlich lag sie irgendwo mit gebrochenen Knochen, zertrümmertem Schädel. Vielleicht hatte sie es aber auch geschafft zu entkommen. Meine Hände zitterten, meine Knie waren wachsweich. Ich musste weg von hier, sie suchen. Langsam und auf allen vieren schob ich mich rückwärts den Hang hinunter. Die Farben des Laubs, der Erde, waren so grell, dass es in den Augen brannte. Ein Kloß schnürte mir den Hals zu, als würde ich gleich losheulen wie ein Kind. Bevor ich aus dem Gebüsch trat, lugte ich zwischen den Asten hindurch. Hier war noch immer niemand, weder ein Demonstrant, der sich in Sicherheit gebracht hatte, noch ein Polizist, der auf Flüchtige lauerte. Mein Fahrrad lag da, wo ich es hingeworfen hatte.

Ich fuhr den Weg zurück Richtung Auffahrt, hielt erneut hinter dem Heiligenhäuschen, weit genug von der Brücke entfernt, um nicht in den Kampf hineingezogen zu werden. Die Straße nach Onderkerk war inzwischen komplett gesperrt. Neben den Polizeifahrzeugen standen mehrere Krankenwagen. Unmittelbar vor mir hatte sich ein Stau bis *Zum Waidmannsglück* gebildet. Ich sah Sanitäter oder Ärzte, die mit ihren Köfferchen den Zubringer hinaufrannten. Einzelne Demonstranten schwankten ihnen entgegen, ließen sich irgendwo ins Gras fallen. Zwei Frauen hatten eine dritte mit blutüberströmtem Gesicht untergehakt, setzten sie auf den Seitenstreifen, riefen nach Hilfe, doch niemand kümmerte sich um sie. Offenbar gab es weiter oben Verletzte, die dringender behandelt werden mussten. Nirgends cine Spur von Juliane. Albos R4 stand noch da, wo er vorhin gestanden hatte. Von rechts kamen vier Leute den Zubringer heruntergelaufen, sprangen über die Leitplanke, einer stürzte, rollte die Böschung hinunter, verfolgt von zwei Polizisten, die auf ihn einschlugen, nach ihm traten, dann plötzlich abließen, sich umdrehten und auf die Nächsten warfen, die ihnen von der Brücke entgegenkamen.

Vor mir stieg ein Fahrer aus seinem Wagen, ging auf die Polizisten an der Absperrung zu und rief: »Gut macht ihr das – die haben es nicht anders verdient!«

Ein anderer kurbelte sein Fenster herunter, um besser zu sehen, was vor sich ging, sagte zu seiner Frau: »Endlich wird mal aufgeräumt! Wurde auch höchste Zeit.« Dann zeigte er auf mich neben meinem Fahrrad und brüllte: »Hier ist noch einer von denen. Nicht dass er euch entwischt.« –

»Ich bin ganz normal mit dem Fahrrad unterwegs«, sagte ich.

»Das seh ich dir doch an, dass du auch zu diesem Pack gehörst.«

»Ich wohne hier«, log ich.

Die Polizisten an der Absperrung hatten glücklicherweise kein Interesse an mir.

Ich musste über die Straße zu Albos Wagen, warten, bis Juliane – bis irgendeiner von denen, die ich kannte, dort auftauchte. Ich schob mein Fahrrad zwischen zwei Autos auf die andere Seite. Jemand rief: »Linkes Gesocks.«

Dann sah ich zwischen den Autos ein verwaschenes Rot im Gras – die Farbe des orientalischen Hemds, das Juliane heute Morgen angehabt hatte. Dort lag jemand, eine Frau, halb verdeckt von zwei anderen, die daneben hockten – Albo und Isa.

Isa hob vorsichtig den Kopf der Verletzten an, bettete ihn auf ihren Oberschenkel, tupfte ihr vorsichtig mit einem Tempotuch die Wange. Jetzt erkannte ich Juliane. Ihr rechtes Ohr war voller Blut, oberhalb der linken Braue lief es aus einer Platzwunde ihre Schläfe herunter.

»Ah, da bist du ja«, sagte Isa, als ich neben sie trat.

Juliane schlug die Augen auf, sah mich und sah mich nicht. Ihr Ohrläppchen, wo der Ring mit dem Hanfblatt gesteckt hatte, war ausgerissen. Ihr Oberkörper zuckte, Tränen liefen ihr übers Gesicht, zogen Schlieren durch das halb geronnene Blut. Ihr Hemd, sogar die Hose war voller Flecken.

»Diese Dreckschweine«, sagte Albo.

Ich kniete mich neben sie, nahm ihre Hand.

»Wo warst du?«, fragte Juliane mit schwacher Stimme.

»Ich war zu spät, habe es nicht mehr durch die Sperre geschafft. Dann wollte ich über einen Seitenweg auf die Brücke, aber oben hab ich dich nirgends gesehen, überall nur Bullen.«

»Wir bringen sie ins Krankenhaus. Das muss genäht werden«, sagte Isa.

»Kann ich mitfahren?«

»Schlecht.«

»Dann komme ich mit dem Fahrrad nach.«

XXVII.

Ich bin mit dem Fahrrad zu der Wiese gegenüber der Brüterbaustelle gefahren, um mir anzuschauen, wie es dort aussieht nach der Demonstration. Natürlich habe ich meiner Mutter nichts davon erzählt, weil sie mir bestimmt verboten hätte, mich dort herumzutreiben. Bauer Praats soll einer Gruppe von Atomkraftgegnern erlaubt haben, in seinem Melkstall so etwas wie ein Lager einzurichten. Es kann also sein, dass sich diese Leute jetzt auf Dauer dort einnisten. Deshalb habe ich lieber einen großen Sicherheitsabstand gehalten und bin auf der Hauptstraße geblieben. Es stand ein Auto vor dem Stall, aber selbst durch den Feldstecher waren nirgends Menschen zu entdecken.

Das ganze Gebiet ringsum ist völlig verwüstet. Auf den Weiden kann man keine Kühe mehr laufen lassen. Die Zaunpfähle wurden herausgerissen und liegen überall in der Gegend verstreut. Wahrscheinlich haben einige Demonstranten sie als Waffen benutzt, genau wie die Polizisten es befürchtet hatten. Bei der Abschlusskundgebung wurden von den Randalierern auch Steine, Flaschen und brennende Molotowcocktails geworfen. Sie wollten die Polizisten über den Haufen rennen, um das Gelände zu stürmen. Die Nachrichten im Dritten Programm haben ausführlich darüber berichtet. Es gab sogar Hubschrauberfilme, auf denen man sehen konnte, wie diese Leute in ihrer blinden Wut alle Hemmungen verlieren. Wenn sie einen Polizisten alleine erwischt hätten, wäre er bestimmt lebensgefährlich verletzt, vielleicht sogar getötet worden. Zum Glück haben sie es nicht geschafft, Pistolen oder Gewehre durch die Kontrollen zu schmuggeln. Bauer Praats und Bauer Geerck, die ja Jäger sind, wollten ihnen wohl lieber keine von ihren Flinten leihen – so weit sind sie doch nicht gegangen. Die Polizei war aber gewappnet und hat die Chaoten mit ihren Wasserwerfern immer wieder zurückgedrängt, so dass es niemandem gelungen ist, auf das Brütergelände durchzubrechen. Wenn so ein Wasserwerferstrahl einen Demonstranten voll trifft, schießt er ihn von den Füßen wie eine Spielzeugfigur. Sie sind reihenweise der Länge nach im Matsch gelandet – es sah ein bisschen aus wie bei »Dick und Doof«. Ein paar von ihnen haben ziemlich Prügel bezogen, aber wenn sie meinen, sie könnten mit Gewalt etwas erreichen, brauchen sie sich darüber nicht zu wundern. Nachher waren zehn Polizisten verletzt, obwohl sie Helme und Schutzschilde trugen. Auch einige von den Demonstranten mussten behandelt werden und ungefähr dreißig wurden verhaftet. Von den richtigen Terroristen ist allerdings niemand hier gewesen. Darüber waren wir einerseits froh, denn sie sind noch viel gefährlicher als normale Demonstranten, und außerdem haben sie auf jeden Fall Schusswaffen, so dass es vielleicht sogar zu Häuserkämpfen in Hülkendonck gekommen wäre. Oder sie hätten wahllos jemanden von uns entführt, um den Staat zu erpressen: Entweder der Brüter wird nicht gebaut oder wir erschießen unsere Geiseln. Andererseits glaube ich, dass die Spezialpolizei sie bestimmt unschädlich gemacht hätte, und dann wären wir sie ein für alle Mal los gewesen. Ein guter Schütze mit einem Zielfernrohr auf dem Gewehr, wie es sie bei den afrikanischen Wildhütern gibt, hätte sie wahrscheinlich sogar aus dem Hubschrauber getroffen. Was die Todesstrafe anlangt, stimme ich zwar nicht mit meiner Mutter überein, aber wenn Terroristen in so einem Kampf, den sie selber angezettelt haben, erschossen werden, ist es doch nur gerecht.

Als ich gesehen habe, in welchem Zustand diese Leute die Wiesen hinterlassen haben, obwohl dort sogar ein Schild »Landschaftsschutzgebiet« steht, war ich wirklich wütend. Wie kann man behaupten, sich für den Schutz der Natur und des Lebens einzusetzen, und dann ein Gebiet, wo so viele seltene Blumen, Vögel und Schmetterlinge leben, derartig verwüsten? Alle Pflanzen sind niedergetrampelt, es liegt bergeweise Müll herum, leere Flaschen, Kekspackungen, Chipstüten. Sie haben einfach alles fallen gelassen, wo sie gerade standen. Praats ist das wohl auch egal, sonst würde er sich darum kümmern, dass das Zeug eingesammelt und zur Müllkippe gebracht wird. Abgesehen von seinem Kampf gegen Atomkraft scheint er sich sowieso nicht besonders für die Umwelt zu interessieren. In seinem Waldstück, auf dem Weg nach Calcar, verrotten schon seit Monaten Autoreifen, eine alte Waschmaschine, ein halb zerbrochenes Klo und anderer Schrott. Wie soll man jemandem, der so mit seinem eigenen Land umgeht, glauben, wenn er von der Verantwortung für Gottes Schöpfung spricht?

Eigentlich hatten wir gedacht, dass jetzt, wo die Demonstration vorbei ist, endlich wieder Ruhe bei uns einkehrt. Tante Rieke meinte, es wird höchste Zeit, dass sich die Streithähne im Dorf an einen Tisch setzen, denn es hat ja keinen Sinn, dass nun jahrelang die einen nicht mehr mit den anderen reden. Aber im Moment sieht es eher so aus, als ob alles noch schlimmer wird. Am Dienstag stand offiziell in der Zeitung, dass der Papst entschieden hat, den Einspruch, den Bauer Praats und die anderen

Verlierer der Kirchenvorstandswahl in Rom gegen die Entscheidungen unseres Bischofs eingereicht hatten, endgültig abzuweisen. Mein Vater und einige andere wussten schon davon, wollten es aber erst einmal nicht an die große Glocke hängen. Wenn der Papst als Stellvertreter Christi, der durch den Beistand des Heiligen Geistes unfehlbar ist, sein Urteil gefällt hat, gibt es eigentlich nichts mehr zu diskutieren. Trotzdem ist die Empörung bei vielen in Hülkendonck groß. Wenn ich richtig verstanden habe, was in der Zeitung stand, hat das oberste Gericht des Papstes das Protestschreiben gar nicht erst angenommen, weil Praats und seine Leute die vorgesehene Frist für diese Art Eingaben überschritten hatten. Sie waren vor der Wahl heimlich nach Mainz gefahren und hatten einen Professor für Kirchenrecht, der auf diesem Gebiet Spezialist ist, um seine Meinung zu dem Fall gebeten. Der Professor hat ein langes Gutachten verfasst, in dem er bestätigt, dass die Maßnahmen unseres Bischofs bei der Absetzung nicht im Einklang mit den Gesetzen stehen, die von der Kirche mit der Regierung vereinbart wurden. Diese Gesetze stammen zwar noch aus der Zeit vor dem Krieg und kaum jemand weiß, dass es sie überhaupt gibt, aber sie haben nichtsdestoweniger Gültigkeit. Sowieso spielt es keine Rolle mehr, was in dem Gutachten stand, denn wenn bei solchen Sachen die Frist überschritten ist, kann auch der Papst darüber nicht hinwegsehen, sonst würde er ja selbst gegen die Regeln verstoßen. Anschließend kämen die, die sich durch seinen Verstoß benachteiligt fühlen, und würden ihren eigenen Einspruch einreichen, so ginge es immer weiter bis zum Sankt Nimmerleinstag.

Bauer Praats sagt allerdings, dass sie im Prinzip sehr wohl alle Fristen eingehalten hätten, bis auf eine, die sie gar nicht einhalten konnten, weil das erste Schreiben aus Rom, gegen das sie ihren Widerspruch innerhalb von 30 Tagen hätten einlegen müssen, ihnen von Dechant Krebber mit fünf Monaten Verspätung übergeben wurde, und das auch erst, nachdem Praats sich wegen der ausbleibenden Antwort des Papstes beim Kardinal in Köln, der zugleich Vorsitzender der Deutschen Bischofskonferenz ist, also noch über unserem Bischof steht, persönlich beschwert hatte.

Praats behauptet jetzt, dass Dechant Krebber den Brief aus Rom absichtlich, wahrscheinlich sogar auf Anweisung des Generalvikars unterschlagen hat, um zu verhindern, dass der Landverkauf sich weiter verzögert. Dechant Krebber wiederum bestreitet, dass eine böse Absicht hinter dem Versäumnis steckte. Er hat sich öffentlich für seinen Fehler entschuldigt, was allerdings nichts an der Entscheidung des Papstes ändert, den Einspruch nicht mehr zuzulassen. Meinem Vater hat der Dechant erzählt, er könne sich selbst nicht erklären, wie es zum Verschwinden des Schreibens gekommen ist. Als es bei ihm eingetroffen ist, war er wohl gerade zu seinem jährlichen Wanderurlaub nach Österreich gefahren, und wahrscheinlich hat die Pfarrsekretärin oder seine Haushälterin die Papiere beim Aufräumen verlegt, so dass sie schließlich in einem riesigen Poststapel untergegangen sind. Ich kenne den Dechant nicht persönlich, da er seine Gemeinde in Emmendyck hat, wo wir nie zur Messe gehen. Aber es macht natürlich keinen guten Eindruck, wenn so ein wichtiger Brief aus Rom mit Siegeln, Stempeln und Unterschriften einfach verschwindet – da kann man Bauer Praats' Ärger durchaus verstehen. Andererseits weiß ich, dass viele Pfarrhaushälterinnen, wie Fräulein Dittmer, die sich um Pastor Würmeling kümmert, oder Fräulein Brettschneider, die Pater Olms in Binnen versorgt, ziemlich schusselig sind und zum Beispiel oft vergessen, Termine, die sie am Telefon ausgemacht haben, in den Kalender einzutragen, so dass man dann vor verschlossener Tür steht, wenn man über seine Probleme sprechen oder einen Hochzeitstermin ausmachen will. Fräulein Dittmer schafft es nicht einmal, die Kleider von Pastor Würmeling richtig sauber zu halten. Neulich sonntags war wieder flüssiges Eigelb auf seine Soutane gekleckert und hat einen hässlichen Fleck hinterlassen.

Mein Vater glaubt nicht, dass der Papstbrief vorsätzlich unterschlagen wurde. Seiner Meinung nach ist Dechant Krebber ein durch und durch ehrlicher Mann, der immer versucht, allen gerecht zu werden, ganz gleich, was seine eigene Meinung zu einer Sache ist, und sogar, wenn er sich damit in die Nesseln setzt. Allerdings hatte mein Vater, als er mit meiner Mutter darüber gesprochen hat, sein typisches Grinsen im Gesicht, für das er schon als Kind von der Lehrerin, Fräulein Reibacher, und dem damaligen Pastor Fennemann verprügelt wurde. Auf jeden Fall findet er, dass es Praats und den Brütergegnern im Prinzip recht geschieht, weil sie sich heimlich mit fragwürdigen Leuten von außerhalb verbündet haben, die sich dann in unsere Angelegenheiten einmischen, obwohl es sie gar nichts angeht. Das gehört sich nicht. Jedenfalls gibt es keinen Beweis für irgendeine Form von Betrug. Deshalb sollte Ernst Praats auch nicht mit solchen Unterstellungen hausieren gehen. Mein Vater sagt, er würde sich das an Stelle des Dechanten verbitten, wahrscheinlich sogar einen Rechtsanwalt einschalten und dafür sorgen, dass mit den Verleumdungen Schluss ist. Außerdem meint er, dass Praats wohl einfach von sich auf andere geschlossen hat, denn als er seine Maschinen noch bei Slaack gekauft hat, behauptete er auch regelmäßig, die Rechnungen, die er noch nicht bezahlt hatte, müssten mit der Post verloren gegangen sein, wo unsere Post doch die zuverlässigste auf der ganzen Welt ist.

Was wirklich mit dem Brief passiert ist, wird vermutlich niemand mehr erfahren. Trotzdem hat sein Verschwinden bei einigen, die bislang auf unserer Seite standen und die Entscheidungen des Bischofs richtig fanden, den Glauben an die Heiligkeit der Kirche als Ganzes stärker erschüttert als der Landverkauf oder die Absetzung des alten Kirchenvorstands. Für die, die sowieso Anhänger von Praats, Geerck und Frau Dr. Mehringhoff sind, hat sich darin natürlich bestätigt, was sie ohnehin vermutet hatten, dass die Kirchenoberen sich nämlich nur für Macht und Geld interessieren. Aber jetzt, wo die Zeitung und das Radio breit über den verschwundenen Brief berichten und die Reporter vom Westdeutschen Rundfunk so tun, als sei völlig klar, dass es sich dabei um eine von den höchsten Stellen des Bistums angeordnete Verschwörung handelt, schwenken auch andere auf diese Meinung um. Gestern war ein Leserbrief von Bauer Maaßen in der Zeitung, darin schreibt er, dass viele in Hülkendonck, mit denen er in letzter Zeit gesprochen hat, tief enttäuscht sind vom Verhalten der Kirche. Gerade in einer Zeit, wo der Glaube überall im Land schwindet, müssten Bischöfe und Priester umso mehr dem Wort des Herrn folgen und aufrecht in der Wahrheit stehen, doch stattdessen verfolgen sie mit durchsichtigen Täuschungsmanövern rein materialistische Interessen wie die Kinder der Welt. Deshalb wenden sich die Menschen sogar in einer von alters her fest im Glauben verwurzelten Gegend wie der unseren von der Kirche ab. Bauer Maaßen schreibt, dass es ihm und auch vielen anderen in Hülkendonck gar nicht um die Frage geht, ob der Brüter gebaut wird oder nicht, sondern um die verkommene Art und Weise, wie die Kirche sich in der ganzen Angelegenheit verhalten hat. Wenn die Seelsorger nur in ihre eigenen Taschen wirtschaften, statt sich um das Wohl ihrer Gemeinden zu kümmern, tragen sie selbst die Verantwortung für den Verlust des Glaubens in unserer Zeit, genauso wie die Ablasshändler im Mittelalter, auf die dann bekanntlich Martin Luther mit seiner Reformation gefolgt ist. Als von Christus eingesetzte Hirten werden sie am Jüngsten Tag dafür zur Rechenschaft gezogen werden.

Ich war sehr erschrocken, als ich all das in der Zeitung gelesen habe, denn auf eine bestimmte Art ist es schwer, Bauer Maaßen nicht zuzustimmen, zumal er eigentlich ein netter Mann ist, der jeden Quatsch mitmacht und nie mit jemandem Streit anfängt. Seine älteste Tochter hat sogar studiert und ist Lehrerin geworden. Bis zum Verschwinden des Papstbriefes hat er sich aus den Streitigkeiten um den Brüter herausgehalten und gemeint, dass er einfach nicht beurteilen kann, was bei so einem Projekt richtig und was falsch ist. Wenn jemand wie er sich auf eine solche Weise zu Wort meldet, kann man nicht einfach darüber hinweggehen.

Mir ist wohl aufgefallen, dass bei der Messe eine ganze Reihe von Bänken plötzlich leer bleibt. Von Bauer Praats weiß man ja, dass er schon länger auf die andere Rheinseite zum Gottesdienst fährt, Bauer Geerck und einige andere gehen gar nicht mehr. Meine Mutter erklärt es damit, dass die Leute immer weniger wissen, was wirklich wichtig ist im Leben, weil es ihnen einfach schon zu lange viel zu gut geht, so dass sie lieber ihrer Bequemlichkeit nachgeben und fernsehen, statt die Vorabendmesse zu besuchen, oder lange frühstücken, statt ins Hochamt zu gehen. Zu den Maiandachten kommen ohnehin nur noch die alten Frauen. Von den Kindern bin ich immer der Einzige, genau wie auf der Wallfahrt nach Banneux. Tante Rieke glaubt deshalb, dass ich später einmal Pastor werde, aber das kann ich mir doch nicht vorstellen. Dass ich Tierforscher wie Heinz Sielmann oder Professor Grzimek werden will, ist eigentlich beschlossene Sache. Außerdem müsste ich als Priester ohne Frau leben, was mir überhaupt nicht gefallen würde.

Nachdem ich den Melkstall noch eine Weile mit dem Fernglas beobachtet hatte, ohne dass ich verdächtige Bewegungen entdeckt hätte, bin ich zum Rhein gefahren, um zu schauen, ob vielleicht Austernfischer da sind. Sie leben ja erst seit kurzem in unserer Gegend. Weil sie eigentlich von der Nordseeküste stammen, bin ich gespannt, ob sie sich wohl auf Dauer hier ansiedeln. Außerdem habe ich, abgesehen vom Bild und dem Steckbrief, noch gar nichts über sie in meinem Notizheft.

Das Wasser steht ziemlich niedrig zur Zeit, so dass die kleinen Sandstrände vor den Uferbefestigungen freiliegen. Dort werden manchmal Muscheln angespült, die sie vielleicht fressen können. Allerdings findet man meistens nur leere Schalen.

Unten bei der Auffahrt zum Deich parkte der weiße VW-Käfer von Hueb Leukers, der manchmal im Rhein angelt, wenn er nicht arbeiten muss. Er ist allgemein dafür bekannt, dass er von morgens bis abends trinkt, aber trotzdem am schnellsten und besten mauern kann. Meine Mutter schimpft immer, wenn sie ihn in seinem Auto sieht, weil er sich ganz ungeniert ans Steuer setzt, ganz egal, wie voll er ist. »Wenn es mit rechten Dingen zuginge, müsste er seinen Führerschein längst quitt sein«, sagt sie jedes Mal. »Bis eines Tages doch was passiert, dann ist das Geschrei groß.«

Ich sah ihn schon von Weitem auf seinem Klappstuhl hocken, eine Flasche Bier in der einen, die Zigarette in der anderen

Hand. Seine beiden Angeln steckten in Ständern, den Setz-kescher hatte er ins Wasser gehängt.

Ich würde auch gerne angeln, aber mein Vater und meine beiden Onkel interessieren sich überhaupt nicht dafür, zumal man die Fische aus dem Rhein sowieso nicht essen kann.

Nach Feierabend und am Wochenende trinkt Hueb Leukers immer bei Verhülsdonck, insofern kennt er mich natürlich, aber ich habe noch nie direkt mit ihm gesprochen. Er sitzt an der Theke und redet höchstens mit Willi, dem Wirt, meistens aber gar nicht. Er wird allgemein »Der blaue Bock« genannt, wie die Fernsehsendung mit Heinz Schenk, wo zwischen komischen Operettenliedern immer Äppelwöi aus Bembeln getrunken wird. Sein Bruder Jupp hat sich zwar als Kandidat für die Brütergegner aufstellen lassen, doch als der Stammtisch ins *Waidmannsglück* umgezogen ist, kam er trotzdem wieder dazu, weil er eben zum Geiteneck gehört. Nur Hueb ist bei Verhülsdonck geblieben, denn von dort sind es lediglich ein paar Schritte zu seinem Haus.

Weil ich weiß, dass Angler sich schnell aufregen, wenn man wie ein Trampeltier um sie herumstapft, und auch, weil mir Hueb Leukers nicht ganz geheuer ist, bin ich langsam und auf Zehenspitzen in seine Richtung gegangen. Erst als ich direkt neben ihm stand, hat er sich kurz umgedreht und mit dem Kopf genickt, ohne ein Wort zu sagen, dann wieder einen Schluck Bier getrunken und an seiner Zigarette gezogen. Hueb Leukers ist nicht verheiratet, er hat auch keine Kinder, und seit Jahren ist niemand in seinem Haus gewesen, nicht einmal sein Bruder, weshalb man vermutet, dass es dort schlimm aussieht.

Es dauerte eine Weile, bis ich die beiden neongelben Schwimmer mit der roten beziehungsweise orangefarbenen Spitze in den Wellen entdeckt hatte. Sie trieben nicht sehr weit vom Ufer entfernt in der Strömung. Der eine zuckte immer wieder kurz, so dass ich dachte, es muss etwas gebissen haben, doch Hueb Leukers reagierte nicht. Ein Tankschiff fuhr vorbei, kurz danach schwappten Wellen an die Böschung. Der andere Schwimmer wurde dadurch so nah herangespült, dass Hueb den Kopf schüttelte, aufstand, die Rute aus dem Halter nahm und die Schnur einkurbelte. Ungefähr anderthalb Meter unterhalb des Schwimmers hing eine Rotfeder mit einem Drillingshaken unter dem Rückgrat. Er nahm den kleinen Fisch in seine schwielige Maurerhand, betrachtete ihn skeptisch, murmelte »der ist kaputt«, während er ihn vom Haken löste, und warf ihn zurück ins Wasser. Dann hob er den Setzkescher an, in dem mindestens zehn weitere zappelten, schnappte sich einen neuen, der etwas größer war als der erste, spießte ihn mit einer kurzen Drehung auf und trat einen Schritt zurück.

»Mal sehen, was der macht«, sagte er und warf den Schwimmer samt Köder in hohem Bogen aus. Der Fisch klatschte mit der Seite auf die Oberfläche, was leicht sein Gleichgewichtsorgan beschädigen kann, trotzdem bewegte der Schwimmer sich erst einmal ziemlich schnell gegen die Strömung, wurde dann aber langsamer, fiel zurück, zog ein Stück in Richtung des offenen Wassers, hob und senkte sich, ohne je ganz einzutauchen.

»Der ist gut«, sagte Hueb, setzte sich wieder, öffnete die Kühltasche neben seinem Klappstuhl, in der mehrere volle und leere Bierflaschen steckten, nahm eine frische heraus und öffnete sie mit dem Feuerzeug.

Ich glaube, wenn ich selber angeln würde, nähme ich lieber Regenwürmer als Köder – oder Blinker.

Ein Schubschiff voller Eierkohlen fuhr vorbei und machte Wellen, die fast so groß waren wie an der Nordsee. Es spritzte sogar richtige Gischt auf die Ufersteine, und Huebs Schwimmer verschwanden mehrfach komplett unter Wasser.

»Stören die Schiffe nicht beim Angeln«, fragte ich.

Hueb nahm einen großen Schluck Bier und wischte sich mit der Hand über den Mund.

»Die Schiffe sin die Fische egal«, sagte er.

Ich glaube, er kann gar kein richtiges Hochdeutsch. Mein Vater sagt, Hueb hat früher oft die Schule geschwänzt, obwohl er wusste, dass er dafür entweder von Fräulein Reibacher oder von Pastor Fennemann Prügel bekommen würde und nachher auch von seinem Vater, dem alten Hein Leukers, der als brutaler Schläger bekannt war. Aber Hueb hat sich darum überhaupt nicht gekümmert, als würde er gar keinen Schmerz spüren. Insofern ist Maurer sicher der richtige Beruf für ihn.

»Ich dachte, man muss ganz leise sein beim Angeln.«

Er nickte, und nach einer längeren Pause sagte er: »Ja.«

Ich hockte mich ein Stück hinter ihm in den Sand und schaute, was seine Schwimmer machten, weil ich doch gern gesehen hätte, wie es ist, wenn ein richtig großer Fisch beißt. Gleichzeitig wollte ich Hueb auf keinen Fall stören, auch wenn ich nie gehört habe, dass er zu jemandem, speziell zu Kindern, unfreundlich oder sonstwie komisch gewesen wäre. Bei den Leuten aus dem Geiteneck sage ich sowieso lieber nichts, weil ich mir ziemlich sicher bin, dass sie mich dort wegen meiner Mutter und weil ich kein Platt spreche für einen feinen Pinkel halten. Ich weiß auch nicht, ob ich »Hueb« oder »Herr Leukers« sagen soll. Meine Mutter hat uns beigebracht, dass wir zu Erwachsenen »Sie« und den Nachnamen sagen sollen, weil das ein Zeichen von guter Erziehung ist, aber die meisten Kinder sagen zu allen Erwachsenen »Du«, dazu »Onkel sowieso« und »Tante sowieso«, selbst wenn sie gar nicht mit jemandem verwandt sind. Weil ich gerne erfahren hätte, welche Fische Hueb Leukers überhaupt fangen wollte, habe ich die ganze Zeit überlegt, wie ich ihn fragen könnte, ohne mich für »Sie« und »Herr Leukers« oder »Du« und »Onkel Hueb« entscheiden zu müssen. Da er ja lebende Rotfedern als Köder benutzte und nicht Würmer oder Brotkugeln, war er sicher auf einen großen Raubfisch aus. Ich weiß nicht, welche Arten es im Rhein überhaupt noch gibt, da die meisten wegen des dreckigen Wassers inzwischen ausgestorben sind.

»Und was beißt hier so?«, fragte ich schließlich.

»Hecht«, sagte er. »Oder Wels.«

Der Vater einer Schülerin hat meiner Mutter einmal einen selbst gefangenen Hecht als Geschenk mitgebracht, aber schon beim Auswickeln stank die ganze Küche nach Öl oder Chemikalien, deshalb hat meine Mutter ihn so, wie er war, in den Müll geschmissen.

»Und isst man den dann?«, fragte ich.

»Geht gleich zurück ins Wasser.«

Hueb Leukers zog die Nase hoch, saugte die Rotze durch den Hals, so dass man es laut hörte, und spuckte sie in hohem Bogen in den Rhein.

Ich stellte mir vor, wie die kleinen Fische im Setzkescher jetzt von seiner Rotze umspült wurden, sie sogar schlucken mussten. Selbst wenn das Wasser sauber gewesen wäre, hätte ich so einen Fisch nicht mehr gern gegessen.

Eigentlich wollte ich sowieso weg und endlich nach den Austernfischern schauen, aber ich bin trotzdem noch eine Weile sitzen geblieben, damit Hueb nicht dachte, es hätte mit seinem Gespucke zu tun. Als er sich einen Underberg aus der Kühltasche nahm, habe ich die Gelegenheit genutzt, »Petri Heil« zu ihm gesagt, wie es unter Anglern üblich ist, weil sie ja den Heiligen Petrus als Schutzpatron haben, und bin gegangen, bevor er ganz besoffen war.

28.

Verschwitzt und mit zitternden Knien kam ich am Calcarer Krankenhaus an. Die Nonne an der Pforte verzog angewidert den Mund und wandte sich demonstrativ ihrem Karteikasten zu. Nachdem sie eine Reihe Karten herausgezogen und wieder hineingesteckt hatte, sagte sie, ohne mich anzuschauen: »Ja, bitte?«

Ich stotterte: »Wo finde ich eine junge Frau, sie heißt Juliane Scholten und ist vor ungefähr zwanzig Minuten wegen verschiedener Gesichtsverletzungen eingeliefert worden.«

Die Nonne runzelte die Stirn: »Wir haben niemanden, der so heißt.«

Ich dachte, vielleicht hat sie den Namen falsch verstanden oder war gerade nicht an ihrem Platz, als Albo und Isa Juliane gebracht haben. Ich stammelte etwas von »brutaler Gewalt«, »Blutverlust«, »Schädelbasisbruch« und dass ich unbedingt zu ihr müsse, woraufhin sie mich anfauchte: »Ich habe dir gesagt, dass sie nicht bei uns ist. Wenn du hier frech werden willst, hole ich die Polizei.«

»Nein, natürlich nicht, Schwester, Entschuldigung.«

Ich drehte mich um, rannte zurück zu meinem Fahrrad, hatte Angst, Juliane würde sterben. Die Zeit dehnte sich oder zog sich zusammen, vielleicht verging eine Minute, genauso gut kann es eine Stunde gewesen sein.

Nicht nur, dass ich sie während der Brückenbesetzung allein gelassen hatte – auch jetzt, wo sie schwerverletzt in irgendeinem Krankenhaus lag, war ich nicht bei ihr. Ich sah die Szenen des Polizeiüberfalls wieder und wieder vor mir, malte mir die Wucht des Schlages auf ihren Kopf aus. Vielleicht hatte der Knüppel nicht bloß eine Platzwunde gerissen. Der Knochen darunter konnte gesplittert sein, eine scharfe Bruchkante hatte sich ins Gehirn gedrückt, Juliane war längst ins Koma gefallen und würde schwerbehindert oder nie mehr daraus erwachen.

In meiner Erinnerung fand alles, was an diesem Tag passierte, unter einem gleichmäßig grauen Himmel statt: kein Regen, nicht einmal leichtes Nieseln, keine scharf umrissenen Wolkenformationen, durch deren Löcher schnell wechselnde Lichtdurchbrüche Landschaft und Straßenzüge in dramatische Szenerien verwandelt hätten.

Irgendwann öffnete ich die Tür einer Telefonzelle, von denen damals mehrere vor dem Krankenhaus standen, blätterte in den dicken gelben Büchern, obwohl ich keine Ahnung hatte, wen ich hätte anrufen sollen. Selbst wenn sie in Cleve, Schloich oder Schanz in der Notaufnahme wäre, würde man mir dort keine Auskunft geben. Vielleicht waren sie auch zu einer normalen Praxis gefahren, die Sonntagsdienst hatte.

Ich starrte die Listen mit den Ärztenamen an, in der Hoffnung, einen Hinweis zu finden, bei wem sie ihr Glück versucht haben konnten. In die Angst mischte sich Wut – Wut auf die Brutalität der Polizei; auf die idiotischen Leute, die beschlossen hatten, die Brücke zu blockieren, wo ihnen doch nach dem Einsatz beim Melkstall am Morgen klar gewesen sein musste, dass die Polizisten Befehl hatten, heute keinerlei Rücksicht auf niemanden zu nehmen; auf Albo und Isa, dass sie mich nicht ins Auto gelassen hatten, obwohl Juliane doch meine Freundin war, obwohl sie wussten, dass wir uns liebten; auf mich selbst, weil ich einen Moment zu lange überlegt hatte, was mit meinem Fahrrad passierte, wenn ich es dort am Wegrand liegen ließ, statt mich einfach auf die Rückbank zu quetschen.

Ich erinnere mich nicht, jemanden angerufen zu haben. Ich weiß auch nicht mehr, wo ich danach gewesen bin. In Calcar gab es nichts, wo ein Fünfzehnjähriger sich hätte hinsetzen und nachdenken können. Die italienische Eisdiele wäre völlig unpassend gewesen, und im Café am Markt hockten ausschließlich alte Frauen. Da ist das Bild, wie ich allein auf der Straße stehe, obwohl es doch ein Sonntag war, um die Mittagszeit. Mit Sicherheit sind Leute an mir vorbei ins Krankenhaus gegangen, mit Blumen, Pralinen, Schnaps, um Verwandte zu besuchen; einzelne Männer wankten vom Frühschoppen nach Hause; eine größere Gesellschaft versammelte sich im Ratskeller, um eine Silberhochzeit, einen runden Geburtstag zu feiern. Bestimmt haben Atomkraftgegner aus dem Ruhrgebiet oder aus Holland auf dem Markt Passanten gefragt, wie sie nach Hülkendonck kämen. Dementsprechend werden Polizeieinheiten für die Innenstadt abgestellt gewesen sein, die verhindern sollten, dass jemand randalierte.

Weder bin ich gleich zum Brüter gefahren, noch war ich zu Hause bei meinen Eltern: Sie hätten Fragen gestellt, auf die mir nur Lügen und Halbwahrheiten eingefallen wären. Vielleicht hätte ich ihnen in einem Anfall von Schwäche oder Vertrauen sogar erzählt, was passiert ist, dann wäre es zu irgendeiner Form von Auseinandersetzung gekommen, die zumindest den Nachhall einer Empfindung zurückgelassen hätte.

Vermutlich habe ich in den Feldern zwischen Calcar und

Hülkendonck an der Calflack gesessen, geraucht und Steine ins Wasser geworfen, vor mich hin gesprochen, um zu hören, wie meine Stimme klang, gewartet, bis mein Gesicht sich nicht mehr verheult anfühlte.

Irgendwann am Nachmittag, als ich halbwegs sicher war, dass dort Ruhe herrschte, bin ich dann aber wieder beim Melkstall gewesen. Zumindest Juliane und Albo hatten ja sonst keinen Platz, wo sie unterkommen konnten, früher oder später würden sie dort auftauchen.

Wenn nach der Brückenräumung überhaupt noch so etwas wie eine Kundgebung auf den Wiesen vor der Baustelle stattgefunden hatte, war sie vorbei. Ich kann mich nicht erinnern, eine Polizeikontrolle passiert zu haben, obwohl doch Polizisten vor Ort gewesen sein müssen. Vielleicht hatten sie die Feldwege abseits der Straßen genauso außer Acht gelassen wie morgens den Fußpfad die Brücke hinauf.

Fünfzehn oder zwanzig Leute waren dort. Einige saßen deprimiert in der Ecke, andere räumten auf, versuchten zu retten, was zu retten war. Überall liefen Hühner herum. Ihr Stall war eingetreten, der Maschendraht von den Latten gerissen. Die Ziegen hatte offenbar jemand in Sicherheit gebracht. In endlosen Wiederholungen kreisten die Gespräche um das, was am Morgen geschehen war. Jeder, der es halbwegs unverletzt zurückgeschafft hatte, wollte den anderen seine eigenen Erlebnisse erzählen. Immer wieder kam die Rede auf den Einsatz der »chemischen Keule«. Einer Frau, die ich nicht kannte, brannten die Augen; ein Student aus Bochum klagte über Schmerzen bei jedem Atemzug. »Du musst zum Arzt, vielleicht ist deine Lunge verätzt.«

Wenn ich mich überhaupt an den Unterhaltungen beteiligt

habe, werde ich den Eindruck vermittelt haben, unmittelbar dabei gewesen zu sein, zumindest als Augenzeuge, der wie durch ein Wunder nichts abbekommen hatte.

Es kann auch sein, dass ich mich abseits gehalten habe, unter einem Baum saß oder sinnlos hin und her gelaufen bin, immer die Straße im Blick – wie meine Mutter, wenn mein Vater sich verspätete und sie den Grund nicht kannte.

Irgendwann am frühen Abend rollte der rote R4 im Schritttempo den Feldweg herauf.

Albo stieg als Erster aus, öffnete Juliane die Tür auf der Beifahrerseite, hielt ihr den Arm hin, damit sie sich unterhaken konnte. Ihr linkes Ohr wurde von einem riesigen Mullverband zugedeckt, der mit Heftpflaster am Hals befestigt war. Das Selbstbildnis des Malers Vincent van Gogh schoss mir durch den Kopf, der sich aus verzweifelter Liebe zu einer Nutte das Ohr abgeschnitten hatte. Auf Julianes Stirn klebte eine rechteckige Kompresse. Ringsherum war die Haut orangefarben von der Jodtinktur, mit der man die Wunde desinfiziert hatte. Sie sah durch mich hindurch. Das Weiß ihrer Augen war gerötet wie sonst, wenn sie gekifft hatte. Vielleicht hatte sie gekifft, im Auto oder unterwegs auf einem Parkplatz, oder es war tatsächlich die Folge von Tränengas.

Sie lächelte nicht, als ich auf sie zutrat, und Albo machte keine Anstalten, sie loszulassen, damit sie sich statt bei ihm bei mir unterhakte. Ein Dutzend Leute umringten uns, wollten wissen, wie es zu den Verletzungen gekommen war. Isa redete an Julianes Stelle. Sie erzählte, dass ein Polizist sie gegen die Leitplanke gedrängt, mit voller Absicht nach dem Ring in ihrem Ohr gegriffen, ihn mit einem Ruck herausgerissen und ins Gebüsch geworfen habe. Wegen des heruntergelassenen Visiers sei sein Gesicht nicht zu erkennen gewesen, so dass man ihn vermutlich nicht identifizieren könne. Jemand fragte, ob sie sich wenigstens vom Arzt habe bescheinigen lassen, dass die Verletzungen Folge brutaler Gewalt gewesen seien, weil man auf jeden Fall einen Anwalt einschalten und die Bullen auf Schmerzensgeld verklagen könne.

»Der Arzt war nicht besonders nett, ein alter Sack, der wahrscheinlich fand, dass sie es verdient hatte«, sagte Albo.

Ich sagte: »Wie geht es dir, wo wart ihr? Ich bin euch hinterhergefahren, aber in Calcar im Krankenhaus haben sie mich weggejagt. So eine widerliche Nonne wollte sogar die Polizei rufen, wenn ich nicht sofort verschwinde.«

Juliane reagierte nicht.

»Ich muss mich hinlegen, mir platzt der Kopf«, war das Einzige, was sie herausbrachte.

Albo führte sie in den Melkstall zu dem roten Sofa, wo zwei oder drei Leute saßen, sagte: »Geht mal da weg, sie hat heute echt genug Scheiße erlebt.«

Juliane fiel mehr, als dass sie sich setzte. Albo hob ihre Beine an, schob sie behutsam auf die Polster. Ich kniete mich neben sie, nahm ihre Hand, sagte: »Es tut mir so leid, ich hab wirklich alles versucht, bei dir zu sein, sowohl oben auf der Brücke …«

»Ist egal«, sagte sie, doch es klang nicht, als hätte sie mich und meine Situation verstanden und mir längst verziehen, dass ich sie im Stich gelassen hatte – eher so, als wäre ich, als wäre ihr überhaupt alles egal. Sie lag da mit geschlossenen Augen, atmete schwer, murmelte »diese Wichser«, »verdammte Arschlöcher« und »es tut so weh«.

Albo sagte: »Wir kriegen raus, wer das war. Die Drecksbullen werden dafür bezahlen.«

Steff hielt einen Vortrag über die Faschisten, die im Staatsapparat längst wieder die Macht an sich gerissen hätten, und dass der Untergrund wahrscheinlich die einzige Option sei, die einem bleibe. Nach dem, was heute passiert sei, müsse man über all das noch einmal neu nachdenken.

»Halt die Klappe, das hilft ihr jetzt auch nicht«, sagte Isa.

Plötzlich war Gerrit wieder da und sagte: »So kennen wir die deutsche Polizei schon, seit euer Hitler damals nach Holland gekommen ist.«

Auch er schien unverletzt. Auf der Brücke hatte ich ihn nicht gesehen. Er setzte sich an den Tisch, klebte wortlos konzentriert mehrere Blättchen aneinander, verteilte Tabak darauf und rollte einen Pappfilter. Dann holte er ein grünliches Bröckchen aus einer Filmdose, röstete es vorsichtig über der Flamme seines Feuerzeugs, bröselte die Krumen gleichmäßig über das Tabakbett. An der Spitze zwirbelte er das Papier zu einem kleinen Zipfel, den er zuerst anzündete, ohne zu ziehen. Der Zipfel brannte in einer hohen Flamme ab, während Gerrit den Joint zwischen den Fingern drehte, als vollzöge er eine heilige Handlung.

›Ist das nicht zu riskant, es können jederzeit wieder Bullen hier auftauchen‹, wollte ich sagen, sagte aber nichts.

Nachdem er selbst einige Züge genommen hatte, kam er vom Tisch herüber und hielt Juliane den Joint hin: »Hier. Kannst du das probieren. Ist die beste Schmerzmittel, die du kriegen kannst.«

Sie streckte ihm mühsam die Hand entgegen. Er schob ihr die trichterförmige Riesenzigarette zwischen Zeige- und Mittelfinger.

Juliane saugte den Rauch in ihre Lungen, als stünde sie kurz vor dem Ersticken. Nach fünf oder sechs Zügen, noch immer oder wieder mit geschlossenen Augen, streckte sie den Joint von sich weg in den Raum, sagte: »Kann mir jemand ein Bier aufmachen, ich verdurste.«

»Willst du nicht?«, fragte Albo.

Ich schüttelte den Kopf, stand auf, ging zum Kühlschrank und holte eine Flasche Bier. Juliane trank einige Schlucke.

Mir war übel. Ich hatte dieses Buch gelesen, Christiane F., *Wir Kinder vom Bahnhof Zoo*, und wusste, dass die Drogensucht damit anfing, dass man immer mehr Haschisch rauchte. Von dort war es nur ein kurzer Weg zur Heroinspritze, dann folgten Einbrüche, Prostitution, eines Tages setzte man sich absichtlich oder aus Versehen den goldenen Schuss. Einen Moment lang schwankte ich zwischen der Angst, verhaftet zu werden, und der heimlichen Hoffnung, dass jetzt doch noch einmal Polizisten für eine letzte Razzia hier auftauchten, uns in Gewahrsam nähmen, wegbrächten, bevor es zu spät wäre, bevor Juliane nicht mehr aufhören konnte mit den Drogen, immer stärkere Dosen benötigte und schließlich, sobald die Wirkung nachließ, vor grauenvollen Entzugserscheinungen zitterte, schwitzte, schrie.

Aber offenbar hatten auch die Polizisten genug für heute. Niemand kam, um Juliane vor sich selbst zu retten.

Nach einer Weile begann sie wirres Zeug zu reden. Offenbar beruhigte das Haschisch sie nicht, sondern erzeugte Höllenvisionen: »Ich strahle von innen. Da sind radioaktive Farbpartikel in meinen Zellen, die brennen wie kaltes Feuer. Seht ihr das? Es dringt durch die Haut nach außen, da sind überall solche Glutkörner auf mir. Die Bullen haben Plutonium ins Tränengas gemischt, bevor sie uns damit beschossen haben. Deshalb hatten sie diese Masken auf, damit sie selbst verschont bleiben. Ich kann spüren, wie sich das Gift durch die Adern ausbreitet, bis in die Fingerspitzen ...«

Sie riss kurz die Augen auf, fuhr hoch, sackte in die Polster zurück, schluchzte: »Es soll nicht schon vorbei sein. Ich wollte doch ein Leben haben, ein schönes Leben hier auf der Erde unter einem warmen Himmel, alles ist doch eigentlich warm von Natur aus, die Wärme ist es, die uns atmen lässt, Licht und Wärme ...«

Sie schaute sich um, verwirrt, ohne dass ihre Augen Halt fanden, sah etwas von dem, was tatsächlich hier war, leere Flaschen, die Graffiti an den Wänden, hauptsächlich aber Dinge aus einer anderen Dimension, »zum Glück seid ihr da, versprecht mir, dass ihr mich nicht allein lasst, selbst wenn ich krepiere. Wir müssen hierbleiben, von hier wird die Veränderung ausgehen, ganz egal, ob wir sie noch erleben oder nicht, mit uns hat sie angefangen, wir sind Libellen.«

Ich war schon öfter dabei gewesen, wenn sie Gras geraucht hatte. Einmal, als ich wissen wollte, ob sie keine Angst vor Abhängigkeit habe, hatte sie mir erklärt: »Es ist nur Marihuana und nicht einmal besonders starkes – selbst gezogen, aus Vogelfutter.« Sie kicherte: »*Trill mit den Jod S_{11}-Körnchen*, da ist Hanfsaat drin, ganz legal. Aber du spürst weniger davon, als wenn du zwei Bier getrunken hast, nur dass es sich besser anfühlt als Saufen, auf einmal kapierst du, dass die Welt eine Einheit bildet, alles ist mit allem verbunden.«

Das hier war etwas anderes.

Ich legte ihr die Hand auf den Arm, damit sie merkte, dass sie nicht allein – dass ich bei ihr war, betete, ganz gleich, ob ein Gott zuhörte oder unendliche Leere herrschte, bis an die Grenzen des Alls, dass sie zurückkehrte aus dem Traum oder Alptraum, in den der Stoff sie hinausgespült hatte, doch sie reagierte nicht, rührte sich überhaupt nicht mehr. Lediglich ihre Lippen machten kleine, spitze Bewegungen, als rede sie mit jemandem, der nicht da war, in einer Sprache, die außer ihnen beiden niemand verstand.

Auch die anderen, die von dem Joint rauchten, saßen jetzt nur noch stumpfsinnig da. Albo starrte auf einen Punkt an der Decke, Gerrit kritzelte wie wild auf einem Stück Papier herum.

Jemand sagte: »Verdammt gutes Zeug, das du da hast.«

»Ist Sputnik, 1a«, murmelte Gerrit.

»Eine große, breite Straße, die überallhin führt.«

Aus dem Lautsprecher des Kassettenrekorders jaulte eine durchgedrehte Sologitarre auf, die von einem noch schnelleren Schlagzeug überholt wurde. Albos Kopf ging mechanisch hin und her, als gehörte er einem batteriebetriebenen Spielzeughasen. Er löste sich vom Takt der Musik, folgte seinem eigenen Rhythmus, während die Gitarre in Hochgeschwindigkeit Melodiefetzen erzeugte, sich in einem fort selbst unterbrach, durch den Raum irrte wie eine dicke Fliege in Todesangst.

»Yeah!«, murmelte Gerrit. »Take it away, Frankie.«

Ohne Übergang oder Pause wechselte das Stück in ein anderes, als hätte jemand beim Überspielen der Platte nicht aufgepasst. Der Gitarrist bearbeitete jetzt nur noch die tiefen Saiten, das Schlagzeug unterstützte ihn nicht, schien eher wild gegen ihn anzuspielen.

Unvermittelt schrie Juliane mit einer Stimme, die ich noch nie aus ihrem Mund gehört hatte: »Aus! Aus! Aus! Macht das aus, ich werde irre!« Zugleich presste sie sich die Hand auf ihr unverletztes Ohr wie in einem Krampfanfall.

Ich lief zum Kassettenrekorder und drückte die Stopptaste, kehrte zum Sofa zurück, flüsterte: »Juliane. Juliane, wach auf. Ich bin bei dir. Ich beschütz' dich.«

Sie schüttelte den Kopf, Tränen liefen ihr übers Gesicht.

»Wir schaffen das zusammen, ich versprech's dir. Wir kämpfen weiter.«

Irgendwann sagte sie halblaut, aber doch so, dass jeder es hören konnte: »Hau ab. Geh nach Hause. Zu deiner Mama. Ist mir egal, wohin. Verschwinde einfach.«

Es war totenstill.

Ich hockte da und starrte sie an, dachte, sie meint das nicht so, sie ist im Drogenrausch, ich muss nur Geduld haben, bis sie wieder zu sich kommt. Dann weiß sie wahrscheinlich gar nicht mehr, was sie gesagt hat, und ich vergesse es auch.

»Bist du taub oder was?«, sagte Gerrit

Isa legte mir ihre Hand auf die Schulter: »Ich glaub', es ist besser, du gehst jetzt. Sie braucht einfach Ruhe nach dem, was passiert ist.«

Als ich anderntags wieder zum Melkstall kam, war Juliane nicht da.

Isa sagte: »Sie ist mit Gerrit zum Arzt, Verbandswechsel und so.«

»Dann warte ich einfach.«

Sie zuckte mit den Schultern: »Du kennst dich ja hier aus.«

»Was habt ihr eigentlich vor – ich meine: Wie soll es weitergehen?«, fragte ich.

»Mal sehen. Wir bleiben. Zumindest ein paar von uns. Ich schätze, dass es auch einen Prozess geben wird, wo dann verhandelt wird, was wir machen dürfen und was nicht. Wir haben den Melkstall ja offiziell von Praats gepachtet, das ist unser Land, solange wir hier einfach alternative Landwirtschaft betreiben, als Kommune, kann eigentlich niemand was sagen. Und wenn dann zufällig jemand vorbeikommt und fragt, was wir über den Brüter denken, dürfen wir ja wohl trotzdem unsere Meinung sagen. – Willst du Kaffee?«

»Warum nicht.«

Ich weiß nicht, wie lange ich dort gesessen habe, sicher vier oder fünf Stunden.

Juliane und Gerrit tauchten nicht wieder auf.

»Hatten sie sonst noch was vor, oder gab es irgendwie Schwierigkeiten, also Symptome, dass sie doch etwas Schlimmeres hat, innere Verletzungen oder so?«

Niemand antwortete. Ich hatte den Eindruck, dass sie mehr wussten, es aber vor mir geheim hielten.

Isa sagte: »Vielleicht behalten die Ärzte sie über Nacht zur Beobachtung da oder für weitere Tests, ob sie eine Gehirnerschütterung hat. Es ist Quatsch, dass du wartest, glaub ich.«

Ich wollte nicht gehen, ging schließlich doch.

An der Kirche stieg ich vom Fahrrad, wollte hineingehen, wenigstens eine Kerze vor der Mutter Gottes anstecken, selbst wenn ich längst nicht mehr glaubte, dass Maria hilft, doch die Tür war verschlossen.

Zu Hause saß mein Vater vor Bratkartoffeln mit Bismarckheringen und Rote-Beete-Salat, sagte: »Was ziehst du denn für eine Visage? Da vergeht einem ja der Appetit.«

Der Fernseher war eingeschaltet. Im dritten Programm liefen Nachrichten aus Nordrhein-Westfalen. Der gestrige Polizeieinsatz würde ein Nachspiel haben. Offenbar war ein Kameramann des WDR an der Brücke gewesen und hatte gefilmt, wie zwei Beamte eine Demonstrantin im Schwitzkasten wegzerrten und zu Boden warfen. In Cleve war der Oberkreisdirektor zusammen mit dem Oberpolizeirat vor die Presse getreten. Sie behaupteten, dass am Morgen Nagelbretter und Krähenfüße auf der Straße zum Brüter sichergestellt worden seien, so dass sie sich entschlossen hätten, präventiv gegen potenzielle Gewalttäter vorzugehen, die sich ihrer Kenntnis nach bei dem illegal eingerichteten Informationszentrum gegenüber der Baustelle versammelt hatten.

»Warst du da auch dabei mit deiner neuen Freundin?«, fragte mein Vater.

»Nein«, sagte ich.

»Ihr wolltet doch nach Schanz.«

»Ja. Waren wir aber nicht.«

»Nit tu begrippe.«

Als ich das nächste Mal in den Melkstall kam, lag Juliane auf Gerrits Matratze, allein, aber unter seinen Decken.

»Die ist bequemer als meine«, sagte sie. »Er hat sie mir geliehen, weil der Arzt sagt, dass ich möglichst im Bett bleiben soll.«

Ich versuchte, ihr zu glauben.

Ein paar Tage später, nachdem Gerrit sich auf den Weg nach Holland gemacht hatte, um Freunde zu treffen und Haschisch zu kaufen, wollte sie dann doch wieder, dass ich die Nacht bei ihr blieb. Später, als ich fragte, ob sie auch mit Gerrit oder Albo rummache, lachte sie mich aus: »Außerdem ist Besitzdenken das Gegenteil von Liebe.«

Draußen wird es hell. Die Vögel sind so laut, dass ich davon wach geworden wäre, wenn ich geschlafen hätte.

Als ich von hier weg, in die Stadt gezogen bin und in einem Zimmer unmittelbar neben der Autobahnauffahrt wohnte, hat mich monatelang jedes Martinshorn, jedes aufjaulende Motorrad geweckt, inzwischen ist es umgekehrt: Verkehrslärm, selbst Feuerwehreinsätze höre ich gar nicht mehr, doch Vogelstimmen sind Lärm.

Noch immer bin ich nicht in der Lage, sie anhand ihrer Rufe zu bestimmen, obwohl ich mir schon als Kind vorgenommen hatte, es zu lernen. Beim Deutschen Bund für Vogelschutz gab es damals Audiokassetten mit einem Begleitbuch, die ich mir von meinen Großeltern zu Weihnachten schenken ließ. Wochenlang liefen sie jeden Tag, trotzdem habe ich es nie geschafft, mir die Namen zu den Stimmen einzuprägen. Wahrscheinlich liegen auch die Kassetten noch in irgendeiner Schublade, im Keller vielleicht, zusammen mit *Der Schut, Tom Sawyer* und *Lederstrumpf*.

Die Amsel höre ich heraus.

So lange ich hier gelebt habe, saß den Sommer über jeden Abend eine auf dem Dachgiebel und hat gesungen, bis es dunkel war. Aus Richtung der Kirche kam der Ruf eines Kuckucks. Eine Nachtigall würde ich auch erkennen, aber Nachtigallen gab es in Hülkendonck nie.

Im Regal stehen eine Blaumeise, ein Buchfink und ein Rotkehlchen von Steiff, die ich mit sieben oder acht zum Geburtstag bekommen habe, weil meine Eltern keine ausgestopften Tiere im Haus haben wollten.

Ich frage mich, was mit dem ganzen Zeug geschehen soll: Kinderbücher, Stofftiere, die aufgezogenen Puzzles, Bettwäsche von Borussia Mönchengladbach, die Ordner aus der Grundschulzeit mit den Kommentaren von Fräulein Akamp.

Das Netz, die Spannbretter, Präpariernadeln kann man im Grunde wegschmeißen. Ich weiß gar nicht, ob sich überhaupt noch jemand für Schmetterlinge interessiert. Ich habe seit Jahren niemanden mehr mit entsprechender Ausrüstung gesehen, nicht einmal Kinder, obwohl ich oft spazieren gehe, außerhalb der Stadt durch die Felder, wo es Perlmuttfalter, Pfauenaugen und manchmal auch einen Schwalbenschwanz gibt. Die meisten Arten stehen ohnehin unter Schutz und man macht sich strafbar, wenn man ein Exemplar tötet.

Wo die beiden Kästen mit meinen Präparaten abgeblieben sind – einer für die Tag- und einer für die Nachtfalter –, wüsste ich allerdings doch gern. Ich werde meine Mutter fragen, nachher beim Frühstück.

Vielleicht auch nicht.

Einige Wochen oder Monate nachdem Juliane verschwunden war, als ich die Idee hatte, mir eine Super-8-Kamera zu kaufen, um Dokumentarfilme zu drehen, sagte mein Vater: »Was ist eigentlich mit den Schmetterlingen? Da machst du auch nichts mehr mit, oder?«

Ich wusste nicht, was ich antworten sollte.

»Wir haben doch mindestens fünfhundert Mark für den ganzen Kram ausgegeben. Ist es damit auch schon wieder vorbei? Das war doch ein schönes Hobby.«

»Das verstehst du nicht, und mit ›Hobby‹ hat es echt gar nichts zu tun.«

»Kann wohl sein, dass ich das nicht verstehe. Hier versteht dich ja sowieso keiner – zumindest redest du dir das ein. Was ich aber verstehe, ist, dass du immer wieder was Neues anfängst und nichts zu Ende bringst.«

XXIX.

Der dumme Dackel von Stauders hat meine Schwester in die Hand gebissen. Sie ist nicht schwer verletzt, aber es hat doch stark geblutet und bestimmt auch sehr weh getan. Meine Mutter ist deshalb ziemlich sauer auf Frau Stauder. Wirklich gewundert hat sie sich allerdings nicht, weil es in das Bild passt, das sie von Anfang an von den neuen Nachbarn hatte. Dass ihr Hund nicht sauber ist, egal wie geschwollen sie daherreden, war ihrer Meinung nach offensichtlich. Deshalb hätten Stauders ihn von vornherein nicht unbeaufsichtigt herumlaufen lassen dürfen, vor allem nicht, solange Kinder in der Nähe sind.

Es scheint, als wären Stauders mittlerweile ganz eingezogen, obwohl das Haus noch gar nicht richtig fertig ist. Mein Vater findet, dass man so eigentlich nicht wohnen kann. Die Sturzbalken über Fenster und Türen sind unverputzt, niemand hat die Mauern verfugt, der Garage fehlt das Tor, und auf den Fensterscheiben kleben die zerfetzten Plastikfolien der Glasfirma. Am schlimmsten ist es im Vorgarten, der ja über den ersten Eindruck entscheidet, den man von jemandem bekommt. Überall liegt Baumaterial herum, aufgerissene Zementsäcke, die schon ganz verklumpt sind, abgesägte Balken, Schalbretter, sogar Werkzeug. Um den Hügel mit der Erde, die sie für die Fundamente und den Keller ausgebaggert haben, kümmert sich niemand. Mittlerweile ist er ganz von Unkraut überwuchert.

Disteln, Brennnesseln, Schafgarbe wachsen in den Himmel, wahrscheinlich sogar Quecken, gegen die man fast nichts machen kann, wenn sie sich erst einmal ausgebreitet haben. Die Samen werden vom Wind auf unser Grundstück herübergeweht, so dass sie nächsten Sommer auch hier wieder ausschlagen werden, nachdem mein Vater fünf Jahre lang Gift gespritzt hat, um den Garten halbwegs sauber zu bekommen.

Anders als Hampels, bei denen sich ja auch immer das Gerümpel türmte, versuchen Stauders nach außen hin den Eindruck zu vermitteln, dass sie Leute mit guten Manieren und höherer Bildung sind. Trotzdem scheint es ihnen egal zu sein, wie es bei ihnen aussieht und was wir von ihnen halten. Herr Stauder fährt morgens sehr früh nach Mönchengladbach zur Arbeit, und wenn er abends zurückkehrt, hat er wahrscheinlich keine Lust, sein neues Grundstück in Ordnung zu bringen. Frau Stauder räumt Sachen im Haus hin und her, ohne dass groß Fortschritte zu erkennen wären. Oft macht sie auch einfach nichts. Da sie keine Gardinen aufgehängt hat, kann man ihr dabei zuschauen, zumindest von den Seiten, wo einem der Erdhügel nicht den Blick verstellt. Handwerker sieht man schon länger keine mehr. Mein Vater vermutet, dass Stauders das Geld ausgegangen ist, aber wenn man niemanden für solche Arbeiten bezahlen kann, muss man sie eben selber machen – so einfach ist das.

Letzten Samstag hat Herr Stauder versucht, mit dem Spaten einen schmalen Schacht entlang der Straße auszuheben, weil er aus den übrig gebliebenen Ziegelsteinen so ein Grenzmäuerchen bauen will, wie wir es haben. Mein Vater hat gleich gesehen, dass er noch nicht oft eine Schippe in der Hand hatte, geschweige denn eine Spitzhacke. Aber schon nach einer Stunde hat Herr Stauder alles fallen gelassen, wo er gerade stand, und da liegt es noch immer.

»Wenn er so weitermacht, wird er wohl bis zur Rente damit zu tun haben«, sagte mein Vater.

Obwohl sie keinen Wert auf das äußere Bild legen, das sie von sich vermitteln, war zumindest Frau Stauder bislang eigentlich immer nett zu uns. Sobald sie meine Schwester, meinen Bruder oder mich draußen gesehen hat, hat sie gewunken, uns auf ein Glas Fanta zu sich in die Küche eingeladen und sich mit uns unterhalten, als würde sie Kinder mögen. Meine Schwester durfte den Dackel streicheln und mit ihm spielen. Sie hat ihm Stöckchen geworfen oder einen alten Tennisball – zumindest hat sie es versucht, denn eigentlich ist sie noch zu klein, um gut zu werfen. Weil der Dackel kurze Beine hat und nicht besonders schnell ist, rannte er immer begeistert hinterher, selbst wenn der Ball nur einen halben Meter vor seiner Schnauze gelandet ist. Doch als meine Schwester aufhören wollte, hat er angefangen, wie wild zu bellen. Das hätte einen eigentlich schon stutzig machen müssen. Obwohl meine Mutter wenig begeistert davon war, ist meine Schwester auch alleine zu Frau Stauder gegangen, und plötzlich, ohne dass es dafür vorher irgendein Anzeichen gegeben hätte, hat der Köter sie gebissen, als sie ihm das Stöckchen aus dem Maul ziehen wollte.

Wahrscheinlich hätte ich besser auf sie aufpassen müssen, weil ich ja der Älteste bin. Als der Dackel sie gebissen hat, haben mein Bruder und ich nur wenige Meter entfernt vor unserer Garage Fußball gespielt. Auf einmal hörten wir nebenan lautes Geschrei, Schimpfen und Weinen, aber da war es schon zu spät.

Unser Küchenfenster stand offen, und meine Mutter hat sofort gewusst, dass die Schreie von meiner Schwester stammten.

Ihr war auch klar, dass sie sich nicht nur einfach gestoßen hatte, sondern dass etwas Schlimmeres passiert sein musste. Sie ist direkt losgelaufen, an meinem Bruder und mir vorbei, da kamen Frau Stauder und meine blutende Schwester ihr schon entgegen. Frau Stauder hat sich wortreich entschuldigt, es täte ihr wahnsinnig leid und sie könne sich das beim besten Willen nicht erklären, Änni habe noch nie jemandem etwas zuleide getan.

»Das ist mir völlig egal«, hat meine Mutter gesagt. »Ich verstehe vor allem nicht, warum Sie das Tier hier frei herumlaufen lassen, und dann auch noch unbeaufsichtigt mit kleinen Kindern.«

Ich habe gleich gemerkt, dass meine Mutter wirklich aufgebracht war, auch wenn sie nach außen hin ruhig wirkte. Auf Frau Stauders Entschuldigungen hat sie gar nicht reagiert. Wenn sie richtig verärgert ist, wird sie meistens ganz stumm, das kenne ich schon.

»Ich muss mich jetzt erst einmal um meine Tochter kümmern«, war alles, was sie gesagt hat, bevor sie mit meiner schluchzenden Schwester gegangen ist.

In der Küche hat sie die Verletzungen genauer untersucht und gründlich desinfiziert, denn der Hundesabber enthält eine Menge gefährlicher Bazillen, von denen man leicht eine Blutvergiftung bekommen kann.

Obwohl die Bisswunden nicht so tief waren, wollte meine Mutter doch lieber, dass unsere Ärztin, Frau Dr. Minkewitz, sicherheitshalber einen Blick daraufwirft. Sie ist mit meiner Schwester ins Auto gestiegen und nach Calcar gefahren. Meinen Bruder hat sie auch mitgenommen, da er sonst vielleicht die ganze Zeit geweint hätte.

Nachdem sie weg waren, saß ich eine Zeitlang allein in der Küche und habe über den Vorfall nachgedacht, über meine arme kleine Schwester, die Hunde doch so gern mag und jetzt bestimmt furchtbare Schmerzen hat. Dabei wurde ich immer wütender auf Frau Stauders ganz und gar verantwortungslose Art. Ich fand auch, dass meine Mutter viel zu nett zu ihr gewesen ist. Meiner Meinung nach hätte sie ihr klar und deutlich sagen müssen, dass wir nicht gewillt sind, den Vorfall auf sich beruhen zu lassen.

Schließlich habe ich mich entschieden, selbst noch einmal zu ihr zu gehen. Ich habe an die Tür geklopft, weil die Klingel noch nicht funktioniert.

»Jetzt hören Sie mir mal gut zu«, habe ich ihr gesagt. »Wenn man einen Hund besitzt, muss man sich darum kümmern und ihn vernünftig erziehen, ansonsten gehört er in einen Zwinger, aber Sie haben offenbar überhaupt keine Ahnung von Hunden, bestimmt haben Sie nicht einmal das Buch von Konrad Lorenz gelesen, sonst wüssten Sie, dass er im Kern immer noch ein Schakal mit Wolfsblut ist. Wahrscheinlich werden wir Sie anzeigen, und wenn Ihr Scheißköter das nächste Mal hier herumläuft, holen wir die Polizei, denn er ist gemeingefährlich und vielleicht hat er sogar Tollwut. Das untersucht unsere Ärztin, Frau Dr. Minkewitz, gerade. Sollte sich der Verdacht bestätigen, werden wir dafür sorgen, dass er morgen eingeschläfert wird.«

Frau Stauder hat mich angeschaut, den Kopf geschüttelt und gesagt: »Gegen Tollwut ist Änni natürlich geimpft, da musst du dir keine Sorgen machen.«

Dann hat sie gelächelt, was ich angesichts der Situation eine Frechheit fand, und mir allen Ernstes erklärt: »Ich glaube, es ist nicht so schlimm, wie es aussieht.«

Ich habe sie angeschrien: »Wenn Sie das ganze Blut in unserer Küche gesehen hätten, würden Sie nicht so dummes Zeug reden! Ihr Hund hat um Haaresbreite die Pulsadern meiner Schwester verfehlt, sie ist gerade einmal vier Jahre alt und hätte vielleicht sogar sterben können!«

Ich glaube, ich habe noch nie so mit einem Erwachsenen gesprochen, aber schließlich ging es um das Leben meiner Schwester. Da war es mir egal, ob ich mich im Ton vergreife oder was einem sonst immer erzählt wird, wie man sich als Kind Erwachsenen gegenüber zu benehmen hat. Nachher haben mir richtig die Knie gezittert. Ich bekam auch Angst, weil man ja nicht abschätzen kann, wie diese Leute reagieren, wenn man kein Blatt vor den Mund nimmt.

Wahrscheinlich hatte meine Mutter mit ihrer Einschätzung vom ersten Tag an recht, und ich habe mich von Frau Stauders einnehmender Art, und weil sie wirklich sehr schön aussieht, blenden lassen.

Inzwischen wissen wir auch – die Küsterin, Frau Mostert, hat es meinem Vater erzählt –, dass sie in Mischehe leben: Frau Stauder ist katholisch, aber ihr Mann evangelisch. Ich nehme an, deswegen hängen sie keine Gardinen auf. In Holland, wo hauptsächlich Protestanten wohnen, gibt es nirgends Gardinen an den Fenstern. Man kann den Leuten von der Straße aus beim Frühstück zuschauen. Selbst wenn sie es sich vielleicht nicht eingesteht, tut Frau Stauder sich bestimmt schwer damit, denn sie ist ja in unserer Religion aufgewachsen. Aber da sie nicht schwanger war, hätte sie ihren Mann ja nicht heiraten müssen, insofern hat es keinen Sinn, sie zu bedauern.

Zum Glück ist Frau Dr. Minkewitz zu dem Ergebnis gekommen, dass die Verletzungen nicht ganz so schwer sind, wie wir zuerst befürchtet hatten. Die Wunden mussten nicht einmal genäht werden. Um ganz sicherzugehen, hat sie meiner Schwester aber trotzdem eine Tollwutspritze gegeben.

Als sie wieder zurück waren, hat meine Mutter uns ein für alle Mal verboten, zu Stauders zu gehen und mit Änni zu spielen, da ein Hund, der erst einmal auf den Geschmack gekommen ist, immer wieder zuschnappen wird.

Meine Schwester hat daraufhin noch einmal zu weinen angefangen und gesagt, dass sie dann einen eigenen Hund haben will.

»Darüber reden wir, wenn du ein bisschen älter bist und dich auch wirklich um ihn kümmern kannst«, hat meine Mutter gesagt.

Ich habe ihr nicht erzählt, dass ich auf eigene Faust noch einmal bei Frau Stauder gewesen bin, denn so wie ich meine Mutter kenne, ist sie der Meinung, dass solche Dinge besser von den Erwachsenen geregelt werden. Falls Frau Stauder sich bei ihr über mich beschwert, kann es durchaus sein, dass ich mich für meinen Ton entschuldigen muss, selbst wenn ich in der Sache vielleicht recht hatte. Aber das ist mir jetzt auch egal.

Bislang hatten wir nie Krach mit jemandem von den Nachbarn. Mein Vater kennt ja jeden aus der Straße schon seit Kindertagen und weiß, woran man bei ihnen ist. Außerdem wohnten bislang alle so weit von uns entfernt, dass man sich nicht groß in die Quere kommen konnte, nicht einmal durch einen lauten Rasenmäher oder weil jemand samstags Müll in seinem Garten verbrannt hat. Zum Glück sind hier auch alle für den Bau des Schnellen Brüters, so dass deswegen niemand etwas gegen uns hat. Was Stauders anlangt, habe ich den Eindruck, dass die meisten sie schon ebenso wenig leiden können wie wir, obwohl sie doch gerade erst eingezogen sind. Jedenfalls hat mein Vater sowohl von Wim Heesters als auch von Gerd Fonck gehört, dass Herr Stauder bis jetzt nicht ein einziges Mal abends bei Pooth gewesen ist, um sich mit den anderen bekannt zu machen und ein Bier auf den Einzug auszugeben, und Frau Stauder hat noch bei niemandem geklingelt, um sich persönlich vorzustellen.

Trotzdem wird die Frage auftauchen, ob wir Stauders als Nachbarn akzeptieren. Sie sind ja Eigentümer und ihr Grundstück grenzt direkt an unseres, da kann man es ihnen kaum verwehren, ganz egal, was man sonst von ihnen hält. Dass jemand keine Nachbarn hat, habe ich noch nie gehört. Es würde auch gar nicht funktionieren, rein praktisch. Selbst wenn ein Ehepaar in Mischehe lebt und beide nicht in die Kirche gehen, muss ja trotzdem jemand Frau Stauders Sarg tragen, falls ihr zum Beispiel unerwartet etwas zustößt. Sie ist zwar noch relativ jung, aber Frau Reinhard, eine Bäuerin aus Onderkerk, die mein Vater gut kannte, ist mit siebenunddreißig an Brustkrebs gestorben, und jeden Tag stehen Meldungen von Autounfällen mit Todesopfern in der Zeitung. Herr Stauder als Protestant würde wahrscheinlich nicht auf unserem Friedhof beerdigt werden. Was mit ihm passieren würde, weiß ich nicht.

»Wir haben hier unsere Spielregeln«, sagt mein Vater immer. Wenn Leute irgendwo hinziehen und sich nicht daran halten wollen und auch sonst keine Bereitschaft erkennen lassen, sich der Mehrheit anzupassen, ist Ärger auf die Dauer unvermeidlich. Man hört ja immer wieder Geschichten von Nachbarn, die sich wegen irgendwelcher Kinkerlitzchen gegenseitig vor Gericht zerren, sei es, weil beim einen der Hahn zu laut kräht oder wegen eines Apfelbaums, der im Herbst ein paar Blätter auf das

Grundstück des anderen fallen lässt. Am Ende schütten sie sich gegenseitig Gülle vor die Haustür oder stechen heimlich Löcher in die Autoreifen, bis schließlich die Polizei einschreitet. Meine Mutter schüttelt immer den Kopf, wenn sie solche Berichte hört, und es bestärkt sie in ihrer Meinung, dass viele Leute einfach dumm sind. Aber wenn jemand einen Hund hält, der fremde Kinder beißt, ist das wirklich ein ernstes Problem, das man nicht einfach auf sich beruhen lassen kann.

Wir wollen bestimmt mit niemandem Streit. Mein Vater sagt zwar klipp und klar seine Meinung, aber dann muss es auch gut sein. Meine Mutter findet, dass es besser ist, die Faust in der Tasche zu ballen. Insofern ist die Feindschaft, die wegen des Schnellen Brüters mittlerweile das ganze Dorf vergiftet, sowieso schon eine große Belastung für uns alle, aber am schlimmsten ist es für meine Mutter, auch weil sie ja selbst zugezogen ist und nicht genau unterscheiden kann, bei wem Unfreundlichkeit zum Charakter gehört oder in der Familie liegt und wer persönlich etwas gegen uns hat.

Die Brütergegner wohnen zwar am anderen Ende von Hülkendonck, doch ganz aus dem Weg gehen kann man sich leider nicht. Manche Leute grüßen uns mittlerweile überhaupt nicht mehr. Im Gegenzug grüßen wir sie natürlich auch nicht – wobei ich sicher bin, dass wir nicht als Erste damit aufgehört haben. Meine Mutter sagt: »Natürlich würde ich Ernst Praats oder Jupp Geerck ›Guten Tag‹ sagen. Ich muss doch nicht mit jedem derselben Meinung sein. Mein Kollege, Ludwig Schwalbe, wählt auch SPD, wir kommen im Lehrerzimmer trotzdem prima miteinander aus.«

Uwe und Martin Praats steigen jetzt morgens an einer anderen Haltestelle in den Schulbus, obwohl sie dorthin viel länger laufen müssen als zu uns, und dann suchen sie sich Plätze, die so weit wie möglich von mir entfernt sind. Wenn wir uns zufällig im Dorf treffen, weil ich ja auf dem Weg zum Rhein oft an ihrem Hof vorbeifahre, schauen sie absichtlich weg. Frau Praats hat neulich in Calcar sogar die Straßenseite gewechselt, als wir ihr entgegenkamen.

Ich weiß gar nicht, wie es werden soll, wenn demnächst das Königsschießen ansteht. Bislang, bestimmt schon seit über hundert Jahren, haben sich immer alle den ganzen Tag auf dem Schießplatz hinter der neuen Schule versammelt und darauf gewartet, dass der Vogel vom Mast fiel. Es gab Würstchen, Bier und Korn, und selbst die, die gar nicht im Schützenverein sind, kamen dazu, um zu sehen, ob schon jemand König geworden ist. Auch bei der Kirmes, die eine Woche später stattfindet, herrschte dichtes Gedränge, vor allem an der Schiffsschaukel und an der Losbude. Samstagabends, beim großen Schützenball, haben alle zusammen getanzt. Sogar meine Eltern sind dort jedes Jahr hingegangen, obwohl meine Mutter keine Dorffeste mag und eigentlich nur mit meinem Vater tanzen will, aber wenn sie dann jemand auffordert, kann sie es trotzdem nicht ablehnen. Das würde einen schlechten Eindruck machen. Natürlich gab es auch früher Ärger und Schlägereien, genau genommen sogar ziemlich oft, aber hauptsächlich deswegen, weil Leute aus Kraeth oder Binnen spätnachts versucht haben, jemandem die Frau oder Freundin auszuspannen, oder einfach, weil im besoffenen Kopf alle immer viel Unsinn reden. Wobei jeder weiß, wer die größten Kampfhähne sind, und die meisten versuchen, ihnen aus dem Weg zu gehen, gerade wenn viel getrunken wird.

Da wir die Wahl gewonnen haben, das Kirchenland verkauft ist und inzwischen endgültig feststeht, dass der Schnelle Brüter gebaut wird, sind wir natürlich in der besseren Position als Praats, Geerck oder Frau Dr. Mehringhoff. Es ist immer leichter, auf Seiten der Sieger zu stehen, als zu den Verlierern zu gehören. Abgesehen davon haben viele im Dorf Respekt vor meinem Vater, weil er als einfacher Handwerksmeister aufgestanden ist und den Bauern in ihrer selbstherrlichen Art Paroli geboten hat. Es zeigen sich ja auch schon die ersten Zeichen des Fortschritts.

Onkel Nöpp, der überall die Feldwege asphaltieren soll, hat vor kurzem sieben neue LKW gekauft, außerdem einen weiteren Bagger und zwei Planierraupen. Für jedes der Fahrzeuge stellt er einen Arbeiter in seiner Firma ein, so dass im Geiteneck jetzt alle zu tun haben. Anders als die Bauern behandelt er die Leute, die er beschäftigt, immer sehr gut. Nach der Arbeit sitzen sie oft noch zusammen, und wenn jemand einen Lastwagen oder sonst eine Maschine benötigt, um für sich auf seinem eigenen Grundstück etwas zu bauen, kann er sie abends oder am Wochenende ausleihen, ohne dass es ihn etwas kostet.

Sobald die Werkskantine auf dem Brütergelände fertig ist, werden auch einige von den Frauen, die fast alle Hauswirtschaft gelernt haben, dort eine Anstellung finden. Später wird es sicher einige neue Geschäfte in Hülkendonck geben, denn die Leute von der Brütergesellschaft müssen ja irgendwo die Sachen einkaufen, die sie brauchen, Schreibwaren, Zeitungen, vielleicht auch mal ein neues Hemd. Es wird bestimmt mehr los sein, wenn der Brüter erst einmal in Betrieb ist. Vielleicht ziehen ein paar andere Kinder hierher, so dass man nachmittags leichter jemanden zum Spielen findet, vielleicht ist ja auch einer dabei, der sich für Tiere interessiert.

Eigentlich müssten gerade die Bauern froh sein, dass sie jetzt endlich vernünftige Straßen bekommen, selbst wenn sie mit ihren Treckern natürlich nicht so leicht im Morast stecken bleiben wie Leute mit normalen Autos.

Mein Vater sagt, wenn sie bei den Versammlungen mit den Professoren und Wissenschaftlern besser zugehört hätten, wüssten sie, dass das mit der radioaktiven Verseuchung einfach Quatsch ist. In Deutschland hat es noch nie einen Unfall mit dieser Technik gegeben, weil unsere Ingenieure einfach weltweit führend sind, gerade in Sachen Sicherheit.

Ich denke, jetzt, wo man an den Entscheidungen sowieso nichts mehr ändern kann, wäre es am besten, wenn Pastor Würmeling, der doch als Seelsorger dafür verantwortlich ist, dass Friede unter den Mitgliedern seiner Gemeinde herrscht, die verschiedenen Parteien einladen würde, sich in Ruhe an einen Tisch zu setzen, um über die Probleme zu reden und sich dann miteinander zu versöhnen. Im Evangelium heißt es ja auch »Selig sind die Friedensstifter«, und wer soll das sein, wenn nicht die, die ihr Leben Gott geweiht haben. Während der Vorbereitung zur Erstkommunion hat Pastor Würmeling uns sogar erklärt, dass man das Sakrament der Eucharistie entweiht, wenn man den Leib des Herrn empfängt und dabei Groll gegen seinen Nächsten im Herzen hat.

Meine Mutter fand die Idee eigentlich richtig, als ich ihr davon erzählt habe, »aber erstens darfst du nicht vergessen, dass das niederrheinische Bauern sind, also richtige Dickschädel«, hat sie gesagt. »Zweitens – das bleibt aber bitte unter uns – wird der Pastor von den meisten Leuten sowieso nicht für voll genommen – wobei er in der ganzen Geschichte auch nicht immer eine gute Figur gemacht hat. Drittens glaube ich, dass Praats überhaupt kein Interesse daran hat, dass hier alle wieder in Frieden zusammenleben. Er hat sich so sehr auf die Sache mit dem

Brüter versteift, da würde er sich doch bis auf die Knochen blamieren, wenn er auf einmal klein beigeben würde. Seinen Melkstall hat er, wie es heißt, schon so einer Kommune von Berufsdemonstranten überschrieben. Die werden keine Ruhe geben, bis sie ihr Ziel erreicht haben. Ich fürchte, da kommt noch einiges auf uns zu.«

30.

Ich weiß nicht, ob Juliane am Ende wirklich drogenabhängig gewesen ist.

Das neue Schuljahr fing an, so dass ich nicht mehr ständig bei ihr sein konnte. Die Stimmung zu Hause war gereizt, weil ich immer schlechtere Noten schrieb, was nach Ansicht meiner Eltern daran lag, dass ich den falschen Umgang hatte. Aber Juliane hätte mich ohnehin nicht jeden Tag um sich haben wollen. Ich wurde sechzehn, durfte Zigaretten und Bier kaufen und hätte mir *Conan, der Barbar* im Kino anschauen können. Sie vergaß meinen Geburtstag, obwohl ich nach dem Unterricht gleich zum Melkstall gefahren war. Ein Geschenk oder zumindest ein Wort von ihr wäre das Einzige gewesen, das mir etwas bedeutet hätte. Ich schluckte die Enttäuschung herunter, versuchte mich damit zu trösten, dass ihr Kopf zu leer und zu voll war, um an etwas derart Belangloses zu denken.

Manchmal, wenn ich kam, schickte sie mich sofort wieder weg, ohne Begründung, aber so düster entschlossen, dass es keinen Zweck gehabt hätte, mit ihr zu diskutieren. Meist saß oder lag sie auf dem roten Sofa, nahm kaum etwas wahr, sprach mit niemandem.

Ihr Ohrläppchen wuchs wieder zusammen, die Platzwunde auf ihrer Stirn verwandelte sich in eine schmale rosafarbene Narbe, die mit der Zeit verblassen würde. Einmal trat sie an den Rasierspiegel, den jemand mit vier Haken über das Waschbecken genagelt hatte, strich sich die Haare zurück, als wollte sie den Fortgang der Heilung untersuchen. Sie stand da, zehn Minuten oder noch länger, und starrte sich an. Ich hatte Angst, dass sie durch den Schacht ihres eigenen Blicks ins Nichts fiel.

»Du wirst damit wild und gefährlich aussehen«, rief ich ihr zu, um irgendetwas zu sagen.

Sie drehte sich um, zuckte mit den Achseln: »Ist doch scheißegal.«

Von ihrem unbändigen Willen, die Welt zu retten, sich ins Leben zu stürzen, war nichts mehr übrig. Als hätte das schwarze Loch, an dessen Rand sie schon während der Wochen zuvor immer häufiger gesessen hatte, sie endgültig verschluckt. Hin und wieder, wenn irgendeine Substanz in ihrem Hirnstoffwechsel für kurze Zeit die Illusion erzeugte, sie würde etwas fühlen, hatte sie Lust, mit mir zu schlafen, sagte, »Komm mit nach nebenan«, nahm meine Hand, zog mich auf ihre Matratze. Alles sollte schnell gehen, fahrige Berührungen, hastige Gesten ohne Zusammenhang. Ich wusste nicht, ob sie überhaupt mir galten oder irgendjemandem. Wir krallten uns ineinander. Ich flüsterte ihr Geheimnisse zu, wie am Anfang, als unsere Nächte ein endloses Gespräch in ungezählten Formen gewesen waren, doch sie antwortete nicht, nickte allenfalls mit geschlossenen Augen, bis mitten in der Bewegung, von einem Moment auf den anderen, die geliehene Kraft aus ihrem Körper wich, sie in sich zusammensank wie ein aufblasbares Strandtier, dem eine Muschelscherbe die Plastikhaut aufgeschlitzt hatte: »Hör auf. Wir schlagen nur sinnlos die Zeit tot.«

Dann, Mitte November, war sie plötzlich verschwunden.

»Juliane ist seit zwei Tagen weg«, sagte Isa, als ich hereinkam. Scharfer Wind pfiff durch die Ritzen. Es roch nach verbranntem Holz, kaltem Rauch, schimmelnder Wäsche. Trotz mehrerer Schichten Pullover und Decken und obwohl der Ofen ununterbrochen befeuert wurde, froren alle die ganze Zeit.

Ich verstand nicht gleich, was die Information, dass Juliane weg war, bedeutete – sie konnte einfach irgendwohin gefahren sein, zu Freunden ins Ruhrgebiet oder nach Holland ans Meer. Das wäre doch ein gutes Zeichen gewesen. Ich kam ja noch immer jedes Mal mit der Hoffnung, dass ihr Zustand sich gebessert hatte, einfach, weil er nicht ewig dauern konnte, weil jede Stimmung, selbst völlige Verzweiflung, irgendwann durch eine andere abgelöst wurde, vielleicht nicht von heute auf morgen, in kleinen Schritten, und es musste ja auch nicht gleich das ganz große Glück sein – dafür war die Weltlage ohnehin viel zu ernst.

Albo fragte: »Hat sie sich bei dir gemeldet? Von uns weiß keiner, wo sie hinwollte. Sie hat keine Sachen mitgenommen. Ihr Rucksack liegt da, wo er immer liegt.«

Ich spürte Panik: »Vielleicht ist sie zu jemandem ins Auto gestiegen, der ...«

»Haben wir auch schon überlegt«, sagte Albo.

»Es kann – also ich will nicht ...«, Isa brach mitten im Satz ab. »Ich meine, sie war echt verdammt mies drauf.«

»Es gibt ja solche Schweine, die sich an Tramperinnen vergreifen. Irgendwelche kranken Scheiß-Wichser. Wir müssen zur Polizei und melden, dass sie vermisst ist.«

»Ja, wahrscheinlich. Morgen oder so. Gespräche mit Bullen sind halt schwierig. Die finden uns erst mal nicht so geil, egal, was wir von ihnen wollen. Abgesehen davon hab ich echt kein gutes Gefühl.«

Unten läuft jetzt klassische Musik. Meine Eltern sind aufgestanden. Es klingt nach einer Messe oder einer Kantate, wie sie sonntagmorgens immer auf WDR 3 gespielt wird.

Ich hätte mich vor ihnen anziehen, den Tisch decken, zu Brahkes fahren, frische Brötchen holen sollen. Nachdem sie einige Jahre lang geschlossen hatten, backen sie dort wieder. Es ist der einzige Laden im Dorf, wo man überhaupt noch etwas kaufen kann. Allerdings schieben sie die gleichen tiefgefrorenen Teigrohlinge in den Ofen, die es auch in Berlin gibt.

Statt mich nützlich zu machen, stehe ich wieder vor den Regalen, den Schränken, nehme Dinge in die Hand, die seit Jahrzehnten dort verstauben, ohne dass ich sie beachtet hätte – frage mich, was sie bei Tageslicht bedeuten: das Spielzeugmodell des Fiat-Treckers, das mein Vater von seiner einzigen richtigen Dienstreise aus Turin mitgebracht hat; Big Jim, dem das Gelenk des mechanischen Bizeps durch die Gummihaut geplatzt ist, mit seinem Jeep, dem naturgetreuen Plastiknashorn, das er immer und immer wieder in unserem Serengeti-Garten für den Duisburger Zoo gefangen hat.

Ganz hinten in der Vitrine, von drei indischen Holzelefanten und einer Teekanne verdeckt, so dass ich ihn jetzt erst sehe, steht der kleine Möwenschädel, den ich zusammen mit Juliane am Rhein gefunden habe. Sie hatte ihn zuerst entdeckt. Er lag zwischen den Basaltbrocken der Uferbefestigung, blankgenagt von Ameisen oder Fischen und so zerbrechlich, dass ich ihn anschließend bis hierher, auf mein Zimmer, in der offenen Handfläche getragen habe, den Zeigefinger ganz leicht auf der hauchdünnen Knochenwölbung, damit der Wind ihn nicht wegblies. Damals hatte ich die Idee, er könnte den Anfang der Wirbeltiersektion meiner naturhistorischen Sammlung bilden.

Das automatische Garagentor wird hochgefahren, die Haustür fällt ins Schloss.

Es wäre besser, wenn zumindest mein Vater sich nicht mehr selbst ans Steuer setzen würde. Seine Augen sind schlecht, obwohl er sich vor einigen Jahren mehreren Laseroperationen unterzogen hat. Manchmal verliert er selbst im Dorf die Orientierung, weiß nicht, ob er rechts oder links abbiegen muss, um wieder nach Hause zu kommen. Meine Schwester hat ihm schon mehrfach gesagt, er solle seinen Führerschein abgeben, aber bislang weigert er sich.

Es wäre an der Zeit, mit ihnen ein Gespräch über die Zukunft zu führen – dass wir eine Lösung finden müssen, wie es weitergeht, weil sie, wie es im Moment aussieht, hier einfach nicht mehr allein leben sollten.

Denselben Gedanken hatte ich, als ich im Januar hier war, im vergangenen Herbst, letzten Sommer.

Ich weiß nicht, wie man das macht: den eigenen Eltern die Entscheidungsgewalt abnehmen. Abgesehen davon, dass ich nichts anzubieten habe, was ihnen helfen würde. Vielleicht fällt es einem leichter, wenn noch alte Rechnungen offen sind, man in endlosen Therapiesitzungen zu dem Schluss gekommen ist, dass die gescheiterte Ehe ihren Grund in der mütterlichen Überbehütung hatte, dass man selbst unter dem Omnipotenzgebaren des Vaters zerbrochen ist, weshalb nur die Flucht in den Alkohol blieb. Möglicherweise ist man dann froh um die Gelegenheit, jahrzehntelang zementierte Machtverhältnisse umkehren zu können, hält es für einen Beleg der eigenen seelischen Gesundung, dass man sich stark genug fühlt, ihnen klipp und klar den eigenen Standpunkt zu vermitteln, sie, falls nötig, sogar zu entmündigen.

Wenn es bei uns Rechnungen gab, sind sie längst bezahlt.

In der Küche, auf der Mikrowelle, liegt die Zeitungsanzeige einer Firma, die osteuropäische Pflegekräfte nach Deutschland vermittelt. Ich weiß nicht, wie der Zettel dorthin gekommen ist. Dass meine Mutter ihn selbst ausgeschnitten und aufgehoben hat, kann ich mir kaum vorstellen. Sie hat mir vor Monaten am Telefon erzählt, dass Tante Mia jetzt eine Polin hat, allerdings gar nicht glücklich damit ist, weil es eben nicht eine, sondern alle vier Wochen eine andere ist. »Die meisten verstehen fast kein Deutsch«, hat meine Mutter gesagt, »aber man kann es sich halt nicht aussuchen. Wenn Tante Mia den Hof verlassen und in ein Heim müsste, wäre sie binnen zwei Wochen tot. – Genau wie dein Vater.«

Hier oben wäre Platz genug. Es gäbe zwei Bäder, außerdem je ein zusätzliches Waschbecken, in diesem Zimmer und in dem meiner Schwester. Letzteres wurde eingebaut, als meine Großeltern zu uns gezogen sind. Eins von beiden könnte man problemlos in eine Küchenzeile integrieren. Sogar ein separater Eingang wäre denkbar.

Das würde bedeuten, ich müsste die ganzen Sachen ausräumen – mitnehmen oder wegwerfen, und wenn ich käme, hätte ich hier kein Bett mehr.

Neulich, als wir über die Situation meiner Eltern sprachen, erzählte mir eine Freundin, sie hätte da einen netten, etwas eigenbrötlerischen jungen Mann, den Sohn von Bekannten, der ab dem nächsten Semester Agrarwissenschaften in Cleve studiere und dringend ein Zimmer suche. Er könnte ihnen nebenbei die Einkäufe erledigen, sich eventuell um den Garten kümmern. Es wäre eine perfekte Lösung für alle Seiten.

Doch wenn ich auch nur andeute, dass es vielleicht schön

wäre, wenn jemand bei ihnen einzöge, eine Hilfskraft, die ihnen ein wenig unter die Arme griffe, erklärt meine Mutter: »Solange ich noch kann, will ich niemand Fremden unter meinem Dach haben.«

Mein Vater sagt: »An sich kommen wir gut klar. Es ist halt schade, dass ihr alle so weit weg wohnt, dass man nicht einfach mal ein Bier zusammen trinken kann.«

Ich höre, wie ein Auto in unsere Einfahrt biegt. Meine Mutter oder mein Vater, wer auch immer von ihnen zum Bäcker gefahren ist, kommt zurück. Es ist nichts passiert.

Die Radiomesse scheinen sie ausgeschaltet zu haben.

Ich streiche die Bettdecke glatt, ziehe eine frische Unterhose, ein sauberes Hemd an, putze mir die Zähne, räume meine Sachen in den Koffer – nur die, die ich mitgebracht habe –, damit es nachher schnell geht: Wäsche, das Necessaire, die schwereren Schuhe, die ich gar nicht gebraucht hätte, weil ich nicht zum Rhein gegangen bin. Überlege, wenigstens ein paar von den Büchern einzupacken, Heinz Sielmanns *Ins Reich der Drachen und Zaubervögel*, Paul Eipper, *Tiere sehen dich an*, die leinengebundenen Karl-May-Bände, *Winnetou eins*, *zwei* und *drei*. Sie riechen muffig, ihr Schnitt hat Stockflecken. Seit niemand mehr hier oben wohnt, gibt es Probleme mit Feuchtigkeit in den Wänden. Das ist mir im Winter schon aufgefallen. Ich habe überlegt, meinen Vater darauf hinzuweisen, dann aber doch nichts gesagt, mir eingeredet, im Frühling, sobald es wieder wärmer wird, erledigt es sich von selbst.

Der *Beethoven*-Roman von Felix Huch aus dem Bücherschrank meines Großvaters, eine Buchclubausgabe. Den gleichen Band hat meine Mutter sich seinerzeit auch gekauft – ein zweites Exemplar steht unten im Wohnzimmerregal.

Um den Möwenschädel mitzunehmen, bräuchte ich ein stabiles Kästchen mit Watte oder Schaumstoffpolster, sonst wird er die Fahrt nicht heil überstehen.

Ende Januar wurde Juliane – das, was von ihr übrig war – gefunden. Kurz hinter der holländischen Grenze. Molenwijk heißt der Ort. Ich bin nie dort gewesen. Sie hatte sich unterhalb der Wasseroberfläche in einem Weidezaun verfangen, der weit in den Fluss hineinreichte, damit die Rinder bei niedrigen Pegelständen nicht wegliefen.

»Frohe Pfingsten«, sagt mein Vater, als ich in die Küche komme. »Gut geschlafen?«

»Danke, ja, es geht«, sage ich, nehme ihn kurz in den Arm: »Frohe Pfingsten wünsche ich euch auch.«

Meine Mutter schneidet Käse mit der Aufschnittmaschine, dicke Scheiben von einem großen Stück, das sie beim Holländer auf dem Markt gekauft hat, arrangiert sie auf einem Plastikbrettchen mit demselben Muster, wie es auch das Frühstücksgeschirr hat: *Strohblume, Indisch-Blau.* Es ist das letzte Service, das sie angeschafft haben, vor sieben oder acht Jahren, obwohl die Schränke über und über voll sind mit Porzellan aus mehr als fünf Jahrzehnten. Die ältesten Tassen und Teller stammen noch von ihrer Verlobung, 1964. Dieses hier ist das einzige, das mein Vater je kaufen wollte, nachdem er es in Cleve im Schaufenster eines Haushaltswarengeschäfts entdeckt hatte. Nicht nur, weil er es schön fand, sondern weil sie während seiner Kindheit auf dem Hof im Geiteneck Geschirr mit genau diesem Muster hatten.

Nebenan, im Esszimmer, ist der Tisch gedeckt. Meine Mutter

hat zwei Kerzen angezündet. Der Fernseher läuft: ein evangelischer Gottesdienst im zweiten Programm. Der lokale Popchor singt zu E-Gitarre, Klavier und Schlagzeug, »Die Sache Jesu braucht Begeisterte/ Sein Geist sucht sie auch unter uns/ Er macht uns frei/ Damit wir einander befreien ...«

Der Pianist, ein dicklicher Mann Mitte vierzig mit einem fettigen Haarkranz um die polierte Glatze, scheint gleichzeitig der Dirigent zu sein. Sein Oberkörper vollführt seltsam ungelenke Bewegungen, während er abwechselnd durch heftiges Kopfnicken und schwungvolle Handzeichen die Einsätze gibt.

Ich will das jetzt nicht hören, diese Art Musik.

»Sollen wir zur Feier des Tages mal eine Flasche Sekt aufmachen?«, fragt mein Vater.

»Für mich nicht«, sage ich. »Aber ihr könnt doch ein Glas trinken, ist ja auch gut für den Kreislauf.«

»Und du willst wirklich nicht?«

»Du weißt doch, dass er nichts trinkt«, sagt meine Mutter.

»Trinkst du gar keinen Alkohol?«

»Schon lange nicht mehr.«

Meine Mutter schaut mich mit einer Mischung aus Entschuldigung, Ärger und Angst an, während mein Vater in den Keller geht, um eine Flasche Sekt zu holen.

Ich lache. Es ist ernst gemeint.

»Willst du ein Ei?«

»Ja, gern. Zu Hause koche ich mir fast nie eins zum Frühstück.«

Endlich ist das Lied zu Ende, der Pastor tritt ans Mikrofon. Er trägt einen langen schwarzen Talar mit einer Art Lätzchen aus zwei weißen, gestärkten Tuchstreifen unter dem Hals, den Fachbegriff habe ich vergessen.

»*Die Sache Jesu braucht Begeisterte,* haben wir soeben aus vollem Herzen gesungen, denn wir feiern heute das Pfingstfest, den Tag, an dem der Geist des Herrn die verzagten Jünger erneut mit dem Feuer des Glaubens erfüllt hat.«

»Wolltest du nicht Sekt holen«, sagt meine Mutter, als mein Vater in die Küche zurückkommt.

»Ich wusste, dass ich was wollte«, sagt mein Vater und verschwindet wieder.

»Mit Begeisterung kennen wir uns aus«, sagt der Pfarrer. »Wir sind begeistert, wenn unsere Lieblingsmannschaft gewonnen hat, wenn wir ein fulminantes Geschäft abgeschlossen haben oder in einem guten Restaurant vor unserem Leibgericht sitzen. Das versteht jeder – so weit alles klar. Aber was ist *die Sache Jesu*, von der wir gesungen haben und die Begeisterte braucht – die uns, Sie und Sie, zu Hause an den Fernsehern, und natürlich auch mich, als Begeisterte braucht?«

Ich nehme das Käsebrett und den Aufschnittteller von der Anrichte und stelle sie auf den Tisch.

»Fehlt sonst noch was?«, fragt meine Mutter und schiebt die Butterdose ein Stück weiter nach rechts.

»Nicht dass ich wüsste. – Honig vielleicht.«

»Mit *der Sache Jesu* ist das so eine Sache.«

»Wir müssen das auch nicht gucken«, sagt meine Mutter und greift nach der Fernbedienung.

»Ist sowieso evangelisch, glaube ich.«

»Ach, das ist mir inzwischen egal.«

Das Bild wird schwarz.

Vor dem Fenster fliegt eine Blaumeise ins Vogelhaus, weil mein Vater inzwischen das ganze Jahr über Futter hineinstreut. Sie sieht uns, pickt hastig ein paar Körner und verschwindet in den Sträuchern. Auf dem Beistelltisch mit dem Programmheft, der Tageszeitung, liegt ein Bestimmungsbuch. Sein altes Fernglas steht auf dem Fensterbrett, damit er auch die Vögel am Teich und in den Obstbäumen erkennen kann.

Er kommt aus dem Keller zurück, diesmal hat er eine Flasche in der Hand, stellt sie neben seinem Gedeck auf den Tisch, geht an den Wohnzimmerschrank, holt drei Gläser.

»Er trinkt doch nicht«, sagt meine Mutter.

»Das weiß ich. Aber er kann ja was anderes haben. Zum Anstoßen.«

Das überschüssige Glas steht jetzt da, wo mein Bruder sitzt, wenn wir alle hier sind.

»Und? Was macht Berlin?«, fragt er, während er den Korken mit einem leisen »Plopp« herausdreht. Eine schmale, leicht geschwungene Dunstwolke steigt aus der Öffnung. Er schenkt zwei Gläser Sekt aus, auf dem Weg zum dritten stoppt er mitten in der Bewegung.

»Alles wie immer«, sage ich. »Es wird regiert, aber das seht ihr ja in den Nachrichten. Mit Hertha ist es diese Saison wieder nichts geworden …«

»Bist du jetzt Hertha? Ich dachte immer, du wärst Gladbach.«

»Keine Sorge – mit Hertha hab ich nichts am Hut. Ansonsten: Die Arbeit läuft so weit.«

»Solange noch was aufs Konto kommt.«

Meine Mutter beschmiert ihr Brötchen mit Butter und Kalbsleberwurst, sagt, als sie meinen Blick bemerkt: »Butter könnte ich pur essen, am liebsten eiskalt in dicken Scheiben.«

Mein Vater zieht eine Scheibe Rosinenbrot aus dem Korb, obwohl dort fünf oder sechs frische Brötchen liegen.

»Na denn mal Prost«, sagt er und ahmt dabei die Redeweise des verwitterten ostfriesischen Wirts nach, in dessen Pension wir vor vierzig Jahren mehrmals Urlaub gemacht haben.

Ich nehme das leere Glas vom Platz meines Bruders, halte es in die Höhe.

»Da im Kernwasserwunderland ist ja die ganze Nacht was los«, sage ich.

»Angeblich ist es immer ausgebucht«, sagt meine Mutter. »Aber wir bekommen davon eigentlich nichts mit. Je nachdem wie der Wind steht, hört man wohl Musik, also das, was man heutzutage Musik nennt. Aber von den Leuten, die sich da vergnügen, sieht man nie jemanden. Neulich hieß es, dass der Holländer den ganzen Rummel wieder verkaufen will. Ob das stimmt, weiß ich allerdings nicht.«

»Wenn es ums Geschäft geht, sind die Holländer immer ganz groß«, sagt mein Vater.

»Ist doch trotzdem besser, als wenn ihr jetzt ein Atomkraftwerk vor der Nase hättet.«

»Da hast du recht«, sagt mein Vater. »Heute sieht man das so. Damals hat man sich darüber nicht groß Gedanken gemacht.«

Meine Mutter fragt: »Bleibst du noch zum Mittagessen? Ich hab noch Cordon Bleu im Eisschrank.«

»Ich muss nach dem Frühstück gleich los. Es sind ja mindestens sieben Stunden Fahrt. Wahrscheinlich brauche ich zwischendrin auch eine Pause, und abends ist stadteinwärts oft Stau.«

Natürlich könnte ich länger bleiben. Wenn ich erst um Mitternacht ankäme, wäre es auch kein Problem. Wahrscheinlich fände ich sogar einen Parkplatz direkt vor der Tür, denn die meisten, die das verlängerte Wochenende für Familienbesuche,

Ausflüge in den Harz oder an die Ostsee genutzt haben, kehren erst morgen Abend zurück.

»Das war dann ja wohl ein kurzer Abstecher«, sagt mein Vater.

Seine Enttäuschung ist nicht zu überhören.

Ursprünglich hatte ich länger bleiben wollen.

Abermals die Frage, was wäre, wenn ich wieder hier einziehen – zurückkehren würde?

Keine Antwort.

Außer Zweifel steht, dass sie das Recht haben, in diesem Haus zu wohnen, so lange sie leben. Dass es an mir als ältestem Sohn wäre, es ihnen zu ermöglichen. So ist es immer gewesen, überall auf der Welt. Und auf dem Mast am Ortseingang brüten Störche.

Wenn früher jemand ein Versprechen gebrochen hat, ganz gleich, ob in der Firma, im Dorf oder in der Familie, war mein Vater sehr nachtragend. Zum Glück erinnert er sich nicht an dieses Gespräch.

Ich werde trotzdem ins Auto steigen, zurück nach Berlin fahren, wo ich auch nicht zu Hause bin.

Es ist falsch.

Ich danke der Kunststiftung NRW
und dem Deutschen Literaturfonds e. V.
für die Förderung meiner Arbeit
durch ein Stipendium.

CHRISTOPH PETERS

btb